國家社科基金重大招標項目
國家古籍整理出版專項資助項目
北京師範大學中華文化研究與傳播學科交叉平臺項目

杜桂萍 主編

清代詩人別集叢刊

梁清標集

上

王馨鑫 輯校

人民文学出版社

圖書在版編目（CIP）數據

梁清標集：上下/杜桂萍主編；王馨鑫輯校. --北京：人民文學出版社，2024
(清代詩人別集叢刊)
ISBN 978-7-02-018359-3

Ⅰ. ①梁… Ⅱ. ①杜…②王… Ⅲ. ①古典詩歌—詩集—中國—清代②古典散文-散文集-中國-清代 Ⅳ. ①I214. 92

中國國家版本館 CIP 數據核字(2023)第 232755 號

責任編輯　杜廣學
裝幀設計　黄雲香
責任印製　張　娜

出版發行　人民文學出版社
社　　址　北京市朝内大街 166 號
郵政編碼　100705

印　　刷　三河市中晟雅豪印務有限公司
經　　銷　全國新華書店等

字　　數　1080 千字
開　　本　880 毫米×1230 毫米　1/32
印　　張　46. 75　插頁 2
印　　數　1—1500
版　　次　2024 年 1 月北京第 1 版
印　　次　2024 年 1 月第 1 次印刷

書　　號　978-7-02-018359-3
定　　價　296. 00 圓(全二册)

如有印裝質量問題，請與本社圖書銷售中心調換。電話：010-65233595

蕉林詩集

真定梁清標玉立甫著

五言古一

擬古

炎風吹白日衮衮無停征中原多羽檄甯分耀欃
槍芝蘭失其芳蕭艾咸敷榮出門何所之羅罝亦
可驚不如向北窗高卧掩柴荆涼飔樹間來拂拂
侵桃笙鶬鶊鬭我前群鳥相和鳴茶沸聞松濤音
響胡其清一枕遊華胥安知世上名徐步獨長吟

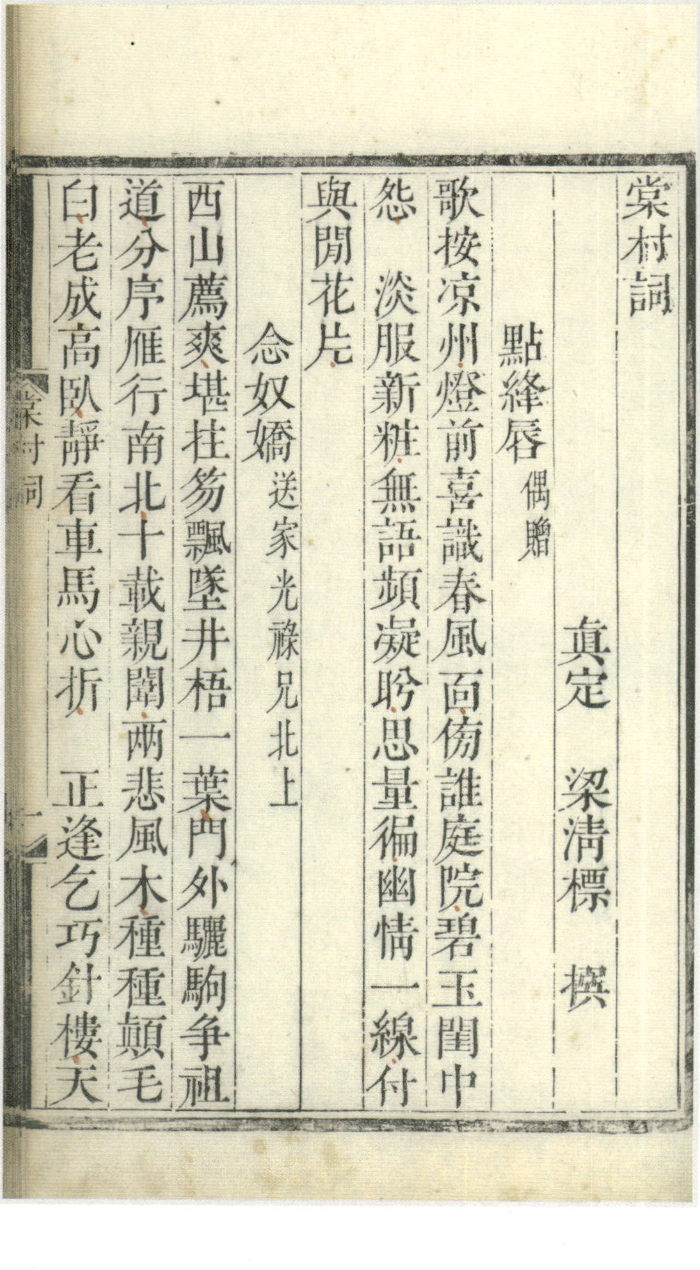
棠村詞
真定　梁清標　撰
點絳唇　偶贈
歌按涼州燈前喜識春風面傷誰庭院碧玉閨中
怨淡服新粧無語頻凝盼思量徧幽情一線付
與閒花片
念奴嬌　送家光祿兄北上
西山薦爽堪拄笏飄墜井梧一葉門外驪駒爭祖
道分序雁行南北十載親闈兩悲風木種種顛毛
白老成高臥靜看車馬心折　正逢乞巧針樓天

中國國家圖書館藏清康熙十五年刻本《棠村詞》

清代詩人別集叢刊總序

昔人謂『文以興教，武以宅功』。古時國家以興學崇教爲首務，議禮以定制度，考文以興禮樂，乃有文治彬彬稱盛。於今『文化强國』，亟需傳承弘揚中華優秀傳統文化。古籍整理作爲其中關鍵之一環，具有極爲重要的意義。近三十年來，古籍整理日趨興盛，已經成爲學術研究的時代熱點和文化傳承的日常内容。各類型的整理工作可圈可點，各維度的文獻整合則又增添了别樣的景觀。新世紀以來，明清文獻整理和研究異軍突起，引人注目，如今已成爲古籍整理領域的重頭戲。

相比於清代戲曲、小説文獻的整理，清詩文獻的整理工作開始並不算晚，幾乎與清詞文獻的整理同步啓動。可惜的是，儘管有好古敏求之士多次倡導，皆因時機不夠成熟而没有形成規模和氣候。其中主要的因素，當與清詩數量巨大直接相關。據估算，清人各種著述總約有二十萬種，其中詩文集超過七萬種，存世約四萬種，有作品傳世的詩人約十萬家，有詩文集存世的作家當在萬人以上，詩歌作品近千萬首。庋藏情况尚需進一步調查，大量文獻尚散存於民間，以及相關文獻狀態駁雜不易辨析等，也是很多工作推進困難的重要原因。總之，難以一時彙爲全璧，始終是《全清詩》文獻整理不能全面展開的歷史與現實之惑。

儘管如此，相關的學術準備始終在進行著，且日見規模。譬如，上世紀开始由上海古籍出版社出版的《中國古典文學叢書》、中華書局出版的《中國古典文學基本叢書》（以别集論，前者約收一百二十種，後者約收九十種），都包含了一定數量的清代詩人別集（至二〇一六年，前者共收九種，後者共收四種）。新推出者新意頗多，如陳永正《屈大均詩詞編年輯校》（上海古籍出版社二〇一七年版），而一些修訂重版者則顯爲精進，如俞國林《呂留良詩箋釋》（中華書局二〇一五年初版，二〇一八年再版），皆以不同面相爲清代別集文獻的整理和研究提供了新的理念和視野。其他出版機構也在留意清人別集的整理和研究，如國家圖書館出版社影印出版《清代家集叢刊》（徐雁平、張劍主編）、鳳凰出版社陸續推出《中國近現代稀見史料叢刊》（張劍、徐雁平、彭國忠主編）等。人民文學出版社也在高度關注這一重要領域，先後出版《明清別集叢刊》、《乾嘉詩文名家叢刊》等，集中力量於明清文人別集的整理和研究，實有後來居上之勢。凡此也表明，學界和出版界皆已體現出高度的學術自覺，意識到清代詩文文獻的重要性。尤其是人民文學出版社，已不僅僅著眼於名家之作，對那些於文學史、文學生態結構中發生重要影響或特殊作用的文人及其文獻遺存也予以關注，這既符合文獻整理的基本原則，又有利於彰顯文學研究的開放性視角，進行多面向的學術路徑的拓展。

正是在這樣的學術語境中，由我擔任首席專家的國家社科基金重大招標項目《清代詩人別集叢刊》於二〇一四年獲批，有計劃的系統性的清代詩人別集整理工作得以展開。相關成果陸續成編，彙爲《清代詩人別集叢刊》，以奉獻給學界。

我們並沒有選擇原書影印的整理方式，而是奉行『深度整理』的基本原則。以影印方式整理，固然可以使研究者得窺作品之原貌，也有利於及時呈現和保護一些珍稀古籍版本，如上海古籍出版社出版的《清代詩文集彙編》、國家圖書館出版社出版的《清代詩文集珍本叢刊》等，都具有重要的學術價值。

不過，點校、注釋、輯佚等整理方式無疑更能體現出古籍整理的學術深度。事實上，隨著文化語境的改變和學術研究的深入，文獻整理的功能也在不斷拓展，不僅應提供基礎性的文獻閲讀，還應具有學術研究的諸多要素，即在學術史的視野中呈現文獻生成的複雜過程和創作主體的生命形態，而這正是《清代詩人别集叢刊》選擇『深度整理』方式的理念和前提。

『深度整理』指向和强調『整理即研究』的古籍整理思想與學術精神。以窮盡文獻爲原則，以服務於學術研究爲目的，於整理過程中注入更明確、豐富且具有問題意識的科研内涵，使古籍整理進一步參與當代學術發展。也就是説，在一般性整理的基礎上，借助於多種方法的綜合運用，爬梳文獻，考證辨析，去僞存真，推敲叩問，完成既收羅完備、編排合理，又在借鑒以往成果基礎上推進已有研究、表達最具前沿性的科研創獲的詩人别集整理本。這既是古籍整理基本要義的延伸和拓展，也符合與時俱進的學術發展訴求，應是整理工作之旨歸所在。

如是，《清代詩人别集叢刊》突出了以下幾個方面的整理工作。

一、前言。『前言』的撰寫，不泛泛介紹作者生平和創作的一般狀况，而注重於文獻、文學、文化等視角，對著者生平進行考述，對著述版本源流加以梳理，對别集的文學價值、影響進行具有文學史意義的判斷。『前言』應是一篇具有較强學理性、權威性和前沿性的導讀佳作。

二、版本。别集刊刻與存世情况往往因人而異，或版本複雜，或傳本稀少。『必先定其底本之是非，而後可斷其立説之是非。』（段玉裁《與諸同志書論校書之難》）本叢刊堅持廣備衆本，謹慎比對，選出最佳的工作底本和主要校本，力爭使新的整理本成爲清詩研究的新善本和定本，爲學界放心使用。

三、輯佚。清代文獻去今未遠，除大量别集、總集外，清人手稿、手札、書畫題跋等近年時有發現，散存於方志、家譜的各類佚文亦在不斷披露中。故以求全爲目的，盡力輯佚，期成完帙，并合理編纂。務使每一種整理本成爲該詩人别集的全本，這也是提升整理本學術含量的重要舉措。

四、附録。附録豐富與否是新整理本學術含量高低的重要標志，實爲另一種形式的研究。如年譜簡編以及從族譜方志、碑傳志銘、評論雜記中勾稽出的相關研究資料等，對全景式展現詩人生命歷程、深入探究詩人乃至其時代的文學創作十分必要。有時文獻繁雜，需精心淘擇和判斷，强化『編纂』意識，避免文獻堆積，充分體現深度整理的學術含量。

古籍文本生成於歷史，負載了豐富的歷史文化信息。對於整理者而言，不僅應使古籍文本能夠被有效閱讀，還應借助閱讀活動等促其進入公共和現實視域，成爲當下文化結構的有機組成部分。也就是説，整理活動本身應始終處於在場的文化狀態，立足於學術史，并直面其所處之研究領域的一些難點、疑點和熱點問題，進而通過整理過程中的辨析、考論解決文學演進中的某一方面或幾個方面的問題，形成專題性研究，這是深度整理應達成的重要目的。所以，整理活動其實是一個思維創新的過程，指向的是知識和觀念整合的結果。考訂史實，發現文本之間的各種意義和多層面内涵，使之成爲當代人可閱讀的文學文本，并參與歷史與現實文化建設，其實也是在回答我們進入歷史的方式。

總之，以窮盡文獻、審慎校勘爲路徑，以堅實、充分的文獻史實研究爲基礎，通過對文獻的慎用和智用，借助歷史的、邏輯的思路甚至心靈的啓迪，系統、全面地收集、篩選史料，勾連、啓動其内在聯繫，從而將古籍整理與史實探析深度結合，强化了整理性學術著作的研究内涵，是一種真正包含了主體自由性的學術實踐活動。這種由專門研究完善古籍整理、由古籍整理深化專門研究的深度整理方式，對整理者的研究意識和整理本的學術含量都提出了更高的要求，不僅標示了整理觀念和方法上的更新，更是當代學術發展的必然訴求。我們願努力嘗試之，並推出一系列具有較高水準和重要學術意義的整理成果。

杜桂萍　二〇一八年十二月十六日

總目錄

前言
凡例
蕉林詩集
蕉林二集
蕉林近稿
棠村詞
棠村詞二刻
棠村樂府
蕉林文稿

惹香居合稿
上谷語錄
詩文輯佚
附錄一　傳記資料
附錄二　年譜簡編
附錄三　酬唱追贈
附錄四　序跋贊題

前言

梁清標（一六二〇—一六九一），字玉立，號蒼巖，直隸真定（今河北省正定縣）人。清初名臣，於順治、康熙朝歷任兵、禮、刑、戶四部尚書長達三十五年。康熙二十七年（一六八八）以兵部尚書入閣，三年後卒於任。風雅好文，尤工鑒藏。詩筆清麗，多澹泊寧靜之致。詞作宛轉纖穠，尤爲諸家所稱道。性情和易，喜提攜後進，與順康朝文學名家如陳維崧、王士禛、龔鼎孳、尤侗等皆有交遊。汪懋麟、徐釚、方象瑛等出其門下，詩文倡和，往來尤密。在清初京師文壇上，具有較爲重要的地位與意義。

一

梁清標出身的真定梁氏，是明清時期河北地區的高門望族。梁氏祖籍山西蔚州（今河北省蔚縣），其始祖梁聚避元明易代之際的戰亂，始遷於真定。六傳至其曾祖梁夢龍，登嘉靖癸丑科進士，以兵部尚書屢建奇功，累官至吏部尚書、太子太保，其兄弟、子姪亦多有任武職者，真定梁氏始顯貴。梁夢龍之後，梁氏家族傑才輩出，代不乏人，即使經歷了明清鼎革的重大歷史變故，依然屹立不倒。順康時期，除梁清標外，其生父梁維本、堂叔父梁維樞、兄長梁清寬、堂兄梁清遠亦皆在朝爲官，一時「北地諸梁，蟬聯鵲起，猶漢代之有荀、楊，江左之有顧、陸」（丁澎《棠村詞序》），朝野稱盛。

明萬曆四十八年（一六二〇），梁清標生於真定。其生父爲梁維本，後出繼爲梁維基子，八歲時曾隨任至廣東南雄。生而穎異，善讀書屬文。崇禎十五年（一六四二），中順天鄉試。次年成進士，授翰林院庶吉士，時年二十四歲。後因降附李自成，被定入從賊案。順治元年（一六四四），清朝定鼎，遂補原官。未幾，丁父艱歸里，又丁母艱，至順治六年（一六四九）始還朝。此後歷仕弘文院編修、國史院侍講學士、祕書院侍讀學士、禮部侍郎、吏部侍郎等。

順治十三年（一六五六）四月，以特旨拜兵部尚書。時梁清標僅三十七歲，此前亦無兵部相關經歷，獲此任命，堪稱寵遇備至。入部辦事之後，梁氏體現出精幹持重的政治素養。他曾面叱江南提督馬逢知，令其遵禮跪拜，被世祖贊爲『不愧大臣矩度』。對於世祖的賞識與器重，梁清標是十分感激且懷念的，從《辛丑元夕值先皇鼎湖之變，齋宿署中》、《六月會葬孝陵恭紀》等詩中，皆能看出這一點。

順治十八年（一六六一），聖祖卽位，因年齡尚幼而未親政，朝政把持在滿洲貴族手中。康熙六年（一六六七），時任禮部尚書的梁清標在三月京察中遭革職，遂歸里。康熙八年（一六六九），聖祖親政，下詔復此前無故黜革諸臣原官，梁氏亦復職。九年（一六七〇），補刑部尚書。十一年（一六七二），調戶部尚書。這使得其聲望較順治朝更加顯著。此外，康熙六年（一六六七）春，梁氏曾充任會試主考，包括汪懋麟、張英、方象瑛等在內的數位名士皆出其門下。也正是在這一時期，以馮溥、龔鼎孳、王士禛等爲主的京師文學唱和羣體開始形成。梁氏雖不熱衷於此，但也同樣參與其中，寫下了爲數不少的贈別酬唱篇什；並時常舉設文酒筵席，汲引、招待流蕩於京師的貧寒文士，在京師文學圈子裏，屬於較爲活躍的人物之一。

康熙十二年（一六七三），三藩事起，平南王尚可喜請撤藩歸遼陽，梁清標奉命前往廣東經理諸事宜。是年歲暮，抵達廣州。是時吳三桂已據雲南反，尚可喜子尚之信與之暗通，情勢危急。梁清標多方慰諭軍民，使情況暫時得以控制。朝廷適在此時頒旨，敕尚可喜留鎮，梁氏得以平安還朝。康熙十七年（一六七八），舉博學鴻詞，梁清標薦徐釚等四人，皆名士。此後十年，政局漸趨穩定，梁氏也得以將更多的心力投入詩酒倡和與文學創作中。康熙二十七年（一六八八），梁清標獲特旨，陞補保和殿大學士兼兵部尚書，並奉敕修《三朝國史》、《政治典訓》、《平定三逆方略》、《大清會典》、《一統志》、《明史》等。康熙三十年（一六九一），因患脾疾，卒於官。

梁清標去世之後，聖祖下旨悼之云：『梁清標簡任機務，宣力有年，勤慎素著。忽聞溘逝，朕心深爲軫惻。』（《清史列傳·梁清標傳》）並賜祭葬如例。但並未賜謚，後來史書亦對其評價不高。這顯然與其『貳臣』的身份是直接相關的。但應該指出的是，梁清標並不是一個『典型的』貳臣，在他一生的行跡中，有幾個問題是值得重點關注的：

其一，順治十六年（一六五九）夏，鄭成功由鎮江犯江寧，世祖下詔親征，後以梁化鳳捷報傳至，遂罷。是年九月，給事中楊雍建上疏，劾兵部諸官員『不發一謀，不建一策，僅隨事具覆，依樣葫蘆』，『請天語嚴飭，以儆尸素』。梁清標時任兵部尚書，上疏自辯，不稱旨，遂降三級留任。次年二月京察，得上諭，曰：『梁清標經朕特簡，畀掌中樞，自當殫竭心力，以圖報效。乃凡事委卸，不肯擔任勞怨，本當議處，姑從寬免。其痛自警省，竭力振作。』（《清史列傳·梁清標傳》）這說明，在抵禦、征討鄭成功一事上，梁清標的態度是非常冷淡、甚至可說是消極的。由世祖的上諭，可知楊雍建的疏奏並不是空穴來風，而是實有其事。

其二，順治十七年（一六六〇）五月，因遭旱災，世祖令部院諸臣條奏時務，梁清標與兵部侍郎李棠馥遂上疏言有『姦民揑告通賊謀叛，蠹役貪官借端取貨，生事邀功，致善良受害』，得旨，著確指其人。遂復奏：『藉通賊謀叛名，魚肉平民，則有桐城知縣葉桂祖、常熟知縣周敏等，爲給事中汪之洙、巡按何元化所劾。』（《清史列傳·梁清標傳》）請旨飭禁，以懲前毖後。爲何梁氏以堂堂兵部尚書之尊，要處心積慮地劾奏兩個小小的知縣，並特意指出二人『藉通賊謀叛名，魚肉平民』？陳寅恪先生在《柳如是別傳》中指出，此事與錢謙益大有關係，『恐是乘機爲牧齋輩解脱於鄭延平失敗之後，清廷大肆搜捕之時也』[二]。錢謙益居常熟，知縣周敏對其聯鄭抗清之事必有所察覺，梁清標借機將其劾罷，有極大可能是爲了保護錢謙益。

其三，康熙三年（一六六四），滿洲輔政大臣以選人壅滯，議停罷科舉，梁清標力持不可，曰：『科目一停，不能卽復。條例雖嚴，他時可改。且選法壅滯，當另議疏通。若停科，則失海内才俊心矣。』獨爲一議，卒得不罷。高珩作《兵部尚書蒼巖梁公墓志銘》，對此高度評價，云：『科目之有永，蓋公力也。』清初滿漢臣工權力極不平衡，衆所周知，而梁氏於滿洲貴族把持朝政、最爲跋扈之時，能夠以一人之力，力保科舉不停罷，使漢族文士得以保留最後一線光明，其功不可謂不深遠。

從以上三個事件可以看出，梁氏雖爲貳臣、效命清廷，但他卻並不像其他降臣一樣，盡心竭力地爲清廷謀劃；反而在各種政治活動中，盡己所能保全善類、護持禮法。在某種意義上，他對清廷，並不

［二］陳寅恪《柳如是別傳》，生活·讀書·新知三聯書店二〇一一年版，第一二二〇頁。

能稱得上是一個『忠臣』；而若站在朱明王朝的角度，他先『從賊』，後降清，又是無可辯駁的實質上的叛臣，無論背後有沒有不得已的苦衷。既對新王朝沒有歸屬感，又不得不廁身其間以保全自我和家族，在這種依違可否之中，相信他本人內心中是有很多矛盾和苦澀的。從片言隻語中映射出來的這位清初漢族高官的形象，是一位『不忠烈』的明臣，也是一位『不典型』的貳臣，但其真實可感的生命與良善光輝的人性，也正顯露於此。

二

梁清標的文學創作以詩、詞爲主，文章留存甚少。詩、詞之中，又尤以詞作最爲人所稱道。評其詞者，多指出其優長在於繼承了《花間》、《草堂》及北宋婉約詞的傳統，不離詞之『本色』。如龔鼎孶云：『《棠村》旖旎纖靡，宛似《花間》；其芊綿俊爽，則又《草堂》之麗句也。』（《棠村詞》詞話）汪懋麟曰：『雅麗渾成，不事雕飾，不摭拾隱僻，得北宋諸賢之遺意焉。』（留松閣本《棠村詞》汪懋麟序）毛甡曰：『問《棠村》之妙，曰：旖旎時亦屬本色。』（《棠村詞》詞話）正是這種『本色』，衝淡了其詞作的『纖穠』特質，令人不覺其雕組工緻。其詞句如：

寶鴨被重薰，茉莉香先透。兩兩鴛鴦宿碧紗，私語人知否。（《卜算子・閨曉》）

鴉帶斜陽清影亂，夢回疎篁碧烟浮。（《望江南・蕉林》）

欲寫烏絲嗔燕子，將輸楸局倩猧兒。（《前調燈兒剪》）

堤外打榆錢。酒旗頻駐馬、杏花烟。鶯聲囀出畫樓前。（《小重山・清明》）

柳色搖金，鶯聲如剪。誰打疊、春光成片。（《錦帳春·春暮》）

皆明顯透露出這種創作傾向。因而相對而言，其小令的藝術成就高於長調。如《南鄉子·柳村》：

近郭遍青疇。深柳孤村杜若洲。菡萏自開還自落，悠悠。野水閒雲泛白鷗。斜臥綠陰稠。瓜種東陵覓故侯。小阮柴扃留夕照，颼颼。蟬咽西風滿地愁。

此詞似應作於其仕清之初。上片以『深柳孤村杜若洲』、『菡萏自開還自落』營造出寂寥意境，下片又通過『瓜種東陵覓故侯』、『蟬咽西風滿地愁』，隱晦流露出身歷朝代更迭的落寞之感。但全詞無一情語，皆以景語出之，頗得南唐二主詞三昧。又如：

杏花烟，榆莢雨。綠映平橋，又見春如許。油壁車輕寒食路。細草芳樽，邀取春光駐。囀鶯樓，歸雁浦。柳外梨梢，愁煞長亭暮。天意也知離別苦。片片輕雲，遮斷人行處。（《蘇幕遮·寒食》）

忽聞燕來何處。向樹底、雙雙小語。一春消息，故人情重，不爽佳期唯汝。自憐每被多情誤。頻勸取、不須飛去。絮泥啣得，爲誰辛苦。空傍人家門戶。（《金鳳鉤·燕來》）

類似這樣的作品，輕快流麗，無甚雕琢綺靡之態，可稱『本色』。

當然，其長調中也不乏佳作，如《念奴嬌》：

啼猿聲裏，正蕭疎一片，霜天秋色。絃續鸞膠看兩兩，比翼連枝無別。洛浦珠沉，湘靈瑟冷，剩有寒螿咽。鍾情我輩，那堪蘭蕙重折。回首燈火春宵，茗爐佳夕，鴛枕偎猶熱。留得零香餘粉在，種就柔腸千結。爲問飛瓊，還歸天上，可憶來時節。蠶絲難盡，夢回簾外殘月。

此爲悼其繼室吴氏之作。以景語始，以景語終，悲慨入骨，情意真摯。典故、詞語運用亦貼切工穩。又《東風齊著力·十四夜用胡浩然韻》：

百寶燈輪，六街鼓吹，做就繁華。鳳城月滿，春到萬人家。多少朱門貴客，張高會、笑擁名娃。香風送，爐添鵲腦，斗帳低斜。幽興亦堪誇。清影裏、凍枝絳燭交加。一簾夜色，别自貯烟霞。小擘烏絲寫句，迎人意、暖閣梅花。閑消受，霜柑素琖，春餅芹芽。

此寫都城繁華盛景，自爲擅場。

不過也應承認，梁清標《棠村詞》中相當一部分作品，内容不離戀情閨閣，過於纖穠而無甚新意，誠如陳廷焯所云：『詞尚穠豔，語必和平，自是福澤人聲口，然論詞未爲高妙。』（《白雨齋詞話全編》卷三）汪懋麟等人之評價，或有過譽之嫌。但總的來説，他在詞作方面的大量創作以及與其他詞人的積極唱酬，都爲京師詞壇的興盛起到了一定的推動作用。

相較詞作的婉轉穠豔，梁清標的詩要顯得清雅澹泊得多。在詩詞的内容表現分野上，他似有相當明確的認識。魏裔介評梁清標七言古詩，云：『讀之使人躁競盡化，可謂静者，可謂達者。』（《清詩溯洄集》）徐乾學評《蕉林二集》，云：『風調高古，不落凡近。』（徐乾學《蕉林二集序》）今人鄧之誠先生評《蕉林詩集》，亦云其『詩筆清麗，讀之能令人低回不已』（《清詩紀事初編》）。清静古雅，是梁清標詩歌風貌的主要特徵。如《蕉林書屋歌》：

主人疎放麋鹿性，小築茆茨愛幽靚。地偏偶結陶潛廬，客至暫開蔣詡徑。種蕉陰陰如緑天，北窗長日疑小年。攢莖抽葉布清影，赤日障蔽空堂寒。倚檻數竿竹，髣髴瀟湘浦。秋晚畦流漠漠雲，夜涼簾捲聲聲雨。主人樂此長閉關，簷花如綺圖書閒。當門不種鉤衣草，入室頻移幽谷蘭。車馬九衢任雜遝，坐擁萬卷心悠然。焚香偃仰復何事，蕭颯志在滄洲間。塵壒紛紛安所極，獨上元龍樓百尺。自笑平生與世違，且對蕉林共晨夕。出門波濤滾滾來，仰視浮雲興太息。

蕉林書屋，正是詩人平素憩息之所，他對自己這個居室的描述，充分體現出其平生追求與好尚。整首詩除『秋晚畦流漠漠雲，夜涼簾捲聲聲雨』兩句外，並沒有著意鍛字煉句，整體顯現出一種隨意、閒雅的氣質，讀之頗令人有出塵之想。又如《立秋》：

涼生一夕絳河流，香滲簷花露氣浮。御苑芙蓉雙闕曉，高城風雨六街秋。官閒臥病慵開帙，客倦遊從漫倚樓。慷慨十年蓬鬢裏，桂叢極目轉生愁。

也頗具清麗之姿。汪懋麟在《蕉林詩集序》中，曾追述梁清標之言曰：『余世家子，又早達，忝竊六卿已二十年。遭逢盛時，幸四體壯盛，生不識藥物，得天不可爲不厚。偶然而爲詩，不過舒余所欲吐，詎能矯情飾志，謬托爲幽憂愁嘆之言，以與天下文學憔悴之士較工拙哉？』梁清標本身是一個相當淡泊的人，他的一生過於平順，身處亂世，仕途卻比盛世中的官宦還要少歷波折。少年中第，中年居八座，晚年入閣。僅有的一次罷官，也在康熙帝親政後被立刻召回。其一生的命運，真可謂『得天獨厚』。他本人固然樂於接受這種安排，但對很多事情的無能爲力，卻也令他的人生態度隱約透露出一種漠然。無功無過，大概是他最希望達到的一個狀態。其詩歌清靜和雅的風格特質，與此不無關係。

但這種『偶然爲之』的態度，也注定梁清標在詩歌方面不可能取得太大的成就。絕大多數情況下，詩歌都不過是他用來酬答他人、平衡自身的工具罷了。在《蕉林詩集》中，將近三分之二的作品內容都是送人任官和宴會應酬，無甚新意。值得關注的反而是他那些『小詩』，尤其是觀劇詩和題畫詩。這類作品往往別出機杼，新穎不俗，在清初詩壇上有別於諸家。觀劇詩如：

霓裳綽約澹無塵，一笑全傾座上人。惆悵曲終雲影散，徘徊欲賦洛川神。（《劉園觀陳伶演秋江劇次雪堂韻》其三）

雛鶯百囀擬輕喉，似笑如顰怪底愁。他日重尋腸斷處，沉沉燭影水邊樓。（《劉園觀陳伶演秋江劇次雪堂韻》其七）

靈和新柳鬭腰身，雲駐秦青滿座春。何事雛鶯能百囀，燈前愁煞聽歌人。（《春宵觀邢郎演劇》其二）

將演劇者的歌喉、動作、表情、儀態都刻畫得十分傳神，並且毫無俚褻之態，純是從藝術欣賞角度出發。同時，他也十分注重對觀劇者——也即自身——感受的描述：

秦青一曲和人難，寫出秋江木葉寒。搖落渾疑江上立，不知酒醒是長安。（《劉園觀陳伶演秋江劇次雪堂韻》其一）

玉茗千秋絕妙詞，玉人檀口正相宜。中丞含笑頻觴客，那識江州泣下時。（《冬夜觀伎演〈牡丹亭〉》其一）

對酒當歌水竹叢，人間何事謗書同？不須重讀三君傳，今古傷心一曲中。（《宋荔裳觀察暮春召飲寓園，觀〈祭臯陶〉新劇，次韻》其一）

梁清標平素十分喜愛觀劇聽曲，家中常蓄女伶，以自娛樂。尤侗《西堂樂府·清平調》卷首記：『客恆山者三月，梁宗伯家居，相邀爲河朔之飲，輒呼女伶侑觴。伶故晉陽佳麗，能發南音，側鬢垂袖，宛轉欲絶矣。宗伯語予：「子爲周郎，試度新曲。」唯唯未遑也。秋水大至，屋漏床床，顧視燈影，獨坐太息，漫走筆成《李白登科》一劇，聊爾妄言，敢云絶調。持獻宗伯，宗伯曰「善」，遂授諸姬習而歌之。』梁清標得尤侗所作《清平調》，甚喜，評曰：『此劇爲青蓮吐氣，極其描畫，鬚眉畢見，使千載下凜凜如生，可謂筆端具有化工。至其蔥蒨幽豔，一一合拍，又餘伎矣。』（尤侗《西堂樂府·清平調》卷首附）可知梁氏不僅愛好劇曲，於音律節拍，亦有會心。其所著《棠村樂府》，收錄散曲、套曲共六十餘首，音節流轉，曲辭諧美，在清初作家中實不多見。也正因此，在觀劇之時，他往往會有較他者更爲精微的體驗和感受，其觀劇詩詞亦較他者數量更多且刻畫細膩。

題畫詩方面，梁清標精於鑒藏，於書畫時常能夠幾筆卽勾勒出其中意境，輕淺流麗，不失諧趣，如：

溪橋流水遶山村，虎落蕭蕭晝掩門。一卷《南華》千樹雨，疎鐘遠寺又黄昏。（《題畫》）

黄葉孤村面淺岡，疎林猶帶曉來霜。草堂盡日無人到，亂水磷磷自夕陽。（《題長源弟〈秋林落照圖〉》）

寒花綺石破蒼烟，雨葉風枝最可憐。蟲語西堂生客思，一庭秋色暮雲天。（《題冒巢民二姬冊子·秋花草蟲》）

何人工潑墨，寫作水雲圖。范蠡扁舟小，嚴陵夜月孤。林光開浦漵，秋色落江湖。滿目風塵

暗，乾坤有釣徒。（《題山溪釣叟圖》）

此外，對於一手賞拔提攜他的順治帝以及與自己志同道合的同僚朋友，梁清標偶爾也會在詩歌當中流露出一些真情實感：

突兀漁陽萬嶺盤，先皇此地葬衣冠。夜深風雨羣靈出，曉起烟霞列帳寒。側席憂勤餘十載，上林涕淚集千官。侍臣徙倚黄雲裏，佳氣葱葱駐馬看。（《六月會葬孝陵恭紀》）

知古高君孰與儔，西曹拄頰對清秋。臨滄每怪何中令，覓句偏憎沈隱侯。靜裏琴心三疊籙，倦來歸興五湖舟。於今林壑多矰繳，避世金門尚可留。（《再贈念東》）

在當時那樣一個時代裏，秉持著『避世』的心態留於『金門』之中，還能夠有這樣的一分真心，已屬不易了。總的來説，梁清標的詩歌清雅而不枯澹，平和而不乏意趣，在清初的京師詩壇上，雖稱不上一流詩人，但亦當入中上之列。

三

關於梁清標的作品，高珩在《兵部尚書蒼巖梁公墓志銘》中云：『著作有《蕉林詩集》、《蕉林文稿》、《棠村詞》、《棠村隨筆》、《棠村樂府》、《蕉林奏草》，間以一二種行世，餘未授梓，藏於家。』此六種中，目前存世者有《蕉林詩集》（及《二集》）、《蕉林文稿》、《棠村詞》（及《二刻》）、《棠村樂府》。另據檢索，各藏書機構所收署名梁清標著者，還有《蕉林近稿》、《蕊香居合稿》、《上谷語錄》等。茲以詩、詞、文、雜著爲序，將其版本情況分述如下：

首先，關於梁清標詩，其內容最富、流傳最廣、版本最精者，爲康熙十七年（一六七八）秋碧堂刻本《蕉林詩集》。此本甚爲多見，據筆者查閱，中國國家圖書館、天津圖書館、北京師範大學圖書館、南開大學圖書館、復旦大學圖書館、保定市圖書館、遼寧省圖書館等均有收藏。因每冊裝訂卷數不同，故有六冊、八冊、十二冊之别。內容相同，皆爲十八卷，分體編次，其中五言古兩卷，七言古三卷，五言律三卷，七言律四卷，五言絶句、六言絶句各一卷，七言絶句四卷。各本皆有白胤謙、魏裔介、孫廷銓、汪懋麟、方象瑛、申涵光、徐釚序，惟順序各有小異。

具體版刻情況，以天津圖書館藏八冊本爲例，半葉九行，行十九字，白口，左右雙邊，單黑魚尾。其他藏本與之形製基本相同，個别藏本有封面，上有『真定梁蒼巖先生著　蕉林詩集　秋碧堂藏板』字樣。《清代詩文集彙編》、《四庫全書存目叢書》所影印之底本，皆爲康熙十七年刻本。〔一〕

《蕉林詩集》所收作品，爲梁清標康熙十五年（一六七六）之前作；其後又刻《蕉林二集》，所收爲康熙十五年至二十四年（一六八五）間作品，五七言古、五七言律、五七言絶各一卷，共六卷。《二集》現存版本僅有一種，即國家圖書館藏清刻本《真定梁氏叢書》之一。無封面，無敘目，半葉九行，行十九字，白口，左右雙邊，單黑魚尾。

《真定梁氏叢書》乃清代真定梁氏家族諸人作品集之彙編，收録內容依次爲：梁維樞《玉劍尊

〔一〕按：《清代詩文集彙編》所採用底本，應爲國家圖書館二三九四四號藏本；《四庫全書存目叢書》所採用底本，爲南開大學圖書館藏本。

聞》十卷，梁清遠《祓園集》八卷、《雕丘雜録》十八卷，梁清標《蕉林詩集》十八卷、《蕉林二集》一卷、《棠村詞》一卷、《棠村詞二刻》一卷，梁允植《藤塢詩集》八卷。《叢書》無序、跋。各卷字體不同，印製紙張則同，當是梁氏後人統一以原版重新刻印所得，故其刊刻年代至早爲清康熙中期（梁清遠《祓園集》爲康熙二十七年刊刻）。其字跡多有模糊之處，整體較爲粗陋。印製既不精善，又未經重新校訂，故版本價值較原刻爲低。

但《蕉林二集》目前惟餘此本。據其作品内容，可推知其初刻當在康熙二十四年（一六八五）之後。也有可能未經刊刻，至《真定梁氏叢書》始鏤版刊行。

除《蕉林詩集》、《蕉林二集》外，梁清標詩集現存於世者，還有《蕉林近稿》、《蕉林書屋集》及《使粤詩》，可作校勘、輯佚之用。

《蕉林近稿》一卷，署『鎮陽梁清標著』，卷首有益都孫廷銓題序。半葉七行，行十六字，白口，四周單邊。其中收録作品以時間順序排列，據此推斷，其結集應在辛丑（順治十八年）、壬寅（康熙元年）前後。大部分詩作與《蕉林詩集》重，惟文字屢有相異之處。故知此本當爲《蕉林詩集》刊刻前行世之梁清標詩集，亦卽汪懋麟《蕉林詩集序》所言『其鋟板以行者，皆出於門生屬吏，南北本各異』者。現藏於國家圖書館。

《蕉林書屋集》一卷，乃清康熙間聶先所刻《百名家詩鈔》丙集第一卷，目録、卷首皆題作《蕉林書屋集》。半葉十一行，行二十一字，黑口，左右雙邊。版心刻『蕉林詩鈔』（卽『蕉林書屋集詩鈔』之省）。收詩共一百零四首，以五七言古、五七言律、五七言絶爲次序編排，不加圈點評語。所收詩作多數從

《蕉林詩集》選出，《蕉林二集》作品亦有選入。現藏於國家圖書館。

《使粵詩》二卷，康熙年間鄧漢儀刻《慎墨堂名家詩品》，評選收錄。題『吳郡鄧漢儀孝威論次，江都汪懋麟蛟門同閱』，前有題首，後有跋文。康熙十二年（一六七三）秋至十三年（一六七四）春，梁清標奉使至粵經理撤藩諸事宜，途中撰有詩歌數十首，《使粵詩》所選錄的卽是這些作品。鄧漢儀、汪懋麟皆爲梁清標友朋，故此選本之異文較有價值。此書現亦藏於國家圖書館。

另外應當提到的是，北京大學圖書館藏有《蕉林詩鈔》二卷，黄紙抄本，無格，無敘目。半葉八行，行二十字，版心有『蕉林詩鈔』字樣。間有評語，書於頁眉。末頁有『愚川』鈐印。此本抄錄梁清標詩僅七十餘首，其中羼入《戊寅重陽雪雨有感》等詩，非梁氏作品，且詩藝不佳；又《千秋臺》詩上批注：『是吾鄉佳景。』據此，則此本乃是畿輔地區後學隨手抄錄之梁氏詩集，版本信息、抄錄者、抄錄時間等皆無從查考，不應作爲校本使用。

以上是梁清標詩集的版本情況。梁氏的詞作，主要收錄於《棠村詞》及《棠村詞二刻》中。《棠村詞》一卷，有清康熙十三年（一六七四）刻本、康熙十五年（一六七六）刻本，國家圖書館、北京師範大學圖書館、天津師範大學圖書館等均有藏。其中康熙十三年刻本共收錄詞作二百零四首，半葉十行，行十九字，黑口，雙魚尾，四周雙邊。卷末有康熙甲寅徐釚跋。據清刻本《棠村詞二刻》梁允桓題識：『甲寅春，家兄治湄太守復請詩餘全集，並《蕉林詩》刻於錢塘。』可知此本應刻於康熙十三年甲寅，諸藏書機構目錄有題爲『康熙十二年刻本』者，實誤。

康熙十五年刻本《棠村詞》，共收錄詞作三百零五首，版面形製與十三年刻本相同。卷首除原序外，另有康熙十五年丁澎序。顯然，此本乃十三年刻本之再録本，内容更爲豐富、完善。

另有清抄本《棠村詞》，爲國家圖書館館藏孤本、善本，半葉八行，行十六字，無格。無序跋，亦無其他刊刻信息，據其紙張形製判斷，當爲清代抄本。其内容與康熙十三年、十五年刻本有重合，亦有二者所無作品，可依此輯補前兩種刻本之缺。

詞集除以上三個版本外，國家圖書館亦藏有鄭振鐸『西諦藏書』本《棠村詞》，一函兩冊，内含《棠村詞》一冊、《棠村詞二刻》一冊。首頁有『長樂鄭振鐸西諦藏書』鈐印。據《二刻》序，其刊刻時間應不早於康熙二十一年（一六八二）。經校勘，鄭藏本《棠村詞》目録、文字皆與康熙十五年刻本無異，且缺損位置一致，故知其乃由康熙十五年刻本覆刻而來。又，《真定梁氏叢書》本《棠村詞》，亦一冊，其文字與康熙十五年刻本、鄭藏本無異。鄭藏本在十五年刻本缺損之外，又有數處墨跡模糊之處，梁氏叢書本與其一致。故知梁氏叢書本實由鄭藏本覆刻而來。鄭藏本、梁氏叢書本《棠村詞》之底本，均爲康熙十五年刻本。

除單行本外，梁氏《棠村詞》亦被清初一些選本所收録。如三卷本《棠村詞》，《清詞珍本叢刊》據清康熙十六年（一六七七）孫默留松閣本《十六家詞》影印，收詞共九十一調一百六十首；《續修四庫全書》影印上海圖書館藏《百名家詞鈔》一百卷，收《棠村詞》一卷，詞作共七十調八十七首。（天津圖書館藏百卷本《名家詞鈔》、國家圖書館藏二十卷本《百名家詞鈔》所收與之相同。）這些選本中亦有一些有價值的異文。

《棠村詞二刻》，主要收録《棠村詞》刊刻行世後梁清標之詞作，現存版本有二，卽鄭振鐸『西諦藏書』本與《真定梁氏叢書》本。前者封面題『棠村詞二刻』，半葉十行，行十九字，黑口，四周雙邊，雙黑魚尾。卷首有康熙壬戌金碩鼐題辭、吳儀一題辭、汪懋麟詞話、梁允桓題識。末頁有『長樂鄭氏藏書之印』鈐印。後者形製、內容與之相同，惟汪懋麟詞話、梁允桓題識被誤刻入《棠村詞》，而不見於《二刻》。故知前者應爲底本。此外，《百名家詞鈔·棠村詞》中，亦有《二刻》作品選入。

梁清標的文章作品，主要收錄於《蕉林文稿》中。《文稿》現存一稿本及一抄本。稿本藏於中國科學院圖書館，抄本藏於國家圖書館，皆爲半葉八行，行二十字，無格，無敘目。以版本價值而言，固然稿本更爲珍貴，但其所收文章數量甚少，僅十八篇。而抄本共收五十二篇，後半部分內容與稿本順序大體一致。據此可知稿本乃散失不全之殘本，而抄本之價值殊爲可信。故整理時，當以抄本爲底本，用稿本加以校勘。

以上是梁清標詩、詞、文集的版本情況，梁氏另有三部作品，今存國家圖書館，皆爲孤本、善本，分別爲《棠村樂府》、《惹香居合稿》及《上谷語錄》。

《棠村樂府》不分卷，清抄本。半葉八行，行二十字，無格，無敘目。主要收錄梁氏的套曲及散曲作品。

《惹香居合稿》不分卷，清順治間刻本。半葉九行，行二十四字，白口，無格，四周單邊。此書爲梁清標、梁清寬、梁清遠三人制義之合集，其中梁清標作品共二十首。有圈點及評語。

《上谷語錄》一卷，清抄本。半葉八行，行十八字，無格，無目。有小引及題辭。關於此書，有學者據其所使用紙張判定爲僞託之作，但此書乃抄本，而非稿本，僅因紙張而下真僞之斷，未免草率。經過對其內容的閱讀分析，筆者認爲，此書當爲梁清標所著。所記述者，乃康熙八年（一六六九）梁氏因遭誣構而赴保定期間與親朋之間的晤談閒話以及平居時的偶然興感，或其自記，或子姪門人所記，故名『語録』。具體到此書之內容及價值，可參見拙作《梁清標〈上谷語録〉的價值與思想史意義》〔二〕，此處不贅。

我於二〇一六年有幸加入杜桂萍教授的國家社科基金重大項目『清代詩人別集叢刊』項目組，選定梁清標作爲研究對象，在研究的同時對其詩文集進行整理校勘。在此過程中，受到了項目組各位老師和同仁非常多的教益。於古籍整理，此前我只停留在理論階段，從未真正獨立地完成一部書的工作。這次經歷，使我得到了極大的鍛煉和提高。在此，向始終關心、教導我的杜桂萍教授致以最誠摯的感謝，感謝您給我這樣一個難得的機會！另外，人民文學出版社的周絢隆老師（時爲副總編輯）、葛雲波老師耐心地指出我在整理過程中的問題所在，使我得以不斷完善書稿；杜廣學師兄作爲責編，審讀精嚴，教我以不足，指我以未明，爲本書得以早日出版付出了大量的辛勤工作，在此一並致以謝意！

由於本人學養有限，工作中闕漏失誤之處，恐難避免，敬祈方家不吝教正。

〔二〕杜桂萍、陳才訓主編《明清文學與文獻》第十輯，社會科學文獻出版社，二〇二一年，第四〇八至四二四頁。

凡例

一、《蕉林詩集》十八卷，以天津圖書館藏康熙十七年秋碧堂刻本爲底本，校以清刻本《蕉林近稿》（簡稱『《近稿》』），參校以《百名家詩鈔·蕉林書屋集》（簡稱『名家詩鈔本』）、《慎墨堂名家詩品·使粤詩》（簡稱『《使粤詩》』）。底本污損模糊而校本、參校本未收之處，據《四庫全書存目叢書》所影印南開大學圖書館藏本或《清代詩文集彙編》所影印中國國家圖書館藏本，進行輯補。

二、《蕉林二集》六卷，以中國國家圖書館藏《真定梁氏叢書》本爲底本，校以《百名家詩鈔·蕉林書屋集》（簡稱『名家詩鈔本』）。

三、《蕉林近稿》一卷，以中國國家圖書館藏本爲底本，只錄取《蕉林近稿》所有而《蕉林詩集》所無之詩作。

四、《棠村詞》一卷，以中國國家圖書館藏康熙十五年刻本爲底本，校以康熙十三年梁允植刻本（簡稱『初刻本』）、清抄本《棠村詞》（簡稱『清抄本』），參校以《清詞珍本叢刊》影印康熙十六年孫默留松閣刻本《棠村詞》（簡稱『留松閣本』）、《續修四庫全書》影印康熙綠蔭堂刻本《百名家詞鈔·棠村詞》（簡稱『名家詞鈔本』）。詞調斷句以康熙《欽定詞譜》爲準。

五、《棠村詞二刻》一卷，以鄭振鐸藏清刻本爲底本，校以康熙綠蔭堂刻本《百名家詞鈔·棠村詞》（簡稱『名家詞鈔本』）。

六、《蕉林文稿》一卷，以中國國家圖書館藏清抄本爲底本，校以中國科學院圖書館藏稿本影印本（簡稱『稿本』）。

七、《棠村樂府》，以中國國家圖書館藏清抄本爲底本。

八、《惹香居合稿》，以中國國家圖書館藏清順治間刻本爲底本。只選取其中梁清標作品，評語按照底本格式照録於文後。

九、《上谷語録》，以中國國家圖書館藏清抄本爲底本。因其中部分内容涉俚涉穢，故略加删節，並用小字注明删節字數。

十、『詩文輯佚』中所收佚文，主要從方志文獻、詩文酬答及碑刻資料中輯出。《蕉林詩集》與《棠村詞》失收作品，已分别列於其後，不再列入此處。

十一、集末附録，分爲『傳記資料』、『年譜簡編』、『酬唱追贈』、『序跋贊題』四部分，以供讀者研究參考。

十二、底本的衍、訛、脱、倒處，一律出校；與底本有異文或有參考價值者，一律出校。異體字、俗體字，徑改爲正體，不出校；避諱字徑改回本字，不出校；通假字、古今字，除生僻者外，不出校。凡字跡漫漶不清、空缺而無法校定者，用缺字符『□』標示。

目録

前言……一
凡例……一

蕉林詩集

蕉林詩集序……白胤謙　三
敘……孫廷銓　四
序……魏裔介　五
序……申涵光　六
序……汪懋麟　七
序……方象瑛　八
序……徐　釚　一〇

五言古一

擬古……一一
閒意……一一
夏日閒居……一三
初春北上留別兄弟……一三
蘆溝河遇風……一四
再宿石門驛遇風……一四
壽家學士兄……一四
贈南雄尹生……一五
登盤山作……一五
秋日……一六
幽蘭歎……一七
階草吟……一七
送子遠都諫省覲歸三原……一七
題新安劉孝子卷……一八

五言古二
宜溝道中……一九
江北旅中……二〇
贛州得王敬哉同年寄來家報……二〇
發雄州……二一
空城吟……二一
重過圓津菴……二二
七言古一
長安道上行……二三
玉堂行……二三
雕橋行樂圖歌……二四
贈同門紀光甫比部齎詔浙西……二四
贈米吉土學博……二五
郊獵篇……二五
相逢行贈王望如孝廉……二六
張司馬井異歌……二七
張司馬還山歌……二七
金魚池歌……二八
送大司寇李公還長山侍養歌……二九
燕市歌……三〇
雨中聽梨園演黃孝子傳奇……三〇
范陽行……三一
漁陽老將行……三一
贈大叔父歸里……三二
贈吳晉公……三二
大雪齋中夜坐……三三
李園行……三三
大叔父舉孫喜而有賦……三四
歲暮行……三四
落日行……三五
贈王安之觀察……三六
題胡菊潭館師畫竹冊……三六

臥雲草堂歌……三七
舟子行……三八
出寬奠峪……三八
施長也草堂歌……三九
退谷歌……三九
蕉林書屋歌……四〇
潭園歌……四一

七言古二

挽船曲……四三
春風亭歌……四四
民夫謠……四四
驛卒謠……四五
古今行……四五
豺虎行……四五
邯鄲少年行……四六
公無渡河……四六
行路難……四六
爰居行……四七
夾城圍……四七
周陽五……四八
老敕使……四八
餓主父……四八
魏其侯……四九
王鐵鎗……四九
孫郎來……五〇
烏林捷……五〇
團練使……五〇
徐無山……五一
霸陵尉……五一
百鹿歌壽袁封公……五一
題王筠侶畫……五二
山雨樓圖歌……五二
成文穆公素園圖歌……五三

嘉莊農隱圖歌……五四
題青藤古塢圖歌……五四
題賈膠侯尚書園亭……五五
墨莊行贈上谷王近微……五五
三烈行……五六
題何蕤音侍御古藤書屋……五六
題竇應喬侍御柘溪草堂圖……五七

七言古三

邯鄲行……五九
銅雀臺歌……六〇
上灘行……六〇
登觀音巖……六一
峽江行……六一
送沈同文歸海鹽……六二
對月……六二
題上三立中丞所藏畫竹卷……六三
題惲正叔花渚遊魚圖……六三
新秋龍眠方邵村毘陵楊亭玉廣陵劉存
永汪蛟門石城張黄美集余秋碧堂索
飲太和春爲賦長歌……六四
題汪蛟門百尺梧桐閣圖……六四

五言律一

長安人日……六七
元夕……六七
早朝……六八
孤雁……六九
新柳……六九
見燕……六九
花朝……七〇
上巳……七〇
春懷……七〇
送陳岱清還越……七一

輓孫二如先生……七一
秋懷……七三
胡韜穎同年入京賦贈……七八
送常法次黄門罷官還蒲城……七九
寄强九行同門並謝見訊……八〇
送舅氏歸里……八〇
寄懷陳伯倫同年時寄余書……八一
贈米吉士司訓冀州……八一
送虞亮工同年還越……八二
初冬感賦……八二
冬日觀出師……八四
哭吴暄山老師……八四
李吉津張仲若冬日過訪飲惠泉水賦贈……八六
己丑初度……八六
讀李吉津同年詩……八七
除日……八七
己丑除夕……八八
庚寅元日……八九
早春出郭望西山……八九
清明出遊……八九
清明遊農壇……九〇
花朝前同吉津敬哉飲米吉士齋中……九〇
春日送行登雙龍菴閣……九一
自傷……九一
草橋……九二
慈蔭寺樓……九二
碧霞元君祠閣……九二
祖氏園亭……九三
夏日苦旱……九三
送胡韜穎再往真定寓東園……九四
秋初葵石兄以新詩見示次韻……九四
秋陰……九四
立秋……九五
新秋卧病……九五

處暑前一日……九五
中秋飲外舅太僕公宅……九六
秋夜飲嚴蓼嶼夢蝶齋……九六
秋懷……九七
定興道中……九八
保定道中拜漢昭烈關壯繆張桓侯廟……九八
晚行新樂道中……九九
送公白弟北上……九九
春暮新晴出郭……九九
上巳靈壽道中……一〇〇
寄謝李吉津同年見訊……一〇〇
夏日郊亭觀荷……一〇一
立秋集叔父宅……一〇二
七夕小集……一〇二
彥兒生日……一〇二
秋夜聞雁……一〇三
送郝冰滌侍御按蜀……一〇三
送張仲若同年頒親政詔之河南……一〇四
暑病……一〇四
暑雨……一〇五
立秋……一〇六
秋雨……一〇六
題夢園……一〇七
秋夜……一〇八
對酒……一〇八
送閻蒼漪進士歸里……一〇八
遣興……一〇九
感興……一一〇
嘉兒入國學爲詩示之……一一二
中秋……一一二
秋日次李吉津韻……一一四
贈周大洽……一一四
夜坐苦寒……一一四
武闈曉雨……一一五

正月十四夜……一一五
十五夜……一一六
十六夜……一一六
元夜小集同武穎凡金岱觀公白弟雅倩姪……一一六
送王百成叔丈赴京闈……一一七
送二叔父南遊……一一七
除夕……一一八
遊蒼巖初度嶺……一一八
上寨道中……一一八
登山至絕頂……一一九
癸巳立春……一一九
九日登高……一一九
冬日從獵南苑……一二〇
春日奉命賑上谷出都門……一二二
宿良鄉縣遇雨……一二二
涿州道中……一二二
定興道中小憩古寺……一二三
至保定……一二三
完縣有木蘭祠……一二三
易州懷古……一二四
秋日閒居……一二四
送申喦盟還廣平……一二五
春晴遊趙氏園亭……一二五
送陸集生歸雲間……一二六
對雨……一二六
送魏崍庵同年侍養還遂平……一二九
題李司寇陳姬遺像……一二九
初晴見月……一三〇
秋夜聞雷……一三一
雪中宵行……一三一
輓李仲宣司理殉難……一三一
寄贈趙君聖根令武安君忠毅公孫也……一三二
贈馬子貞守濱州……一三三

寄懷張仲若同年……一三四
送同門張月征還金華……一三四
送金岱觀還嘉興約春月入都……一三五
送任雲石工部権稅龍江關……一三六
送秦維明令安定……一三六
雪夜……一三七
送婁中立令青浦時余方驅車入都……一三七
驛亭夜雪……一三七
定州立春……一三八
定州觀雪浪石……一三八

五言律二

南苑閱武應制……一三九
送顧子明俶還太倉……一三九
贈陸咸一守裕州……一四〇
夏日漫興……一四〇
送程翼蒼館丈司教蘇州……一四二
送王望如司李泉州……一四三
送賈正儀守遼州……一四三
曉出都城……一四四
觀獵……一四四
懷柔縣夜坐……一四五
西山道中……一四五
密雲督府署夙稱壯麗先少保曾建節於此余奉使過之止存頹垣敗壁而已徘徊四顧不禁泫然因賦三律以志感愴……一四六
登署中文昌閣……一四七
署中友月亭……一四七
驛亭對月……一四八
山雪曉行……一四八
宿順義縣……一四九
望通州戶部分司署余少從先大人居此……一四九
慈蔭寺贈建恆上人……一五〇

喜雨……一五〇
新秋送姚瑞初歸吳門……一五〇
七夕……一五一
新葺齋成……一五一
曉行薊州道中……一五二
入山……一五二
雨中出馬蘭關……一五四
黃花山遇雨雹……一五四
盤山……一五五
三河縣……一五五
贈程箕山同年之河南任……一五六
夏日寄葵石兄村居……一五六
送原礪岳司馬請假歸蒲城……一五六
新築堂成……一五七
秋日遣興……一五八
贈錢長孺司李之貴池……一五八
中秋前二日夜坐……一五九
中秋夜集……一六〇
秋夜偶興……一六〇
元夜齋中獨坐……一六〇
十六夜集家光祿堂中……一六一
立春……一六一
送史煥章黃門給假歸鄱陽……一六一
清明前一日遊高廟……一六二
寒食劉淇瞻少司馬招遊憫忠寺萬壽宮……一六二
送吳晉公之隴西任……一六三
送百翁叔岳之石埭任……一六三
送李蘅若同年之嶺右……一六四
正月十四夜雪中王湛求方伯召飲金魚池……一六五
清明……一六五
上巳……一六六
花下小飲……一六六
送王仲昭內弟令宣化……一六六

夏夜集襄璞方伯金魚池寓舍同石生總憲淇瞻司馬似斗司寇……一六七
雨後坐齋中……一六八
初冬送少宰大兄予告歸里……一六八
春日送光禄兄侍養歸里……一七〇
聞家兄新愈寄書志喜……一七一
雨中宴坐……一七一
輓徐玄文吏部母夫人……一七二
新晴……一七三
紫薇花……一七三
偶成……一七三
秋日遣興……一七四
除夕……一七四
元日……一七四
恭聽先皇遺詔……一七五
春齋偶興……一七五
春日劉淇瞻司馬召飲城南草亭同孫沚亭太宰石仲生馮易齋兩少宰陳念萋司馬朱又君副憲劉魯一京兆……一七五
贈牟緑原山人還清源……一七六
題沈仲顯小像……一七七
上初視朝曉雨如注及御殿豁然晴霽喜而恭賦……一七七
題孫太宰沚園秋望圖……一七七
同門曹靜之登第……一七八
喜劉子濬甥登第……一七九
暑中遥憶鄉園秋色綴屬成詩以解煩悶……一七九
七夕……一八〇
題山溪釣叟圖……一八〇
題冀比部梅花卷卷首有椒山先生詩……一八〇
裴太安人節烈詩……一八一
送蔡子虚水部備兵睢陳……一八一
題青壇相國浮丘山房圖……一八二
立秋……一八三

送王孝輿歸山陰……一八三
送孫沚亭相國予告歸益都……一八三
清明……一八四
立秋……一八四
七夕……一八五
九日……一八五
嘉兒生日展其小像爲詩哭之……一八五
新秋……一八六
送吳薗次出守吳興……一八八
送姚六康令石埭……一八九
丙午除夕……一八九
丁未元日……一九〇
人日雪中臥病……一九〇
劉魯一司馬奉使過恆山見枉賦謝……一九〇
秋日西郊水村道中……一九一
里中水患……一九一
送張黃美歸廣陵……一九一
郊行……一九二
戊申除夕……一九二
己酉元日……一九二
立春……一九三
元夕……一九三
夏日……一九三
新秋微雨……一九四
于岱仙同年召飲廿客園賦謝……一九四
過定州……一九五
題嚴旣方先生嗜退庵……一九五
元宵前章紫儀司馬召飲園亭……一九六
元夜小集……一九六
酬錢仲芳見寄……一九七
昊天寺訪郝雪海不遇……一九八
題同年夏普生小紀……一九八
題清豐故侯宋公益詠堂……一九八
送承篤姪令錢塘用汪蛟門韻……一九九

題錢仲芳畫冊……二〇〇
送湯家駒年丈之向武州任……二〇〇
寄門人陳賡明……二〇一
送成魯公佐吉水……二〇一

五言律三

贈胡紗山歸白下……二〇三
弘恩寺……二〇四
延壽寺……二〇四
涿州道中拜桓侯廟……二〇四
初過家……二〇五
發真定……二〇五
趙州署中次郭快庵壁間韻……二〇五
內丘署中次快庵韻……二〇六
遊圓津庵……二〇六
臨洺關……二〇七
邯鄲道中野望……二〇七
謁呂翁祠……二〇八
宿磁州……二〇八
湯陰拜武穆祠……二〇九
渡淇水……二〇九
梅心驛……二〇九
山行……二一〇
安慶道中……二一〇
江夜……二一一
江行……二一一
望余忠宣墓……二一一
小孤山雨泊……二一二
登小孤山謁天妃祠用壁間李中丞韻……二一二
再題小孤山……二一三
舟過彭澤……二一三
遊湖口石鐘山次壁間韻……二一三
鞋山……二一四
舟過豐城曲江村登龍山書院中高閣……二一四

峽江雨中……二一五
過臨江……二一五
晚晴至吉水……二一六
吉水曉發……二一六
泰和道中……二一六
月中聞笛……二一七
舟中遣懷……二一七
抵南安……二一七
拜先大人祠……二一八
重遊興隆庵……二一八
彈子磯……二一九
過湞陽……二一九
峽山……二二〇
橘燈……二二〇
三水道中……二二一
將抵南海……二二一
雨中束裝……二二二
登舟喜晴……二二二
雨過峽山……二二三
舟過觀音巖……二二三
雨漲溜急稍晴牽纜始行十數里……二二四
韶陽雨中換舟……二二四
花朝阻雨……二二五
雨中過嶺……二二五
豐城道中喜廣陵張黃美至……二二六
過樵舍……二二六
登天門山……二二七
浦口曉發……二二七
雨行……二二八
渡淮……二二八
固鎮喜晴……二二八
抵京寓……二二九
中秋與弟姪輩小飲……二二九
贈朱宜庵門人令靖江……二三〇

長至雪……二三〇
初夏憶蕉林……二三〇
午日小飲……二三一
立秋……二三一
夜晴……二三一
除夕……二三二
人日……二三二
送陸恂若之江右藩幕……二三二
春日祖仁淵召飲賦謝……二三三
友人初夏召飲李園午餘忽雨移晷晴霽……二三四
初夏王胥庭大司馬招飲怡園同敏公家
宰公治司空雪海侍御……二三四
贈黃子允進士……二三五
送若水弟就教職雨後歸里……二三五
贈楊亭玉歸毘陵……二三六
贈方邵村侍御次姚彥昭韻……二三六
中秋前二夜長源弟誕日小飲對月……二三七
春日次韻酬徐電發……二三八

七言律一

送張伯珩同年按蜀……二三九
送同門黃聚公歸山陰……二四〇
送江右羅孝廉司教浮梁……二四〇
贈陳岱清同門……二四〇
送同年張嗣留還海寧……二四一
慰常法次黃門言事被放……二四一
重陽前送吳晉公別駕之任吳門……二四二
冬日感懷……二四二
送同年胡韜穎還太原……二四二
卜居……二四三
贈同年翁仲千選內翰……二四三
送公美兄賀長至還過里門……二四四
春日錢仲芳有書見訊賦謝……二四四
寄胡韜穎中丞時寓真定僧舍……二四五

胡韜穎過訪邸中……………………………二四六
送同門强九行還無錫………………………二四七
喜雨……………………………………………二四八
新秋感興………………………………………二四八
過椒山先生墓…………………………………二五〇
歲暮胡韜穎返自都門余訪之於東園………二五〇
元夜……………………………………………二五一
椒頌集生寓書見訊兼寄董宗伯法書
　賦謝…………………………………………二五一
夏日送白東谷同年奉使吳楚便道歸省……二五一
夏日登陽和樓…………………………………二五二
寄懷王敬哉同門………………………………二五二
寄懷韜穎中丞招還恆山………………………二五三
寄答徐長善同年兼訊趙問源………………二五三
送莊澹庵館丈主試楚中………………………二五四
寄葵石家兄……………………………………二五四
酬問源同年贈扇………………………………二五四
寄懷魏石生給諫………………………………二五五
送姜匯思侍御巡視茶馬入秦………………二五五
寄贈李吉津奉使江南便道歸省……………二五五
送喬肖寰同年奉使河西……………………二五六
送呂見齋同年奉使嶺南……………………二五六
送蕭都閫之雲中………………………………二五六
元夕同魯挹庵都護宴集………………………二五七
北上別叔父及諸兄弟叔父别墅名雕丘
　多種蓮………………………………………二五七
送芝三兄奉太夫人歸蘭陽…………………二五七
贈胡韜穎同年撫治鄖襄……………………二五八
寄嶺南陸令遠少參……………………………二五八
送同門黃聚公還山陰…………………………二五八
送同門甘衢上還豐城…………………………二五九
贈黃岡秦維明孝廉……………………………二五九
夏日還官………………………………………二六〇
送人從征………………………………………二六〇

寄魯都護……二六〇
寄諸兄弟……二六一
送王望如進士假旋金陵……二六一
中秋飲外舅太常公宅……二六二
秋日出郭次吉津韻……二六二
柬同年高念東……二六三
早過金魚池……二六三
九日……二六四
武闈夜坐……二六四
宮紫玄同年將歸賦此留之……二六五
送紫玄歸海陵……二六五
除夕……二六五
送大司農党于姜先生還秦中……二六六
送喬肖寰予告還解州……二六六
送施長也比部守紹興……二六七
送張嗣留守許州……二六八
贈李吉津出塞……二六八
贈皆如開士……二六九
送析木比部守饒州……二七〇
送郁光伯比部備兵漳南……二七〇
送王金章侍養還中州……二七一
送單拙庵司成省親歸高密……二七一
贈江采石還吳門……二七一
哭殤女……二七二
送公美兄之禮縣任……二七二
送彭推官之平陽……二七三
寄李吉津……二七三
吉津書來卻寄……二七四
送宋玉叔僉憲之任隴西……二七五
送紀光甫同門守邵武……二七六
寄懷趙問源……二七七
送趙一鶴令兩當舊任伏羌皆鞏昌屬……二七七
水關泛舟同高念東少宰呂見齋宗伯……二七七
立秋……二七八

喜張穉恭應詔入都賦贈……………………二七八
送穉恭歸廣陵……………………二七九
送同年黄存是還無錫……………………二七九
秋日過金魚池岳武穆祠……………………二八〇
送劉潛柱給諫還江寧……………………二八〇
送王楚先同年頒詔贛州便道歸省……………………二八一
贈秦瑞寰中丞填撫浙江……………………二八一
送王青芝僉憲之槜李……………………二八二
贈蕭含之擢嶺南少參……………………二八二
中秋集水部叔父宅……………………二八二
中秋待月夜分始見……………………二八三
贈胡蒼恆使君備兵洮岷……………………二八三
寄白東谷……………………二八四
送宮紫玄還廣陵……………………二八四
送蕭子雲行人齎詔閩中……………………二八五
送念東歸淄川省覲……………………二八五
送湯陰董淡園令彭澤……………………二八七
贈馮濙洲中丞撫延綏……………………二八七
送史煥章假歸鄱陽……………………二八七
武穎凡令永和書來卻寄……………………二八八
望吉津書不至……………………二八八
再寄吉津……………………二八九
甲午除夕……………………二八九
乙未元日……………………二八九
寄安之内兄備兵榆林兼司餉……………………二九〇
送芝三兄歸養……………………二九〇
送呂見齋宗伯致仕還安邑……………………二九〇
贈周御清黄門還荊溪……………………二九一
送張晦先侍御按嶺南……………………二九二
贈二叔父……………………二九二
送何誕登司李瓊州……………………二九二
送閆蒼漪司李梧州……………………二九三
送寶臣舅氏之任臨洮……………………二九三
王安之參藩大梁便道歸里寄懷……………………二九三

順治十三年仲春上駐蹕南苑閱武行蒐禮召廷臣四品以上同詞臣恭視賜宴行宫各賦五七言律五七言絶句每體一首應制……二九四
贈張大將軍南征……二九四
送張仲若司馬開府雲中……二九五
送王晉劉學憲之河南……二九六
送李繼俊令寧海……二九六
過金魚池訪友人不遇……二九六
送張溫如中丞撫江右……二九七
送人出守越中……二九七
送金又鑣恤刑河南……二九八
昌平野望……二九八
檀雲遇雪……二九八
登大佛閣……二九九
薊城感懷……二九九
宿石門驛……二九九
遊湯泉……三〇〇
望三屯營……三〇〇
觀素練泉……三〇〇
遵化感懷……三〇一
薊州道中聞盤山諸刹之勝不獲往遊悵然有賦……三〇一
薊門漫興……三〇二
過潞水……三〇二
送馬玉笥考功侍養還安邑……三〇二
送吳先生赴河東參藩蓋舊遊地也……三〇三
贈兵憲陳使君撫寇功成復任井陘……三〇三
寄懷見齋兼訊湯餅之喜……三〇四

七言律二

上巳郊行……三〇五
登慈蔭寺閣……三〇五
蘆溝道中……三〇六

送羅皇庵致政歸里……三〇六
送大叔父備兵德州……三〇七
送劉安東兵部典試粵東……三〇七
夏日漫書次家少宰韻……三〇八
送張晦先遭繼母夫人喪還里前按粵曾撫巨寇……三〇八
夏日閒居……三〇九
贈高二亮同年……三〇九
送高淑觀補龍南令……三一〇
秋夜餞晉公之桂林……三一〇
贈同年鍾一士佐郡河間時以詩詞見示……三一〇
送公美兄赴楚臬幕寮……三一一
送顧蒨來考功假旋吳門……三一一
送笪在辛歸丹徒……三一一
送彭燕又司李汝寧……三一二
送晉公別駕之嶺右……三一二
送行塢薛先生致政歸河陽……三一三
贈王孝輿還越……三一四
挽胡韜穎督府……三一四
贈陳昌箕學博……三一五
送劉安東備兵建南……三一六
寄少宰兄村居……三一六
贈賀宣三令丹陽……三一六
送王燕友假歸合肥與宋直方饒型萬同舟……三一七
送金又鑣出守汝南……三一八
送徐玄文考功還武林……三一八
秋懷……三一九
哭張仲若制府……三一九
送孫怍庭黃門假歸歷下……三二〇
送葉眉初登第歸崑山……三二一
寄懷錢仲芳并謝寄詩……三二一
戊戌除夕……三二二
己亥元日……三二二

元夕……三二三
吴甥至自里門……三二三
送李五鹿司農歸山右……三二三
送嚴顥亭給諫還武林……三二四
贈卜聖遊同年……三二四
贈菊潭桂先生……三二四
寄强九行同門時遊真定……三二五
春日家園樂……三二五
春日帝京樂……三二五
聞王師入滇……三二六
贈益都孫公子……三二六
春日雨中傅掌雷司農招飲城南賞花……三二六
送王襄璞方伯還閩中……三二七
聞張晦先自越中攜書歸走筆寄訊……三二七
送李文孫少參之河北任……三二七
送王伊人侍養歸雲間……三二八
送楊雪嵐宗伯侍養還河内……三二八
送萬扶滄之任太原……三二九
送郭石公守順德……三二九
送劉憲評中丞撫寧夏……三二九
送趙一鶴令趙城……三三〇
秋日送婁鶴笙進士歸里……三三〇
送吴玉隨編修予告還全椒兼寄訊玉鉉……三三〇
訪李貳公宗伯……三三一
送劉瀛洲大司空致政歸蘇門……三三一
初夏齋中……三三二
午日王襄璞方伯召飲金魚池次王敬哉
大宗伯韻……三三二
送袁九敘司農巡撫雲南……三三二
送丘曙戒中允左遷瓊州别駕……三三三
送張晦先僉憲之松龍……三三四
送婁鶴笙令涇縣……三三四
送張伯珩司空開府關中……三三五
輓外舅王太常公……三三五

虞臣家弟分闔台州……三三六
高子奮水部往視蘆政……三三七
王蘭陔水部分司武林……三三七
喜雨……三三八
喜李吉津入關寄贈時方有親喪……三三八
寄鄒元獲文學……三三九
送王襄璞方伯補任山西……三三九
辛丑元夕值先皇鼎湖之變齋宿署中……三三九
送王止庵觀察閩中……三四〇
送欽敘三還吳門……三四〇
贈田髴淵孝廉歸雲間……三四〇
清明郊行……三四一
送白東谷司寇予告歸陽城……三四一
念東書來卻寄……三四三
輓范介五館丈……三四四
送王玉銘大司農葬親歸滇中……三四四
送孫沚亭太宰省覲歸益都……三四四
張晦先書來得聞生子喜寄……三四五
贈張著漢考功侍養歸里……三四五
送王印周學使之江右……三四五
送宋尚木同年守潮州……三四六
送杜子靜奉使金陵……三四六
送吳玉騧黄門歸全椒兼訊玉鉉……三四七
送李漢清少司馬予告歸高平……三四七
送姜定庵都諫還越……三四八
送高弗若侍郎侍養歸韓城……三四八
贈張大光職方督學川中前曾典試入蜀……三四九
送陸咸一學憲之閩中……三四九
贈何少參之關中……三四九
李廷尉母夫人苦節詩……三五〇
贈郝雪海……三五〇
送胡道南侍御還越……三五〇
贈濟南葉濟水守西安……三五一
六月會葬孝陵恭紀……三五一

送張晦先少參之滇中…………三五一
送熊雪堂先生歸豫章…………三五二
送何誕登參藩入蜀…………三五三
送張公選學憲之中州…………三五三
送程貫三歸嶺南…………三五三
送李來園廷尉歸漢陽…………三五四
送季滄葦侍御省覲歸廣陵…………三五四
送朱山輝參藩左江…………三五五
贈汪雲襄中翰…………三五五
送葉嵋初司理貴陽…………三五六
贈會稽姜鉄夫…………三五六
贈李旭公…………三五六
贈客…………三五七
送王望如司理衡陽…………三五七
送史焕章給諫歸鄱陽…………三五七
罷官口占…………三五八
送杜子靜歸里…………三五八
杜子靜中舍先有歸志予爲四詩送之後
不果行前詩久棄敝簏中矣今春予被
放歸田乃先子靜去人生聚散豈有定
乎遂仍書前作復爲一詩留别…………三五九
輓吳磊石侍御…………三六〇
題牟明府新構水亭…………三六〇
送方邵邨侍御南歸…………三六一
送繆子長還吳門…………三六一
送尤展成使君兼謝扇頭新詞…………三六二
贈朱霜劬學博…………三六二
贈成魯公年丈…………三六二
贈漢陽吳禹石先生…………三六三
送何甤音侍御歸檇李…………三六三
贈丁飛濤南歸…………三六三
送董玉虬侍御參藩隴右…………三六四
寄魏貞庵相國…………三六四
寄懷劉增美中丞用芝麓宗伯贈别家…………三六五

兄韻……三六五
贈李來臣司理改令永寧……三六五
寄懷張晦先學憲……三六六
董福兄少宰春日見枉寄謝……三六六
寄懷王北山黄門兼謝詩扇……三六六
贈呂文輔秀才……三六七
上谷喜晤陳藹公用龔芝麓韻……三六七
陳藹公招飲燕山草堂賦謝……三六七
贈别翁渭公駕部……三六八
贈金右黄……三六八
送季闢山佐郡之南寧……三六八
夏日過高司寇湄園觀新築水亭……三六九
贈沈繹堂館丈……三六九
初入都門同里諸公召飲霍龍淮納言投
以新詩依韻賦謝……三六九
寄懷宫紫鉉……三七〇
題平孺人節孝傳……三七〇
贈平子遠……三七〇
送友人備兵潮陽……三七一
送張儁升備兵淮海……三七一
送許鶴沙觀察滇中……三七一
寄汪自周同年兼謝惠詩……三七二
送王伯雍同年歸蜀中……三七二
寄松帥翀天……三七二
柏鄉相國蒙恩予告次退谷韻……三七三
送貞庵相國歸里即次見贈原韻……三七三
寄同年朱周望……三七三
送張東山少司寇致政歸陽城兼懷白
東谷……三七四
送澹餘少宰填撫黔中……三七四
高念東擢少司寇賦此志喜……三七四
寄袁九敘撫軍……三七五
贈王中立總河……三七五
張晦先學使入覲過齋中夜話……三七五

送張晦先往黔中……三七六
贈杜子靜初授編修……三七六
郝雪海見過邸中賦贈……三七七

七言律三

暮春齋中小飲……三七九
退谷先生云廿年閉戶唯送貞庵相國及余始一出耳感而賦此……三七九
贈王文遜守沔陽……三八〇
送李伯清令滋陽……三八〇
送劉廣昇金吾歸安邑……三八〇
寄贈周觀我明府守應州……三八一
送嚴方公司農歸楚中……三八一
送霍龍淮納言歸里……三八二
送門人潘起代請告歸建昌……三八二
寄懷劉潛柱同年時入川督幕府有書來……三八二
雨霽……三八三

送吳玉騧同年假歸淮南兼憶玉隨……三八三
姜定庵內擢後仍補諫垣賦此志喜……三八三
賀于岱仙侍御以京卿改補諫垣……三八四
輓錫山同年許習之……三八四
高念東姬人亡爲詩輓之用東坡韻……三八四
夏夜馬觀揚侍郎招飲觀劇……三八五
新秋……三八五
贈井陘道蔡方山使君……三八五
送夏次念東韻……三八六
七夕小飲……三八六
送熊青嶽學士還孝感省覲……三八六
劉莊卽事次念東韻……三八七
再次念東韻……三八七
送易晴湄榷關滸墅……三八七
送德徵舅氏令鹿邑……三八八
送許青嶼侍御歸毘陵……三八八
秋夜齋中憶去年此日北上宿伏城驛親

友雨中話別忽忽浹歲感而賦此……三八八
送施愚山少參南歸遊嵩山……三八九
送劉峻度明府之曲陽……三八九
贈徐文侯方伯……三八九
贈嶺南張迭兩令莆田……三九〇
送高弗若司空予告歸韓城……三九〇
送馬覲揚司寇請假歸平湖……三九〇
中秋小集……三九一
中秋後二日石仲生侍郎召飲金魚池莊……三九一
贈張幹臣學士左遷歸廬陵……三九二
送王羽登同年歸山陰……三九二
九日登靈佑宮閣……三九二
送夏敬孚侍御假歸壽春兼追憶普生
同年……三九三
秋日次念東韻……三九三
瀛臺卽事……三九四
畫眉……三九四
念東有歸志爲詩留之……三九四
再贈念東……三九五
哭門人黃雪筠中翰……三九五
哭門人潘起代給諫……三九六
送何昭侯聞母喪歸山陰……三九六
送龔太守之平涼……三九六
送同年陳巽甫請假歸里……三九七
送吳孟舉歸石門……三九七
送孫令之南靖……三九八
送林非聞同年歸四明……三九八
送念東請假歸里次張敦復韻……三九八
送上三鉝副憲歸冀城……三九九
送黃次辰太宰請假歸武林……三九九
寶應侍御喬聖任先生家居偶寫小像一
鶴忽飛集庭下依依不去廿餘年矣……四〇〇
送門人王子厚給諫歸鄢陵……四〇〇
初夏……四〇〇

送門人董默庵典試滇南……四〇一
送宋荔裳觀察之蜀中……四〇一
用雲間朱彥則韻贈承篤姪令錢塘……四〇二
秋日閒居……四〇二
送門人沈康臣典試江南……四〇二
秋陰……四〇三
送朱彥則之中州即用見贈原韻……四〇三
壬子歲暮汪蛟門舍人以黃熟橄欖相餉
並示新詩次韻賦謝……四〇三
送衛聞石相國歸里……四〇四
送楊鄂州駕部歸楚中……四〇四
送杜子靜太史請假祀墓……四〇四
送張正甫學憲之蜀中……四〇六
送杜振門總憲致政還蒲坂……四〇六
送洪瑞玉學憲之秦中……四〇六
送張學憲之閩中……四〇七
送李星巖侍御改令信宜……四〇七
寄懷仙遊同年徐元孺兼謝畫扇……四〇七
送謝瞻在侍御扶侍歸定海……四〇八
贈王蓼航中允外補贛南副憲……四〇八
齋中合歡花盛開蛟門舍人有詩見詒次
韻和答……四〇九
送周量職方出守桂林……四〇九
送萬榕眉備兵肅州……四一〇
送黃無庵備兵甘山……四一〇
送門人夏鄰湘省覲歸丹徒……四一〇
夏日上賜宴瀛臺觀荷恭紀……四一一
送何玉其孝廉下第歸嶺南……四一一
寄懷同年呂半隱兼謝寄畫……四一二
送白祇常令雲和……四一二
贈趙山子孝廉歸吳江……四一二
寄懷同年關六鈐……四一三
送鄧元固假歸東昌……四一三
送許元公守紹興……四一三

送李鄴園少宰開府浙中……………………四一四
送吳臥山歸雲間……………………四一四
贈周緘齋編修假旋錫山……………………四一四
送黄都護之川東……………………四一五
送喬石林假歸寶應……………………四一五
送金長真守廣陵……………………四一六
送陳編修扶侍歸閩中……………………四一六
輓門人張禮存……………………四一七
送張素存編修歸省……………………四一七
送徐原一編修歸崑山……………………四一七
送汪蛟門舍人還廣陵余適有嶺海之行……四一八

七言律四

奉使出都……………………四一九
上谷對月……………………四一九
新樂驛亭次壁間韻……………………四二〇
里門留别二家兄次原韻……………………四二〇
趙郡懷古……………………四二一
次韻酬喬百一……………………四二一
圓津庵贈涵萬開士……………………四二一
過順德感懷……………………四二二
鄴中懷古……………………四二二
渡漳河……………………四二二
湯陰贈董澹園世兄……………………四二三
謁殷太師比干墓……………………四二三
途中聞龔芝麓宗伯凶問爲詩哭之……………………四二三
渡黄河……………………四二四
雍丘晤何年伯兼悼大次……………………四二四
汴上喜晤馮蘧海同年……………………四二五
睢陽次韻酬葉元禮時遊梁館王公垂家……四二五
寧陵贈王弁伊先生……………………四二六
雪苑酬贈陳子萬兼懷其年……………………四二六
過宋弔侯子朝宗……………………四二七
拜張許六王祠……………………四二七

留別宋牧仲……………………………………四二七
留別王公垂次原韻……………………………四二八
舅氏令鹿邑過宋夜話署中因作家書賦
此志別…………………………………………四二八
大店曉行用何子受韻…………………………四二八
靈璧驛中見美人圖頗有所肖感賦……………四二九
無題……………………………………………四二九
宿臨淮…………………………………………四三〇
望虞姬墓………………………………………四三〇
定遠懷古………………………………………四三〇
合肥贈王用潛…………………………………四三一
署中夜坐聞太守衙中演劇悵然賦此…………四三一
包龍圖祠………………………………………四三一
贈姚無匡………………………………………四三二
贈王內實世兄…………………………………四三二
舒城懷古………………………………………四三二
贈郡司馬周公…………………………………四三三
拜左忠毅公祠…………………………………四三三
次韻酬程其相館丈……………………………四三四
靳紫垣中丞召飲四宜亭賦謝…………………四三四
皖城書院………………………………………四三四
同靳中丞登迎江寺塔…………………………四三五
皖江登舟寄懷劉潛柱同年……………………四三五
東流舟次見月…………………………………四三五
贈靳紫垣中丞…………………………………四三六
舟中同門人龍二爲坐雨………………………四三六
小孤山神祠次壁間韻…………………………四三六
舟過潯陽………………………………………四三七
彭蠡湖…………………………………………四三七
舟過匡廬不能躡屐登覽遠望憮然聊賦
四詩以識向往…………………………………四三七
詠髻山…………………………………………四三九
詠鞋山…………………………………………四三九
仲冬十五夜……………………………………四三九

湖中風泊…………四四〇
董右君中丞招飲滕王閣…………四四〇
雪夜姚少參諸君招飲再登滕王閣…………四四一
旌陽萬壽宫…………四四一
過東湖…………四四二
章門追悼熊雪堂先生…………四四二
輓羅皇庵同年…………四四三
贈楊陶雲館丈…………四四三
留別朱天中同年…………四四四
過豐城追悼史龍門同年…………四四四
同門豐城甘衢上沒二十年矣舟過小江口乃其故居公子來謁言孀母尚在不禁愴然賦此志感…………四四四
舟中喜晤豐城劉隆初同年賦贈…………四四五
拜英佑侯蕭公祠…………四四五
廬陵小泊…………四四五
雨中讀羅弘載新詩樂府賦贈…………四四六
粤中開府諸君有使來迎漫賦…………四四六
儲潭讌集…………四四六
王蓼航憲副召飲賦贈…………四四七
度大庾嶺…………四四七
至南雄…………四四八
初度…………四四八
始興道中…………四四八
舟晴漫興…………四四九
寄尹瀾柱吏部…………四四九
韶守馬子貞偕榷使閫帥觴余曾龍書院…………四四九
曲江…………四五〇
遊飛來寺…………四五〇
初至羊城…………四五一
嶺南立春…………四五一
除夕…………四五一
元日…………四五二
人日…………四五二

遊海幢寺……四五二
海珠寺……四五三
登北城望粵秀山……四五三
舟發羊城……四五四
劉持平撫軍嚴玉寰都護餞余海幢寺……四五四
嶺南喜晤唐巖長同年又攜酒送余江中
夜深爲阻賦此志別……四五四
留別芝五省元……四五五
留別何玉其孝廉……四五五
歸舟漫興……四五六
舟中留別諸門人……四五六
贈曲江吳元躍孝廉……四五七
雄州尹二爲少受先大夫之知首倡入祠
賦此志感……四五七
贈溫伯起學博……四五七
留別金繩武制府……四五八
雨霽過平圃……四五八
贈陸孝山郡侯……四五八
輓程貫三處士……四五九
輓尹俠仙學博……四五九
留別遲默生學憲……四五九
暮抵南安仍宿舊寓水閣其家方婚……四六〇
王蓼航邀登鬱孤臺並示詩集賦贈……四六〇
灘路喜晴……四六〇
泰和蕭孟昉臥病以家集見詒蕭有研鄰
春浮遯圃諸園最爲名勝舟過不獲往
遊賦此寄贈……四六一
送羅弘載歸越……四六一
江上與陸悔若言別……四六二
送呂松若門人之錢塘……四六二
章江道中風雨夜泊……四六二
章門遇方婁岡館丈兼懷邵村……四六三
清明舟中……四六三
上巳江行……四六三

舟入大江不及由武林姑蘇悵然賦此……四六四
皖城偶感……四六五
讀王雲從學博敝帚編……四六五
皖江阻風得見家書……四六六
過蕪湖……四六六
梁山坐月……四六七
采石磯……四六七
金陵道中……四六八
抵白門……四六八
寄錢塘令家姪承篤兼懷徐電發……四六九
寄懷汪蛟門……四六九
次韻酬劉潛柱同年……四七〇
雨中寄懷方邵村侍御……四七〇
陳旻昭同年諸公子過江來晤念其家貧
兼悼亡友仍用潛柱韻……四七〇
偶感……四七一
與昭性家兄話别……四七二
醉翁亭……四七二
豐樂亭……四七三
關山……四七三
滁陽弔吳玉鉉中舍玉騶黄門……四七三
池河驛……四七四
白鸚鵡……四七四
紅鸚鵡……四七四
西洋犬……四七五
濠州雨中送春……四七五
何子昭侯遊楚不遇貧寓廣陵書來相問
走筆慰之……四七五
初夏……四七六
悼滄葦侍御……四七六
過商丘……四七七
遊白雲寺……四七七
會亭驛晤德徵母舅時方引例乞養……四七七
睢州留别王公垂兼懷葉元禮……四七八

雍丘驛署何既白年伯馮蘧海同年芝三
家兄夜集三公齒俱高皤然相對亦客
中嘉會也……四七八
留別王弁伊先生……四七八
大梁懷古……四七九
曉渡黃河……四七九
遙望蘇門……四七九
湯陰晤王東皋侍御……四八〇
渡滹沱……四八〇
次韻酬陳藹公……四八〇
送寧元著侍御言事歸廣平……四八一
送黃蘭巖憲副之寧夏……四八一
劉魯一謫官家居書來相問以詩寄謝……四八二
送姚陟山門人請告歸吳興……四八二
新秋適平圃巡檢至言嶺南近狀有感……四八二
送陳祺公少參之粵西……四八三
贈錢珥信武選擢山東學憲……四八三
寄懷杜子靜館丈……四八三
送戴絲如比部出守南雄……四八四
送門人王麟仲中舍歸山陰……四八四
贈張致堂比部視學粵東……四八四
送魏雖伯侍御視兩淮鹺政……四八五
秋日偶成……四八五
九日……四八五
送解蘭石視學江南……四八六
重陽後二日宋蓼天侍郎召飲黑龍潭同
魏環溪侍郎……四八六
送鄭元闇中舍從王師赴江南……四八七
送李華西中舍從軍汝南……四八七
送洪琅友中舍從征江右……四八七
同年李吉津訪雪海於中山書來相問
卻寄……四八八
送白仲調進士歸秣陵……四八八
初雪……四八八

上三立同年歸翼城以詩留別次韻奉贈 …… 四八九
贈袁杜少卽次原韻 …… 四八九
送尚元長郎中擢上江驛鹽僉憲 …… 四九〇
富川劉令殉節詩 …… 四九〇
送梁園歸蘭陽省覲 …… 四九〇
初度大雪次趙鐵源館丈見贈韻 …… 四九一
送陳緯雲歸宜興 …… 四九一
甲寅除夕 …… 四九一
乙卯元日 …… 四九二
元夕諸門人集邸中觀燈沈康臣卽席賦二詩次韻 …… 四九二
送邵戒三學憲之江右 …… 四九三
送吳曉岳門人歸海鹽 …… 四九三
送何子受員外歸山陰 …… 四九三
夏日袁六完納言召飲城南園亭 …… 四九四
送趙鐵源館丈典試粵東卽次留別原韻 …… 四九四
閏五月十六日王師凱旋上迎勞於南苑曉降大雨移時晴霽成禮而還恭紀 …… 四九五
送史子修門人省覲歸溧陽 …… 四九五
哭湯千里年姪 …… 四九五
苦雨 …… 四九六
送紀孟起職方典試豫中 …… 四九六
喜舉次子 …… 四九六
題朱邸書屋 …… 四九七
輓門人沈康臣 …… 四九七
九日登靈佑宮閣 …… 四九八
贈郝雪海再補侍御 …… 四九八
次韻寄酬徐電發 …… 四九八
送孫開盛中翰歸四明 …… 四九九
親藩書屋 …… 五〇〇
贈平子遠次貞庵相國韻 …… 五〇〇
送陳說巖宮詹祭告北鎮次徐健庵韻 …… 五〇〇
送楊爾茂宗伯祭告嵩嶽 …… 五〇一
送任海眉司寇祭告楚粵 …… 五〇一

送王子言少詹祭告畿内諸陵……五〇一
送熊子布令邯鄲……五〇二
送程蕉鹿僉憲視學浙中……五〇二
送勞書升僉憲視學山左……五〇二
相國專征……五〇三
送邵瞻兩僉憲視學江南……五〇三
題新安江氏雙節冊子……五〇三
送興若孝廉歸廣陵……五〇四
送芷公孝廉下第歸廣陵……五〇四
贈佟儼若公子之江右……五〇四
送春次張敦復春遊韻……五〇五
送吳篤生學士歸里……五〇五
送許文石妹丈歸里……五〇五
送何天咫舍人扶侍歸曹州……五〇六
贈韓珠崖館丈歸娶……五〇六
輓孫北海先生用環溪韻……五〇七
送王子厚黄門引疾歸里……五〇七
綏德馬孝廉見過劇談移晷賦此爲贈……五〇七
送楊聖企廷試歸濟寧……五〇八
送柯岸初侍養歸嘉善……五〇八
輓陳東海大都護……五〇八
讀新安呂忠節公年譜遺集賦二詩弔之……五〇九
送孫屺瞻學士省覲歸吳興……五〇九
贈張青樵侍御侍養歸山左時有兄喪……五一〇
送王襟三門人令滕縣……五一〇
寄酬高念東卽次原韻時念東有炊臼之戚……五一〇
送徐彥和編修歸崑山……五一一
立秋……五一一
贈杜子靜中允……五一二
輓艾長人大司寇……五一二
送徐方虎編修歸德清用環溪韻……五一二
送歸孝儀還虞山……五一三
送于岱仙司寇歸上谷……五一三

贈吳門施亮生鍊師……五一三
九日登靈佑宫閣……五一四

五言絶句一
南苑閲武應制……五一五
宿山驛……五一五
野望……五一五
村夜……五一六
山夜……五一六
署中偶作……五一六
種蕉……五一六
種竹……五一七
夏夜……五一七
齋雨……五一七
種竹……五一七
寄諸弟姪……五一八
題畫……五一九
題秋山蕭寺圖……五一九
夏夜苦熱因作遠想走筆爲詩用解暑暍……五一九
渡黄河望後舟不至……五二一
江月……五二一
始見梅花……五二一
清溪道中……五二一
會亭驛喜幼平表弟來迎口占二首……五二二
代柬答郝復陽送雪……五二三
題扇面花渚遊魚……五二三

六言絶句一
行旅……五二五
夏日……五二六
夏日遣興……五二六
登舟……五二八
廣州舟式頗佳……五二八
過彈子磯……五二八

舟發南安見梨花……五二九
過南康縣……五二九
荻港……五二九

七言絶句一

春日……五三一
春暮報國寺始見杏花……五三二
春懷……五三二
春雪……五三三
南苑閲武應制……五三三
瀛臺卽事步高念東少宰韻……五三三
石門驛道中……五三三
雜詠……五三四
通州……五三四
潞水偶成……五三五
山村……五三五
盤山訪同年李光泗不遇……五三五
過香花庵……五三六
題王鴻臚海棠畫……五三六
秋夜小集聽彈箏……五三六
二月雪……五三七
送胡菊潭館師致政還山……五三七
正月十六夜齋居……五三七
曉起入朝卽事……五三八
春日送子壁内弟歸里……五三八
春郊卽事……五三九
陳念蓋司馬召飲西郊雨阻不赴悵然
有作……五四一
燕市……五四一
題劉淇瞻畫扇……五四一
高梁橋……五四二
樸庵舅氏自臨洮歸里賦四絶志喜……五四二
長安早秋……五四三
秋日閒居……五四三

雨中同家兄昭性猶子承篤夜話……五四四
秋夜……五四四
雨夜……五四四
立秋……五四五
秋懷……五四五
秋憶趙郡風物成雜詠三十首……五四七
秋日憶兩兄家園之樂賦寄……五五三
秋月……五五四
中秋……五五五
昭性兄歸里……五五五
落葉……五五五
有感……五五六
贈吳秋林南歸用芝麓總憲韻……五五七
孝陵林下偶成次沚亭相國韻……五五八
夜坐苦雨……五五八
壽大叔父……五五九

七言絕句二

劉園觀陳伶演秋江劇次雪堂韻……五六一
題朱天章琴瑟靜好圖……五六三
秋日郊行……五六三
秋日……五六四
題扇壽二叔父……五六四
許秋厓齋中碧桃開爲賦二絕……五六四
椒山祠……五六五
忠烈祠……五六五
少年行……五六五
城南放舟……五六六
遊來青園……五六七
春雨……五六七
雨後寄家書……五六八
春日感興……五六八
過日涉園……五六九

登樓遠眺……五六九
己酉除夕……五六九
庚戌元旦……五六九
送郝雪海歸中山……五七〇
對月……五七〇
日涉園看海棠……五七一
贈陳藹公……五七一
讀藹公文集……五七二
寒食……五七二
無題……五七二
閨怨……五七三
馬上望西山……五七三
上谷道中……五七三
小憩方順橋……五七四
望見定州……五七四
讀郝雪海錦江十六疏……五七五
陳藹公索詩壽傅使君……五七五
寄郝雪海有引……五七六
過羅莊鋪有感……五七六
登定州城南高臺……五七六
讀雪浪石銘……五七七
贈王子極將軍……五七七
寄謝王敬哉惠畫扇……五七七
夏夜藹公過邸中月下聽度曲……五七八
哭王安之內兄……五七八
歸途雜詩……五七九
初夏同藹公遊不蕪園次韻……五八一
登樓納涼……五八三
喜雨……五八三
若水弟招飲南郊觀荷……五八三
輓傅哲祥使君……五八四
遊眾春園拜韓魏公像……五八四
曉發中山……五八五
慶都縣遇中秋……五八五

再宿上谷邸中……五八六
張桓侯廟……五八六
涿州遇雨口占……五八七
遊恩惠寺……五八七
長揚店土人呼爲小蘆溝……五八七
渡蘆溝橋……五八七
題松溪談道圖……五八八
寄懷同年金又鑣……五八八
題畫……五八八
暮春郊行……五八八
袁六完都諫召飲馮莊觀海棠……五八九
冬夜觀伎演牡丹亭……五八九
昭性兄令休寧無茶寄戲作……五九〇

七言絶句三

贈柳敬亭南歸白下……五九一
坐雨……五九二
夏日……五九二
雷雨……五九三
苦熱……五九三
奏事南海子馬上口占……五九三
夜雨……五九三
齋中舊竹一叢歸去三年入都喜亭亭如故冬月寒甚忽皆凍死呼僮伐去感慨係之因成絶句……五九四
雨中買紫薇花……五九四
瀛臺卽事……五九四
雨中種竹……五九五
苦熱偶吟……五九五
憶蕉林……五九六
立秋……五九八
庭中茉莉開……五九八
寄德滋弟……五九八
七夕……五九九

壽施硯山侍御五袠……五九九
秋齋……六〇〇
宋荔裳觀察暮春召飲寓園觀祭皋陶新
劇次韻……六〇〇
家園牡丹正開……六〇一
陳藹公首選入成均喜而賦贈……六〇一
題湯公牧所藏顧元放畫冊……六〇二
夏日……六〇二
壽孫北海先生八袠……六〇三
秋日……六〇三
雨夜聞鳥啼……六〇四
秋夜……六〇四
同年呂半隱作畫見寄有更飛烟靄到長
安之句次韻賦謝……六〇四
代柬送蛟門合歡花……六〇五
和蛟門舍人瀛臺賜宴紀事……六〇五
念東欲遊葑臺看菊有詩嘲朝士既而不
果行亦爲詩嘲之……六〇六
壽丁母七袠……六〇六
悼亡……六〇六
題內子小像……六〇八
蛟門舍人見貽黄扇名香賦此代柬……六〇八
哭張晦先憲副……六〇九
壽海鹽戚華藩太公……六一〇
題沈生愛菊圖……六一〇
題長源弟山房觀梅圖……六一〇
題沈同文美人宴坐圖……六一一
題長源弟秋林落照圖……六一一
立秋……六一一
題畫……六一一
題水部吴臥山小像……六一二
劉魯一司農贈研山賦謝……六一二

七言絶句四

過蘆溝……六一三
琉璃河……六一三
宿涿鹿馮胎仙夜送酒果……六一四
安肅道中……六一四
徐河橋……六一四
宿欒城與親友話别……六一四
柏林寺觀吳道子水……六一五
趙州橋……六一五
柏鄉道中拜漢光武祠……六一五
偶談平原君事……六一六
叢臺懷古……六一六
照眉池……六一六
過汴城……六一七
陳留懷古……六一七
歸德道中……六一七
宿州道中……六一八
判虎臺……六一八
旅夢……六一八
桐城道中松……六一八
練潭……六一九
姚注若寄字扇畫梅賦謝……六一九
舟發皖城……六一九
舟望……六二〇
望五老峯……六二〇
輓座師羅吳皋先生……六二〇
大洋洲……六二一
少日遭風住沙溪經旬今舟過詢長年不
得其處悵然有感……六二二
雨夜……六二二
病中……六二二
舟過茅姑山……六二二
曉望吉安……六二三

贈張篔山館丈……六二三
洲上閒步……六二四
過十八灘……六二四
喜晴……六二四
舟近贛州口占……六二五
江邊紅梅盛開……六二五
少從先人過嶺宿南安周生宅旬餘今其家人盡沒宅已屬他人改爲客店不可復識矣……六二五
長春庵讀先大夫德政碑……六二六
太平橋……六二六
贈興隆庵老僧寂法……六二六
再得家書口號……六二七
岸邊見桃花……六二七
過曹溪……六二七
望夫岡……六二七
南海道中小泊口占……六二八
元夕……六二八
花田多種素馨粤女穿花飾髻昔人有風流惱陸郎之句今名白蜆殼數欲往遊未果……六三〇
僧舟送定心泉水……六三〇
湞陽雜詠……六三一
過韶石……六三一
石墨……六三二
舟泊江口……六三二
歸至南雄老吏來迎……六三二
重遊南雄郡署……六三三
贛江歸舟……六三三
曉發萬安……六三五
雨村……六三五
阻風……六三五
市汊乍晴……六三六
舟泊章門……六三六

吳城……六三六
湖晴……六三六
過星渚……六三七
過小孤……六三七
喜見江月……六三八
舟中觀吳綵鸞書唐韻……六三八
望潛山……六三八
暗石磯……六三九
太子磯……六三九
望九華山……六三九
過項王祠……六三九
三山晚泊……六四〇
風阻……六四〇
過江趨浦口……六四〇
江浦道中……六四一
烏衣鎮……六四一
大柳驛見牡丹……六四一
三月三十日宿州旅中……六四二
永城道中……六四二
衛輝署中看月……六四二
淇水……六四三
嵇侍中祠……六四三
豐樂鎮雨宿……六四三
邯鄲見芍藥……六四三
邯鄲曉行……六四四
過呂公祠……六四四
順德道中……六四四
邢州對月……六四四
中山道中……六四五
舊店夜雨……六四五
良鄉道中……六四五
送恆翁叔岳歸里……六四五
寄高念東……六四六
題孫北海先生小像……六四六

題上三立畫冊兼以識別……六四七
次韻寄鄧孝威……六四七
題董伯帷小像……六四八
三月三十日口占……六四八
汪蛟門寄居士貞畫趙松雪帖及扇頭新詞賦謝……六四九
親藩書屋命題……六四九
花朝偶興……六五〇
觀董北苑夏山雲靄圖……六五〇
入朝雨中聞楚信口占……六五一
夏夜……六五一
題朱天章摹仇英箜篌圖……六五二
門人張芳傳寄翡翠盤白團扇賦謝兼懷劉存永……六五二
題李文饒見客圖……六五三
夜坐……六五三
題越辰六借書圖……六五三
題冒巢民二姬冊子蘋花戲魚……六五四
秋花草蟲……六五四
老少年……六五四
蠟梅……六五四
跋……梁允植 六五五

蕉林二集

五言古一

題貞靖祠雙松圖……六五九
題孫氏怡園圖卷……六五九

七言古一

贈同年孫涉菴歸四明……六六一
題宋牧仲所藏程端伯先生江山臥遊圖……六六二

題晤真圖卷……六六二
許生洲思硯齋歌……六六二
永寧程總戎母康太夫人殉寇難爲賦投崖行……六六三

五言律一

春日過萬柳堂……六六五
秋曉……六六六
夜坐……六六六
九日……六六六
贈雲陽賀天士歸隱鶴溪……六六七
初度……六六七
丁巳除夕……六六八
戊午元日……六六八
寒食……六六八
送德滋弟司訓薊州……六六九
春日梁園邀遊萬柳堂……六六九
送鄭簡侯令臨邑……六七〇
哭姚龍懷大司寇……六七〇
輓法荊南公子兼慰黃石方伯……六七二
中元夜……六七二
初冬王胥廷大司馬新築山房告成招飲……六七三
贈陳子文佐縣安邑……六七三
亡室生日值次七……六七四
寄懷黃俞邰兼謝寄洪芳洲集……六七四
送陳子將門人請急歸同安……六七五
題沈鳳于被園偕隱圖……六七六
己未立秋……六七六
送李天生檢討歸養……六七七
輓縉雲鄭賓水先生……六七七
西郊即事……六七八
送梁園出守寶慶……六七九
題洪谷一學憲白雲巖廬居圖……六七九
七夕……六八〇

立秋……六八〇
中秋……六八一
九日登高廣陵張子適至……六八一
贈趙兗玉令衡水……六八二
望石門驛……六八二
上巳步水濱小雨仍往看杏花……六八二
歸途山中夜雨……六八三
薊門道中……六八三
贈零陵令王良輔……六八三
秋夜劉增美中丞招飲次韻……六八四
寄贈施愚山典試河南便歸宣城……六八四
三月晦前一日子濬奕臣二甥招飲祝氏山莊次蛟門韻……六八五
送汪舟次太史奉使琉球……六八五
辛酉七月上賜讌於瀛臺兼頒綵幣恭紀時蘭開甚盛……六八六
送王聘三佐郡夔門……六八七
送徐電發太史歸吳江……六八七
題南陵劉珮長依水園冊子……六八八
輓同門王敬哉先生……六八八
輓何子受侍御……六八九
題田雨來太史冊子……六九〇
贈張雪岑除武昌別駕……六九〇
送孫子立太史奉使安南……六九〇
送宋牧仲僉憲備兵通永……六九一
題同門王文貞公畫扇……六九一
贈玉輪禪師……六九二
贈陳子萬明府令安平……六九二
哭二兄……六九三
贈徐鈞甫學博之中山……六九四
送陳子莊歸婁江……六九四
暮春飲祝氏山莊……六九四
送許亭育甥赴邠州……六九五
題楊覺山都諫乙閣……六九五

送方渭仁門人請急歸里……六九六
贈杞縣令徐定山……六九六
送劉存永門人還廣陵兼懷季角……六九七

七言律一

送白祇常令儀封……六九九
浮梁令王介初殉節詩……六九九
丙辰初度……七〇〇
丙辰除夕……七〇〇
丁巳元日……七〇〇
元夕……七〇一
寄懷王近微僉憲……七〇一
送祖仁淵備兵口北……七〇一
送張豫章歸雲間……七〇二
午日……七〇二
贈内兄吳讓三司教唐縣……七〇二
送賈叶六門人令咸寧……七〇三
送冀公治大司空歸廣平……七〇三
寄懷史煥章時僑寓江寧有西河之戚……七〇三
張東峯吏部殁於官當易簀時夫人封氏誓以身殉扶柩歸里卒死之因挽以詩……七〇四
送王用潛令鎮安……七〇四
贈吳門顧明曾……七〇四
次韻酬顧明曾……七〇五
贈雲間董蒼水孝廉入閩謁吳伯成觀察……七〇五
送田子綸水部歸里省覲……七〇五
寄贈維揚蕭靈曦……七〇六
維揚宗梅岑寄余詩扇賦此寄謝……七〇六
挽范覲公督府殉閩難在纍繫中著有武夷曲從死者數十人……七〇六
贈湯西厓歸武林卽次見貽原韻……七〇七
贈張眉仲令安定……七〇八
送陳子厚歸海寧曾齋尊公岱清同門遺

集數十卷相示……七〇八
送陳子文由大梁歸海寧……七〇八
贈張一衡歸閩中時候選縣令久館於環
溪少司農家……七〇九
送蔣亮天大參督糧浙中……七〇九
送姜定菴少京兆之官奉天攜廣陵贈別
詩相示……七一〇
送季闢山佐郡嘉興兼追悼滄葦……七一〇
送徐岩叟使君請告歸江南……七一一
送吳臥山乞養歸雲間……七一一
輓孫沚亭相國……七一一
輓孫公子仲愚……七一二
送袁丹叔守嘉興……七一二
送沈餘庵員外乞養歸吳門……七一三
送何蕤音請告還檇李……七一三
送龔憲副入賀還秦中……七一三
贈同年劉桓公歸蓬萊……七一四
送杜子静侍讀請急歸南亭……七一四
送松圃兄令夏邑……七一四
送陳省齋郎中視學嶺南……七一五
送姚文起令侯官……七一五
贈王純嘏比部擢江右方伯……七一五
贈唐濟武館丈……七一六
贈石大都護鎮畿南……七一六
七夕小飲聞將出師……七一七
石門吳母丘孺人苦節詩……七一七
輓葉元禮中翰……七一七
重陽前一日宋旣庭尤悔庵陳其年田鬃
淵黄俞邰龔放瞻集蕉林小飲旣庭見
贈新詩依韻奉酬……七一八
送葉丙霞學憲之秦中……七一八
贈魏環溪總憲……七一九
題姚榕似方伯神游閣……七一九
送宋牧仲比部榷關贛州……七二〇

輓尤悔庵夫人……七二〇
送劉訓夫學憲之山西……七二一
送詹乃庸學憲之江右……七二一
春日雪中宣捷口占……七二一
送劉木齋學憲之江南……七二二
方渭仁重葺健松齋賦詩紀之……七二二
暮春口占……七二二
送關中□□□授正字歸廣陵……七二三
送吳天章歸蒲州……七二三
送李武曾歸嘉禾……七二三
送于龍河少司農歸文登……七二四
送任海眉少司寇歸聊城用田兼三韻……七二四
送宋旣庭孝廉歸吳門次扇頭話別韻……七二四
送子遠致政歸三原……七二五
暑雨偶興……七二五
題張鞠存吏部鄉賢合祀錄……七二五
送葉井叔歸楚……七二六
送邵簡子世兄歸姚江……七二六
送上虞徐仲山歸越中所著資治文字一
書力不能梓將圖入閩……七二七
贈孫愷似孝廉赴淮南……七二七
送孫怍庭少司馬歸歷下……七二七
送曹煉石少參之任武昌……七二八
輓方石潮館丈節母李太夫人……七二八
寄高念東少司寇兼爲勸駕……七二九
送史雲子少參之東兗……七二九
送王仲昭赴常州郡守幕……七三〇
寄懷林思兼同年卽用見貽原韻……七三〇
送丁雁水職方分臬虔南……七三〇
送勞書升少參督糧黔中……七三一
夏夜……七三一
喜雨……七三二
送西陵陸藎思歸湖上……七三二
陳藹公以詩見寄次韻奉酬……七三二

雨中漫興……七三三
送田子綸督學江南……七三三
輓周彝初督府……七三四
送張沁西令湘潭……七三四
送遲蘊生令錢塘……七三四
庚申秋日上賜蓮藕風菱恭紀……七三五
寄承篤姪守延平……七三五
送次典姪令泗水……七三六
秋日漫興……七三六
送王北埜督學嶺西……七三六
送趙天羽榷關揚州……七三七
送念東少司寇歸淄川……七三七
送藺覲玉同年歸蒲城……七三八
送陳臨谷守蘇州……七三八
庚申立春次日初度……七三九
庚申除夕……七三九
辛酉元日……七四〇
送劉介庵之淮徐……七四〇
送譚愼伯守衡州……七四〇
送郝雪海中丞開府粵西……七四一
恭送仁孝孝昭兩皇后梓宫……七四一
二月廿五日從駕恭謁孝陵……七四二
雲巒寺前杏花下小集……七四二
石門驛雜詠……七四二
雨中與容齋少司農共話……七四三
村居望薊丘……七四四
潞河卽事……七四四
康熙辛酉季春上駐蹕馬蘭峪召扈從諸
臣賜觀湯泉應制……七四四
送祖文水使君之永平……七四五
送田兼三少司農歸陽城……七四六
送朱小晉少司農歸聞喜……七四六
贈周月如並謝惠畫……七四六
寄懷徐行清中丞……七四七

輓馮母兩代太夫人雙節……七四七
送馮再來少司寇歸葬太夫人……七四七
毛太母黃孺人苦節詩……七四八
送李書雲黃門歸江都……七四八
贈子可王年家令建昌……七四九
送趙武昔権關維揚……七四九
送王子諒內弟佐郡寧波……七四九
康熙壬戌正月十四日上賜讌乾清宮觀鰲山恭賦……七五〇
送余佺廬開府吳中……七五〇
送林澹亭學憲之中州……七五一
送李子靜侍郎祭告鎮之會稽……七五一
送張敦復學士假歸龍眠……七五一
寄酬雲間張帶三同年卽次來韻……七五二
題徐立齋臨流小照……七五三
送蔣莘田糧憲之嶺南……七五三
齋中春暮……七五三
送當湖沈客子南歸……七五四
贈吳漢槎南歸次徐健庵韻……七五四
送西蜀劉棠溪都諫予告僑寓東昌……七五四
贈李□□使君備兵井陘……七五五
送同年純一杜相國予告歸里……七五五
送魏亮采出守建昌便道歸省……七五六
送馮易齋相國予告歸益都……七五六
送陸恂若別駕之梁苑……七五七
送丁次蘭學憲之閩中……七五七
贈輪菴開士卽次見貽原韻……七五七
贈楊令鴻僉憲之任溫處……七五八
送鄭元闇中舍佐郡宛陵……七五八
送于桐江考功歸文登兼懷龍河少司農……七五八
壬戌除夕……七五九
除夕再疊前韻和季角……七五九
癸亥元日……七五九
元日再疊前韻和季角……七六〇

送門人陸義山編修歸檇李時方舉子……七六〇
送張晴峯水部視學浙中……七六〇
送周星公儀部奉使安南……七六一
送門人唐偕藻侍御假歸閩中……七六一
送張又南大廷尉省覲歸秦中……七六一
送金亦庵少司馬填撫閩中……七六二
送王麟仲門人佐郡廣平……七六二
送雲間杜讓水令廣昌……七六三
送富雲麓少宗伯引疾歸淄陵……七六三
送方渭仁門人典試蜀中……七六三
寄贈韓醉白卽次見貽原韻……七六四
大司寇劉端敏公崇祀學宮賦此志慰……七六四
輓上谷賈母孫太夫人……七六五
送尤悔庵太史歸吳門卽用其歸興六
首韻……七六五
中秋適海上捷至……七六六
九日小集時病初愈……七六六
贈張飛熊大都護……七六六
輓郝雪海中丞……七六七
輓潞河任君聘同年……七六八
送姚陟山門人視學楚中……七六八
送成仲謙少參分藩武昌……七六九
送杜肇餘少宰奉使閩粵……七六九
送祖仁淵少參之□南……七六九
癸亥除夕次徐立齋韻……七七〇
甲子元旦次徐立齋韻……七七〇
元夕小集……七七〇
送許筠庵黃門予告歸廣陵……七七一
送薛梁公中丞開府皖江……七七一
楊荊湖僉憲之任嶺南以其兩尊人懿行
見示賦此爲贈……七七一
送門人劉祥其水部典試嶺南……七七二
送門人任千子給諫典試楚中……七七二
送高九臨郎中出守瑞州……七七二

簡陳藹公……七七三
贈汪叔定南還……七七三
送魏環溪大司寇予告歸蔚州……七七三
送李子靜少司農南歸……七七四
贈成子來計部榷稅嶺南……七七四
送王子厚祭告東鎮東海……七七五
贈張善述真人……七七五
送徐敬庵少司空擢漕督……七七五
送邵戒三學士假歸武林……七七六
送趙武昔門人視學閩中……七七六
送李維饒侍講督學江南……七七六
送王顓庵宮贊督學浙中……七七七
送王奕臣內姪榷稅浙海……七七七
輓楊崑岳大司空……七七七
夏夜末麗初開……七七八
彭太史母黃太孺人旌節詩……七七八
贈李恆嶽太公榮封……七七八
贈許師六太史……七七九
贈崔蓮生運使……七七九
送王子喜庫部出守鎮江……七七九
贈方婁岡館丈……七八〇
乙丑中秋小集時芷公將歸兼懷季角……七八〇
寄盱江湯佐平先生……七八一

五言絕一

坐雨……七八三
曉起……七八三
雨後……七八三
題畫……七八四

七言絕一

題牡丹畫扇……七八五
輿中口占……七八五
題王烟客仿李營丘畫冊……七八五

齋中聽雨……七八六
村店午夢……七八六
夜雨……七八六
送羅弘載赴湖南幕……七八七
送吳慶百歸武林……七八七
送徐大文歸武林……七八八
宗定九持吳中顧樵水漁笛圖索題……七八八
題顧茂倫雪灘釣叟圖次施愚山韻……七八九
題陶侶姪溪風閣圖……七八九
臧介子門人令曹縣寄牡丹數種賦謝……七九〇
新春八日萬柳堂卽事……七九〇
春宵觀邢郎演劇……七九一
題蛟門所藏冒姬鴛鴦圖……七九一
再疊前韻贈邢德郎……七九一
寄德滋弟村居……七九二
秋齋偶成……七九二
題畫……七九三
冬日郊迎王師……七九三
念東屬題文衡山雪圖……七九四
題王漢侯暢心閣……七九四
代東答念東……七九五
立春日念東出都走筆贈二詩以代驪唱……七九五
爲汪舟次題金蓮歸院圖……七九六
題葉茂華小照……七九六
元夕燈詞……七九六
清明微雨……七九八
聞穆孫遊泮口占……七九九
石門驛雨中……七九九
山村初見杏花……七九九
觀湯泉……七九九
三月七日從駕辭孝陵……八〇〇
望桃花寺……八〇〇
孤村……八〇〇
三河月中聞雁……八〇一

寄懷陳藹公……八〇一
雍丘馮蘧海同年寄詩見懷賦謝……八〇二
輓王繩司勳……八〇二
送湯西厓之嶺右……八〇三
送陳子厚南歸卽次留別原韻……八〇三
題傅哲祥使君應州祀名宦卷……八〇四
瀛臺卽事……八〇四
題高澹人侍讀白榴卷……八〇五
題韓醉白小照……八〇五
哭苗兒……八〇六
送李皡西門人佐郡肇慶……八〇八
題汪蛟門扇面蒹葭秋水圖……八〇八
夏日……八〇九
題許力臣黃門小照……八〇九
爲高澹人學士題畫……八一〇
送門人龍二爲佐郡太原……八一〇
題畫……八一一
南苑賜觀燈火恭紀……八一一
題毛大可姬人曼殊小照……八一一
題虞山許南交寫生果實卷……八一二
爲劉爾發學博題瑞槐堂冊子……八一二
題畫扇……八一三
題高澹人學士蔬香圖……八一三

蕉林近稿

壽顧考功母孺人……八一七
壽嚴黃門母孺人……八一七
賓臣舅氏自臨洮寓書卻寄……八一七
祝史太公見峯雙壽……八一八
壽季因是先生……八一八
壽姚乂庵年伯……八一八
寄祝王硯存年兄……八一九
壽大叔父……八一九
壽施尚白學憲……八一九

華亭王封君胡孺人雙壽詩……八二〇
壽郭石公母夫人……八二〇
王太君壽詩……八二〇
寄祝家兵憲叔父……八二一
送姜匯思侍御出赴南昌參藩……八二一
壽鄒翁……八二一
壽祝司農……八二三
花朝飲半齋……八二三
送王弁伊學博……八二三
壽張螺浮給諫母顧太孺人……八二三
祝馮太公雙壽……八二三
壽河内范太公……八二三
高似斗司寇饋舊瓷椀王襄璞方伯致朱魚數頭畜之几案燦然可觀炎熇頓清喜而有作……八二四
壽寶坻劉太公……八二四
庚子元夕石生總憲召飲出所藏法書名畫共觀賦謝……八二四
壽關年伯母……八二五
壽高侍御母夫人……八二五
壽閬中蕭太公……八二五
贈何誕登黃門……八二六
祝諸曁余年伯雙壽……八二六
魏辯若登第……八二六

棠村詞

序……丁澎 八二九
棠村詞序……汪懋麟 八三〇
詞話……龔鼎孳 宋琬 等 八三一
點絳唇 偶贈……八三五
念奴嬌 送家光祿兄北上……八三五
滿江紅 棠村賞牡丹……八三六
喜遷鶯 夏日……八三六

點絳唇　初秋……八三七
卜算子　閨曉……八三七
如夢令　秋夜……八三七
南鄉子　柳村……八三八
念奴嬌　秋日仍疊前韻……八三八
前調　家光祿西廬習靜再疊前韻……八三九
行香子　登齋中小樓……八三九
如夢令　題畫扇……八四〇
蝶戀花　秋夜……八四〇
南鄉子　秋夜小飲……八四〇
滿庭芳　中秋……八四一
望江南　秋夜小飲……八四一
永遇樂　九日……八四一
前調　戲擬催粧……八四二
絳都春　上幸真定恭賦……八四二
江城子　書屋新成……八四三
漁家傲　閒居……八四三
滿庭芳　觀女伶演淮陰故事……八四三
望海潮　鎮陽懷古……八四四
清平樂　西村……八四四
柳初新　冬詞……八四五
浪淘沙　閨詞……八四五
一剪梅　同前……八四五
訴衷情　詠蓮……八四六
滿庭芳　寄酬申鳧盟次原韻……八四六
霜葉飛　冬日寄懷杜子靜……八四六
望江南　蕉林……八四七
前調　春晝永……八四七
前調　桐初引……八四七
前調　秋滿閣……八四八
前調　朝捲幔……八四八
前調　雲漠漠……八四八
前調　羅浮夢……八四八
前調　齋似舫……八四九

錦纏道　初度……八四九
玉燭新　己酉元日……八四九
東風齊著力　立春……八五〇
水調歌頭　寄懷王敬哉先生……八五〇
燭影搖紅　十四夜……八五一
綺羅香　十六夜……八五一
小重山　清明……八五二
玉女搖仙佩　暮春東郊泛舟……八五二
玉蝴蝶　棠村看牡丹……八五二
鳳凰臺上憶吹簫　憶遠……八五三
浣溪沙　春閨……八五三
夏初臨　初夏……八五三
減字木蘭花　齋中微雨……八五四
醉花陰　臨濟村賞薔薇……八五四
雨中花　聽雨……八五四
滿江紅　夏日江南陸恂若過訪留飲……八五五
漁家傲　雨後……八五五
念奴嬌　夏夜……八五六
踏莎行　西郊觀荷……八五六
菩薩蠻　花間雙蝶……八五六
滿庭芳　立秋……八五七
如夢令　家弟送蝶至……八五七
滿江紅　題柳村漁樂圖用呂居仁韻……八五七
桂枝香　中秋……八五八
金縷曲　九日……八五八
念奴嬌　贈魏蓮陸年兄並祝初度……八五九
玉漏遲　閨思……八五九
滿江紅　高司寇召飲園亭賦謝……八五九
憶秦娥　上谷懷古……八六〇
慶春澤　觀雪……八六〇
千秋歲引　除夕……八六〇
應天長　元日……八六一
魚遊春水　立春……八六一
花心動　元夜……八六二

滿庭芳　再疊前韻答申鳧盟……八六二
帝臺春　春懷……八六三
越溪春　高司寇召飲演秣陵春新劇……八六三
謝池春　花朝……八六四
生查子　春閨……八六四
蕙蘭芳引　高司寇春夜召飲出伎佐酒……八六四
滿庭芳　城南泛舟……八六五
憶王孫　春雨……八六五
燕春臺　飲來青園故侍御劉君別墅也……八六五
海棠春　夜雨……八六六
柳梢青　春日……八六六
少年遊　同前……八六七
眼兒媚　春晝……八六七
雙雙燕　感懷……八六七
浣溪沙　春懷……八六八
錦堂春　閨情……八六八
山花子　春愁……八六八
更漏子　夢寤……八六九
水調歌頭　春夜郝雪海侍御自都門還過邸中……八六九
訴衷情　憶家……八六九
蘇幕遮　寒食……八七〇
繡帶子　閒意……八七〇
錦帳春　春暮……八七〇
好事近　歸途……八七一
行香子　春日過中山雪海侍御留宿唐城……八七一
百字謠　壽孫北海先生……八七一
春從天上來　壽蔡魁吾中丞……八七二
沁園春　壽袁六完都諫……八七二
憶舊遊　雪中感懷……八七三
醉春風　除夕……八七三
御街行　元日……八七三
大聖樂　春閨……八七四
春雲怨　閨怨……八七四

臨江仙　初春……八七五
蝶戀花　宋荔裳觀察招飲觀劇次阮亭韻……八七五
沁園春　詠美人足……八七五
萬年歡　元宵……八七六
醉鄉春　十六夜……八七六
點櫻桃　閨情……八七七
巫山一段雲　春宵……八七七
杏花天　花朝過金魚池……八七八
金鳳鉤　燕來……八七八
望江南　鄉思……八七八
前調家山好……八七九
前調東郊外……八七九
前調踏青去……八七九
前調西村裏……八七九
前調尤堪憶……八八〇
前調清懽夜……八八〇
前調休虛度……八八〇
前調桃花水……八八〇
前調燈兒剪……八八一
南鄉子　春暮……八八一
減字木蘭花　馮莊看海棠……八八一
歸自謠　惜春……八八二
如夢令　即事……八八二
憶秦娥　茉莉……八八二
垂楊碧　新浴……八八三
青玉案　重陽……八八三
滿江紅　壽王敬哉宗伯……八八三
喜遷鶯　壽龔芝麓宗伯……八八四
賀新郎　元夜　用曹顧菴學士韻……八八四
前調　蛟門納姬仍用前韻……八八五
菩薩蠻　春閨……八八五
前調　題畫扇……八八六
前調　春雨……八八六
前調　暮春雨中十五弟歸里……八八六

點絳脣　閨情……八八七
前調　春霽……八八七
前調　憶舊……八八七
爪茉莉　本意……八八八
減字木蘭花　立秋……八八八
前調　偶憶……八八八
前調　雨後……八八九
前調　又……八八九
鳳凰臺上憶吹簫　悼亡　用李清照韻……八九〇
蝶戀花　又……八九〇
點絳脣　又……八九〇
燭影搖紅　又……八九一
念奴嬌　又……八九一
滿江紅　又……八九一
菩薩蠻　又……八九二
陽臺夢　又……八九二
畫錦堂　送二兄予告歸里……八九二
孤鸞　壬子除夕……八九三
洞庭春色　次韻酬吳江徐電發……八九三
玉樓春　送春……八九四
卜算子　喜雨……八九四
一剪梅　題畫扇……八九四
永遇樂　七夕觀項王諸劇同汪蛟門舍人陸悔若茂才王子諒內弟王奕臣內姪吳介侯甥長源弟……八九五
前調　寄田髴淵孝廉……八九五
滿庭芳　寄懷雲間王伊人侍御……八九六
蝶戀花　人日……八九六
眉峯碧　春暮……八九六
驀山溪　題予培姪揖石齋圖……八九七
望湘人　旅中九日……八九七
訴衷情　旅懷……八九八
菩薩蠻　宿伏城驛……八九八
滿江紅　過黃粱夢……八九八

念奴嬌　過綠柳長廊有感……八九九
減字木蘭花　邯鄲遣興……八九九
菩薩蠻　旅懷……八九九
減字木蘭花　題畫扇……九〇〇
子夜歌　大店驛……九〇〇
念奴嬌　江行　用東坡韻……九〇〇
千秋歲　長至泊盧山下……九〇一
水龍吟　贈羅弘載……九〇一
蘇幕遮　彭湖舟中題弘載所藏呂半隱畫冊……九〇二
沁園春　登令公祠畔望湖亭……九〇二
過秦樓　吳城雨中……九〇二
戀繡衾　舟過樵舍……九〇三
釵頭鳳　閨情……九〇三
滿江紅　泊滕王閣下……九〇四
念奴嬌　舟發章門楊陶雲載梨園置酒敘別……九〇四
連理枝　閨情……九〇四
江南春　同前……九〇五
宮中調笑　同前……九〇五
又……九〇五
醉花陰　瓶梅……九〇五
宮中調笑　曉粧……九〇六
前調　晚浴……九〇六
前調　午睡……九〇六
前調　夜坐……九〇六
明月斜　閨情……九〇七
又……九〇七
鳳棲梧　初度……九〇七
百字令　次韻酬羅弘載……九〇七
瑤臺第一層　三水泊舟開府諸君召飲江亭……九〇八
雙頭蓮　嶺南元夕……九〇八
兩同心　嶺南歸興……九〇九
洞庭春色　歸舟……九〇九
鷓鴣天　春雨……九一〇
瀟湘神　春日……九一〇

又……九一〇
又……九一〇
又……九一一
滿江紅　雄州感舊……九一一
青玉案　題扇面蜂蝶……九一一
庭院深深　閨情……九一二
玉樓春　春閨……九一二
踏莎行　暮春……九一二
東風第一枝　途中送春……九一三
菩薩鬘　贈伎……九一三
前調　立秋……九一三
前調　贈女伶……九一四
醉桃源　季夏雨後飲舅氏園中……九一四
如夢令　夜雨……九一四
阮郎歸　登樓酹月……九一五
賀新涼　夢寤……九一五
十六字令　閨雪……九一五
漢宮春　除夕時予年四十九……九一六
倦尋芳　人日雪……九一六
過秦樓　燕九憶長安舊遊用周美成韻……九一六
一叢花　東村觀海棠……九一七
虞美人　午日……九一七
最高樓　題德滋弟息心閣……九一七
南柯子　雨中夜坐……九一八
傳言玉女　棠村雨後看芍藥……九一八
甘州子　夜坐……九一八
二郎神　邸雪……九一九
慶清朝慢　長至……九一九
喜遷鶯　上谷初度……九一九
意難忘　閨情……九二〇
探春令　閨情用晏叔原韻……九二〇
春光好　旅況……九二一
謁金門　感懷……九二一
沁園春　偶成……九二一

金人捧露盤　遊燈市……九二二
洛陽春　元宵後雪……九二二
子夜歌　寒食……九二二
漁父　鄉思……九二三
美少年　夏夜……九二三
拂霓裳　中秋……九二三
歸朝歡　除夕……九二四
菩薩蠻　春暮……九二四
前調　題畫……九二四
蝶戀花　西村牡丹開時追憶舊遊用蛟門韻……九二五
小重山　重陽……九二五
五綵結同心　元夕婚期用趙彥端韻……九二五
行香子　宿清風店……九二六
永遇樂　偶感……九二六
如夢令　女汲……九二六
謝秋娘　舟中女……九二七
意難忘　本意……九二七
一葉落　橘皮鞋燈……九二七
柳腰輕　偶見……九二八
春從天上來　壽羅弘載兩尊人……九二八
賣花聲　清明……九二八
羅敷媚　偶見……九二九
大江西上曲　秣陵留別方邵村侍御……九二九
轆轤金井　江南春暮……九二九
剔銀燈　寄祝德滋弟……九三〇
一斛珠　題扇頭撲蝶圖……九三〇
滿庭芳　壽王敬哉宗伯……九三〇
洞庭春色　長至曉雪……九三一
春風裊娜　上元王胥庭司馬召飲觀劇……九三一
瀟湘逢故人慢　寄蛟門時方校訂余使粵詩……九三二
大江西上曲　寄懷弘載……九三二
風流子　長安寒食……九三三
踏莎行　送春……九三三
一寸金　夏日傅去異邀飲觀劇……九三三

南柯子　題扇面美人課子圖……九三四
一叢花　題邗江女子畫扇……九三四
月上海棠　庭前秋色……九三四
八節長歡　生子家讌時孫壻初婚……九三五
天仙子　七夕小飲用張先韻……九三五
柳腰輕　題陶侶娙所持王生山茶蛺蝶圖扇……九三五
五福降中天　壽同門王敬哉……九三六
東風第一枝　贈傅去異令魯山……九三六
春從天上來　初度……九三六
永遇樂　元日大雪……九三七
東風齊著力　十四夜用胡浩然韻……九三七
玉漏遲　十五夜用宋祁韻……九三八
金明池　十六夜用秦少游韻……九三八
雨中花　燈宵後小雨……九三八
漢宮春　送陳子萬歸荊溪……九三九
小桃紅　春晴……九三九
剔銀燈　春雨……九三九
謝池春慢　寒食用張先韻……九四〇
喜遷鶯　相國出師……九四〇
金鳳鉤　上巳……九四〇
新雁過粧樓　偶感……九四一
賀新郎　午日賀友人納姬……九四一
綺羅香　午日……九四二
沁園春　讀董舜民蒼梧詞賦贈……九四二
喜遷鶯　送葉元禮登第南歸……九四二
三姝媚　題仇十洲瑩篌圖……九四三
望江怨　題畫扇……九四三
瀟湘夜雨　暑中喜雨……九四三
疎簾淡月　雨後幼平表弟子諒內弟招飲觀劇演隋末故事……九四四
百字令　送曹頌嘉中翰省覲歸江陰……九四四
如此江山　送孫屺瞻學士省覲歸吳興……九四四
拜星月慢　七夕何壻生辰觀劇……九四五
金菊對芙蓉　贈楊亭玉學博士龍謂陸子惝

若龍眠謂方侍御邵村也……九四五
滿庭芳　秋夜觀劇中有歌者娟秀如好女……九四六
燭影搖紅　友人出家伎佐酒……九四六
花發沁園春　贈徐方虎編修歸德清……九四六
畫屏秋色　中秋邵村過秋碧堂小飲……九四七
望遠行　送方邵村遊山左……九四七
飛雪滿羣山　贈莊澹菴宮坊入秦……九四八
惜秋華　九日同張黃美諸子登高……九四八
萬年歡　汪蛟門舍人舉子賦此志喜……九四八
高山流水　題汪蛟門少壯三好圖……九四九
跋……梁允植　九五〇
跋……徐　釚　九五〇
跋……梁天植　九五一

輯補

喜遷鶯　仲冬壽于岱仙年兄……九五三
滿庭芳　壽何雲子……九五三
醉蓬萊　壽光祿兄……九五四
憶秦娥　得夢……九五四
長相思　題畫上美人……九五四
鳳樓春　偶見……九五五
畫堂春　內子誕日……九五五
滿庭芳　賀魏蓮陸舉孫……九五五
惜分飛　代人憶舊……九五六
唐多令　夏夜……九五六
風入松　初度……九五六
早梅芳　立春……九五七
桃源憶故人　遊放生池……九五七
醉太平　偶興……九五七
搗練子　齋雨……九五八

棠村詞二刻

題辭……金碩鼐 九六一
題辭……吴儀一 九六二
詞話……汪懋麟 九六三
題識……梁允桓 九六四
百字令 寄兄子冶湄時以郡佐領縣事……九六五
傳言玉女 春宵……九六五
踈簾淡月 送羅弘載南歸即用見贈原韻……九六六
春風裊娜 花朝何墡邀飲演衛大將軍劇……九六六
揚州慢 寄酬吕半隱同年……九六六
惜餘春慢 送春……九六七
望湘人 寄懷雲間張帶三同年……九六七
念奴嬌 新築書屋……九六八
漁家傲 題王烟客摹黄鶴山樵畫冊……九六八
賣花聲 夏日雨中……九六八
雨中花慢 贈陸雲士歸武林……九六九
賀新涼 蕉林聽雨次許文石韻……九六九
秋波媚 夏夜……九六九
轆轤金井 立秋……九七〇
珍珠簾 壽魏貞庵相國……九七〇
減字木蘭花 秋夜露坐……九七〇
訴衷情 無題……九七一
大江西上曲 贈洪昉思歸武林……九七一
朝玉階 初度……九七一
柳腰輕 元夕……九七二
菩薩蠻 夏夜……九七二
晝錦堂 贈宋牧仲比部時以楓香詞見示……九七二
喜遷鶯 題陳其年填詞圖小照……九七三
月華清 中秋……九七三
美少年 齋中芙蓉移自家園喜開甚盛……九七三
剔銀燈 鄧孝威毛大可吴慶伯汪舟次吴志伊徐大文集邸中小飲……九七四

永遇樂　壽卞母吴岩子……九七四
畫屏秋色　九日登閣……九七四
如此江山　題徐電發楓江漁父圖……九七五
瑣窗寒　清明悼内……九七五
惜餘春慢　春雨……九七六
菩薩蠻　春暮有感……九七六
滿江紅　送宗定九歸廣陵……九七七
滿庭芳　夏夜吴興沈鳳于過飲惠示新詞依韻奉酬……九七七
鳳棲梧　題蘭陵龔節孫種橘圖……九七七
玉簟涼　七夕次陳其年韻……九七八
念奴嬌　中秋次其年韻……九七八
綺羅香　徐電發以佛手柑見貽兼示新詞次韻賦謝……九七九
解連環　送李武曾之鳳陽次電發韻……九七九
秋霽　九日……九七九
望海潮　贈楊聖期世兄南歸毘陵……九八〇
百尺樓　題汪蛟門百尺梧桐閣圖……九八〇
花發沁園春　己未初度……九八〇
百字令　詠米家燈次陳其年韻……九八一
摸魚兒　詠窩絲糖次陳其年韻……九八一
柳腰輕　觀邢郎演劇……九八二
百字令　座中贈陳子文是日陳心簡陳子厚諸子同集蕉林……九八二
乳燕飛　立秋前二日觀小伶演劇……九八三
菩薩蠻　秋日觀邢郎演劇……九八三
月下笛　秋夜友人召飲聞歌……九八三
百字令　寄陽羡史蝶庵……九八四
氐州第一　贈西泠吴舒鳧卽次觀劇原韻……九八四
百字令　庚申長安閏中秋次陳其年韻……九八四
永遇樂　重陽前二日祖文水明府召飲演一種情劇……九八五
滿江紅　次韻酬宗定九……九八五
前調　秋日廣陵蕭靈曦寄畫冊賦此爲謝……九八六

醉蓬萊　壽張溫如中丞六秩……九八六
菩薩蠻　送春……九八六
疎簾淡月　壽溧陽彭太公……九八七
鳳棲梧　題張卣臣所藏畫冊……九八七

棠村樂府

山坡羊　夜雪……九九一
桂枝香　燈夕……九九一
二郎神　春懷（套曲）……九九一
玉芙蓉　燈夕大雪……九九二
刷子帶芙蓉　閨情（套曲）……九九三
梁州新郎　春情（套曲）……九九四
懶畫眉　代人戲作……九九五
又……九九五
又……九九五
又……九九五
解三酲……九九六
又……九九六
清江引……九九六
一江風　邂逅……九九七
又……九九七
金絡索挂梧桐……九九七
又……九九七
三換頭……九九八
又……九九八
沉醉東風　寄玉兒（套曲）……九九八
江頭金桂　閒憶……九九九
又……一〇〇〇
解袍歌……一〇〇〇
又……一〇〇〇
十二時……一〇〇一
步步嬌　美人寄蓮（套曲）……一〇〇一
步步嬌　春怨（套曲）……一〇〇二

勝如花　憶舊……一〇〇三
又……一〇〇三
泣顏回……一〇〇三
催拍……一〇〇四
又……一〇〇四
桂枝香　春日過天寧寺……一〇〇四
新水令　新春（套曲）……一〇〇五
桂枝香　上巳過石莊……一〇〇六
前腔城南清曠……一〇〇六
前腔　清明……一〇〇七
前腔　偶見……一〇〇七
山坡羊　悼內……一〇〇七
前腔愁脈脈繡床寒乍……一〇〇八
勝如花……一〇〇八
前腔江潭柳……一〇〇八
桂枝香　途憶……一〇〇九
新水令　行旅（套曲）……一〇〇九
二郎神　舟中旅況（套曲）……一〇一〇
桂枝香　章江舟中予十齡時曾過此……一〇一二
步步嬌　戲憶（套曲）……一〇一二
梁州新郎　歸舟（套曲）……一〇一三
八聲甘州歌　雨舟……一〇一五
前腔人歸海上……一〇一五
桂枝香　七夕……一〇一五
前腔梧桐葉下……一〇一六
前腔簾鉤低亞……一〇一六
前腔魚兒潑剌……一〇一六
桂枝香　丙辰元日……一〇一七
前腔早朝纔下……一〇一七
新水令　新春（套曲）……一〇一七
錦纏道　和毛大可上元觀燈曲（套曲）……一〇一九
桂枝香　祝莊……一〇一九
前腔地偏林密……一〇二〇
前腔　有感……一〇二〇

前腔　前題……一〇二〇

蕉林文稿

宋高宗乘龍渡江圖記……一〇二三
祭太常公文……一〇二四
悠然齋記……一〇二五
戲擬齊人報仲子書……一〇二六
祭趙子美文……一〇二八
蕉林書屋圖小序……一〇二九
杜子靜制藝序……一〇二九
太僕毓祺孫公墓志銘……一〇三〇
畿輔人物略序……一〇三三
壽姜母錢安人六十序……一〇三五
李進士傳……一〇三六
西園雅集圖記……一〇三九
魏石生詩序……一〇四〇
省心編序……一〇四一
贈文林郎新安高公神道碑銘……一〇四二
跋叔祖澹明公字冊……一〇四四
首七祭先妻王孺人文……一〇四五
二七祭先妻王孺人文……一〇四六
三七祭先妻王孺人文……一〇四七
四七祭先妻王孺人文……一〇四七
五七祭先妻王孺人文……一〇四八
六七祭先妻王孺人文……一〇四九
七七祭先妻王孺人文……一〇四九
書王母吳孺人像後……一〇五〇
梁伯子行略……一〇五一
副憲復陽郝公傳……一〇五二
湖廣道監察御史子受何君墓誌銘……一〇五六
臨邑知縣簡侯鄭君墓誌銘……一〇五九
翰林院侍讀子靜杜君墓誌銘……一〇六一
題沈宮詹書冊……一〇六五

跋董宗伯樂志論圖……一〇六五
祓園集書後……一〇六六
題山谷梵志詩卷……一〇六六
題王子靜小照……一〇六七
題山谷書諸上座卷……一〇六七
跋陳説巖書秋聲賦……一〇六七
題王慕齋相國小照……一〇六八
臨樂毅論跋……一〇六八
閔子像贊……一〇六九
吳繩宗廣文像贊……一〇六九
題張正甫倣倪迂畫……一〇六九
齊河縣佐王弁伊先生墓誌銘……一〇六九
少司馬漢清李公傳……一〇七二
椒山祠聯……一〇七三
忠烈祠聯……一〇七四
高司寇日涉園堂聯……一〇七四
劉永生對聯……一〇七四
贈……一〇七五
曹年兄幡聯……一〇七五
贈某孺人幡聯……一〇七五
贈某孺人幡聯……一〇七六
贈曲周路封翁……一〇七六

惹香居合稿

有德此有人　四句……一〇七九
敬事而信　二句……一〇八一
惟仁者能好人能惡人……一〇八三
志於道　四句……一〇八五
興於詩　三句……一〇八七
毋必毋固……一〇八九
主忠信徙義崇德也……一〇九一
上好禮　六句……一〇九一
子曰庶矣哉　曰教之……一〇九三

若臧武仲之知　禮樂……一〇九五
君子學道則愛人……一〇九七
能行五者於天下爲仁矣……一〇九九
寬裕溫柔　八句……一一〇一
春省耕而補不足　二句……一一〇一
尊賢使能　泯矣……一一〇三
行天下之大道……一一〇五
人人親其親長其長而天下平……一一〇七
膏澤下於民……一一〇八
有安社稷臣者　二句……一一一〇
知者無不知也　爲務……一一一二

上谷語錄

小引……梁清標　一一一七
題辭……龍源漁子　一一一八
上谷語錄……一一一九
閨中十賦有小引……一一四五

詩文輯佚

詩詞

夏日送楊聖期……一一四九
柏棠……一一四九
諸福屯……一一五〇
晉陵陸恂若自江右來爲道匡廬之勝因憶吳粲叟學使……一一五〇
春日偶成爲亭育賢甥書……一一五〇
寄汪懋麟詩一首……一一五一
重題楓江漁父圖……一一五一
送徐釚詩……一一五一
大學士臣梁清標恭紀……一一五二
千秋歲　和酬王丹麓五十一自壽韻……一一五二

聯語
正定府龍興寺準提庵題聯……一一五三
東院題聯……一一五三
柏梁體聯句……一一五四
序記奏疏
佳山堂詩集序……一一五四
李贅序……一一五六
扶荔詞集序……一一五七
杜詩分類全集敘……一一五八
半山園詞題詞……一一五九
竹西詞題詞……一一六〇
史印題詞……一一六〇
宋許道寍松山行旅圖題籤……一一六一
熊峯先生集書後……一一六一
雕丘雜錄跋……一一六二
重修文廟記……一一六三
重修尊經閣記……一一六四

敬陳吏治四事疏……一一六六
丈量扼要……一一六八
墓誌　傳記
皇清冊封平南敬親王尚公墓誌銘……一一六九
皇清冊封平南敬親王妃舒氏墓誌銘……一一七三
光祿大夫工部營繕司員外郎前通政
使司右參議魁吾靳公墓志銘……一一七六
皇清欽命鎮守真順廣大保定等處地
方總兵官都督府都督同知踐魯魯
公偕元配誥封一品夫人張氏合葬
墓志銘……一一八〇
蘭泉先生傳……一一八三
紀趙登事……一一八四
祭鄭侍御文……一一八五
蕉林評語
評尤侗李白登科記……一一八六
附　尤侗自記……一一八六

評洪昇長生殿……一一八七
評梁清遠祓園集……一一八七
評魏裔介兼濟堂詩集……一一八七
評丁澎文詩……一一八八
評丁澎詞……一一八九

附錄

附錄一　傳記資料

明柱國光祿大夫太子太保吏部尚書贈
少保謚貞敏梁公墓誌銘……錢謙益　一一九一
禮科都給事中梁公維
本墓表代……邵長蘅　一一九四
梁維基傳……一一九六
僉憲梁公西韓先生墓誌銘……吴偉業　一一九七
梁侍郎傳……汪懋麟　一二〇一
皇清誥授光祿大夫保和殿大學士兼兵
部尚書蒼巖梁公墓志銘……高珩　一二〇三
保和殿大學士梁公墓誌銘……李澄中　一二一〇
清敕封孺人梁母王氏墓誌銘……高珩　一二一四
清待贈夫人梁繼室吴夫人
墓誌銘……王崇簡　一二一七
梁清標傳……一二一九

附錄二　年譜簡編……一二二三

附錄三　酬唱追贈

親屬門人……一二八五
詩友文友……一三一二
朝臣僚友……一三三八

附錄四　序跋贊題

蕉林詩二集序……徐釚　一三六五

蕉林二集序……………………徐乾學　一三六六
使粤詩題首……………………鄧漢儀　一三六七
題梁蒼巖先生使粤詩後四絕句……………………鄧漢儀　一三六八
使粤詩跋……………………汪懋麟　一三六八
留松閣本棠村詞序……………………汪懋麟　一三七〇
百名家詞鈔·棠村詞跋……………………聶先　一三七一
四庫全書總目提要·蕉林詩集……………………一三七一
清詩溯洄集……………………魏裔介　一三七二
清詩別裁集……………………沈德潛　一三七二
詩觀初集……………………鄧漢儀　一三七三
詩觀二集……………………鄧漢儀　一三七四
詩觀三集……………………鄧漢儀　一三七七
選梁大司馬蒼巖先生詩竟偶成四截句書於詩尾……………………鄧漢儀　一三八〇
清詩紀事初編……………………鄧之誠　一三八一
白雨齋詞話……………………陳廷焯　一三八一
詞壇叢話……………………陳廷焯　一三八二
雲韶集……………………陳廷焯　一三八二
詞則……………………陳廷焯　一三八三
古今詞話……………………沈雄　一三八三
論詞絕句又四十首……………………譚瑩　一三八四
詞苑叢談……………………徐釚　一三八四
詞苑叢談……………………徐釚　一三八五
秦蜀驛程後記……………………王士禛　一三八六
香祖筆記……………………王士禛　一三八七
帶經堂詩話……………………王士禛　一三八七
居易錄……………………王士禛　一三八八
西河詞話……………………毛奇齡　一三八八
蓮坡詩話……………………查爲仁　一三九〇

蕉林詩集

蕉林詩集序

白胤謙

今世之爲詩者何眾耶？雖然，匪意匪辭而期合於古，自非然者，徒韻語，非詩耳。初，余在史館，與今少傅劉公論詩，每持斯説，公不惟不余謬，且信許焉。乃公之詩，已卓然爲最於天下。後與余同年大司馬梁公論詩，亦可余言。會公有貺余篇，余答之云：『諷詠含中和，老成寓綽約。』蓋非爲佞也。頃復以《蕉林集》一編見投，使爲序首，其中近體尤多且工。夫近體以唐爲古，聲調氣格不唐，則非。余向所推服者惟劉少傅，而公與之齊驅，大都若柳河東所稱，和其氣、正其性、稱德而盡志，非如北地所詬雕刻玩弄、情寡而辭多者也。余於此道，向也慕沈老，而每失之伉厲；今也樂淡質，而復流於腐率。以視公之雄構雅唱，殆不勝卻步焉。今皇上方崇學，考訂雅音，以公等之人列在左右。賡和之作，洋洋著其盛，必使其傳之於後，不爲《羔羊》之委蛇，則爲《卷阿》之雝喈；不爲定命辰告之謨，則爲孔碩肆好之風。彼周召、衛武、尹吉甫者，詎獨非詩人也與？然則余所謂匪意匪辭而期合於古，其義亦徵諸此而已，遂援筆志其集端。

順治庚子夏長至之日，太原白胤謙書。

敘

孫廷銓

詩必襲唐，非也，然離唐必傖，善詩者必不傖。詩必貌漢魏，亦非也，然離漢魏必纖，善詩者必不肯纖。夫不爲纖，必樸乃可，樸又近傖，顧非傖之謂也。不爲傖，必娟秀乃可，娟秀又近纖，顧非纖之謂也。余每持此意讀近人詩，稱意甚少。暨與梁蒼巖先生同佐中銓，每藤陰日夕，吏散人稀，間談詩，意輒與微意有合；請觀一二新篇，抑又合；更探篋中祕本，亹亹讀之，無不合矣。乃嘆曰：昔季札觀於周樂而歎鄭風之已細、美唐叔之後衰，有以哉！夫古人郊廟登歌、朝會燕饗、慇懃贈答，悉載之詩，以謂感神人、和上下，莫善於詩也。後之人或稱其一義，賦其一辭，而國之盛衰、家之競弱、人之貞淫禍福，莫不於是乎覘之。是雖善鑒存乎覽觀，抑亦至心形諸載筆也。夫然則舍春容雅頌而學彼寒鷄餓鵠，冠幘而服婦人衣，其於詩也，則謂之何？蒼巖以盛年華胄擅制作才久矣，起草明光，握符樞密，將以戡定禍亂，黼黻盛治，爲國元臣，其意計深遠矣，宜乎其吐音春容雅頌且渢渢多風，一如此也。其在今日，倘復有賦詩言志以繼古人之風者，余其知所宗稱矣。

益都孫廷銓題。

序〔二〕

魏裔介

恆山嵯峨而東下，滹沱分星宿之派，右轉而至滄海，鎮州誠河朔一大都會也。夫其山水奇，所產人物亦奇。昔冢宰梁乾吉先生生際嘉、隆之代，文章德業、吏治武功，麟麟炳炳，著在國史。時則余家少司馬子惠祖以邊功捍禦西陲，兩家勳名，後先方駕，不止以姻婭稱莫逆也。迄今百年，玉立大司馬英英魁碩，奮起而紹先業。受世祖皇帝付託，久任樞密，奇謀大略，多其擘畫。海內頌爲偉人，中外倚以安危。而其文章筆舌妙天下，著之爲詩者，其緒餘也。

玉立之爲詩，不屑屑模擬三唐陳蹟，亦不屑屑取青媲白，如近人彷彿于鱗、七子等聲調氣格之間。唯是枕藉六經，沉酣諸史。應制記事，陳大雅德音之辭；詠物懷人，備風人香草之義。蓋燕許大手，而非元輕白俗、郊寒島瘦之所得而企及者。海內之言詩者，得玉立一字一詠，莫不珍爲天球河圖、空青丹砂。而玉立虛懷自損，猶於公退之餘，手披一編，吟哦不輟。其詩之高華矜貴而不佻、淵弘靜毓而有本，非偶然也。昔者《風》、《騷》以降，漢魏下至六朝，而詩弊。唐初乘一時元氣之會，名公鉅卿，起而振之，開元、大曆之什，由是丕變。今乘元氣之會，起而振此道者，非他人，必玉立也。

昨歲裒集爲若干卷，友人刊之於杭，而徵余言以序。自慚蒹葭朽質，唯是垂髫相與，數載以來，復承朝廷恩遇，或同侍帷幄，或共承欽讌，玉立之文章德業、吏治武功，亦稍稍得覩記其梗槩。則於玉立之詩，或亦窺豹文之一斑，而見吉光之片羽也。夫玉立之詩之美，而由於祖澤之厚與其身之文章德業，則世之讀茲集者，其勿易言詩也夫。

順治辛丑長至日，柏鄉魏裔介序。

【校記】

〔一〕魏裔介《兼濟堂文集》題作《梁玉立悠然齋詩序》。

序

申涵光

詩至濟南而調始純。空同才大，不屑檢繩尺，澀語梗詞，龐然並進。濟南極意煅煉之，使一叶宮商，誦之娓娓，聲中金石。故自唐以來，語音節者以濟南爲至，後之學者莫能過也。乃其黄金白雪，自立蹊徑，慕者效之，抑有甚焉，滿目蒼黄，至不解意欲道何事。性情之靈，障於浮藻。激而爲竟陵，勢使然耳。竟陵久爲海内所詬詈，無足言者。相提而論，各去其偏，就彼音節，舒我性情。苟非和平中正，折衷於羣賢，以云無弊，不亦難乎？

吾讀大司馬玉立先生詩，蓋真善折衷而無所偏者。先生累葉卿相，早年射策，爲貴近臣，可謂得志適顯矣。乃一切無所好，好讀書，牙籤萬軸，手自讐較。時時引我輩布衣爲文字之飲，耳熱劇譚，縱横千古。然叩其集，輒唯唯。間出一二篇，皆高渾壯麗，如盛唐早朝諸作。叩其全，復唯唯。以爲先生拒我歟？已而知先生實未始刻其集。嗟乎！卽是而先生之人之詩皆可知矣。薦紳先生之作，自以爲可，誰復言其不可者？一字脱稿，諛者四至，不崇朝而布國中。先生以詩名二十年，而全集未出，其退然若不足，非有道者，能之歟？今秋來都下，始示我《蕉林集》，蓋亦簡十之二三而刻之者。寒夜挑燈，把酒快讀，其音純宮，鏗鏘頓挫，不故爲愁苦老病之習。體物遂情，一唱三歎，讀之者如披春風、如覲宮闕、如覩威鳳在霄。濟南、竟陵，不得以一家名，而皆掇其長，棄其所短。吾所云善折衷者，非耶？滹沱、恒嶽之間多偉人，其詩文莽莽汩汩，得山川之助，讀《蕉林集》，亦可以得其槩矣。

聰山申涵光鳧盟氏拜譔。

序

汪懋麟

蕉林者，今戶部尚書梁先生讀書之屋也。先生生平好學，喜積書，多至數十萬卷，日流覽其下。初由翰林侍從歷官吏部侍郎，領兵、禮、刑、戶四部尚書事，功業垂數十年，偉然矣！當其在史館也，有纂述、紀載、謨誥之文。及領部事，進賢退不肖，征伐制作，明刑定賦，出入《周官》之書，釐爲成憲，見之章奏，播之天下，可師可法。則先生之治教政令，即先生所爲文；先生所爲文，無一不洽於治教政令。故其得於心，發而被之事，罔不善也；被於事，引而書之策，罔不善也。二帝三王之書，政也，而文在焉；《詩》三百十一篇，文也，而政在焉。是故古之君子積其學、施於事，無意爲文而文爲天下之極。彼陋者無所積，適焉否焉，泥焉流焉，逆於心、誖於事，而猶日孜孜爲文，穿蠹藻繪，雖欲善，烏得而善乎？先生所著非一書，凡涉國家大政者，絶不示人，而世所得而見者，惟其詩而已。

懋麟出先生門，受知爲獨深。嘗假館邸第之東，日夕侍。竊見退朝之暇，一几一硯，下簾匡坐，四方以屏幛。紈素來乞，或郊勞餞送、讌享贈答，點筆揮灑，捷如風雨，賓客繞席，笑語不廢，一落紙卽傳誦都下，羣以爲莫可及。非先生之所積有固然耶？ 先生嘗爲懋麟言：『余世家子，又早達，忝竊六卿已二十年。遭逢盛時，幸四體壯盛，生不識藥物，得天不可爲不厚。偶然而爲詩，不過舒余所欲吐，詎能矯情飾志、謬托爲幽憂愁嘆之言，以與天下文學憔悴之士較工拙哉？』以故先生之詩本於學問，出以和平，雍容渾浩，博通於諸大家，而不得執一以名。《詩》有之：『穆如清風』『其風肆好』。先生之謂與？

先生之詩，無慮數十卷，深自祕匿。其鋟板以行者，皆出於門生屬吏，南北本各異，非先生意也。今從子承篤官錢塘，乃彙前後諸刻，與吳江徐子電發較而梓之。適懋麟來湖上，屬爲序，不敢辭。噫嘻！ 懋麟侍先生久，見其政、習其文，富、韓、范、歐陽之儔也，而豈所謂詩人哉？ 卽以詩言，雖古今工詩者，度不能過也，敬以此爲先生述。

康熙戊午四月望前一日，揚州門下士汪懋麟謹撰於西湖蘇公堤下。

序

方象瑛

象瑛下國豎儒，獲遊今大司農蒼巖梁先生之門。先生文章在翰苑，德業在中臺，出其緒餘，軼蘇辛而駕何、李。象瑛幸竊窺一二，然未敢請也。今年僑居錢塘，先生從子冶湄適宰是邑，有政聲，刻先生詩詞若干卷。象瑛受而讀之，輒歎先生之志無所不周，而特於詩寄之也。

夫詩所以言志也，志在廟廷，其詩必莊以肅；　志在四野，其詩必靜以深；　志在天下國家，其詩必淵厚而廣博。是故古之大臣入侍清華，出領幾務，其忠君愛國之意，往往見於篇章。持之忠厚，發之和平，非必與一時詩人較工拙也。蓋所謂詩人者，非有廟廷、田野之異其趨、天下國家之煩其慮也，故其志易竟，而其詩易工。若夫名卿鉅公，其人既繫天下之重輕，其詩亦遂移易天下之風氣。何者？懽愉之日志易荒，而拂情之來志難定也。先生之由禁近而領度支也，朝野倚重，三十餘年矣。時海内承平，侍臣皆優遊暇豫，使稍自荒逸，亦何事不可自娱？而先生體國經野外，時時賦詩以見志，蓋以詩爲教，視惜陰運甓加勤焉。丁未以後，則沉升之境殊矣。先生單車就道，無戚容；特詔起田間，亦無喜色。夫進退之際，改其常度者多矣。一觴一詠，不忘君父，此其志寧易窺乎？且今天下亦甚煩司農矣，寇叢於疆，卒繁於伍，日費數千百萬之金錢，致厪宵旰。當其任者非仰屋嗟咨，卽急末而忘其本耳。經營勞瘁之餘，誰復詩詞贈答、宴然若無事如先生者哉？然則治亂何常，惟大臣之志足以定之。志定而治成，其象先見於聲歌，而非僅於詩寄之也。今試讀其詩，掌邦禮以前莊以肅者，其《頌》之遺乎？歸田諸什氣靜而思深，殆得於《雅》乎？兵農禮樂之大、譙勞登眺之章，淵厚廣博者，十五《國風》之正聲乎？卽以追美風人之志，夫奚媿焉？昔蘇子瞻爲歐陽公所取士，其序《六一居士集》，稱公生平大端，而獨謂其詩似李白。夫品行如歐公，較白誠遠甚，子瞻蓋卽公詩舉其似耳。先生文章德業，今之廬陵。竊就所爲詩論之，包舉漢魏、變化三唐，其體無所不具，而忠君愛國之意，則類杜甫。然甫不得志，而僅托之於詩。先生志在天下國家，而姑卽詩以達其志，持之忠厚，發之和平。然則先生之詩，先生之志也。徒以詩論先生，又豈知先生者哉？

康熙丙辰七月既望，遂安受業方象瑛拜撰。

序

徐釚

《蕉林詩集》凡古體詩幾卷，計若干首；近體詩幾卷，計若干首，今大司農真定梁蒼巖先生著也。先生勛名勒鼎彝、文章光史冊，薄海內外無不奉爲間世偉人。乃於從容退食之暇，後堂絲竹，一切屏絕，簾閣香濃，翛然靜坐，吟弄篇什。先生小阮治湄使君不欲祕之，請先生前後諸作，彙而刊諸武林，囑釚校訂，釚因得授而卒業焉。伏讀之凡十日，起而歎曰：嗟乎！此盛世之元音也。夫四始六義之肇端，昉於唐虞《擊壤》之歌、《南風》之操，故其時命夔典樂，曰「詩言志」、「聲依永」，而繼之以神人和、百獸舞。此極盛之化，與禹、皋、稷、契共成堯、舜之治也。乃當時禹爲司空，契爲司徒，后稷爲農官，皋陶作士，雖都俞吁咈，萃於一堂，而賡歌喜起之風，惟舜與皋陶一見諸稽首颺言之際，是禹、稷、契猶未能兼也。今先生一爲司馬，再爲司寇，爲宗伯，爲司農，凡兵農禮樂諸大政，爲國家所宜因革損益者，先生以一身肩之。於是佐聖天子致治，與唐虞媲隆。其所以宣鬱而達情者，一一於詩寄之，竟不假后夔之典樂，而神人協和、百獸率舞。於以薦之郊廟、奏之朝廷，有不於先生是集鳴其盛乎？若區區究詩格之崇卑、辨氣體之正變，以爲先生近可凌轢北地、濟南，遠將追跡少陵、摩詰，是猶以詩人目先生也，予小子烏乎敢？

康熙戊午春三月，吳江受業徐釚拜譔。

蕉林詩集

五言古一

擬古

炎風吹白日，袞袞無停征。中原多羽檄，宵分耀欃槍。芝蘭失其芳，蕭艾咸敷榮。出門何所之，羅畢亦可驚。不如向北窗，高臥掩柴荊。涼颸樹間來，拂拂侵桃笙。簷鵲鬬我前，羣鳥相和鳴。茶沸間松濤，音響胡其清。一枕遊華胥，安知世上名。徐步獨長吟，仰看浮雲生。夕陽在西山，紅霞散孤城。手持高士傳，悠然有餘情。時來不速客，懷抱相對傾。此樂殊不淺，遂使諸慮輕。優游聊卒歲，誰能事經營。

閒意

矯矯雲中鶴，泛泛沙邊鷗。翱翔在閒曠，於世將安求？嗟彼九秋鷹，豢馴緣臂韝。四顧事搏擊，所性良不侔。東華十丈塵，哀哀多貴游。人情善陰陽，倏忽恆戈矛。余亦淡漠人，胡爲辭林丘？款段勉馳驅，倀倀靡所投。宦薄名不彰，太息傷蜉蝣。安能違素心，勞生來怨尤。田園幸未荒，西郊有青疇。新雨稻秔熟，水榭迎早秋。高樹喧鳴蟬，清池泳輕鯈。何時謝塵纓，十畝長優遊。吁嗟邴曼容，寂寞養玄修。

二〔一〕

白日每易暮，浮雲亦無心。長安日喧闐〔二〕，歲月徒駸駸。小院暑氣薄，庭晝結秋陰。柴門無熱客，危坐胡蕭森〔三〕。時時手一編，散帙走白蟫。涼風左右至，颯然開素襟。幽花夜半舒，座中香微侵。秋蟲不知名，往往得清音。不寐受晚涼，雨氣來遙岑。天地未有窮，榮祿安足歆。千秋萬禩名，寂寞垂古今〔四〕。步兵何潦倒，歲星甘陸沉。昔人有懷抱，誰與測高深？時譽非苟得，投分須黄金。且酌杯中酒，白眼托高吟。

【校記】

〔一〕名家詩鈔本題作《閒居》。

〔二〕『日』，名家詩鈔本作『何』。

〔三〕『胡』，名家詩鈔本作『逾』。

〔四〕『千秋』二句，名家詩鈔本無。

夏日閒居

海鳥愛毛羽，不樂栖雕籠。麋鹿鳴呦呦，胡爲軒檻中。紫芝秀深谷，畹蘭發幽叢。九逵多荊棘，孤芳寧獨榮。淵明志羲皇，悠然忘鼎鐘。自顧何鹵莽，祿食沾微躬。苦吟性所耽，涉世術未工。栖遲朝市間，碌碌辜良朋。所懷數齟齬，蕭颯哀霜蓬。坐視歲月徂，日暮吹炎風。佳人臨秋水，素手搴芙蓉。我欲往從之，道阻心忡忡。壯夫生明時，致身思顯融。吁嗟嵇阮儔，寧必皆愚蒙？朱門氣揮霍，車馬如遊龍。君子抱幽獨，安敢羞困窮？羨彼雙黄鵠，矯首淩高穹。願言訪東皋，相逐王無功。

初春北上留別兄弟

春風何澹蕩，寒日照郡樓。舍人治我裝，遊子去舊丘。東門設祖帳，親戚羅道周。顧余麋鹿性，林壑夙所求。用世本無具，竊祿良足羞。胡爲煩徵書，勸駕多朋儔。一朝辭墳墓，啼猿聲啾啾。宦途方險巇，置身安可謀〔一〕。津亭傾離樽，清淚沾敝裘。帝闕鬱岧嶢，王程敢遲留。執手珍重別〔二〕，前路云阻修。回首語昆季，爲我治田疇。兹行報明主，歸臥西山頭。三徑勿荒蕪，烟月長夷猶。

【校記】

〔一〕『一朝』四句，名家詩鈔本無。

〔二〕『珍重別』，名家詩鈔本作『不能別』。

蘆溝河遇風

晨出新店門，午度桑乾口。寒風吹車帷，漠漠平沙走。鳳城五雲端，行行一回首。慷慨念故廬，停驂對樽酒。

再宿石門驛遇風

登車事晨征，繁霜綴短袍。朔風來萬壑，竟日聲怒號。空山亂木摧，旋轉如鴻毛。飛沙捲雙旌，征夫心忉忉。翹首望石門，巉巉青壁高。驛亭何慘淡，斜日銜林皋。擁爐寒不寐，榾柮傾濁醪。客心復如何？壯懷聊自豪。昏月墮前巖，孤燈空蕭騷。中夜聞荒鷄，喔喔起蓬蒿。四境多祁寒，敢嗟行役勞。

壽家學士兄

吾兄金閨彥，潛心探典冊。忽誦《蓼莪》篇，暫遠長安陌。擁書開東樓，窅焉緇塵隔。嘉樹蔭小堂，氤氳向晨夕。蕭然公卿門，不殊幽人宅。一歲獲雙珠，何讓連城璧。矯首視雲漢，徜徉弄泉石。遙知初度辰，入門多佳客。芝草秀山坳，神魚伏大澤。健鶴淩霄姿，林皋息羽翮。余亦澹宕人，俯仰媿跼蹐。不才幸盛時，署尾竟奚益。明主方勵精，夔龍虛左席。待兄贊訏謨，壽考永無斁。攜手咏清平，歸理看山屐。

贈南雄尹生

尹生嶺南彥，翩翩淩霄姿。囊著《子虛賦》，性耽溫李詩。明經居高第，挾策遊京師。相別三十年，驚見生嗟咨。憶昔先大夫，出守淩江湄。尹生方垂髫，頭角露瑰奇。爲文驚老宿，洋洋陳華詞。引拔呼小友，聲譽傾當時。余年甫十齡，喜覩蘭與芝。荏苒如隔世，陵谷悲遷移。余幸列朝紳，生來對丹墀。再拜念先人，未言輒涕洟。自傷身賤貧，莫由酬心知。淳風日以遠，人情逐澆漓。桃李化棘荊，疇復銜恩私？慟哭西州門，生與古人期。盛世重賢良，負才寧久羈。揚鞭黃金臺，綵筆光陸離。持此獻《長楊》，騰驤任驅馳。勉旃崇令聞，慎勿憂寒飢。

登盤山作

清曉發薊門，盤山近在目。引馬憑老僧，迤邐迷磴曲。山根亂石横，澄泉瀉川麓。古松勢虬蟠，春鳥鳴灌木。窈窕開佛樓，僧徒隱石屋。下馬坐高巖，宛轉清陰覆。俯首瞰平原，蒼莽極遙矚。桃李媚幽谿，烟皋布新緑。天風吹我裳，拂拂來芳郁。頓令塵慮消，良覺素懷足。何事慕蓬丘，采真徒僕僕。徘徊不能歸，長嘯振林谷。

秋日

暑退天日晶，秋光淨若洗。小堂晝垂簾，竹樹蔭階戺。怪石立縱横，藥欄發芳芷。杜門無雜賓，晴暉明窗几。散書恣冥蒐，悠然契深旨。外物何足欣，寵辱皆妄耳。蕭森儼空山，婆娑忘城市。急雨須臾來，簷花落如綺。守官多愆尤，鵜梁昔所恥。安能作蝸牛，升高不知止。

二

達人貴知幾，君子能俟命。人生苦勞勞，紛華疇戰勝。閒居懷古人，蕭然寡營競。皎皎明月光，照我書幃淨〔一〕。夜清星河垂，庭幽花木靚。謝客百慮忘，適符麋鹿性。靜觀識盈虛，慷慨發孤詠。逝將驅車歸，故園禾黍盛。寄語長鬚奴，爲我除三徑。

【校記】

〔一〕『淨』，《近稿》作『靜』。

幽蘭歎

灼灼桃李花，姿態一何穠。向日倚檻開，忻忻爭敷榮。遊騎時喧闐，壺觴相對傾。爛熳映一時，沾醉意氣盈。嗟彼幽谷蘭，寂寥挺孤英。芳華聊自賞，嚴霜任飄零。雨露豈有私，托根實不同。冷落雖足傷，安敢移堅貞。

階草吟

曄曄闌中葩，萋萋階前草。所處地雖同，爭如花色好。主人愛華滋，灌溉良足寶。弱草值驕陽，靡靡就枯槁。畦丁舍不顧，微芳寧自保。萬物本造化，仁慈賴蒼昊。風雨欻然來，英蕤凋零早。階草自翩翩，棄捐何足道。

送子遠都諫省覲歸三原

薊門涼雨散，御苑催寒砧。之子賦歸歟，揮手返舊林。芳醴陳清宵，別緒胡蕭森。子職在補闕，五載勤規箴。上書皆讜言，發論無刻深。酒債日以多，垂槖空黃金。輕裝啓前途，晨光來遙岑。把袂上河梁，車馬方騣騣。相看各二毛，雁行忽商參。人生若流萍，去住隨浮沉。何以慰中懷？有酒且重斟。先世稱伯鸞，高風垂古今。願言保令名，勿忘平生心。

二

秋草生古道，芳時宜遨遊。南山有敝廬，禾黍滿平疇。久客自遠歸，親戚擁道周。家慶著萊衣，絲管鳴啁啾。浩蕩荷主恩，烟壑恣夷猶。歸人樂未央，安知我心憂。重困念蒼生，國計需良籌。吾道方艱難，疇堪砥中流？子才足救時，寧能守巖丘。佇期駕鋒車，莫爲白雲留。

題新安劉孝子卷

上谷節義鄉，異人稱輩出。容城有兩賢，高名掩白日。流風今未衰，閭巷多可述。憶昔過范陽，懿德喧街術。烈女動鬼神，庭葩改素質。臧獲護主喪，萬里有始卒。稚兒牽母裳，風雨來飉飉。今復聞劉子，孝誠何專一。舉刃血沾濡，忘身療母疾。避人嫌釣名，天地爲蕭瑟。奇行雖不經，至性豈恆匹。古遠俗日偷，疇能全天秩？卓矣追前賢，後先並崒嵂。垂範千萬年，炳烺良史筆。

蕉林詩集

五言古二

宜溝道中〔一〕孫生，徵君鍾元也

驅馬過宜溝，日白風蕭蕭。荒原吹寒沙，烟巒鬱岧嶤。疎林蔽巖扉，曉雲生山椒。何峯是王屋？隱者逃塵囂。長與鹿麋羣，安知歲月迢。此間有蘇門，孫生挺孤標。授書徧中原，高蹤遠市朝。我欲從之遊，入林定久要。王程不可留，駸駸發星軺。交臂失班荊，瞻望心搖搖。前路近淇園，菉竹干層霄。睠言懷古人，千秋何寂寥。

二

孤村莽蕭瑟，周道停軒車。茆屋設晨餐，凝塵滿籧篨。行行日以遠，北鴻無來書。萬壑風怒號，飛沙上衣袪。浮雲一回首，遊子念故墟。竹樹影翛翛，數椽存吾廬。煨芋偕妻孥，牽犢耕新畬。生事自不惡，奚爲襲華裾。負弩羅前頭，夕陽照干旗。壯夫志四方，罔屑守鄉閭。凡民各有心，吾意託樵漁。

嶺梅雖足欣，寧樂武昌魚。

【校記】

〔一〕《使粵詩》題作《宜溝道中有懷》。

江北旅中

曉出草店門，風急黃沙走。天寒道且長，晨餐不入口。飛塵白日昏，面目於何有。行行望村墟，頹垣無戶牖。覆茅三四間，居處盡老醜。下車入繩樞，木几陳樽酒。生平不能飲，淺杯時在手。親串抵掌談，誹諧雜稂莠。聊以開鬱陶，奚暇擇臧否。此地多戰爭，英雄易白首。逍遙河上公，寂寥漢陰叟。千古鐘鼎勛，視之真瓦缶。

贛州得王敬哉同年寄來家報

舟車三月程，茲行殊汗漫。八口留京師，時物嗟已換。音問杳不聞，展轉靡宵旦。偶聽一雁鳴，推窗輒起看。孤枕夢數驚，讛語每錯喚。徘徊夜披衣，矯首視河漢。鄰舟聲寂寥，三五明星爛。停櫂泊虔州，雨灑江波渙。何意嶺南尉，持書來野岸。老友托魚素，剖之魂欲斷。中藏吾弟字，云自燕臺畔。奚翅照乘珠，未開心歷亂。展讀悸始寧，意周語非謾。平善喜妻孥，稚兒體亦胖。舉手謝蒼昊，顛倒復詳玩。憐余涉風濤，白髮近過半。殷勤感故人，寄我青玉案。勿言道阻長，稍遣客慮散。一紙抵萬金，昔人云豈誕。益信行路艱，刻燭興永嘆。

發雄州

晨出賓暘門，水氣滿巷陌。故吏擁道周，頭鬢看盡白。孤亭立豐碑，上勒先子迹。城郭飽戰烽，僅留一片石。垂及五十年，表章益烜赫。停車數徘徊，泫然感今昔。父老攜杖觀，相顧聲嘖嘖。樽酒煩故人，持觴勞歸客。簷霤雨廉纖，春泥深徑尺。昔遊詎忍忘，鄉心苦已迫。漠漠嶺上雲，矯矯空中翮。河梁草色青，振袂風烟隔。珍重謝耆舊，久要願無斁。前路笳鼓鳴，回首黯魂魄。

空城吟

昨年來江淮，民風何皡皡。蠶女勤織作，田塍滿秔稻。今從嶺海歸，人烟空城堡。紅顏匿窮鄉，所存唯村媼。茅屋無窗牖，門徑餘蔓草。客來爭錯愕，陳辭色枯槁。前月下軍書，王師事征討。前驅已疾馳，後騎復就道。謠諑日數驚，妻孥難自保。丁壯負芟芻，嬰兒失繈褓。吁嗟曾幾時，千里頓如掃。聖主仁如天，宵旰民是寶。屢詔軫窮簷，殷勤慰父老。軍興勞輸將，剪除會須早。車書方全盛，流離哀蒼昊。停車望舊墟，低回愴懷抱。

重過圓津菴

客秋過松門，寒香秀叢菊。今來汗沾衣，遥喜清陰覆。石梁何蜿蜒，柏屏隱禪屋。老僧笑迎門，勞苦車僕僕。揖我坐東軒，蓊然蔚林木。當堦翻紅藥，簷花散紛郁。掃室焚妙香，翛然愜幽獨。白粲供晨飡，園蔬采芳蔌。帶烟折笋芽，一飽勝粱肉。攬衣陟孤亭，青蒼失炎燠。錦鱗泳清池，瓦雀喧修竹。俯仰眺河山，松影下川麓。孰意塵鞅間，倏快登臨目。安能緩嚴程，晚就山雲宿。明月滿高樓，金波手可掬。

蕉林詩集

七言古一

長安道上行

長安道上飛塵起，夾巷轔轔車如水。朱門晝向紫陌開，金張烜赫儼成市。平津高閣高連雲，閣中趨走徒紛紛。鄭莊驛舍多茂草，賓客無復揖將軍。猘犬當門但狂吠，熟眠華屋深不聞。吁嗟道衰士微賤，胡爲征逐通殷勤。豪家有奴鬚眉張，頤指氣使何揚揚。呵斥朝紳等輿隸，書生屏息走倉皇。人生不須貴金紫，但願十萬錢充囊。嗚呼吐哺握髮已非昔，汝曳長裾空役役。禰生懷刺終漫滅，素箏載酒將安適。勸君且歸勿苦辛，世人結交良有因。明月投人猶按劍，慎莫告語達官嗔。

玉堂行

貴莫貴，中祕書。樂莫樂，五雲居。男兒不能仗劍取侯印，便當珥筆承明廬。今日承明廬，荒草沒階除。勸君莫登白玉堂，堂上歷歷多冰霜。晨起入署徒鵠立，薄暮下直塵飛揚。柴車爭驅馳道入，款段引避心蒼茫。蕭齋月奉一囊粟，飢鼠夜半窺空床。陳情不得歸，持牘意徬徨。田園已蕪墓草長，不能奮飛祇自傷。君不見北門有歌涕淋浪，勸君莫登白玉堂。

雕橋行樂圖歌

海内大雅久不作，古道沉淪氣誼薄。惟余叔父寔挽之，有骨崚嶒胸寥廓。登朝珥筆直黄扉，曾撤金蓮寶燭歸。視草名流皆避席，上書九重亦霽威。水部風清推第一，世稱何鄭烏能匹。才名每結正人歡，忠鯁多逢當路嫉。平生愛客狎聲歌，錦瑟瓊姬金叵羅。文采風流映千古，五陵豪士頻相過。虎頭寫照敻今昔，濡筆圖成咸嘖嘖。合歡樹底宿雙鴛，山花豔冶烟光碧。叔父徜徉步其下，衣冠嫻淡神瀟灑。玉樹臨風未足擬，縑素煌煌如欲瀉。傍有叔母過少君，早歲恩承紫誥芬。臨難搴裳甘斧鑕，鬚眉從此愧釵裙。畫橋垂柳同盤桓，儼然德耀偕伯鸞。此時白首堂上祝，他日丹青麟閣看。

贈同門紀光甫比部齎詔浙西

北風捲旆班馬鳴，送君早發邯鄲城。驪駒一曲勸君酒，悠悠岐路若爲情。舍人裝束輕如羽，驛路霜飛日色苦。畫簾寒動浙江潮，錦帆暮落西陵雨。我聞東南患水荒，閭閻白晝横豺狼。天子恩波逮幽隱，父老扶杖涕淋浪。紀君紀君西曹號平允，清譽滿堂皇。此行咨諏應周詳，疾苦一一題封章。側身東望雲樹矗，有人抱膝東山麓。蒹葭蒼蒼白露晞，那復足音到空谷。吾師高臥歲月長，春濤滾滾生錢塘。試命黄頭渡江去，程門雪色方微茫。余師在姚江，故云。

贈米吉士學博

易水蕭蕭沙塵昏，米生挾策出薊門。獻賦天子遭擯落，誰爲狗監達九閽。虚齋葉落白日匿，歸來甑塵無顔色。孤城夜夜猿嘯啼，苜蓿闌干空太息。又見奉檄入公府，折腰升斗胡逼仄。願君坐我堂，我姑飲君酒。酒酣擊筑爲君歌，燕市狗屠今在否。黄金有臺自崔嵬，安能千金買馬首。相如家徒四壁立，正平懷刺長不偶。人生窮達重適意，富貴於君亦何有？君不見唐時鄭廣文，崎嶇世路嘗紛紜。一官雖冷著高節，遂使美名淩青雲。才人未遇古所嘆，何妨盡醉酬斜曛。吁嗟桃李灼灼媚風日，幽蘭空谷含清芬。

郊獵篇

朔風獵獵吹原野，小隊射獵東城下。健兒身手捷如飛，少年錦裘紫騮馬。沙黄日白霜草枯〔一〕，仰視鴻雁浮雲徂。笑彎角弓擬霹靂，溪邊驚起雙飛鳧。狡兔古云有三窟，胡爲爰爰走寒蕪。蒼鷹決眥臂韝脱，毫毛灑地血模糊〔二〕。合圍馳逐二十里，遥見空天皂鵰起。狐狸絶跡林烏稀，纍纍一騎黄塵裏〔三〕。太行積雪如瑶宫，斷橋冰裂響流水〔四〕。翻身欲入邯鄲城，舉鞭笑指新豐市。市中有酒瀉葡萄，相逢皆稱邯鄲豪。解鞍覓石敲新火，入肆開鮮試寶刀。丈夫不能佩斗印，且須落拓飲醇醪。醉歸連轡炬明滅，夜看星辰太白高。

【校記】

〔一〕『霜草』，名家詩鈔本作『黄草』。

〔二〕『狡兔』四句，名家詩鈔本無。

〔三〕『一騎』，名家詩鈔本作『一葉』。

〔四〕『冰裂』，名家詩鈔本作『凍裂』。

相逢行贈王望如孝廉

板扉晝掩常避喧，有客投刺來白門。入座意氣薄霄漢，伸眉抵掌多高論。王生江南號國士，前年奮翮秋風裏。抽思濡筆賦三都，傳誦能貴洛陽紙。冰霜挾策北渡河，太行蜿蜒中原起。賞奇來訪荀子書，擊筑將過荊卿市。相逢倒屣迎仲宣，況復通家屬孔李。春明衮衮生黄埃，願君早登黄金臺。共稱二俊機雲來，斗間劍氣何昭回。如今燕市同梁苑，授簡詞客多鄒枚。伯樂自辨騏驥足，卞和抱璞寧終埋。天子上林誇羽獵，會須召試《長楊》才。

張司馬井異歌

永寧司馬磊落姿，自言經歷多神奇。開篋示我井異記，造物幻巧誠有之。庚辰之歲鷩飆起，欃槍夜走郊盈壘。殺人如草白日昏，比屋十人九人死。司馬力竭沉井泉，銀床寂寂井水寒。烏啼城頭鬼夜哭，主僕屏息水底眠。賊渠大索徧原野，出汲老嫗胡爲者。竹屑落燼充晨飡，嚙雪吞氊古非假。君不見鳩出厄井王業興，耿恭再拜飛泉生。冥冥護呵若有憑，遂令千載傳其名。今觀此井得無似，司馬福祿從茲始。回首倉皇幕井中，紛紛人世真蜉蝣。

張司馬還山歌

侍郎五十髮未白，致位公卿聲籍籍。銓衡清鑒澄九流，司敗平允循三尺。載佐中樞耀武功，凱歌每奏明光宮。今年天子念耆舊，優詔特許還山中。山中何所有？黄精餌之充晨飡，曄曄紫芝生谷口。緱嶺猶傳子晉笙，秫田且釀淵明酒。綵衣舞前樽不空，雙瞳炯炯酡顔紅。攜杖往觀二室樹，結廬期從河上公。長歌白眼向寥廓，健骨翛然同海鶴。邀月但盡鸚䳇杯，圖形何必麒麟閣。香山九老安在哉？耆英洛社今重開。驥子已登黄金臺，況復五老相追陪，笑解塵纓歸去來。會有蒲輪到草野，他時鷗鷺莫相猜。

金魚池歌〔一〕

長安赤日如火然，僕夫刺促車塵間。金魚池頭管絃動，吾兄此地張高筵。堂上風簾桃竹簟，門外騕褭鐵連錢〔二〕。斝觴半是神仙客，皎皎照人稱玉尺。揮麈四座笑語清，荷風剪剪行几席〔三〕。歘忽天末陰雲垂，烟水冥濛氣蕭瑟。紅牙板拍靈鼉鼓，龍笛啁啾雜急雨。白墮頻浮琥珀杯，秦青獨擅梨園部。響聲遏雲雲不行，鳧鷗泛泛珍珠傾。潛蛟起舞游魚出，何如張樂臨洞庭。共君掌中杯莫空，須臾那能測陰晴〔四〕。海水三見揚塵土，紅顔無幾成衰翁。君不見昭王昔築黄金臺，千年廢址生蒿萊。又不見荊卿擊筑燕市歌，壯士蕭蕭逐逝波。瀲灩魚藻塘，葱蒨郊壇樹。不見當時人，猶存歌舞處〔五〕。都城遊騎日喧闐，朝暮風光自來去。樽有酒，歌未央。蜉蝣天地間，胡爲多憂傷。鳥歸亭暮高臺涼〔六〕，玻璃千頃何蒼茫。安得長繩繫白日，接羅倒著濯滄浪。

【校記】

〔一〕名家詩鈔本題作《奉常兄召飲金魚池歌》。

〔二〕『鐵連錢』，名家詩鈔本作『金連錢』。

〔三〕『荷風』，名家詩鈔本作『荷花』。

〔四〕『須臾』句，名家詩鈔本作『陰晴那能測化工』。

〔五〕『歌舞』，名家詩鈔本作『鼓舞』。

〔六〕『烏歸亭暮』，名家詩鈔本作『城烏啞啞』。

送大司寇李公還長山侍養歌

岱宗羣嶽稱最尊，渤海浩浩無涯津。山川盤鬱靈氣結，往往其中多仙人。尚書家在長山側，學仙少得黃老術。登朝意氣欲干雲，授鉞旌旗爲變色。司馬九伐職詰戎，談笑能卻淮淝兵。秋官執法刑獄平，高門種德如于公。有母倚閭歲八十，天子聞之曾改容。未幾求歸力上書，歸去將效返哺烏。特予溫綸胡優渥，傾朝動色觀者吁〔一〕。解組何讓漢二疏，如公遭逢世所無。春明門外供帳出，長白山中猿鹿趨。尚書玄髮嘗飡玉，擬採芝英向深谷。朱紱初脱著萊衣，屈曲金巵進醽醁。夫人象服霜鬢稠，麒麟騕褭羅前頭。名姬能歌字莫愁，朱絲玉管聲啾啾。丈夫得志勒鐘鼎，功成要貴退身勇。富貴不願願奉親，遂令人子皆感動。君不見李令伯《陳情表》奏傳今昔，又不見李鄴侯遺榮辟穀長優游，尚書家世真罕儔。高乘黃鵠遊蓬丘，他時有詔將安求？四海瘡痍未卽起，寧能不爲蒼生謀。

【校記】

〔一〕『色』，底本漫漶，據《四庫全書存目叢書》影印南開大學圖書館藏本補。

燕市歌

燕市泥滑愁出門，吾兄招我開清樽。解衣盤礴夜稍霽，冰紈皎潔珍錯陳。雄辯袞袞喜不竭，簷花飄落香氤氲。久雨淋漓多漏屋，買書無錢兼買粟。車馬雜遝塞中衢，身嘆轅駒空蹙蹙。浹月不覩故鄉書，終朝畏見新除目。今夕果何夕？斗酒恣盤桓。人生難得弟與兄，况有良友如芳蘭。嚴城擊柝燭未殘，微風吹鬢蕭蕭寒。長嘯向天地，睥睨視今古。何妨落拓同子雲，直欲狂吟追杜甫。窮達憂樂信有時，栖栖傍人志良苦。金張華館朝不開，掃門之客胡爲哉。五侯薰灼亦滅没，朱門蓬户俱塵埃。蕭曹伊吕何烈烈，名垂骨朽徒心哀。嗚呼千古英雄悵已矣，惟有滄江東去捲洪濤，碣石獨立高崔嵬。高崔嵬，於我亦何有，白衣轉眼爲蒼狗。巉巉五嶽起懷中，不如但飲樽前酒。

雨中聽梨園演黄孝子傳奇

長日頻掃庭前莎，張筵初停白玉珂。親朋雜坐禮不苛，薰風習習拂雲和。梨園妙曲齊陽阿，衣冠優孟舞婆娑。曲中哀怨一何多，四座聞之涕滂沱，一夕堪令雙鬢皤。華燈熒熒色微酡，淋浪驟雨響庭柯。有酒須傾金叵羅，且看世事如江河。少年白日嘗蹉跎，閒雲片片牆頭過，及今不樂將如何。

范陽行

范陽城北沙莽莽，板橋冰裂溪水響。白日匿影塵不飛，吹落雪花大如掌。此地由來多探丸，行人爭歌《行路難》。村舍人稀門晝閉，凍烏啞啞窺林端。斥堠相望烟火接，飢軍持械生愁顔。我來驅車古道側，憂心悄悄天地黑。羊腸迴折泥途深，從者慘淡無人色。何時掃除王路平，衣冠萬國咸朝宗。枹鼓不鳴烽燧息，輕車衮衮颺春風。

漁陽老將行

漁陽重鎮臨邊隅，將軍燕頷赤虬鬚。少小結髪事行陣，彎弓自請當單于。軍中行酒青油幕，馬上穿楊金僕姑。養士家財能立散，摧鋒徧體無完膚。將軍膽略古無兩，逐北直取封侯賞。大小身經數百戰，九邊形勢如指掌。報主瀕死沙場中，論功欲繪淩烟上。豈知歲月空蹉跎，將軍已老雙鬢皤。内外一家方罷戰，毳帳滿地驅明駝。邊備不修閒士馬，歸來小獵南山阿。猨臂無力射猛虎，雄心臥看浮雲過。寶刀既賣賓客散，柴門反閉張雀羅。幽州健兒夜吹角，夢魂猶遶白狼河。

贈大叔父歸里

叔父鶴骨髮蒼然，清臞健步如飛仙。一經教子守素業，十畝負郭耕磽田。澹漠無求老縫掖，里門不出三十年。今來騎驢過燕市，布袍芒履何翩翩。醉後長歌小天地，座中顧曲傾賓筵。手撥檀槽俍燕玉，出攜笻杖餘百錢。一朝倦遊抗手去，半肩襆被淩霜天。吁嗟古來辟召不復見，才智往往多迍邅。當世誰知叔父賢，時人何必爭媸妍。布衣雖賤無寵辱，仕路嶮巇成山川。五陵衣馬自華貴，倏忽聚散如雲烟。叔父叔父歸去正當春酒熟，帝京風物好爲妻孥傳。烹羔把盞且自勞，柴門風雪人安眠。

贈吳晉公

吳生詞場客，作吏闤闠城。今年匹馬長安道，張燈過我譚平生。濁醪一樽對深夜，箕踞調笑多縱橫。大言系出吳季子，側弁苦吟時自喜。春郊走馬逐少年，垂鞭買醉倡樓裏。一從捧檄姑蘇臺，趨走公府衝塵埃。折腰屏息伺顔色，上官頤指驅風雷。大猾挾勢氣如虎，鋤姦無力空徘徊。吳生吳生昔也何壯今何頹，朱顔轉眼華髮催。賢達處困古不免，低頭戚戚胡爲哉。子但舉我酌，我姑爲子歌。時序有代謝，人事多蹉跎。老生窮經嘆白首，貴人輦上憂風波。官小能貧亦自樂，營營不已將如何。

大雪齋中夜坐

冪冪同雲暗廣陌，放衙閉門無雜客。趺坐長吟手一編，小釭焰冷伴遙夕。讀書古言足三冬，我輩寧不爲時惜？空廊寂歷夜無聲，童子垂頭相枕藉。挑燈爇火未終卷，窗外雪深已三尺。

李園行

西直門外清泉流，李園鉅麗甲皇州。苑內潺湲疏碧沼，天際窈窕開朱樓〔一〕。錦堂繡幕列鐘鼎，曲房密室鳴箜篌。戚畹生當全盛世，張筵招客多貴遊。十五妖姬伺後閣，千金驟裹羅前頭。珠履稱觴金鑿落，牙檣載酒木蘭舟。勝賞四時歡不改，花落花開春常在。已分風月爲主人，豈料桑田變滄海。予來繫馬門前樹，寂寂池塘鎖烟霧。不見當年歌舞人，春雨秋霜自朝暮。畫棟欹斜落燕巢，芰荷零亂眠鷗鷺。殷勤但見白髮翁，自言少小居園中。主人華貴擁金穴，爲園鉅萬泥沙同。奇石移來儼幽壑，飛橋夭矯如長虹。芙蕖香滿槐庭月，水閣涼生楊柳風。行樂幾時賓客散，往事歘忽雲烟空。池不種荷惟種稻，年年輸稅歸王宮。吁嗟老翁何愚蒙，盛衰自昔猶轉蓬。君不見石家金谷誰爲主，丞相平泉亦塵土。李君李君昔何雄，慷慨相看淚如雨。

【校記】

〔一〕『窈窕』，《近稿》作『窕窈』。

大叔父舉孫喜而有賦

叔父六十鬢如銀，爲善鄉里稱仁人。一子力學艱舉孫，年年禱祀蒼巖神。神明昭格應如響，送來天上石麒麟。叔父方遊長安陌，得報掀髯浮大白。明日別我騎驢歸，湯餅會看滿堂客。諸父昆弟冠履稠，清筵絳蠟羅庶羞，次第上壽相勸酬。小兒岐嶷神骨遒，叔父抱弄百不憂，絲管迭進酒滿甌。人生修德有孫子，茫茫萬事將安求。

歲暮行

長安歲暮冰雪空，蓬戶獵獵飄寒風。忽申禁令市肆閑，柴車軋軋黃塵中。馳逐輕肥者誰子，儒生低頭羞困窮。對簿紛紜興重獄，廷尉束手心忡忡。文章道賤魑魅出，白馬將軍何其雄。天子聲靈讋南服，負固悔罪空愚蒙。異姓封王恩寵渥，詔書賜出明光宮。張皇六師奉天討，五溪六詔烽烟紅。安得掃除兵不戰，四方銷甲催春農。男耕女織雲日麗，絃歌羣頌神武功。

又

憶昔全盛當少年，每逢改歲風日妍。追逐喧闐兩不厭，春城燈火飛雲烟。一從婚宦白日速，驚心老大渾茫然。濟時力薄壯志廢，書債索償無俸錢。市上弄珠多驟貴，嬌歌豔舞張高筵。寶馬蹀躞金勒動，貧家闔戶徒憂煎。呼兒不須謀歲事，椒觴粗具堪留連。且莫侈，談天口。何必論，經綸手。靜觀消息君知否？三十年間一回首，但願歲歲長飲酒。身强無事足安眠，浮雲舒卷吾何有。

落日行

落日城頭畫角吹，羽林裹甲收南陲。點兵秣馬無停刻，令嚴霜雪生旌麾。師行糧從謀最急，況復諸軍並深入。長蛇當道瘴癘多，如雲飛輓何由集？司農仰屋空太息，路傍行人爭走匿。軍書旁午風雷同，縣官捧檄無人色。田夫閉門吏夜呼，逋稅敲朴無完膚。往時水旱苦穀貴，今年傾囊不能完官租。穀賤傷農古所嘆，鬻兒賣女死道途。君不見前年樓船下閩海，村村烟滅空廬在。又不見伏波將軍度洞庭，桑麻鷄犬無時寧。百戰苦爲封侯計，萬家祁寒夜流涕。

贈王安之觀察

中原川嶽何龐龐，十年兵甲多凋傷。訟獄日煩吏道雜，疇能扶弱摧豪强。王子壯歲歷險阻，鬚髯如戟心慈良。手闢蠶叢奠玉壘，坐控榆塞成金湯。分藩再持大梁節，黄河滚滚增隄防。天子曰能授專臬，繡衣執斧洵輝光。觀察古來稱要職，勿問狐鼠馴豺狼。誅求紛紜禁令急，吏民皇皇重足立。省刑中考法貴平，夜半圜扉鬼神泣。東海久淹孝婦魂，于公種德遺子孫。父老祇守三章約，盛世何知獄吏尊。君不見鄗上太宰爲吏時，去後往往人見思。又不見君家方伯心如水，歸來兩袖清風起。芳躅不遠君習聞，門閭高大從此始。

題胡菊潭館師畫竹冊

馮君興酣掃毫素，疎竹蕭蕭起烟霧。叢篁窈窕淇園陰，洞庭慘澹瀟湘暮。古今妙筆推文同，東吳夏㫤能並工。北海老翁傳其神，畫出遂使凡圖空。虬蟠鳳起勢欲動，中有雲氣何冥濛。吾師直節世無偶，獨愛此君稱快友。晴窗對冊意灑然，珍重絕勝雙瓊玖。庭際不須種萬竿，筆端已似橫千畝。白日颯颯清風寒，卻疑身在滄洲間。古堂恍惚雷雨入，龍雛佇作青琅玕。

臥雲草堂歌

鎮陽城西泉淼淼，老槐千尺生晴杲。窈窕竹嶼吟修篁，逶迤洲渚開芳沼。灌木陰陰鳴鳥繁，水田漠漠沙鷗小。白雲擁出大茂山，我兄築堂雲之間。覆茅補屋河岸北，繩床棐几圖書閒。幅巾笻杖意瀟灑，落花不掃長閉關。誰爲我兄作此圖？圖中之人如可呼。懸蘿挂薜春草緑，近人麋鹿當窗趨。烟雨冥濛波欲動，咫尺彷彿成江湖。又畫堂上松，蟠曲倚怪石。目送飛鴻把道書，疎樹颯颯長天碧。小兒挾冊氣如虹，雙鬟汲泉生松風。美人倚竹含笑立，月明猿嘯空山中。盧鴻草堂輞川圪，斯圖寫出將無同。堂中泠然何所有？淵明自撫無絃琴，陶侃數過鄰家酒。我兄生平慕采真，落筆烟霞欻在手。鍊藥每守丹竈傍〔一〕，避喧欲共村翁偶。一從通籍綰朝紳，歸心常戀雕丘陰。垂釣一竿園十畝，草堂雖陋寧知貧。他日功成拂衣去，飡芝獨臥溪雲深。君不見鹿門龐德公，谷口鄭子真，高名千載誰與倫。朱門華屋易銷歇，此堂歲歲春風新。

【校記】

〔一〕『鍊』，底本漫漶，據《近稿》補。

舟子行

晨驅東指通州路，雉堞矗立生蒼霧。萬家市井沸雲烟，城邊古岸維舟處。四方袞袞咸朝宗，漕艘賈舶不知數。春風澹蕩吹潞河，水紋如簟興微波。舟穩飄然天上坐，舟子結網依陂陀。妻孥操作烟火起，扣舷嗚嗚聞漁歌。中流舉網得鮮鯉，賣錢沽酒蒼顔酡。操舟共道風濤惡，誰知風濤陸地多。我憂出門行路苦，前有毒蛇後猛虎。蜀道青天古所嘆，奔走干戈窮杜甫。達官貴人不謀身，千金之子多愁貧。浮家泛宅何不樂，華屋往往飛黄塵。

出寬奠峪

寬奠峪外高青嶂，川麓晴開雲蕩蕩。林莽蔽虧白日昏，雪峯縹緲青天上。山花窈窕不知名，石根槎枒難窮狀。飛泉如練倚壁流，碧潭下有黿鼉遊。黄狐跳梁似人立，夜黑山鬼聲啁啾。由來此地無人跡，斧斤不入鳥獸宅。近邊日月風沙黄，斷厓草木雲霞赤。睥睨遥看百雉高，昔人城此寧知勞。烽烟歲歲達上苑，仗鉞頻行賜錦袍。薊門晝閉無人戰，百里空堡生黄蒿。古來在人不在險，令我苦憶霍嫖姚。

施長也草堂歌

施君吾友清且真，爲郎出守東海濱。歸來清風攜兩袖，往往釜甑生埃塵。仕宦十年猶矮屋，掃除小圃疑空谷。結茆爲堂竹樹間，疎畦仄徑呈新緑。柴門晝閉白日長，豆棚風起菜根香。北牖琴書有餘韻，棐几木榻生微凉。此中幽人自高臥，瞬息輒謂如羲皇。客至一童守茗竈，忻然賓主時相忘。布袍芒履君獨樂，車馬不聞驚鳥雀。閒看浮雲數往來，過雨簷花任開落。堂前種菊盈十畝，坐摘菊英常在手。漉酒欲效陶淵明，愛棋不減橘中叟。中山陋室傳古今，君子居之陋何有。施君施君學道似得靜中趣，區區富貴寧足慕。苦避長安如畏途，草堂彷彿桃源路。余亦淡漠厭浮名，幾年羈靮憂樊籠。聞君之堂不得見，習習耳後來輕風。安得拂衣傍君住，相對揮麈談虛空。嗚呼世事君知否，急流身退真英雄。

退谷歌

昌黎昔日稱盤谷，泉甘土肥繁草木。高風千載如見之，紛紛塵世誰相逐？於今再覩北海翁，巖栖獨躡西山麓。西山雲氣何冥濛，陰陰竹樹幽人宫。飛瀑潺湲懸素練，老松夭矯蟠虬龍。碧苔黄葉林中寺，白鳥青蘋水面風。一自上書辭鳳闕，入山長揖烟霞窟。藏書萬卷映晴窗，濁酒一樽弄華月。畫圖何讓米家船〔一〕，周鼎商彝不記年。手斸黄精煮泉水，籠開野鶴淩青天。逃虚自禮維摩室，閉門愛草楊子玄。荒臺矗矗平如掌，攬衣長嘯羣山響。古菴開遍櫻桃花，曳杖春風聊獨賞。人事有代謝，山林關廢興。柳州住愚溪，百世傳其名。老翁居此殊有情，窅然退谷疇能爭？噫嘻北海翁，嶽嶽世無偶，歸來閉卻經綸手。高臥不救蒼生哭，採芝去覓商山叟。前年示我退谷篇，千峯萬峯落几前。人生苦被塵纓縛，願從老翁翔寥廓。君不見長安漠漠風沙昏，顛倒世事安可論。谷中歲月似太古，何處更有桃源村。

【校記】

〔一〕『畫圖』，《近稿》作『圖畫』。

蕉林書屋歌

主人疏放麋鹿性，小築茆茨愛幽靚〔一〕。地偏偶結陶潛廬〔二〕，客至暫開蔣詡徑〔三〕。種蕉陰陰如緑天，北窗長日疑小年。攢莖抽葉布清影，赤日障蔽空堂寒。倚檻數竿竹，髣髴瀟湘浦。秋晚畦流漠漠雲，夜涼簾捲聲聲雨。主人樂此長閉關，簷花如綺圖書閒。當門不種鉤衣草，入室頻移幽谷蘭。車馬九衢任雜遝〔四〕，坐擁萬卷心悠然。焚香偃仰復何事，蕭颯志在滄洲間〔五〕。塵壒紛紛安所極，獨上元龍樓百尺。自笑平生與世違，且對蕉林共晨夕。出門波濤滚滚來，仰視浮雲興太息。

【校記】

〔一〕『幽靚』，名家詩鈔本作『幽靜』。

〔二〕『地偏偶結』，名家詩鈔本作『地僻偏結』。

〔三〕『暫開』，名家詩鈔本作『曾開』。

〔四〕『九衢』，名家詩鈔本作『九逵』。

〔五〕『蕭颯』，名家詩鈔本作『蕭瑟』。

潭園歌

鎮陽昔稱成德軍，裹瘡百戰恆紛紛。我聞潭園自五代，池館壯麗連青雲。數百年來閲今古，江河滾滾揚塵土。當日王鎔貴盛時，曲沼帷房貯歌舞。赫然名城冠四方，河朔雄踞疇能當？年少擁旄歷數世，茲園爲樂春宵長。匡威既滅趙王死，年年花落空潭裏。賦詩再見歐陽公，可惜風光同逝水。我爲潭上人，不覩潭上花。日暮悲風起，城闕喧啼鴉。繁華銷歇霸圖盡，亭臺何處徒咨嗟。徒咨嗟，行且歌。古來富貴幾人在，朱樓金屋餘青莎。人世百年苦易盡，蜂屯蟻鬭何其多。登高望故墟，雪涕一回首。荒塚自纍纍，頗牧今奚有？平原客散邯鄲空，主父宫中麋鹿走。吁嗟北潭昔爲黿鼉窟，今已沒蓬蒿。滹沱白浪蹴天高，南眺忽失趙州橋。賣漿博徒真吾友，欲往尋之阻洪濤。君不見信陵救趙日，獨從毛薛游。片言解紛掉臂去，談笑座中無王侯。

蕉林詩集

七言古二

挽船曲

寧爲官道塵，勿爲官道人。塵土踐踏有時歇，人民力盡還戕身。長安昨日兵符下，舳艫千里如雲屯。官司催夫牽纜去，扶老攜兒啼滿路。村村逃避鷄犬空，長河日黑濤聲怒。縴夫追捉動數千，行旅裹足無人烟。窮搜急比勢如火，那知人夫不用用金錢。健兒露刃過虓虎，鞭箠叱咤驚風雨。得錢放去復重催，縣官金盡誰爲主？窮民袒臂身無糧，挽船數日猶空腸。霜飆烈日任吹炙，皮穿骨折委道傍。前船夫多死，後船夫又續。眼見骨肉離，安能辭楚毒。呼天不敢祈生還，但願將身葬魚腹。可憐河畔風淒淒，中夜燐飛新鬼哭。

春風亭歌弔滋溪先生也

東垣城北春風亭，別墅創自滋溪公。蘇公風流擅當代，名與恆嶽爭穹窿。我聞兹亭結構始，闢園植木安豐里。桃杏千株樹樹花，翼然亭立臨滋水。春風澹蕩滋水流，花開花落聞鳴鳩。歲久積土高成丘，先生旣去亭空留。舊有讀書堂，復築舒嘯臺。於今廢址生蒿萊，堂中圖史安在哉？憑高四望徒徘徊。爲問安豐人，不識舊亭處。臺榭已茫茫，春風自如故。荒原寂寞迷烟霧，行人祇見安豐樹。先生本是濟世人，先憂後樂擬退身。黃農虞夏在懷抱，有志未竟何艱辛。嗚呼人壽幾何兮時難再得，滋溪終古流不息。日落風吹大陸塵，先生不見淚沾臆。

民夫謡

朝來點鑿山，令嚴如霜雪。鳥道何巉巉，千夫日流血。

二

縣官騎驢去，日昃無晨飡。吾儕貧賤人，安敢辭飢寒。

驛卒謠

前驛聞官逃，後驛傳馬死。安得穆王八駿來，絕塵一日馳千里。

古今行

古今疑真不疑假，葉公獨好畫龍者。脂粉紈綺傾人城，佳人自倚修竹下。市上驕殺弄珠兒，杜甫一錢囊空垂。華歆名與管寧並，曾參投杼翻見疑。嗚呼連城之璧未足寶，荊山抱璞將奚爲。

豺虎行

豺虎腹飽麒麟飢，太行驥子服鹽車。牛有皁兮鷄有塒，枳棘會見鸞鳳棲。仲尼不用杏壇老，盜跖殺人翻壽考。少年亡賴千金裝，銀鞍白馬邯鄲道。君不見古來戰伐秋，今日爲羣盜，明日封王侯。賈生痛哭竟何益，楊雄著書終被收。紛紛世事本如此，諸君且歸酌新篘。

邯鄲少年行

邯鄲少年輕俠遊，翩翩白馬金絡頭。掉臂長揖五侯宅，調笑醉眠倡家樓。鬬鷄場中名籍籍，百萬呼盧輕一擲。夷門獨弔侯生墳，座間常養田横客。秋水盈盈拭寶刀，意氣直比青雲高。門外軒車碧油幕，樽前絃索紫檀槽。一言相投許然諾，黃金捐棄如鴻毛。世態紛紛何足數，對面飜覆爲雲雨。願學射獵逐少年，沽酒擊鮮傾肺腑。安用讀書守蓬蒿，屈首傴仄羞兒曹。

公無渡河

公無渡河！河廣風浪高。行旅卻步不敢進，舟子招手聲嘈嘈。陽侯天吳爭跳舞，中流執楫人徒勞。石巉巉兮灘勢惡，颶風吹沙湧萬壑。公無渡河！前舟已傾覆，後舟旋盤渦。蝃蝀如梁亙河岸，瞬息變化蛟龍多。嗟嗟！公無渡河！不如歸去棲山阿。

行路難

行路難，難如何？高有矰繳卑有羅。猰貐跳梁當道立，川原紆曲石嵯峨。車殆馬煩日云暮，我欲操舟阻洪波。阻洪波，獨徬徨，逡巡迷塗祇自傷。世人膠漆在富貴，酈呂刎頸終參商。朱穆絕交良有託，楊朱灑泣非荒唐。我既不能規方爲圓，驅拙爲巧，胡不委心履周行。行路難，君莫忘。

爰居行

爰居厭鐘鼓，鸚鵡思隴山。麇鹿自齕幽澗草，野鶴志在雲霄間。人生榮瘁自有數，栖栖夜行胡不還。豪客張目肆彈射，出門輒遭豎子罵。揮汗衣沾十丈塵，日昃舉箸食難下。徘徊戀微祿，何異蝸牛涎。娥眉入宮易見妒，磬折向人若爲憐。朝鳴玉珂暮得罪，低頭上簿心茫然。君不見古人恥對刀筆吏，丈夫意氣寧瓦全？十畝迎風新稻熟，且自曳杖行村田。

夾城圍

翡翠盤，鸂鶒巵，兒後富貴無忘予。夾城圍，晉王死，生兒當如李亞子。大霧晝暝三垂岡，二十年來我戰此。河上百戰報梁仇，殷紅血漲黃河水。太廟祀少牢，錦囊負三矢。繫組函首還廟中，功成十指一何雄。哀哉讐滅志氣盈，伶人夜呼身卒窮。以此始，以此終。

周陽五

周陽五，勇冠軍。好持重，能望塵。破夾城，敗景仁。陽五之勇天下聞，安知刺史遂非臣。老將知兵算無耦，幽州已下劉鄩走。籌策不用空嗟吁，身死兵摧汴河口。汴河口，血洗刀。莊宗哭，戰士逃。弓藏鳥盡古有此，將軍雖死名逾高。君不見，郭崇韜。

老敕使

老敕使，惜庫錢，報讐雪耻寧徒然。留侯佐漢本爲韓，監軍有心金石堅。小兒忤公杯酒失，吁嗟太后何其賢。王自取，悮老奴。百官送出洛東門，當季矢志亦雄圖。唐室祚已移，先王不可作。張公一死真磊落，千秋誰識荀文若。

餓主父

六國爭，咸陽怒，諸侯畏秦如畏虎。趙王變服彊且武，沙丘胡爲餓主父。嗟乎主父一世雄，西北略地從雲中。詐自爲使者，目無咸陽宫。狀貌一何偉，脫關如冥鴻。主父既去秦王驚，兩王未决亂已成。

肥義亡，李兑起。探雀鷇，三月死。兒女情多愛少子，天乎天乎誰致此？趙人吁嗟秦人喜。

魏其侯

魏其免相賓客逋，引繩排根倚灌夫。旦日灑掃牛酒具，丞相不來仲孺怒。將軍貴人乃如此，酒酣爲壽客不起。斬頭何知程與李，東朝首鼠禿翁死〔一〕。潁水濁，灌氏族，白晝誰令冤鬼哭。武安武安死何速，僥倖不及淮南獄。

【校記】

〔一〕『死』，底本漫漶，據《四庫全書存目叢書》影印南開大學圖書館藏本補。

王鐵鎗

王鐵鎗，真男兒。人留名，豹留皮，河上血戰志不移。梁運既去疇能支，問破敵，曰三日。讒毁計已行，大功安可必。鬭鷄小兒事業成，國恩未報寧偷生。朝梁暮晉者誰子，紛紛段凝之輩直如蟻。嗟乎義士一死重泰山，碭山朱三羣盜耳。良禽棲木貴能擇，將軍之死亦可惜。

孫郎來

猘兒生，月入懷。牛渚破，孫郎來。渡江轉鬬堅城開，橫行號令如風雷。年十七，結名士。美姿顏，能笑語。江東士民爭致死，陰襲許都迎天子。單騎馳，中客矢。引鏡自照面如此，天乎漢乎胡爲爾。善保江東不如卿，決機兩陣疇爭衡。伯符不死老瞞殛，妖狐夜出白日匿。

烏林捷

烏林捷，燒艨艟，走舸如箭江波紅。老瞞氣奪爛額走，東風一夜銅雀空。周郎年少真雅量，九江布衣何愚蒙。劉豫州，計不早。陷泥中，華容道。羸兵蹀血火不飛，江東君臣徒自保。嗟乎公瑾籌略萬人英，誓與漢賊不俱生。赤壁一戰意氣盈，老姦既去區區南郡烏足爭？嗟乎周郎志有餘，功不終。

團練使

團練使，今學士。昔何坎壈今如此，遭逢太后與天子。非關遭逢太后與天子，先帝嘆奇才，未及用卿耳。孤臣殿上哭失聲，古來感恩重知己。臣雖淪落甘如薺，若由他途臣媿死。

徐無山

徐無山，高嶙峋。中有義士田子春，英風大節淩秋旻。五千人衆聚成邑，北邊畏威儮敵國。嗟乎田君申胥儔，恥賣盧龍塞，不拜關内侯。負義逃竄何所求，生平忍背劉幽州。公孫既滅阿瞞死，赫赫獨傳擊劍士。今古誰識辭禄心，千載淵明真知己。

霸陵尉

北平守，材絶倫。生不利，逢漢文。射石沒羽如有神，田間夜還醉尉嗔。今者不得行，寧知故將軍。結髮七十戰，封侯賞不至。迷道豈非天，恥對刀筆吏。偃蹇徒失貴人意，知與不知盡流涕。惜哉大將軍，奚論霸陵尉。

百鹿歌壽袁封公

嵯峨青壁雲霞紫，晴開島嶼中天起。百鹿馴擾鳴呦呦，芝英五色紛如綺。丹青妙筆疑有神，蓬萊移入空堂裏。堂中主人宣髮翁，方瞳炯炯顔常紅。談經不讓玄成學，孝謹猶傳萬石風。令子登朝流世澤，燕山竇氏將無同。絲綸捧來霄漢上，鳩杖賜出明光宫。君家兄弟誰能匹？梧省柏臺聲奕奕。介壽嘉平繪此圖，烟雲冉冉生几席。鵝溪十丈光色瑩，解衣盤礴觀者驚。白鹿古來號仁獸，徘徊顧侶如有情。巖岫窈深林木静，幽人住此能長生。我翁聞道神沖漠，大年不假千金藥。開筵自致綏山桃，張燈笑引金鑿落。遠害心同麋鹿遊，咫尺彷佛崑崙丘。倚風長嘯海天碧，花前歲歲調箜篌。碣石滄溟在眼底，何須控鶴緱山頭。

題王筠侶畫

王生好畫風骨奇，青蚓崔子爲之師。解衣盤礴掃毫素，經營直與古人期。壚頭白眼傾百斗，畫出重比雙瓊玖。寫生淋漓妙入神，濡筆化工常在手。此幅精良極苦心，不讓徐熙與王友。落落古木棲佳禽，槐堂彷佛聞清音。宗伯築室花木深，退朝茂對同幽林。晴窗開帙氣蕭瑟，何如置身秋山岑。

山雨樓圖歌

曾展沚園秋色圖，又看樓閣倚芳湖。細柳陰陰垂野岸，涼颸剪剪行菰蒲。霜橋楓浦遥映帶，山禽晨夕如相呼。斯樓構自何年始，四時風物尚書里。尚書雅望裴王儔，門庭澹寂心如水。身依日月志巖扉，家山繪入丹青裹。虚敞高樓天半開，當窗遠岫何崔嵬。冥濛海氣溪雲合，蕭颯天風山雨來。山雨滿樓秋氣爽，飛流瀑布山泉響。主人高吟《秋水》篇，客來時盪蘭舟槳。尚書退食寶此圖，把卷示我同披賞。尺幅宛移濠濮間，臥遊如立東山上。漠漠亭臺入翠微，賜沐山公許暫歸。白雲紅葉迎孤棹，茆堂沙徑生晴暉。畫樓無恙烟霞護，如君家慶真難遇。兩親老傍鹿門棲，鳳毛早擅淩雲賦。舒嘯幽篁明月低，稱觴絲管行雲駐。三徑雖高元亮風，九重雅重曲江度。中朝人物待持衡，未容逸興盟鷗鷺。久客予懷亦倦遊，百尺思臥元龍樓。歲月蹉跎歸未得，淒霜苦雨胡偪仄。浩蕩秋風起太行，三復此圖興嘆息。

成文穆公素園圖歌

龐龐魏郡聖賢宅，相國此中弄泉石。誅茆種竹結草堂，萬株高柳雙桐碧。我聞當年文穆公，立朝正色古人同。兒童共識司馬相，九重雅重曲江風。一旦拂衣臥丘壑，冥冥鴻羽翔寥廓。時許羊求過竹扉，不教車馬驚鈴閣。綽約芙蕖照水開，柳塘曲沼恣徘徊。讀書教子餘清課，波影烟光入眺來。一自公歸問松菊，那知世變多翻覆。海內空嗟謝傅賢，中朝誰救蒼生哭。悵予不及見先生，少傅承家躋鼎衡。爲寫雲林入圖畫，展卷彷彿蒼烟橫。春風亭榭長無恙，攲枕如在羲皇上。不假人工事瑰奇，祇令水木供清曠。朱樓何限高接雲，輞川之名千載聞。相國素園良有托，午橋金谷徒紛紛。

嘉莊農隱圖歌家姪予培别墅，龍眠方邵村繪圖

蒽蒽城北築林塢，結茅編竹門屏古。背岡面郭號嘉莊，締構云自冰川祖。吾祖文章繼馬遷，拂衣小隱耕村田。吾兄守之數十載，黄雲緑畝還依然。先業不墜稱兄子，布袍驢背青芒履。較晴量雨話村翁，讀書抱膝茆堂裏。門外茂樹鬱千章，門内花如百合香。疎籬窈窕芳芷發，灌園呼僕倚銀床。幽人樂飢儼衡泌，風烟繪入滄洲筆。龍眠遺法若有神，赫蹏點染何蕭瑟。我識良工盤礴時，經營慘澹生遐思。桃源鷄犬意態適，飯牛夕照歸遲遲。阿咸自是青雲客，行見天衢翔羽翮。此莊無恙歲月長，待爾功成弄泉石。

題青藤古塢圖歌兄子承篤書齋，方龍眠畫

冶湄主人骨稜稜，蕭然環堵清如冰。舊屋三間忘歲月，亂書數卷餘孤燈。下有蕪穢不剪之茂草，上有糾纏百尺之青藤。安貧守道志千古，俯仰意氣何憑陵。我觀兹圖神奕奕，紫英芬郁來几席。藤陰蔽虧白日昏，遠峯映帶烟凝碧。中有一人把道書，拍肩洪厓共晨夕。初疑蛙部稚圭家，又類蓬蒿仲蔚宅。一幅側理咫尺間，彷彿移家住碧山。山鬼窈窕茆堂曲，塵囂迥絶難躋攀。鳴琴復長嘯，落花石磴閒。夕陽在户禽飛還，漠漠雲氣封柴關。噫嘻此是龍眠筆，展卷崢嶸更蕭瑟。經營寫出秣陵春，持贈

幽棲方丈室。阿咸寶之置縹囊，古塢黯淡生夜光。藤老蔓長婚嫁畢，與子同製芙蓉裳。

題賈膠侯尚書園亭

尚書小構城南陌，謝公棋墅平泉石。十丈全銷京洛塵，一樽頻集南皮客。女蘿牽幌晝陰陰，高柳當簷聲摵摵。窈窕朱樓向此開，蒔花種藥日啣杯。弄梭簾外黃鸝語，賀廈梁間紫燕來。身健早看朝市隱，時康空老濟川才。尚書意氣在千古，縞苧論交傾肺腑。置驛邀賓似鄭莊，輕裘緩帶追羊祜。掩關容與對烟雲，世態紛紛安足數。我愛茲園願卜鄰，相過剪蔬笑語真。不羨圖畫麒麟閣，何須垂釣磻溪濱。北窗高枕松風夢，疑是羲皇以上人。

墨莊行贈上谷王近微

墨莊主人文武姿，長身偉幹風骨奇。爲郎起草寅清日，持節邊城勇退時。我聞君初綰墨綬，上馬殺賊下馬草檄如風馳。功成不能取斗印，便當歸臥南山陲。嗟乎墨莊子，經綸稱好手。一朝笑拂衣，去逐烟波叟。近市猶存風雨廬，種瓜喜謄閒閒畝。手澤依然號墨莊，門前車馬吾何有。窈窕空廊碧蘚侵，披襟曳杖獨行吟。曝書臺畔涼雲合，洗硯池邊春草深。賓至暫開蔣詡徑，醉餘自撫淵明琴。蕭蕭晝掩蓬蒿宅，剪蔬呼茗供晨夕。唯愛香山《池上篇》，長辭庾亮塵中客。人生歲月苦駸駸，朱顏轉眼顛毛白。天地生才詎偶然，如子閒居良可惜。吾友張子亦素心，與君交誼輕黃金。兩人膠漆頻抵掌，意氣直欲淩高岑。爲余稱說每動色，丘樊匿影誰能識。壯夫失意老烟霞，遥望墨莊三太息。

三烈行

未申之間天日昏，赤眉銅馬如蜂屯。雁門尚書兵潰走，中原士女咸宵奔。河山百二嘆瓦解，青燐徧野無完村。哥舒再敗杲卿死，長安蹂踐逼天子。寧武上谷能巷戰，寶刀血濺甘如薺。三百年來恩澤深，可憐報主兩城耳。甘州固守今又聞，羅雀掘鼠須援軍。堅壁三月救不至，孤城白日纏妖雲。中有烈烈鄭氏母，扶姑挈女闔門焚。嗟乎死難丈夫事，疇如鄭母明大義？鬚眉巾幗士可羞，禮宗慷慨風不墜。海内若斯復幾家，綱常凜凜生奚異。嬰陵之母知廢興，齊名李杜古所稱。天地正氣歸女子，男兒意氣空憑陵。焦頭爛額血化碧，卓哉玉骨何崚嶒。當年將帥擁大纛，坐令紅粉遭荼毒。信史應留汗簡青，蛾眉豈惜雲鬟緑。趙君作傳疑有神，讀罷凄風來謖謖。

題何蕤音侍御古藤書屋

宣武城邊數椽屋，房廊窈窕如巖谷。中有古藤根杈枒，夭矯虬龍勢蟠曲。不知種植自何年，太傅當時曾小築。退食留賓東閣開，四座春風飄馥郁。相國既去侍御來，時從花底傾樽罍。頻歲招我虚堂上，紫英歷落生青苔。劇談斜日侵書幌，坐久花香入酒杯。侍御慷慨能愛客，指佞埋輪聲奕奕。置驛風流類鄭莊，圍棋賭墅追安石。朝罷私將諫草焚，垂簾不異幽人宅。羨君書塢靚且深，婆娑白晝長陰陰。北窗抱膝念蒼赤，蒿目時事托高吟。老樹茂對氣蕭颯，知爾悠然太古心。

題寶應喬侍御柘溪草堂圖

侍御結廬溪水潯，萬株桑柘晝陰陰。迤邐晴沙眠野鷺，高低灌木鳴春禽。編籬插槿蔽風雨，琴書北牖何蕭森。門無車馬驚鈴索，中有幽人事苦吟。幽人爲誰侍御是，直節當年山嶽峙。正笏曾陳痛哭書，拂衣早辦登山屐。經綸袖手賦歸來，白頭高臥茆堂裏。海水揚塵歲月移，草堂無恙日舒遲。蒹葭秋色霜飛後，鷄犬村扉晝閉時。巾車野服臨湖岸，載酒輕舠泛射陂。屏居白眼向寥廓，聞說先生猶健鶴。令子忻看傍鳳池，閒身不羨圖麟閣。倚杖勤耕萬畝雲，延年豈假千金藥。遙望伊人水一方，客來獨拜德公床。疑是李愿住盤谷，不然種柳如柴桑。我欲從之問丹訣，放歌散髮濯滄浪。

蕉林詩集

七言古三

邯鄲行

邯鄲道上黄雲生，騎馬馳入邯鄲城。蒹葭秋老霜中色，楊柳風吹笛裏聲。滏陽河邊斜日暮，吕翁祠前衰草平。我聞嬰臼存孤日，大義千秋風颯颯。咸陽宫中白璧還，迴車巷口將軍絀。馬服功高存故丘，趙陵之樹何蕭瑟。偉哉武靈略地還，詐爲使者西入關。雄圖寂寞悵已矣，至今風烈垂人寰。邯鄲此日猶都邑，岧嶢獨有叢臺立。雪洞天橋俱廢墟，夜深風雨秋蟲泣。趙王不見見此臺，臺中歌舞安在哉。蛾眉掩黄土，粧閣生莓苔。主父空宫走麋鹿，袨服舊市藏蛇虺。我登趙王臺，遥看趙陵樹。大陸茫茫起烟霧，昔時花苑知何處。廣武城荒戰壘沉，土人指點廉頗墓。君不見信陵救趙郤秦軍，好士爭頌平原君。武安已死二世滅，祖龍何事徒紛紛。我來解鞍日方午，憑闌四顧傷今古。不盡飛塵衮衮來，愁對洺醪淚如雨。

銅雀臺歌

清秋走馬孤城隈，白波滚滚漳水來。中流笳鼓風颯颯，塵中不見銅雀臺。前驅遥指寒烟處，三臺連接臨漳路。冰井淒凉散曉霞，翬飛金鳳隨流去。複道虹橋不可尋，丹青零落征鴻度。魏武當年意氣雄，袁劉指顧雲烟空。築臺鉅麗冠河朔，欲極人巧窮天工。朱樓簾捲琅玕色，飛檻香生羅綺風。美人朝倚闌干曲，嬌歌豔舞顔如玉。河流半染胭脂紅，太行低映雲鬟緑。已道千年樂未央，那知轉眼成悲傷。繐帳虚垂列鐘鼓，分香賣履徒徬徨。臨江横槊氣安在，桑田三見爲滄海。空臺落日狐兔多，西陵松柏霜皮改。君不見漢家陵闕佳氣無，老瞞疑塚供樵蘇。華林園廢鳴蛙歇，欺人孤兒何其愚。臨漳水，望故都。繁華看頓盡，行道爭嗟吁。石虎宫中鸛鶴呼，區區銅雀奚爲乎。

上灘行

曉起酸風來石竇，驚灘急峽江波溜。白日陰霾山鬼吟，飛流噴沫魚龍鬬。崩厓摩雲勢欲吞，蒼烟罥壁苔痕繡。荒城昨夜催灘夫，沿村比屋羣吏呼。鶉衣百結亦人子，倉皇追捉如逃逋。冥濛天黑帆盡濕，縣令雨立衝泥途。令言城空居人少，屯官降卒衆相嬲。歲收租稅令不行，田家半菽何曾飽。供繁役重支柱艱，簿書期會皆草草。西江貧瘠昔所嗟，況復豺虎恣攫拿。空巖哀狖啼夜月，窮鄉密箐盤虺蛇。舟行轉側類毛羽，峻嶒湧地根槎牙。我來鼓枻三嘆息，長年爭叫風颿色。民勞驛殫恤未能，浮家泛宅境轉偪。白首江湖徒爾爲，坐老孤村計亦得。

登觀音巖

先人曾登觀音巖，予今曉過停征帆。懸厓俯縮臨洞壑，淩空結構何巉喦。千尺石幢垂碧乳，萬條蘿薜纏青杉。神力何年立鰲極，削壁界破蒼天色。盤磴斜通蓮炬紅，法雲倒湧琳宮黑。蜃窟陰森鬼斧開，丹樓窈窕星辰逼。慈悲妙相翠微中，芙蓉作龕追琢窮。龍抱珠光翻海月，潮隨梵響來天風。層巒對峙列几案，烏啼猿嘯烟冥濛〔一〕。振衣仄徑攀援上，江山歷歷客愁放。晨鐘暮鼓變寒喧，石轉灘迴迷背向。我來萬里幽幾探，豈謂茲巖吐奇創。昔聞過庭語，夢寐四十年。山靈尚無恙，陟險疑有緣。嶺南俶詭此地偏，輕身挾羽如飛仙。黃塵萬斛銷欲盡，花雨晴嵐滿畫船。

【校記】

〔一〕『烏啼』，名家詩鈔本作『烏啼』。

峽江行

去冬雙槳衝寒霧，征人遠涉珠江路。驪龍海底抱珠眠，歸來又遇峽江暮。嶺南多毒蛇，峽江有猛虎。黑壓兩峯雲，青散千巖雨。砰輷霹靂魑魅驚，瀰漫春浪蛟螭舞。我來泊舟空蕭騷，同舟之人聲嘈嘈。後行畏嶮巇，前路愁波濤。中流執楫意皇惑，孤身客子輕鴻毛。市兒謌言爭譾訶，大婦小婦潛遁逃。候吏倉皇無人色，安能乘風借羽翼。自昔聞歌行路難，豈謂山川真不測。射工沙虱竊中人，須臾對面生敵國。

送沈同文歸海鹽

沈生顔如玉，襆被燕市行。添毛寫照稱好手，往往能使觀者驚。間作花鳥似王友，蛺蝶栩栩輒如生。秋光繪入白團扇，解衣盤礴鵝溪絹。爲余偶寫會真圖，麗人才子開生面。故國傳聞白羽馳，上林難借鷦鷯枝。擕技如此何落拓，丹青價賤囊空垂。別我欲理鴛湖楫，剩粉蠻箋猶滿篋。江左風流半陸沉，更向何門彈長鋏。沈生沈生去莫哀，細君相對須啣杯。萬里歸人亦自樂，摹寄柴門犬吠來。

對月

捲湘簾，秋月白，去年曾照南征客。清影頻依瘴海邊，金波又動長安陌。猶憶乘槎天漢流，西風颯颯大江秋。黑雲起處江豚舞，白浪翻時黿鼉遊。暮雪兩登滕閣醉，春晴獨上海山樓。那知世事嗟翻覆，歸來烽火連川陸。歌舞場空振鼓鼙，草花零落多逃屋。潯陽江頭戰馬嘶，鬱孤臺畔蒼生哭。此夕燕山對月明，江天回首不勝情。已看王翦重推轂，又見終軍自請纓。轉餉屢煩蕭相計，捷書新奏伏波營。韓滉劉晏不可作，至尊殿上憂民瘼。書生白首策全疎，署尾奚爲縻好爵。安得時清問故丘，父老相將飽藜藿。

題上三立中丞所藏畫竹卷

吴綾十尺光如玉，展卷涼颸來謖謖。不繪桃李媚春陽，崢嶸愛寫篔簹谷。解衣盤礴若有神，風枝雨葉無纖塵。直節欲淩霄漢上，孤高恥與羣芳倫。中丞去覓漁樵伍，咫尺便是瀟湘浦。杜門長嘯對此君，噫嘻史生心獨苦。王官谷口緑野開，中條之麓何崔嵬。好種烟雲横十畝，會有王猷自看來。白首思歸歸未得，吾廬亦有琅玕色。徒羡冥鴻早拂衣，還君此圖生太息。

題惲正叔花渚遊魚圖

張子寄我白團扇，素紙皎然光似練。不畫雲烟畫錦鱗，山桃照水何蔥蒨。遊魚瀺灂各有神，落英片片清波濺。乍疑漁入武陵溪，又疑誤識天台媛。松雪曾繪花渚圖，流傳粉本在東吴。當年神物入誰手，我聞此圖絕代無。遺蹟不見勞夢寐，惲生寫出真堪娱。態色清妍絕凡近，承旨彷彿存規模。平生欲築桃花屋，安得幽棲環水木。春水淪漪千樹花，觀魚何減居濠濮。嗟乎張子知我心，不如歸傍西山麓。花落花開歲月長，奚事塵中勞僕僕。

新秋龍眠方邵村毘陵楊亭玉廣陵劉存永汪蛟門石城張黃美集余秋碧堂索飲太和春爲賦長歌

日晶雲白泬寥天，客到執手各听然。白髪掀髯者誰氏，故人千里來龍眠。九年不見貌如舊，狂呼脱帽驚四筵。毘陵楊生亦好友，廣陵二子相周旋。我有春酒與君酌，喜值幽蘭方綽約。晝長暑退足清娱，蕭颯秋風入簾閣。龍眠書畫工絶倫，臨池染翰恣盤礴。博物多識鑒賞精，爲出卷軸共商略。諦觀審辨析毫芒，能使昔人九原作。毘陵廣陵詩酒豪，一飲頓空金鑿落。石城張子號多才，揚扢今古襟抱開。齊諧志怪那及此，鬨堂笑語聲如雷。良朋嘉會難再遇，況復花香襲座來。不知今夕是何夕，榮枯於我奚有哉？回首舊遊事已邈，黄公壚畔生秋草。江頭烽火日夜驚，室廬蕩盡田枯槁。吾曹重聚體幸强，搔首不須嘆衰老。何妨狡獪同少年，放歌縱酒長安道。來日陰晴未可期，鏡裏朱顔願自保。

題汪蛟門百尺梧桐閣圖

舍人才藻麗且都，誅茆小構種碧梧。濁酒一樽供茂對，藏書萬卷恣清娱。龍眠作圖何幽窅，高樓百尺秋雲繞。蠻箋茶具自閒閒，有人抱膝溪山曉。時賢趨走車馬忙，舍人之居如柴桑。苦吟搔手畏徵逐，每思散髮濯滄浪。晨昏坐臥三間閣，不教殘客驚鈴索。爲文彷彿追歐韓，大雅於今喜復作。今年襆被來都門，共余剪燭數討論。研精肆力志千古，往往神契輒忘言。如子風懷良可挹，置身欲傍雲霄立。誰坐元龍上下床，展卷西窗風雨集。

蕉林詩集

五言律一

長安人日

春城簫鼓動，七葉長仙蓂。帝里逢人日，金門隱客星。旅貧羹菜薄，愁劇酒杯停。莫問升沉事，孤蹤尚轉萍。

元夕

紫陌寒初斂，燒燈夜未央。火隨花樹落，風入珮環香。鼓按漁陽奏，藜燃太乙光。長安多俠少，裘馬正飛揚。

二

永漏弛魚鑰，滔滔車馬過。鐘聲烟寺迥，月影畫橋多。折柳愁聞笛，飛塵暗踏歌。晉陽烽燧急，露布近如何。

三

初霽燕山雪，輕烟傍戶霏。瑞階蓂正滿，華館燭成圍。蒱博喧遊冶，烏號擁佽飛。五侯新意氣，雜還竟忘歸。

四

帝城明月夜，寶炬引千官。太液流澌漲，高樓星斗寒。笙簧頻錯落，簪履漸闌珊。爲愛春宵永，挑燈聽漏殘。

早朝

雙闕芙蓉曉，初陪鵷鷺班。御烟浮左掖，紫氣散燕關。侍從多封事，天威早霽顏。儒臣逢盛際，槖筆自優閒。

孤雁

春夜鳴鴻急，孤飛怨失羣。鄉書誰與繫，遠戍不堪聞。寒影銜江雪，遙天亂朔雲。北來何所事，矰繳正紛紜。

新柳

搖曳河橋外，春風自不禁。青門遊子意，渭北故人心。雨過留波影，雲開散陌陰。勝遊追往事，挾彈聽鳴禽。

見燕

何處驚春色，雙飛傍戶低。叢花婉轉出，芳草去來迷。新壘空金彈，高樓落紫泥。自傷徒碌碌，不及爾安棲。

花朝

最憐撲蝶會，遊子滯空齋。地僻花辰靜，官貧樂事乖。烽烟遲錦字，塵土隔青鞵。不敢登樓望，鄉雲亂壯懷。

上巳

三日憐芳草，風吹太液波。燕山春雨細，趙苑暮雲多。百戰傷天寶，羣賢憶永和。采蘭有士女，極目奈愁何。

春懷

薊北寒雲暮，鄉關春樹遥。食猶爭雁鶩，枝未寄鷦鷯。轂騎清笳動，柴車紫陌驕。乾坤多戰伐，何日問漁樵。

送陳岱清還越

商風拂短袂，款段逐飛塵。淚落離亭酒，萍浮避世身。蒼葭秋露白，叢桂小山匀。行李唯孤劍，蕭然草莽臣。

二

美人南國去，懷刺復何求。梅福能肥遯，長卿已倦遊。田間三變海，天際一歸舟。尚有閒閒畝，青門識故侯。

輓孫二如先生

立朝唯正色，蹇蹇一身輕。世自關存沒，公原達死生。希文天下任，元禮盛時名。海內儀型廢，云亡嘆老成。

二

已識高山舊，年來復結鄰。緒言猶未絕，神爽尚如新。星暗三台象，琴亡一老臣。清流無俊及，吾道漸沉淪。

三

時方需砥柱，人已惜山頹。未竟澄清志，誰多匡濟才。秋風凋柏府，落月泣烏臺。他日西州路，寧堪更醉來。

四

造物原多忌，如公那可亡。九流憑月旦，三篋本懷藏。玉尺人倫鑒，冰壺吏部郎。茫茫長夜恨，天未欲平康。

五

棨戟紛旟旐，蕭蕭未忍過。淒霜驚素幔，涼雨濕青蘿。京洛衣冠盛，河汾教授多。忘年慚小友，雞絮付悲歌。

六

河朔風雲黯，乾坤事業虛。救時心獨苦，憂國髩全疎。薑桂當年性，琳瑯此日書。名山遺副在，讀罷涕漣如。

秋懷

野闊浮雲起，霜寒去雁愁。家山頻入夢，客鬌早驚秋。宦久同鷄肋，癡渾勝虎頭。中原憂灌莽，深夜拂吴鉤。

二

砧杵千門動，天空河漢斜。征人猶輓粟，戰士未還家。梅落關山笛，霜吹牧騎笳。燕臺秋月白，愁絶送年華。

三

不向牆東避，翻從紫陌過。浮蹤違薜荔，造物妒巖阿。明月當帷滿，秋聲入户多。羈棲何所事，吾道日蹉跎。

四

客懷隨倦鳥，秋思入高梧。星斗疑明滅，螢光半有無。守官術未密，涉世計何迂。進退俱飄泊，乾坤笑腐儒。

五

傲骨耽清晝，閑庭草不除。翟門常致雀，范釜自生魚。尚乏周身策，難成痛哭書。故園荒未甚，南眺有吾廬。

六

居諸渾易度，心事訝全非。簡淡存吾好，浮沉與世違。食貧原自適，戰勝未能肥。坐挹西山爽，攤書對夕暉。

七

愁逐孤燈永，心驚一葉寒。功名歸絳灌，學術尚申韓。入世曩懷減，論交古處難。高城風雨後，搔首漫相看。

八

薊門摧柳色，碣石散秋陰。落日臨仙掌，荒烟滿上林。河山憑弔淚，歲月去來心。滄海看如此，寧須問古今。

九

舊業清尊裏，孤懷落照中。葡萄垂露白，柹葉帶霜紅。雁度桑乾影，樓開督亢風。翩翩年少俠，結客茂陵東。

十

波光澄太液，草色暗河橋。夜雨蛟龍泣，陰霾豺虎驕。人間空杼柚，世上幾漁樵。何處霜砧起，寒衣尚寂寥。

十一

秋容看不盡，遊子感逾增。梁苑淹司馬，江蓴繫季鷹。還山憂未果，用世復何能。恐益青衫濕，高樓久罷登。

十二

瀟瀟涼雨夜，歸夢滯平皋。趙苑千門柳，滹沱八月濤。野鷹霜後勁，秋鶚日邊高。夙昔悲歌士，猶堪醉濁醪。

十三

河朔高涼地，秋生大陸烟。畝閑多種秫，林密日鳴蟬。背郭香秔熟，臨河濯鯉鮮。家家催社鼓，暮傍酒鑪眠。

十四

去年風物好，衡泌尚棲遲。秉燭登樓夜，垂鞭繫馬時。丹楓吟遠岸，黄菊媚清籬。回首浮雲隔，悠悠鬢欲衰。

十五

烽火十年事，荊榛萬里臺。木隨川澗落，沙捲塞雲迴。盛世方崇武，儒臣敢論才。征鴻羣在野，肅肅使人哀。

十六

河水縈殘堞，西風雁數行。角弓鳴朔漠，突騎發漁陽。綠野無耕土，黄雲有戰場。屢聞京觀築，羣盜自飛揚。

十七

已自甘鳩拙，何緣傍鳳城。愧攜高士傳，徒著歲星名。京洛新冠履，乾坤舊友生。鄒枚詞賦老，慷慨欲沾纓。

十八

風前雙淚墮，天外數峯齊。易水東流壯，蘆溝夜月低。親闈烏自噪，墓柏鳩空啼。脉脉思何極，白雲望轉迷。

十九

徒倚風烟晚，燕山翠萬重。諸陵悲草木，雙闕冷芙蓉。性命謀當急，馳驅念久慵。浮名知已誤，那復怨遭逢。

二十

疎窗紛落葉，澹意獨相親。堪對陶潛菊，難揮庾亮塵。藤蘿深挂壁，蟋蟀漸依人。尺寸無能立，羞稱侍從臣。

胡韜穎同年入京賦贈

百戰驅馳後，相逢鬢已華。漸離初對酒，越石自吹笳。身退仍多難，功成未有家。哀哀風木恨，掩淚向天涯。

二

避地棲燕市，崎嶇嘆遠征。筐星兼將相，天子重勳名。銅柱兵初罷，明珠謗已成。布衣歸里第，何以慰蒼生。

三

故國烽烟隔，羈人道路難。素書秋夜讀，長劍醉餘看。開府推羊祜，中原望謝安。登樓應有賦，孤雁薊門寒。

四

壯懷甘放逐，拂袂自蓬蒿。驅馬寒雲暮，思鄉戰壘高。風塵餘短策，霜露冷綈袍。意氣存吾輩，談兵命濁醪。

送常法次黃門罷官還蒲城

短策渡河去，蕭然廉吏風。皂囊書自貴，白雪調誰同。華髮京塵裏，綈袍驛路中。浮名如屣脱，何事泣途窮。

二

一朝封事上，萬里罷官還。驅馬初辭闕，鳴鷄早入關。蓬蒿深栗里，芝草秀商山。他日占星緯，滄波處士閑。

三

孤蹤違世俗，長揖返山林。難借朱雲劍，誰遺陸賈金。酒餘唯拊缶，澤畔自行吟。宣室終當召，無堅石隱心。

四

黯澹河橋外，淒風送逐臣。王陵生自戆，原憲久能貧。紫氣占關尹，青門去國人。故廬烽火後，高臥護松筠。

寄强九行同門並謝見訊

數載分鴻序，何堪赤羽繁。賃春棲廡下，市卒隱吳門。夙願慚多負，同心喜尚存。河山風雨夜，清淚灑中原。

二

雙魚來遠道，尺素見情深。同受河汾學，寧忘杵臼心。小山生茂桂，流水奏孤琴。莫厭風塵友，相期嗣好音。

送舅氏歸里

骨肉秋宵別，偏憐聚散輕。一樽燕市淚，千里渭陽情。村月驚砧韻，霜簷度雁聲。歸途多壯色，馬首碧山横。

寄懷陳伯倫同年時寄余書

南國傳魚素，相思寄遠程。夢飛桃葉渡，書自石頭城。知抱文園渴，還深湖海情。窮愁何足計，著作有虞卿。

二

燕關别未幾，念爾臥幽林。白首詞場客，青氊吏隱心。開門依畫舫，把酒對孤岑。嘆我無佳況，金門尚陸沉。

贈米吉土司訓冀州

才子悲淪落，艱難就一官。賈生書久廢，郢客曲誰看。月照青氊薄，霜飛絳帳寒。詩筒如有句，望汝寄長安。

二

鴻雁催征袂，雲沙暗客裝。苦吟多白髮，素業有青箱。落日臨河朔，秋風渡太行。圖書船内富，何必計空囊。

送虞亮工同年還越

燕市銷魂日，驪歌不忍聽。久揮滄海淚，今返少微星。孤嶠冥鴻雁，寒沙泣鶺鴒。懸知烟水曲，雪滿草玄亭。

初冬感賦

棲鴉迷曉霧，寒日抱荒廬。李廣真奇數，靈均更卜居。才迂當世嫉，官冷結交疎。徒羡浮雲起，空天自卷舒。

二

世事何堪問，生平祇自看。將軍無揖客，良友漫彈冠。俛仰身名累，棲遲日月難。南飛有烏鵲，啞啞繞枝寒。

三

傲吏真違俗，閑心欲廢緣。鄉關新白羽，帝里舊青氈。僦屋空囊粟，收書耗俸錢。蹉跎徒老大，媿讀古人編。

四

閉户甘寥落，何須廣見聞。近修黄老術，擬結鷺鷗羣。小閣收寒籟，疎簾受夕曛。閑居深足慰，敢望附青雲。

五

十月山光澹，孤窗曉色晴。浮沉憐壯歲，習氣自書生。未有曹丘譽，誰成季布名？官閑能學道，寵辱漫相驚。

六

擁褐疎窗晚，圍燈雪氣侵。攤書消白日，好客散黄金。城闕雲中色，關河戰後心。不須論物態，今古總銷沉。

冬日觀出師

上相今推轂，身兼將帥行。擁旄辭北極，衣袞事東征。劍拂霜花落，弓彎霹靂聲。願言勤廟略，天子罷觀兵。

二

整旅天威重，叨陪法從看。鑿門原不測，挾纊豈知寒。曉月明金甲，宫貂照玉鞍。自慙無壯事，俎豆本儒官。

哭吴暄山老師

猶憶春來信，先生尚寄書。開函涕淚滿，卧病亂離餘。仲舉常懸榻，陶潛但結廬。如何天上召，遽使典型虚。

二

江表台星暗，燕山烽火屯。數年違絳帳，九死滯文園。世重龍門價，余虚國士恩。河汾舊弟子，痛哭幾人存。

三

人事真難測，天心亦可猜。龍蛇當歲序，麟鳳忽摧頹。玄草空齋掩，白楊落日哀。西州輟樂後，誰復解憐才。

四

疇昔傷同難，吾師變服行。南冠嘗對泣，北闕幾吞聲。久不聞消息，寧知判死生。遺書未忍讀，絕嘆累朝名。

五

江海看東逝，孤臣志未終。濁流誰共砥？吾道亦何窮。南國悲安石，扶風失馬融。獨留門下士，餘恨寄歸鴻。

六

三輔持衡日，重泉飲泣年。傳家唯象笏，遺韻斷朱絃。身未完婚嫁，兒堪守墓田。何時齎絮酒，一慟棘門前。

李吉津張仲若冬日過訪飲惠泉水賦贈

有客過燕市，烹茶得惠泉。臣心清自許，良友澹堪傳。聯轡風塵裏，論文薜荔邊。雁行推二妙，作賦憶當年。

二

板戶停驂裹，喜來同舍生。照人惟古道，對汝去浮情。詩爲窮愁著，官成懶漫名。相看俱落落，仕路正縱横。

己丑初度

居諸同逝水，骨肉漫傳觴。入耳無絲竹，開軒對雪霜。田廬聞半廢，兒女漸成行。久負漁樵約，棲遲尚帝鄉。

讀李吉津同年詩

李子才何富，新詩日益工。窮愁法律老，騷雅古人同。詞坫誰爭長，偏師未敢攻。張燈深夜讀，大國想遺風。

二

著書憂患後，投我勝瓊琚。同調推元白，中原屬應徐。大音無晚近，此道未空虛。俱是狂吟客，揮毫媿不如。

除日

嚴城催鼓角，隱几避風塵。霸氣銷戎壘，浮名老客身。歌鐘春譪夕，冰雪歲寒人。刻燭憐殘臘，寧堪玉漏頻。

二

索米愁亡賴，幽棲道亦難。久疎生產計，莫問歲時殘。雨雪荒三徑，風塵戀一官。陽春明日轉，數引敝裘看。

三

帝城迴鳳曆，詞客滯金臺。雪壓西山斷，風吹大陸開。感時傾柏葉，久戰嘆蒿萊。臘鼓中宵動，銜杯亦壯哉。

四

漢宮吹律暖，春到玉橋東。老大心情減，兒曹樂事同。檢書看酒綠，煨芋守燈紅。徒羨王孫草，芊芊待曉風。

己丑除夕

浮生曾未幾，三十歲華過。夾巷新燈火，頹垣故薜蘿。俸錢今夕盡，鄉思隔年多。坐聽晨鐘發，珊珊動玉珂。

庚寅元日

烟霏寒閣曉，日麗鳳城春。梅柳纔知歲，屠蘇已讓人。鄰家歌鼓會，兒女綵衣新。愁絕難同醉，蕭條媿此辰。

早春出郭望西山

衝寒方出郭，渾不似長安。天地俱寥闊，雲沙自渺漫。春波搖雉堞，老樹立荒壇。駐馬石梁側，西山秀可飡。

清明出遊

春色當寒食，河橋列騎遊。帝城初禁火，杏苑正鳴鳩。暮雨郊壇樹，青帘花市樓。東風吹柳絮，飄落滿皇州。

清明遊農壇

蓬萊虛殿敞，鳥跡遍鐘鏞。宵旰耕方輟，祠官禮未供。壇雲巢鸛鶴，松日動虬龍。戰伐何時息，朝廷本重農。

花朝前同吉津敬哉飲米吉土齋中

蓮社當年侶，玄亭此夕過。子猷叢竹滿，荀令異香多。華蕊開銀燭，條風入綠莎。潁川星始聚，太史奏如何。

二

近市翻如野，開軒清晝遲。自然窗草發，竟日網蛛垂。誰擅梁園賦，君工鄴下詩。素風渾不改，相對我情移。

三

東華塵暫謝，抵掌縱高論。椀切銀絲膾，香浮白墮樽。世情看短劍，吾道貴衡門。袖裹君家石，於今尚幾存。

春日送行登雙龍菴閣

各灑離亭淚，招提暫爾遊。當年韋杜曲，此日燕鶯愁。歲月深埋寺，行藏獨上樓。春明車馬動，征逐嘆如流。

自傷

七載悲滄海，三經詠《蓼莪》。吾生那可問，天意欲如何。南雁穿雲急，東風掩淚多。麻衣驚似雪，愁聽鵲鴒歌。

二

微生原薄劣，入世每迍邅。運際龍蛇歲，心傷風木年。繐帷搖素月，細雨裊香烟。攜杖還鄉井，看耕墓畔田。

草橋

爲厭風塵色，行行過遠林。草蟲吟岸莽，花擔度橋陰。十里寒泉瀉，千年廢宅沉。相傳此地多元人亭館，今不可復識矣。蒼茫尋野徑，迤邐白雲深。

慈蔭寺樓

危樓臨古道，勝地起荒臺。萬井烟花斷，千峯雨氣來。徑深淹歲月，碑冷翳蒼苔。縹緲雲中闕，憑欄思轉哀。

碧霞元君祠閣

百尺飛仙閣，登臨草樹迷。晴光連檻動，山色落簷低。白日空人跡，青天過鳥啼。閑心能慕道，安得遂幽棲。

祖氏園亭

短籬藏水樹，岸繞幾人家。石砌生青篠，蹊叢落紫花。風來翻樹葉，鷺起亂汀沙。雅興如山簡，依依白帽斜。

夏日苦旱

暑氣侵簾幕，愁思黯不禁。堦除凋蔓草，簷際下飢禽。風急飛青火，沙昏走綠林。田夫徒望歲，那復識天心。

二

赤日偏難暮，飛塵入我居。玄駒藏樹穴，白鳥集庭除。簟熱妨高枕，心清檢道書。家園稀問訊，秋稼更何如。

送胡韜穎再往真定寓東園

落落炎歊裏，遲遲岐路中。余將去薊北，君再避牆東。賸有防身劍，難乘破浪風。鄉園多薜荔，尚足慰飄蓬。

秋初葵石兄以新詩見示次韻

夕陽帶細雨，秋氣冷疎烟。獨臥吟常苦，當風座屢遷。興真同倦鳥，清欲學寒蟬。寂寞能相慰，投余《白雪篇》。

秋陰

雨過新涼夜，秋風漸入簾。草蟲吟短壁，螢火閃虛簷。歲歉終何賴，官貧敢自嫌。閉門時偃臥，人謂學陶潛。

立秋

忽見西風至，蕭然動暮愁。千年燕市月，一葉薊門秋。北斗臨簷落，浮雲接漢流。遙知塞草白，歸雁起汀洲。

新秋臥病

伏枕憐秋色，天高暑氣沉。浮生傷白露，無藥鍊黄金。落葉飄前檻，涼蟬動遠林。壯心難自減，强起獨行吟。

處暑前一日

明日銷殘暑，天空雁影高。寒蛩吟夕露，銀漢落秋濤。道在漁樵貴，心傷車馬勞。陶家多種秫，歸去訪東皋。

中秋飲外舅太僕公宅

萬里懸新月，中宵散暮雲。桂宮添素影，蓂莢識秋分。波泣魚龍夜，風高鴻雁羣。長安多勝賞，絲管正紛紛。

二

孤輪何皎皎，此夕又同看。星斗臨杯動，笙歌入夜寒。關山多玉笛，湖海幾漁竿。爲念深宮裏，金莖濕露盤。

秋夜飲嚴蓼嶼夢蝶齋

我愛秋宵永，君培芳樹多。張燈傾白墮，開徑掃青蘿。軸滿南宫舫，羣籠逸少鵝。結廬雖傍市，咫尺似巖阿。

二

宛宛燕臺月，清輝度竹林。美人投轄夜，遊子望鄉心。氣暖浮香篆，風來響素琴。遲回重洗爵，莫惜露華侵。

秋懷

斗杓天際轉，旅雁日邊遲。月滿盧龍塞，霜飛督亢陂。浮雲真易變，碁局每堪疑。鬱鬱諸陵近，難追俠少兒。

二

閣筆難成賦，危襟自放歌〔一〕。秋霖憂稼穡，世變畏山阿。雁影江湖闊，砧聲帝里多。楓村環暗浦，急雨入漁蓑。

三

風雨愁聲急，蓬萊鎖寂寥。草深碣石館，龍泣海門潮。紈扇誰當棄，幽叢自可招。千年易水上，猶是莽蕭蕭。

【校記】

〔一〕『歌』，底本漫漶，據《四庫全書存目叢書》影印南開大學圖書館藏本補。

定興道中

秋氣侵征袂，輕裝逐曉風。村藏紅樹末，山起白雲中。霜浦跳游鯉，平沙宿亂鴻。前驅迷古轍，隔岸問漁翁。

保定道中拜漢昭烈關壯繆張桓侯廟

荒原風日淡，遺廟傍河濱。霜變祠前草，烏啼戰後塵。蒿萊依手足，衰亂見君臣。易水寒如昔，千年舊烈新。

二

百戰河山異，巋然見漢宮。傍檐凋老檜，繞屋響秋蟲。涕淚中原地，馳驅國士風。鄉人勤伏臘，何處哭英雄。

晚行新樂道中

驅馬孤村暮，墟烟靜夜扉。輕飆時撲面，團露自沾衣。老樹如人立，驚鴉見月飛。蒼茫迷雉堞，燈火隔林微。

送公白弟北上

離亭攀弱柳，送爾欲銷魂。蘆葉笳中月，桃花水上村。金臺收郭隗，茆店舞劉琨。莫漫傷岐路，春風滿薊門。

春暮新晴出郭

雨足高原靜，天空列岫低。平池翻藻荇，麗日亂鳬鷖。馬蹴王孫草，蘿深靜者棲。翠濤生壠麥，戸戸急春犁。

二

傍郭旗亭曉，輕暄草木滋。新藤飛爛熳，春水弄漣漪。碧樹金丸落，朱樓白晝遲。風光虛九十，難逐冶遊兒。

上巳靈壽道中

花氣搴帷入，春橋草樹繁。輕烟裊遠墅，細雨閉孤村。雲盡青山起，風來白鷺翻。飯牛歸隴上，父老倚柴門。

寄謝李吉津同年見訊

不見長安日，春來但索居。屋梁遊子色，懷袖故人書。寒雨臨窗曉，新篁過檻疎。元龍樓百尺，豪氣近何如。

二

盍簪依闕下，猶憶細論文。懷遠詩難賦，齋空雁獨聞。中山多薜荔，京國盛風雲。當代尊儒術，談經正倚君。

夏日郊亭觀荷

何園堪避暑？水榭晚涼時。繫馬依高柳，通窗納遠颸。碧筒和露折，白舫近花移。蔣氏新開徑，唯應二仲知。

二

林下虛亭敞，花間諸阮過。披襟乘暇日，弄笛傍清波。閒鷺窺人起，輕儵出水多。濯纓聊共適，奈倒接羅何。

三

背郭緇塵隔，當門翠色遥。隴雲流斷岸，槐雨落平橋。荷靜香逾好，樽空興轉驕。荊扉鷄犬散，池畔自蕭蕭。

立秋集叔父宅

華館鳴蟬急，秋從大麓生。山雲行落日，梧葉下高城。樓響疎簾雨，燈寒少婦笙。涼颸吹短鬢，對酒漫沾纓。

七夕小集

天邊烏鵲盡，絲管正悠悠。酒氣疑沾袂，雲光欲落秋。寒濤流遠漢，新月上層樓。此夕穿針婦，憑欄待女牛。

彦兒生日

開徑秋陰滿，銜杯暑氣澄。幽花橫小檻，細雨入疎藤。生產謀逾拙，兒曹齒漸增。蚤宜分五穀，未敢望飛騰。

秋夜聞雁

虛窗方嘆息，嚦嚦雁羣鳴。影背黄龍塞，風高丹鳳城。斷行浮淺漢，歸陣變秋聲。應起閨中思，裁書寄遠征。

送郝冰滌侍御按蜀

使者乘驄去，風清驛路塵。蜀天開鳥道，益部動星辰。事業需公輩，朝廷重遠人。行行王子馭，九折莫逡巡。

二

萬里催征袂，關河草木黄。登車初攬轡，封事欲飛霜。雪嶺稀鴻雁，蠶叢尚虎狼。飄零餘赤子，早繪入明光。

送張仲若同年頒親政詔之河南

幾夜占星使，忻看駐玉珂。鄉關寒雁急，嵩少凍雲多。落日重分袂，秋風晚渡河。詞臣堪授簡，梁苑雪如何。

二

纔過黄花日，銜來丹鳳書。中原瞻聖主，北闕遣相如。洛下才人地，夷門監者居。憑軒宜訊問，歲月莫令虛。

暑病

被暍朝飡減，侵堦暑雨紛。每深滄海志，真愧北山文。卻病詢丹藥，懷歸望白雲。禁方頻自檢，畏令老親聞。

暑雨

北地每憂旱，今年溽雨增。披襟喧白鳥，散帙畏青蠅。氣候疑初變，驅馳謝未能。商風何日至，酷吏久飛騰。

二

經時不見月，向夕黑雲連。濁酒愁袁紹，繩床困孝先。驅蟲頻聚散，束帶每遷延。猶說長安市，高樓沸管絃。

三

積陰方出日，苦熇暫開扉。麥穫妨霑雨，官貧慮歲饑。網蛛垂戶遍，巢燕度牆稀。庾亮塵仍劇，齊紈未易揮。

四

兀坐已難遣，胡爲趨走頻。鷄棲騎馬日，磬折掃門人。思得乘風翼，無從乞病身。何時軒冕脫，濯足冶河濱。

立秋

逢秋常下淚，此夕復如何。積雨蒼苔重，新涼小簟多。當途猶密網，湖海更橫戈。不少鱸魚興，閒心對薜蘿。

二

久罷登樓賦，重瞻買駿臺。虛堂螢火入，秋氣鳳城來。一葉悲時序，三農嘆草萊。不眠看夜色，北斗自昭回。

秋雨

坐擁西山氣，蕭蕭雨到床。逢人問白羽，閉戶檢青箱。積水鳴湍急，秋花過院香。洗兵天意在，吾欲探滄浪。

題夢園

每說平泉勝，蕭然足放歌。微風牽翠荇，涼月入青蘿。送酒陶潛醉，開扉二仲過。畫樓恣野望，大陸白雲多。

二

永日虛亭敞，爲園逸興清。著書秋散帙，賭墅午懸枰。晚卉沿溪落，修篁得雨成。穿花有蛺蝶，栩栩傍莊生。

三

解組滄浪畔，行吟落照中。魚跳新白舫，櫪伏舊青驄。臺散千家雨，窗開萬里風。酒餘閒倚杖，天際數歸鴻。

四

偶開金谷苑，暫著鹿皮冠。露綴桃笙薄，風翻貝葉寒。焚香移鵲尾，留客進龍團。命駕期何日，攜樽看藥欄。

秋夜

秋窗抛卷臥，寒色上昏檠。高枕明河影，垂簾驟雨聲。素風安拙宦，壯歲遠浮名。天地嚴霜近，低回感物情。

對酒

良夜同斟酌，遲回百感生。張燈來細雨，擊柝起高城。旅食驚秋色，風塵減宦情。誰家調玉笛，一曲想南征。

送閻蒼漪進士歸里

濁酒進君前，鄉心動别筵。看花當早歲，歸騎向秋天。風雨疎燈夕，塵沙古驛邊。里門榮晝錦，何必奏甘泉。

遣興

秋草生閒徑，涼飔透敝廬。嘆乾憂歲事，歷亂見鄉書。漸覺饔飧累，從知禮法疎。喧豗雖傍市，不異野人居。

二

窗竹娟娟靜，山雲片片過。攤書沾白露，倚檻轉銀河。市酒隨時有，新篇漫興多。鄉人嗟道路，日暮弄琱戈。

三

官冷容吾傲，茅堂託興賒。友生酬白雪，兄弟論丹砂。夜雨鳴孤劍，清吟雜暮笳。風塵憑落落，不識五侯家。

四

棐几凝塵滿，堦苔竟日封。吟蛩悲露夕，風葉變秋容。寡累東方朔，多情阮嗣宗。把書渾不語，寥落向高春。

五

曙色臨窗靜，蟬聲入樹幽。曬書逢小暇，隱几對清秋。砧杵千門急，蓬蒿一徑留。平生飛動意，汎汎任虛舟。

六

未敢甘違世，何因賦遂初？泥途憑款段，繩墨顧山樗。白日車塵裏，青山客夢餘。金門真大隱，偃仰見華胥。

感興

聞發漁陽騎，塵飛萬馬間。嫖姚臨漢壘，鼓吹出燕關。露冷沙場月，風彫壯士顔。刀頭申密約，征戰幾時還。

二

何來蛾賊黨，羽檄達長安〔一〕。六郡徵兵急，千家轉餉難。黄雲埋戰骨，白舫失漁竿。聖主憐荒服，應披《禹貢》看。

三

太液流波靜，秋霞入苑明。曉鐘仙仗出，委佩鳳池鳴。殿陛興綿蕞，橋門拜老更。漢家天子貴，猶召魯諸生。

四

千里飛沙急，乾坤嘆不支。山空牧馬日，霜落用兵時。西極蠶叢險，南州翡翠遲。大風連朔漠，猛士亦堪思。

五

日麗開丹扆，星輝動玉衡。禱祠還海嶽，鐘鼓自周京。初識龍鱗影，重高虎觀名。曾聞勤遠略，池水象昆明。

六

鴻雁關河起，低回念爾勞。輓漕艱玉粒，仰屋畫秋毫。野照青燐偏，星懸太白高。縱橫嘶怒馬，獨見五陵豪。

【校記】

〔一〕「達」，底本漫漶，據《清代詩文集彙編》本《蕉林詩集》補。

嘉兒入國學爲詩示之

總角恩加汝，青衫國子生。朝廷真不薄，兒輩莫徒榮。早識金根字，何須玉麈名。孤寒良可念，垂白困柴荊。

中秋

帝城三五夕，風葉近檐斜。移席臨秋草，開樽坐晚花。關山明萬里，砧杵閉千家。堂静寒生粟，徘徊待月華。

二

紫陌喧塵絶，清輝小院多。自憐人寂寞，翻使舞婆娑。薄酌無兼味，奚童有市歌。漢宫明月滿，竟夕奏雲和。

三

宵長渾不寐，雙淚墮孤檠。仰視關河影，應從故國明。秋聲連遠塞，哀角出嚴城。遊子頻回首，高堂此夜情。

四

團圓燕嶠月，今夕又同看。市酒愁樽盡，風塵照鬢殘。光欺銀漢没，輪起鳳樓寒。高宴王孫第，熒熒尚未闌。

五

萬戶天街迥，一尊逸興孤。光華曾錦綺，宛轉亦江湖。桂殿長虚寂，宫雲乍有無。漏深風露下，繞樹未棲烏。

六

雙闕金波動，空軒列宿高。香疑飄桂子，明可鑒秋毫。雁墮西山影，龍吟瀚海濤。蒼茫望碣石，夜色正滔滔。

秋日次李吉津韻

西山雪氣早，萬户促寒衣。出處虞多咎，生涯悵久違。疎燈飛暗雨，秋草掩孤扉。故里荒烟隔，蘆花冷釣磯。

贈周大洽

燕市看奇服，逍遥滄海餘。九州供指畫，六甲辨孤虚。客怪侯嬴座，囊攜郭璞書。方輿渾落落，賴爾有南車。

夜坐苦寒

秋夜寒如此，裝綿尚不禁。帝鄉殊節候，草閣耐蕭森。機杼深閨淚，關山遠戍心。孤燈催焰冷，挑盡未成吟。

武闈曉雨

秋堂涵澹色，危坐雨窗孤。丹闕風雲集，青天鸛鶴呼。行間思衛霍，紙上校孫吴。俎豆儒臣事，何能佐廟謨。

二

海内論兵日，中朝拊髀年。魚龍喧午夜，雕鶚起秋天。閣照青藜火，書繙黄石編。球琳與竹箭，願貢鳳樓前。

三

落葉下階輕，飄搖滿鳳城。曉雲寒不斂，秋雨細無聲。睥睨山河見，踟躕歲月驚。漢庭多絳灌，痛哭賴書生。

正月十四夜

言試新燈火，嘈嘈復帝城。市樓角觝戲，鄰寺暮鐘聲。爆竹千門起，星橋片月明。小堂頻刻燭，坐聽玉珂鳴。

十五夜

晴暖真良夜，春酺敞御筵。踏歌聲窈窕，把酒月團圓。小婦調銀甲，王孫駐錦韉。東風無限思，擾擾不成眠。

十六夜

殘雪融垂柳，春風澹綺櫳。蓬萊三殿靜，烟月萬家同。夜色開馳道，清絲出漢宮。昨宵祠太乙，竟夕火山紅。

元夜小集同武穎凡金岱觀公白弟雅倩姪

淥酒何辭醉，徘徊月影多。走橋塵不斷，問字客相過。魚鑰弛清漏，虹梁渺夕波。家園頻佇望，燈火竟如何。

二

漠漠烟如織，溶溶夜未央。喜看兵氣散，兼許歲星狂。月上冰壺色，風行玉珮香。相憐歌白雪，媿負少年場。

送王百成叔丈赴京闈

征塵飛五月，挾策帝城隈。久著王褒頌，先登郭隗臺。豐城干氣象，碣石走風雷。沖聖方臨扆，寧虚騕褭才。

送二叔父南遊

短策驅河朔，飄然不問家。水雲饒勝具，湖海任年華。五嶽青鞵遍，孤帆白日斜。此遊真汗漫，好爲訪丹砂。

除夕

冰雪當殘臘，霏微凍霧層。高樓沉夜角，飛霰灑寒燈。旦夕陰陽變，棲遲日月增。琴尊聊守歲，愁負酒如澠。

遊蒼巖初度嶺

天際攀危嶺，劃然石磴開。千盤蛇徑曲，眾壑虎風來。落照横青壁，春雲變緑苔。西屏如畫裏，矯首幾徘徊。

上寨道中

山行乘暖日，近岸午陰繁。徑仄斜通市，雲流曲抱村。鳥啼來遠岫，泉響到閑門。向夕人烟絶，悽悽嘯夜猿。

登山至絕頂

濟勝偏饒具，登高欲放歌。千峯伏抱犢，一線走滹沱。鷗逐晴沙起，村藏草樹多。牧兒無約束，巖畔理青蓑。

癸巳立春

正朔頒王月，逢春又一年。御溝消積雪，宫柳動新烟。懸夢青山外，驚心綵燕前。五陵走馬日，晴色滿郊芊。

九日登高

地偏來野色，九日快登臨。歸雁還家夢，荒臺久客心。壇雲侵古寺，溪鳥度秋林。漸老東籬菊，臨風動越吟。

冬日從獵南苑

獵騎淩晨發〔一〕，鉦聲七校嚴。寒光金勒重，曉色雪山尖〔二〕。衰草起蒼鶻〔三〕，堅冰上紫髯。守官事筆札，壯志媿韜鈐。

二

烏號鳴曉日，霜沒鐵連錢。天子真神武，羣公半少年。絛鷹脫臂疾，雪騎印沙圓。古禮稱冬狩，君王豈好畋。

三

白日照霓旌，迢迢接鳳城。離宮雲乍斂，甲帳火微明。四野冰霜色，中宵鼓角聲。炊烟千縷上，夜飯羽林兵。

四

寶馬仗金鞭，鄒枚扈從年。驕驄嘶苑柳，霽雪敞平田。列帳連岡外，吹笳夜枕前。獵徒從獸樂，縱飲自翩翩。

五

落月横沙渚，飢烏下雪灘。霜飛貂錦薄，草盡橐駝寒。列戟朝行殿，鳴鐘引從官。翠華時遠幸，幨幕敢圖安。

六

南郊望不極，驅馬雪中來。日饗熊羆士，寒添乳酪杯。雙旌飛鳥避，一騎按鵰迴。解網知明聖，無煩諫獵才。

七

宮錦壓鞍紅，韓盧逐遠空。琱戈殘雪外，鷙篥暮雲中。馬噛霜原草，鷹呼苑囿風。千夫赤羽膳，共試佩刀雄。

八

衛士傳呼早，期門注矢重。雪光翻陸海，日氣抱寒峯。彀騎穿狐窟，村墟斷鳥蹤。喜當講武日，爲樂不妨農。

【校記】

〔一〕「獵騎淩晨」，底本漫漶，據《四庫全書存目叢書》影印南開大學圖書館藏本補。
〔二〕「尖」，底本漫漶，據《四庫全書存目叢書》影印南開大學圖書館藏本補。
〔三〕「衰草起」，底本漫漶，據《四庫全書存目叢書》影印南開大學圖書館藏本補。

春日奉命賑上谷出都門

朝發都亭騎，春風拂短裘。簡書頒紫禁，星使下蘆溝。鴻雁銜沙起，桑乾傍郭流。窮簷勞旰食，雨露滿皇州。

宿良鄉縣遇雨

落日澹飛塵，停車對暮春。馳驅孤館夢，風雨倦遊人。墟里隨年減，昏燈照驛貧。近稱三輔邑，問俗欲沾巾。

涿州道中

官柳度輕颺，山桃出短籬。田家春雨後，村市曉寒時。帆落蘆溝月，風開督亢陂。古來百戰地，極望馬遲遲。

定興道中小憩古寺

零落何年寺，石堂蛛網縈。碑苔磨歲月，香火走村氓。畫壁龍蛇沒，風巢燕雀驚。誰言金布地，春草上堦生。

至保定

使者驅車過，邦人負弩迎。驛燈明古署，槐雨下高城。歲事農夫淚，殷憂造物情。聚觀多執杖，候吏莫相驚。

完縣有木蘭祠縣即陳平封邑

曲逆山城古，蒼蒼白日遲。風雲丞相邑，鼓吹女郎祠。血食存喬木，塵封洗斷碑。古今稱壯縣，遺烈使人思。

易州懷古

昔聞歌易水，此日對潺湲。不遂燕丹計，空嗟壯士還。亂雲生谷口，急雨落前灣。遺恨河山在，蕭蕭鬢欲斑。

秋日閒居

少小飛揚態，年來嘆不支。安貧妻子慣，任拙友朋疑。砌響秋蟲老，風迴旅雁遲。晴窗餘底事？賴有蠹魚知。

二

慷慨論千古，寂寥手一編。宦情霜後葉，客況雨餘天。牖日寒無賴，簷花秋可憐。濁醪空自對，翻羨酒徒賢。

送申檿盟還廣平時方請父謚

世重文章價，君爲忠孝門。披裘吟白雪，擊筑擁黄昏。徒返山中屐，難酬地下魂。王裒千載淚，沾灑向丘原。

二

騎驢來闕下，憐爾放歌餘。避世身甘隱，終天恨未舒。從容殉國日，珍重易名書。吾道滄洲貴，無煩更卜居。

三

縫掖中原老，河山涕淚多。詩篇傳洛下，風雪渡滹沱。襄漢妻孥樂，柴桑歲月和。故鄉俗信美，三徑日婆娑。

春晴遊趙氏園亭

市南芳草路，宛轉絕風塵。麗日開閒徑，山桃媚早春。到門喧瓦雀，隔浦打漁人。咫尺烟霞駐，牆東顧結鄰。

送陸集生歸雲間

把酒傷岐路，春風送爾還。孤帆下潞水，芳草滿燕關。榜黜劉蕡策，囊空蘇季顔。藏身雙劍在，莫畏道途艱。

對雨

戶久無車轍，悠然省見聞。名書百遍讀，香篆屢教焚。不斷潺湲雨，時看聚散雲。高眠心欲寂，詩思轉紛紛。

二

幾夜冥冥色，虛庭半綠苔。壁蠅揮不落，幕燕去還來。已慰三農望，堪嗟萬卉摧。魚龍喧大陸，誰是濟川才。

三

私喜喧㕒絕，行吟暝色來。窗間飛暗雨，簷際轉輕雷。萍藻從風亂，蜻蜓掠水回。微寒生短袂，漉酒漫銜杯。

四

署冷官如寄，堦空影自移。飛蟲羅暗網，倦蝶坐深枝。稼事占收早，鄉書恨到遲。孤吟渾歷亂，況復雨絲絲。

五

風聲挾雨急，水氣動城昏。短榻慵開帙，孤燈早閉門。公卿才不偶，林壑道元尊。每嘆荒三徑，吾將學灌園。

六

涼風吹薄暮，謖謖近新秋。小徑繁花落，疎畦暗水流。嘯歌吾不廢，釜甑婦偏愁。安得元龍侶，同登百尺樓。

七

寂寂多歸夢，濛濛起暮寒。早爲婚宦悞，始識道途難。車馬羞時態，親朋憶舊歡。喜餘窗外竹，獨傍雨中看。

八

菌衣生枕簟，雨氣暗簾櫳。濕羽迴簷雀，哀音響砌蟲。江湖戎馬信，紈扇故人風。乘興巡欄藥，疎香上小紅。

九

盤礴寒光裏，流淙欹枕餘。臨池聊弄筆，移席偶攤書。仕路心方折，交游跡自疎。荒烟野水外，彷彿見吾廬。

十

白日升還匿，空床濕屢遷。玄駒遊垤外，飢鼠立人前。欻失長安陌，徐生比舍烟。秋陽吾欲賦，宵嘆不成眠。

送魏崍庵同年侍養還遂平

矯首歸鴻急，離心對酒初。艱難嗟道路，世事幾樵漁。綵服承恩日，青山伏枕餘。不才留滯久，送子媿何如。

二

炎風吹潞水，拂拂片帆晴。聖世慈烏遂，高堂晝錦榮。川迴房子國，雲起汝南城。賭墅東山暇，應能擅九枰。

題李司寇陳姬遺像

想像春風面，殷勤屬畫師。曲房燒燭夜，長笛倚樓時。晝永調鸚鵡，歌成喚雪兒。姍姍明月下，初訝珮環遲。

二

素手閒開帙，依依笑靨生。歌留團扇小，香疊越羅輕。桃葉風前句，梧桐雨後聲。寂寥金谷苑，花草怨啼鶯。

三

秋水神虛照，梨花夢自長。指停新鳳尾，腸斷舊霓裳。露浥薔薇重，風迴綺閣涼。行雲何處散，巫峽久荒唐。

四

虛負鶼鶼翼，支離奈爾何。鸞膠疑可續，湘水怨偏多。寶篋閒青鏡，香奩賸黛螺。忘情非我輩，忍復聽雲和。

初晴見月

燕市久無月，茲宵爽氣新。乍疑白動壁，忽訝影隨人。慈愛終天意，秋光蘇病身。步檐喜不寐，矯首望星辰。

二

屋角銀濤瀉，街頭霽色分。高城涵素影，小院卷晴雲。波定蛟龍睡，天清鐘漏聞。祠官勤禱祀，宵旰啓明君。

秋夜聞雷

河漢三更沒，劃然急作聲。披衣防破壁，倚柱護孤檠。恍惚巖龍起，喧豗櫪馬驚。雷霆真不測，魑魅莫縱横。

雪中宵行

城暮紛何急，驅車擁雪行。開帷天一色，積陌夜無聲。隔巷途人語，停梭篝火明。祁寒嗟萬戶，應自繫皇情。

輓李仲宣司理殉難

青犢真無賴，妖纏白日昏。書生能罵賊，既死尚銜恩。雁失雲中侶，鶴歸月夜魂。隴西門第舊，忠孝動天閽。

二

論文能識子，爲政若修身。案牘無冤獄，逢迎斷要津。黑山忽躍馬，滄海遽飛塵。血化千年碧，完名慰老親。

三

憶爾彈冠日，翩翩喜不羣。自應霄漢上，詎謂死生分。新鬼飛原火，悲風結海雲。鯨鯢今就戮，好遣夜臺聞。

寄贈趙君聖根令武安君忠毅公孫也

攜琴從鄗上，綰綬向中原。家有旌忠詔，人知廉吏孫。穠花開滿縣，蔓草刈當門。治行推高第，雙鳧達至尊。

二

捧檄初爲吏，書來自武安。鄴城雄土俗，漢法重郎官。喜見河流潤，能迴朔雪寒。韓陵石儻在，摹取寄余看。

三 忠毅公起家中州司理

猶憶張燈夜，深談吏治頻。藏書能自守，遺笏尚如新。曾否兒童迓，應看乳雉馴。中州前躅在，清白念先人。

四

君恩真不薄，爲政美如何。地跨邢洺近，山蟠晉塞多。北風催亂木，夜雪滿漳河。疾苦勞明主，搴帷幾度過。

贈馬子貞守濱州 舊爲婺源令

初識循良吏，爲余鄉里人。既驚相見晚，徐話故山春。應召居高第，移官重守臣。東方偏水旱，赤子望車輪。

二

五馬看新貴，何如百里侯。鳴琴從白嶽，領郡隸青州。俗侈魚鹽利，民歌杼柚愁。亂繩君自理，渤海見安流。

寄懷張仲若同年

百感何能寐，讀君歲暮書。交情真愈澹，世路老仍疏。殘雪山晴後，春風雁過初。三餘良可用，莫漫負幽居。

二仲若初習天文

念爾分攜久，憐予潦倒餘。時方爭道路，誰獨重鄉閭。不事家人產，新傳象緯書。祥琴期早奏，有賦待相如。

送同門張月征還金華

古道彈長鋏，初從京洛遊。故人燕市筑，歸客潞河舟。水驛飛紅葉，秋帆度白鷗。浮雲回首處，惆悵仲宣樓。

二

落日班荊後，秋風挂席初。山中宜著史，闕下莫陳書。暮雪嚴陵瀨，澄江張翰魚。君無傷落拓，出處竟何如。

三

猶憶看花日，聯翩倚絳幃。余荒松菊徑，子製芰荷衣。風雨愁雙鬢，星文動少微。吳門師舍近，立雪傍山扉。

四

送君不得意，執手話秋城。懷袖三都賦，帆檣累月程。西陵霜草色，東浙暮潮聲。行矣加湌飯，丘園繫聖情。

送金岱觀還嘉興約春月入都

送客歸檇李，斜陽動遠愁。月高初對酒，水闊正宜舟。漁浦霜楓暗，江樓暮雨秋。長安春自好，雁羽莫遲留。

二

兩載扶風帳，兒曹喜受書。胡爲淹駿骨，遽爾憶鱸魚。雨雪牽歸夢，琴尊慰倚閭。君才非久困，珍重惜三餘。

送任雲石工部榷税龍江關

使者冬官重，輕軺度曉烟。司分山澤利，税入水衡錢。臺雨疑花落，江雲似練懸。冶城春色早，覽眺莫徒然。

送秦維明令安定

念子青氈舊，忻看墨綬新。攜琴當遠塞，捧檄慰慈親。風雨秋歸楚，河山曉入秦。茲行稱萬里，治槖莫辭貧。

二

儒服初爲吏，驅車意若何。一官兼旅寓，雙鬢老干戈。禾黍關中熟，蒲桃塞下多〔一〕。君家重經術，羌俗有絃歌。

【校記】

〔一〕『蒲』，底本漫漶，據《四庫全書存目叢書》影印南開大學圖書館藏本補。

雪夜

雙闕寒雲合，千家雪色同。客尋沽酒路，鴉避落巢風。攬袂傷裘敝，攤書戀燭紅。栖栖驚歲暮，愁鬢漸成翁。

送婁中立令青浦時余方驅車入都

我逐春風去，何堪又送君。琴鳴江上邑，鶴唳泖中雲。蔀屋艱漕輓，樓船急海氛。子才優理劇，保障莫辭勤。

驛亭夜雪

落日凍雲生，春風古道平。冰開新市渡，雪滿定州城。老樹歸寒鳥，虛堂暗短檠。擁爐遲命酌，頓遣客懷清。

定州立春

每憶中山酒，朝來此對傾。州人角觝戲，鄉土歲時情。霽雪融階濕，條風拂檻生。驅車行更緩，春色滿前旌。

定州觀雪浪石

寒照鱣堂寂，眉山此舊遊〔一〕。蓮花浮玉井〔二〕，綵筆落銀鉤。片石蛟龍護，孤亭日月留〔三〕。徘徊人不見，春草自深愁。

【校記】

〔一〕「舊遊」，底本漫漶，據《四庫全書存目叢書》影印南開大學圖書館藏本補。

〔二〕「蓮花」，底本漫漶，據《四庫全書存目叢書》影印南開大學圖書館藏本補。

〔三〕「日月」，底本漫漶，據《四庫全書存目叢書》影印南開大學圖書館藏本補。

蕉林詩集

五言律二

南苑閲武應制

轂騎寶弓鳴，東風捲旆旌。垂鞭春草細，分饌午烟輕。盛德頻開網，天威欲洗兵。儒臣乏壯略，願頌海波平。

送顧子明俶還太倉

射策方年少，胡爲澹宦情？苦辭五馬貴，翻借一氊行。片雨青門曉，孤帆白舫輕。晝遊人共羨，迢遞數江程。

二

念汝長康裔，言歸震澤濱。綵衣遊子願〔一〕，華髮倚閭人。江路秋風早，山田晚稻新。辟疆園自樂，應不厭官貧。

【校記】

〔一〕『願』，底本漫漶，據《四庫全書存目叢書》影印南開大學圖書館藏本補。

贈陸咸一守裕州

陸君淮海士，州郡借才名。雄鎮通襄漢，層山入宛城。垂簾驅吏散，露冕勸農行。百戰中原地，循良勝甲兵。

夏日漫興〔一〕

退食門常閉，攤書眾慮忘。軒深炎暑避，人靜午陰長。花氣侵帷細，溪雲落枕涼。板扉臨廣陌，日聽馬蹄忙。

二

何院堪逃暑？陰陰傍短籬。午飡脱粟後，遠寺暮鐘時。散帙當殘照，開軒納晚颸。不眠風露下，坐待玉繩移。

三

入戶囂塵絕，渾忘處市朝。小畦疏菜甲，活水養魚苗。啜茗輕風至，移床細雨飄。暫開蔣詡徑，砌草自蕭蕭。

四

避俗唯高枕，浮雲不斷行。虹垂積水岸，雨過夕陽城。歲計憂禾黍，鄉思繫弟兄。時來同里客，閒話薜蘿情。

五

最愛清宵立，微涼度小屏。虛簷垂暗網，短袂坐流螢。霧捲銀河白，燈燃太乙青。輕雷時一過，指點見疎星。

六

車馬到門稀，無言坐夕暉。孤懷移片石，萬事掩雙扉。戲藻魚吹籟，辭巢燕學飛。栖栖吾計拙，漫問舊漁磯。

【校記】

〔一〕《近稿》無第二、四、六首。

送程翼蒼館丈司教蘇州

初挈琴書去，鷄啼古驛寒。胡爲詞館客，暫就廣文官。絳帳羅絲竹，鱣堂息羽翰。吴門佳麗地，山水足盤桓。

二

之子金閨彥，儒官亦素風。青氊家自具，白雪和難工。江路隨秋雁，霜天静晚篷。酒錢煩吏給，吟倦有郫筒。

送王望如司李泉州

風雨燕關暮，當君捧檄時。瘴江歸雁少，秋水去帆遲。滄海波能靜，南山判不移。七閩民力盡，好爲起瘡痍。

二

萬里茲行始，閩天鳥路盤。百蠻繁訟獄，三尺重刑官。水驛叢蘭發，榕城木葉寒。殊方同赤子，莫當遠人看。

三

才子吏新除，青衫玉不如。郡齋寒橘柚，畫舫載琴書。山狖清啼夜，荒城轉戰餘。延津君儻過，雙劍未應虚。

送賈正儀守遼州

領牧年方少，清秋五馬俱。民淳安綠野，地險隘黄榆。露冕春行郡，開門日恤孤。簿書應有暇，臥閣對啼烏。

二

上黨先王地，分符此日過。塞雲漳水咽，秋雁太行多。綵服娱晴晝，山城靜薜蘿。晉風猶近古，幸莫廢絃歌。

曉出都城

奉詔驅車出，西風驛路輕。雲開晴嶺色，河捲亂流聲。地冷遲耕稼，年饑累聖明。蘆溝看去雁，遥逐使臣旌。

觀獵

小隊城南獵，輕裝響角弓。黄鵰盤落日，金勒動秋風。霜拂平蕪淺，沙寒狡兔空。擊鮮張廣幕，笑試寶刀雄。

懷柔縣夜坐

十日風沙路，懷柔此暫居。孤城山月小，古木驛亭疎。桑柘冰霜後，人家戰伐餘。思深渾不寐，欲上監門書。

西山道中〔一〕

漸與烟霞近，悠然野興繁。白雲秋草徑，紅樹夕陽村。雁影迴沙渚，泉聲度寺門。行行山岫合，氣象變晨昏。

二

立馬依叢薄，陰厓鳥自啼。亂雲關樹北，秋草漢陵西。日氣含朝雨，山光落斷霓。野僧驚節候，向暖理寒綈。

三

始識西山路，前驅入翠微。水村依石轉，沙鳥避人飛。木落交寒籟，川晴罥夕暉。萋萋原上草，惆悵古今非。

四

曾聞西嶺秀，此日愜幽尋。黄葉寒山寺，青杉古墓林。漁樵開徑細，鳧鴨浴塘深。斗酒何由得，淩虚醉碧岑。

【校記】

〔一〕《近稿》無第一、二、四首。

密雲督府署夙稱壯麗先少保曾建節於此余奉使過之止存頹垣敗壁而已徘徊四顧不禁泫然因賦三律以志感愴

先人開府地，今日我重來。事業留殘碣，樓臺付劫灰。松埋石洞老，雪積野禽哀。賜履羣公重，猶傳濟世才。

二

幕府餘荊棘，低回獨黯然。連營屯勁旅，百戰控雄邊。歲月苔痕蝕，風霾虎窟穿。白頭諸父老，指畫說當年。

三

左輔金湯壯，巋然故址存。風烟臨碣石，鳥雀靜轅門。吹角邊城肅，鳴珂將相尊。百年思祖德，瞻顧媿曾孫。

登署中文昌閣

舊署荒烟裏，危樓此獨看。沙田飛隼急，獵騎帶霜寒。驛雪高青嶂，邊雲鎖白檀。古今人事異，回首罷憑闌。

署中友月亭

我愛茲亭好，猶存宿莽間。巡行池委曲，如聽水潺湲。秋老漁陽戍，屏開黍谷山。年年踈柳發，春傍畫橋灣。

驛亭對月

朝雪初晴後，虛庭月色饒。客懷無盡夜，人語可憐宵。暮角沉孤戍，悽風斷麗譙。驛燈寒自對，把酒漏迢迢。

山雪曉行〔一〕

環縣羣山霽，皚皚雪滿巒。虎蹤留數里，鳥徑動千盤。古渡臨層壑，危橋帶急湍。不須嗟蜀道，始識路途難。

二

孤城驅小隊，出郭映晨曦。雲氣山初曉，烟光店早炊。霜林收籟寂，雪騎度冰遲。何處關愁思，蕭蕭塞草衰。

三

堠火林端細，山家隱薜蘿。峯晴雪不化，沙暗草偏多。白日行人靜，黃昏報虎過。扶笻野老在，相對說干戈。

四

寒林遙可望，婉轉亂峯遮。雙旆穿雲出，孤村抱岸斜。巢危空燕雀，洞曲老龍蛇。最苦邊城戍，白頭歷歲華。

【校記】

〔一〕《近稿》無第三、四首。

宿順義縣

古縣停車轍，荒荒白日徂。人烟寒驛暝，風雪短檠孤。倚劍看時事，啣盃憶壯圖。可憐三輔地，邑里半糢糊。

望通州戶部分司署余少從先大人居此

少小嬉遊地，先人會計時。臨流頻弄石，摘果屢跳枝。又見玄都樹，寧知滄海移。風塵驚老大，駐馬去遲遲。

慈蔭寺贈建恆上人

一衲山中老，翛然野鶴形。焚香朝誦偈，趺坐夜翻經。遠岫窺窗入，鳴禽雜雨聽。月高鐘磬寂，獨對佛燈青。

喜雨

冥冥昨夜雨，曉色小庭新。國計存農事，天心屬聖人。碧滋三徑草，清濯九逵塵。更喜鄉書達，呼兒漉酒巾。

新秋送姚瑞初歸吳門

廡下稱真隱，如君伯仲稀。客星雙闕近，秋水一帆歸。歲月高戎壘，河山老布衣。《五噫》歌始罷，風雨問巖扉。

二

杖策遊京洛，憐君白髮新。久懷天下士，窮作放歌人。皂帽推龍腹，羊裘理釣緡。清風廉吏後，書劍莫嫌貧。

七夕

天上雙星合，人間欲白頭。疎燈砧杵夕，涼雨鳳城秋。露氣遲清宴，蓮香澹御溝。長河望不極，鄉思一登樓。

新葺齋成

小室延朝霽，悠然地有餘。開簾宜醉月，燒燭爲攤書〔一〕。清福三冬足，閒心萬事疎。放衙危坐久，不似市朝居。

二

初放黃花日，隨緣小築成。當門除蔓草，虛閣入秋聲。燕雀知相賀，琴尊倍有情。南山如可見，採菊學淵明。

【校記】

〔一〕『爲』，《近稿》作『好』。

曉行薊州道中〔一〕

都城久不出，今日到山樊。溪漲春田雨，沙融野水痕。曉烟寒戀寺，綠樹遠藏村。前路輕陰結，蒼茫是薊門。

二

層巒望不極，驅馬入烟霞。漠漠雲沾袂，粼粼澗走沙。桃花春水塢，楊柳曉山家。攬勝迷幽壑，透迤一徑斜。

【校記】

〔一〕《近稿》無第二首。

入山〔一〕

登頓驚危嶺，天風透短裘。腥巖埋虎窟，潛壑伏龍湫。身倚雲霄上，松蟠歲月遒。山巔棲靜者，長共鹿麋遊。

二

策杖向朝暾，藤蘿手自捫。懸猱升木杪，怪石倚雲根。落日川原黑，歸途雨氣昏。三峯縹緲出，羣岫列兒孫。

三

地不通車馬，行行徑轉幽。野烏啼廟口，殘杏出山樓。逼仄漁樵入，高寒鳥雀愁。人家仙掌上，疑是御風遊。

四〔二〕

晴色滋芳樹，清溪灌莽田。野塘春草徑，花墅夕陽天。塞近生涯薄，山深雨雪偏。喧囂人境絕，盡日響流泉。

五

樹曉烟猶罥，川長雪未消。陰厓啼怪鳥，遠壑走寒飆。四望林霏動，千盤石磴遙。偶聞人語響，攀陟有危樵。

六

林麓千迴合，岧嶤近石門。前驅迷谷口，回首失山村。碧澗蛟龍鬬，青天虎豹蹲。崩崖横夕照，歷歷塞垣存。

【校記】

〔一〕《近稿》無第一、三、四、五首。

〔二〕名家詩鈔本僅有此首，題作《薊州入山》。

雨中出馬蘭關

昔日屯兵處，蒼蒼疊亂山。平蕪春牧馬，細雨曉臨關。燧火荒墩廢，邊防老卒閒。百年餘戰骨，埋向野雲間。

黄花山遇雨雹

天削芙蓉出，參差歷亂青。河山開王氣，雷雨聚羣靈。潭黑魚龍泣，沙昏雁鶩冥。孤村聊駐馬，燈火暗漁汀。

盤山

久識盤山勝，今晨驅馬來。僧攀青嶂出，寺傍白雲開。法相留陰壑，茅堂閉舊苔。心清聞午磬，莫問騎頻催。

二

夙有登臨興，寧辭車馬勞。溪雲縈谷樹，巖日醉山桃。衣染烟嵐濕，峯懸瀑布高。荊川曾有賦，慘澹憶抽毫。

三河縣

蕞爾三河縣，何堪傍帝京。丁稀愁役重，里瘠視官輕。白日收村市，黄蒿閉古城。五陵人已沒，芳草爲誰生。

贈程箕山同年之河南任〔一〕

良朋持節去，爲我畫滄洲。裘帶羊開府，丹青顧虎頭。離亭春柳暗，落日大河流。嵩少風雲色，多君攬轡遊。

【校記】

〔一〕『同年』，《近稿》作『年兄』。

夏日寄葵石兄村居

聞說村居樂，妻孥載鹿車。琴書開北牖，塵土隔東華。館蔽高槐影，風生野稻花。竹床宜偃臥，拋卷午陰斜。

送原礪岳司馬請假歸蒲城

主恩優賜沐，暫爾謝長安。善抱維摩病，先辭神武冠。故山多薜荔，歸路少風湍。世上浮雲態，從容伏枕看。

二

三峯堪臥對，歸去足相羊。擁傳衝炎暑，還家趁菊芳。蓮花開掌見，桑落入樽香。夙有臨池興，揮毫作墨莊。

三

入座歸元老，函關紫氣浮。巾車韋曲暮，拂袖渭城秋。白社呼鄰父，青門覓故侯。自慙猶竊祿，不及並仙舟。

四

三載尚書省，余資良友深。甲兵羅滿腹，金石締同心。廉吏歸裝薄，關門戰壘沉。籌邊需壯略，莫久滯烟林。

新築堂成

築室成虚敞，陰陰暑氣消。曉風晴灌竹，細雨晚移蕉。散帙忘機事，偷閒玩市朝。雖非蔣詡徑，二仲可頻招。

二

闢地植欄藥，喧豗入戶空。座懸高士榻，窗納故人風。月映虛簷白，香生小樹紅。草堂眠乍穩，雅尚有盧鴻。

秋日遣興

書屋延新爽，遙山積翠深。雲流秋徑濕，蕉覆午窗陰。風雨還家夢，波濤倦客心。夜涼驚太早，蟋蟀入床吟。

二

盡日虛堂坐，閒如處士家。抛書聞落葉，把燭照簷花。露重螢光細，風高雁陣斜。栖栖何所事，吾意在桑麻。

贈錢長孺司李之貴池〔一〕

司李官元貴〔二〕，今看玉樹枝。百城尊漢法，三尺答清時〔三〕。東海冤能白，南山判豈移〔四〕。九華峯秀絕，飛蓋每遲遲。

二

子才如竹箭，佐郡復江東。遺笏承先世，傳經有父風。行裝隨獨鶴，水驛逐秋鴻。到日觀刑措，須教案牘空。

【校記】

〔一〕《近稿》題作《贈錢長孺司理之貴池任》。

〔二〕『司李』，《近稿》作『司理』。

〔三〕『清時』，《近稿》作『明時』。

〔四〕『豈移』，《近稿》作『不移』。

中秋前二日夜坐〔一〕

御裌暮寒生，秋齋過雨清。未圓明月夜，漸老故園情。露氣兼花氣，風聲亂竹聲。南飛見烏鵲，把酒欲沾纓。

【校記】

〔一〕《近稿》題作《中秋前二日夜坐與三叔父對酌》。

中秋夜集

待月頻移席，茆堂倚樹開。忽看清影上，如覩故人來。秋露生衣袂，銀河落酒杯。夜闌聞玉笛，停酌幾徘徊。

秋夜偶興

皎皎竹埤月，閒吟步綺疏。掩扉三徑菊，樂志一床書。客思鳴蟬外，秋聲落木餘。星辰如可摘，蕭颯草堂虛。

元夜齋中獨坐

六街遊騎擁，刻燭獨高吟。清吹來天上，輕烟出禁林。歲華三徑草，宦海十年心。漫奏《陽春》曲，從誰覓和音。

十六夜集家光祿堂中

高館張燈夕，京華又一春。乾坤同節序，兄弟並風塵。華燭將闌夜，清輝似戀人。門前塵不斷，洗盞莫逡巡。

立春

暖動長安市，春從黍谷迴。人家爭戴勝，歌吹滿樓臺。柳拂青幡曉，冰澌太液開。乘時寬大令，翹首日邊來。

送史煥章黄門給假歸鄱陽

垂橐黄門冷，言歸亦灑然。離樽燕嶠月，春水豫章船。抗疏焚囊草，躬耕傍墓田。無臺堪避債，莫辦買山錢。

進賢不受賞，鼓柮返江湄。郭璞書堪讀，休文帶屢移。柳垂春岸闊，帆落夕陽遲。家傍仙人宅，丹砂自可期。

二黄門將歸卜兆，兼善病，故云

清明前一日遊高廟

步屧臨蘭若，高臺佛日圓。鳳城飛野馬，羊角上風鳶。春院鞦韆索，人家楊柳天。探幽酬節序，未敢慕逃禪。

寒食劉淇瞻少司馬招遊憫忠寺萬壽宫

寂歷城南陌，停車野色新。白雲塵外寺，紅袖水邊人。載酒聽鶯舌，行歌藉草茵。不緣山簡召，誰識可憐春。

二

禁火芳原曉，青鞵混酒徒。朝回當小隱，市遠即清都。宫祕仙人籙，花開杜曲圖。行春聯寶騎，處處有提壺。

送吴晉公之隴西任〔一〕

攜家從桂嶺，佐郡復雄邊。閤閉秦川雨，帷開太白天。春防嚴斥堠，乳酪上炊烟。最愛涼州曲，須君驛使傳。

二

把酒燕山别，兹行亦壯哉。邊聲隴水咽，樹色塞雲開。苜蓿春調馬，葡萄夜覆杯。羌兒歌舞處，應識使君來。

【校記】

〔一〕《近稿》題作《送吴晉公姊丈之隴西任》。

送百翁叔岳之石埭任

名儒初作吏，道久重河汾。春雨隨征旆，離觴對暮雲。江聲千里合，山色九華分。先世王喬鶴，翩翩自不羣。

二

行路難如此，蹉跎拜一官。莫言皁舄貴，仍作布衣看。循陌催耕稼，當階養蕙蘭。東南民力盡，問俗念凋殘。

三

分符山水縣，芳草度輕車。舊放劉蕡策，新栽潘令花〔一〕。訟庭希案牘，人吏帶烟霞。行見絃歌滿，鳥啼晝不譁。

【校記】

〔一〕『潘令』，《近稿》作『晉令』。

送李蘅若同年之嶺右〔一〕

五嶺天垂盡，曾經馬伏波。氣蒸飛鳥避，木合夜猿多。猺洞堪傳檄，樓船尚枕戈。漢家銅柱在，事業莫蹉跎。

二

分藩百粵重，使者入炎方。不畏貪泉酌，何辭鳥路長。潯江銜瘴癘，蠻雨暗桄榔。萬里單車去，還期數舉觴。

【校記】

〔一〕『同年』，《近稿》作『年兄』。

正月十四夜雪中王湛求方伯召飲金魚池

燕市東風靜，習池夜色凝。溪烟浮火樹，檐雪亂春鐙。北海賓常滿，山陰興可乘。主人情不厭，愧負酒如澠。

清明

綺陌寒初斂，新烟細細生。鶯花縈曉騎，風雨散春城。久宦功名損，中年寵辱輕。昔賢良有託，珍重是清明。

上巳

兀坐春無賴，逢時倍惘然。賣花三月雨，挾彈五陵天。修禊懷鄉國，風塵失歲年。勞勞緣底事？虛負杖頭錢。

花下小飲

閒院春如許，誰憐小樹紅。偶從花底醉，喜與故人同。蛺蝶翻晴晝，蛛絲散午風。破愁真欲舞，影亂夕陽中。

送王仲昭内弟令宣化

王子髯如戟，分符及少年。孝純由至性，清白自家傳。問俗干戈日，栽花瘴癘天。猺人皆赤子，雨露莫教偏。

二

嶺右天垂盡，邕州初服時。苦兵官稅薄，作令此方宜。鳥道輕裝便，鄉心匹馬遲。南天稀雁羽，錦字莫差池〔一〕。

三

萬里茲行始，銷魂是別筵。呂虔刀可贈，馬援柱猶傳。古樹啼哀狖，炎風墮跕鳶。君家雙舄在，好傍五雲邊。

【校記】

〔一〕『差池』，《近稿》作『差移』。

夏夜集襄璞方伯金魚池寓舍同石生總憲淇瞻司馬似斗司寇

晚涼池上好，蕭颯似漁村。燈火明林屋，星河落酒樽。放歌吾輩在，擊筑幾人存。欲問乘槎客，蒼茫水氣昏。

二

落日共披襟，關關聽水禽。醉鄉司馬態，薄俗故交心。波定天光見，臺高暑氣沉。悄然羣動寂，風雨有龍吟。

三

何方堪避暑？此地絕風塵。夜靜魚吹籟，池清月趁人。豪同袁紹飲，座是孔融賓。不淺滄洲興，吾將理釣緡。

雨後坐齋中

雨過清風至，開襟得好朋。花迷穿樹蝶，簾隔聚羶蠅。屏慮成愚谷，焚香比定僧。悠然無剝啄，戶外正飛矰。

初冬送少宰大兄予告歸里

拂袖燕關曉，冥鴻息羽翰。維摩初示疾，疎傅早辭官。北闕絲綸渥，東郊竹樹寒。太行從面起，捲幔雪中看。

二

八座歸田早，爭看去國榮。登車知病減，解組覺身輕。松菊柴桑業，蓴鱸張翰情。人生鄉土樂，到日自清平。

三

兩年書再上，今喜遂烟霞〔一〕。共羨天官福，仍同處士家。晴窗探藥裹，春雨養穠花。爲祝加湌飯，無須勾漏砂。

四

余懷同倦鳥，惆悵送兄歸。林壑無矰繳，簪裾有是非。夕陽樽酒罷，落葉驛亭稀。不及南樓雁，相呼結伴飛。

【校記】

〔一〕『遂』，《近稿》作『逐』。

春日送光禄兄侍養歸里

送兄曾未幾，又見促歸裝。錫類恩波重，承歡歲月長。晨光開古驛，柳色動春塘。修竹吾廬近，應先辨鶴糧。

二

一堂榮五世，綵袖傍花前。明月吹笙夜，春風載酒天。不貪朱紱貴，猶補《白華》篇〔一〕。玄髮親猶健，三公詎足賢。

三

久有尋真約，今乘薄板車。世爭誇晝錦，仙自好樓居。紫氣關中駕，丹砂洞裏書。黄精當手斸，服食竟何如。

四

巾車春雨後，花發古雕丘。泛月宵乘舫，看山曉上樓。驥辭駑馬迹，雁足稻粱謀。無恙韓溪水，相親有白鷗。

【校記】

〔一〕『猶補』，《近稿》作『獨補』。

聞家兄新愈寄書志喜〔一〕

數喜鄉書達，開函慰我憂。春來驅豎子，病已遇神樓。白墮樽須滿，黃金藥可謀。初開蔣詡徑，曾否過羊求？

二

池上葉田田，平橋雨後天。遥知笻竹杖，時破綠楊烟。岸鳥迴歌扇，林花落釣船。閒身良不易，好爲惜流年。

【校記】

〔一〕『寄書』，《近稿》作『寄詩』。

雨中宴坐

積陰炎熇散，竟日雨冥冥。小樹迎人緑，遥山拄笏青。蘚階喧瓦雀，竹圃立蜻蜓。閉戶耽《玄》草，誰過楊子亭。

二

適意開三徑，孤吟遣四愁。藥欄疎雨過，竹屋暗香流。蕉影侵書幌，檐花落茗甌。午餘閒步屧，身世等虛舟。

輓徐玄文吏部母夫人

井臼儒風薄，支吾憶苦辛。青燈獨紡夜，白髮未亡人。二髮能留客，三遷屢卜鄰。成名有令子，含笑九原身。

二

彤管千秋事，一門節孝俱。天涯歸旅櫬，掌上保明珠。義重孤飛燕，恩深返哺烏。煢煢風木恨，哀輓動西吳。

新晴

書屋看新霽，鳴蟬何處音。短垣生返照，小圃落繁陰。仲蔚蓬蒿掩，東皋藥草深。雨中移竹活，蒼翠喜成林。

紫薇花

疎窗紅半映，獨愛紫薇花。帶雨英如墮，臨池影欲斜。遭逢依祕省，窈窕傍山家。耐久同君子，朝榮笑舜華。

偶成

天高雲不斷，隱几夢魂清。世事漁樵貴，人情鬼魅驚。虛窗聞雁過，絮語任蟲鳴。敢悔吾生拙，閒階數落英。

秋日遣興

入室凝塵滿，居然陶令家。郊原猶戰鬬，朝議正紛拏。玩世滄波鳥，無心遠岫霞。夕陽人獨立，呼僕灌秋花。

除夕

一年今又盡，冰雪滿門闌。椒帖從人換，春燈隔歲看。浮沉慚倦鳥，老大畏辛盤。臘鼓家家急，青山入夢難。

元日

紫禁鳴珂散，晴光靜軟塵。暗將雙鬢雪，銷卻五陵春。曉閣梅風細，寒塘水色新。閒居優賜沐，此日太平人。

恭聽先皇遺詔

九霄初下詔，四海共沾巾。憑几聞天語，沖年是聖人。河山丹券在，閶闔翠華新。帝澤原無外，安危倚重臣。

春齋偶興

無事開軒坐，殘春倍可憐。池塘青草夢，衣馬綠楊天。杏雨停遊屐，松風穩晝眠。蕉林三徑啓，不惜買花錢。

春日劉淇瞻司馬召飲城南草亭同孫沚亭太宰石仲生馮易齋兩少宰陳念蓋司馬朱又君副憲劉魯一京兆〔一〕

漫掃青蘿徑〔二〕，頻停白玉珂。林花迎劍珮，水鳥奏笙歌。地僻人烟迥，亭虚舞蝶多。主賓情不厭，解帶欲婆娑。

二

誰家好亭子，宛似習家池。遊及風暄候，心憐花落時。遠峯晴可數，夕照坐頻移。此會爭能續？停觴步屧遲。

三

一徑逶迤入，林香撲袂來。波光翻藻荇，山翠落樽罍。同是梁園客，誰稱河朔才。風塵雙眼倦，逸興爲君開。

【校記】
〔一〕『朱又君』，《近稿》作『朱右君』。
〔二〕『漫掃』，《近稿》作『粲掃』。

贈牟綠原山人還清源

牟生湖海客，贈我嶺頭雲。顧筆蠶絲吐，葡香鵲尾焚。解紛天下士，長揖大將軍。春水青帘舫，歸成五嶽文。

題沈仲顯小像

沈子鷄壇俠，江湖歲月深。義爭高一諾，術屢致千金。裘馬塵中客，烟霞物外心。觀君多智慧，蓮社可招尋。

上初視朝曉雨如注及御殿豁然晴霽喜而恭賦

曉色開仙仗，臨軒雨忽晴。雲中分扇影，天上下簾聲。奇表承先烈，宵衣愜衆情。聖人登大寶，風日兆昇平。

題孫太宰沚園秋望圖

每有探幽興，披圖見此園。黄花霜後圃，紅葉雨中村。水氣遥侵郭，嵐光曉入門。蒹葭秋色老，采采欲忘言。

二

太宰園何曠，秋容面面收。溪深山自靜，心遠地偏幽。白鳥窺人起，清泉傍塢流。功成身退後，垂釣不驚鷗。

三

不盡秋山色，結廬孝水濆。棹歸孤舫月，亭貯衆峯雲。遠渚懸魚笱，平橋落雁羣。主人高卧處，是否草《玄》文？

四

亂石通閒徑，蕭蕭隱蟹莊。才雖關社稷，道自貴滄浪。千樹含秋雨，雙峯綰夕陽。何時憑杖屨，烟水問茆堂。

同門曹靜之登第

初薦賢書日，師門立雪同。廿年嗟晚達，一戰借春風。駿骨高燕市，淩雲奏漢宮。勳名今讓子，懶漫媿成翁。

二

青雲多後進，憐爾尚風塵。放榜收佳士，登科喜故人。艱難文價在，淡泊素交親。結綬年方壯，清時好致身。

喜劉子濬甥登第

科名傳奕葉，汝又著先鞭。終子稱奇對，黄童正妙年。早燃藜杖火，不貴洛陽田。見説甥如舅，今成宅相賢。

暑中遥憶鄉園秋色綴屬成詩以解煩悶〔一〕

屋角青山出，閒閒十畝存。野花紛小徑，秋水漲孤村。舂粟鄰家晚，歸牛壟樹昏。霜檐一雁過，黄葉滿柴門。

【校記】

〔一〕『暑中遥憶』，底本漫漶，據《近稿》補。

七夕

雨後微涼至，螢光入戶流。漢宮仙露曉，鄉夢藕花秋。久宦輕如葉，新畬祝滿篝。自傷余太拙，不敢傍針樓。

題山溪釣叟圖

何人工潑墨，寫作水雲圖。范蠡扁舟小，嚴陵夜月孤。林光開浦漵，秋色落江湖。滿目風塵暗，乾坤有釣徒。

題冀比部梅花卷卷首有椒山先生詩

椒山何烈烈，比部亦人豪。解印交偏重，班荊義獨高。孤臣淪貫索，白日掩秋曹。三復梅花詠，悲涼續楚《騷》。

二

抗疏臣心壯，論交友誼尊。羅浮澄素影，湘水泣忠魂。累葉簪裾貴，千秋翰墨存。高風猶未墜，才吏是文孫。

裴太安人節烈詩

烽火傷多難，閨幃志不渝。三遷成令子，一死矢殉夫。大義清泉洌，貞名白日孤。彤編誰更續，應繪禮宗圖。

二

《黃鵠》歌成日，赤眉鼎沸時。《蓼莪》千載恨，冰玉九重知。鸞誥彰朝典，松門報母慈。東園鐘梵寂，霜露共淒其。

送蔡子虛水部備兵睢陳

攬轡秋原裏，風清憲府開。家傳伊洛學，詩就水曹梅。明月高粱苑，繁霜下吹臺。中州餘灌莽，鎖鑰見雄才。

題青壇相國浮丘山房圖

窈窕山房静，林光四望開。烟雲生几案，絃管下樓臺。遠浦孤帆出，秋風萬里來。時清頻賭墅，猿鶴漫相猜。

二

相國平泉勝，陰陰洞壑幽。買山稱後樂，解組得先籌。暮雨黎陽樹，寒潮衛水流。謝公高臥日，事業託輕鷗。

三

浮丘山麓古，喬水蔚千章。何意爲霖日，居然託興長。落霞臨睥睨，高枕對滄浪。栩栩松風夢，空巖起夕涼。

四

薜荔門常閉，蕭然隔玉珂。啣杯明月上，開徑白雲多。塘静馴魚鳥，林秋老芰荷。東山饒樂事，几几更如何。

立秋

百感增秋序，低回首漫搔。雙星銀漢迥，一夕碧天高。拄笏延新爽，披襟散鬱陶。蟬聲何處急，嘒嘒滿林皋。

送王孝輿歸山陰

六載重逢汝，翻令感舊遊。家風能誓墓，客況屢登樓。棹返剡溪雪，人歸塞雁秋。時清須努力，莫負倚閭愁。

送孫沚亭相國予告歸益都

世治身堪隱，功成退亦難。何期補衮日，遽作釣璜看。綵服稱萊子，蒼生望謝安。沚園烟水在，杖屨足盤桓。

二

久抱文園病，門庭雀可羅。畏知臣節苦，得謗主恩多。古驛迷冰雪，山樓帶薜蘿。飛觴林下急，赤舄穩巖阿。

清明

冉冉逢寒食，春愁逐鬢生。三年兒女淚，九折宦遊情。草色催輕騎，鄉心亂早鶯。誰能遣此際，不語對孤檠。

二

綺陌輕烟合，偏憐寂寞春。香車花外市，金彈醉中人。簫鼓淹何地，風塵牘此身。那知白首日，憔悴是芳辰。

立秋

天空驅暑暍，一夕起涼飈。故里鳴蟬候，高城落葉時。占年憂稼晚，竊祿悵歸遲。佇立移河漢，浮雲繫所思。

七夕

豈是悲秋客，逢時易愴神。天孫忻會合，人事尚逡巡。涼雨連宵急，寒蛩響砌頻。西風如故舊，爲爾一沾巾。

九日

登臨吾亦懶，容易負清秋。雨澹黄花色，風驅白雁愁。疎鐘高漢闕，落葉冷幽州。濁酒還堪醉，誰能續昔遊。

嘉兒生日展其小像爲詩哭之

前宵忽夢汝，今日是生辰。啼誤占英物，魂猶戀老親。雨風長夜路，圖畫少年人。玉樹看黄土，何由問往因。

新秋

零露凝烏几，流螢度畫闌。月輪雙闕迥，燈影半窗寒。疎拙存吾好，棲遲識路難。乾坤知己在，散帙對檀欒。

二

乍歇冥冥雨，偏憐秋夜長。步檐銀漢沒，弄筆玉簪香。宦味同疎柳，鄉心仗隱囊。何時枹鼓息，身欲許滄浪。

三

清秋烟月好，何事滯風塵。酒罷憂時淚，花慙薄命人。蟬聲來遠樹，雁影亂高旻。謝客耽岑寂，頻驚露氣新。

四

竹屋青苔濕，天街宿雨收。歲華看去雁，心事負輕鷗。雙杵關山月，孤燈少婦樓。踟躕頭欲白，風葉滿城秋。

五

波湧金臺月，雲開碣石宫。河山秋草外，樓閣夕陽中。世法從人懶，浮名遇物窮。東皋秔稻熟，何處訪無功。

六

望秋頻計日，秋至更茫然。花月猶今夕，飛揚異昔年。五陵衣馬客，百感芰荷天。故國多風物，斜陽萬樹蟬。

七

看雲閒倚杖，鷄黍足清娱。簾月經秋好，檐花過雨殊。交遊真孟浪，吾道屬艱虞。當日荊高侶，蕭條舊酒壚。

八

七月涼風至，情深奈爾何。休文初減帶，子野乍聞歌。露草吟蟲苦，秋花引蝶多。艱難兒女債，萬事總蹉跎。

九

孤吟聊伏枕，愁思罷登臺。市暝疎烟合，城陰片雨來。人情輕稼穡，天意尚蒿萊。大陸龍蛇起，誰稱砥柱才。

十

雨霽殘虹起，庭虛落照斜。西風增傲骨，秋色到貧家。薜荔牽書幌，蜻蜓戀砌花。不須論世事，戶內有烟霞。

送吴菌次出守吴興

當年丞相掾，羣重《子虛》名。高畫參帷幄，風流借水衡。一麾垂橐冷，五兩載書輕。露冕稱仙吏，應同下箬清。

二

每想苕溪勝，今看皂蓋新。盤根知利器，領郡得詞人。廳事湖山繞，單車海國馴。訟閒時臥閣，高詠對松筠。

送姚六康令石埭君茹素，精於內典

翩翩嶺海客，綰綬大江邊。把袂知廉吏，班荊是別筵。琴書仙令槖，風雨薊門天。問俗憂民瘼，清齋減俸錢。

二

山城稱勝地，才子喜新除。蘇晉能皈佛，文園善著書。西風雙舄下，秋色九華餘。訟少應多暇，垂簾意泊如。

丙午除夕

萬事隨年減，予今竟若斯。千門傳炬夜，孤燭悼亡時。失歲持盃緩，愁眠聽漏遲。披帷人不見，誰賦頌椒詩。

丁未元日予初移禮官

麗日開宮扇，和風拂苑條。魚龍百戲作，玉帛萬方朝。雲物占年瑞，春妍媿鬌凋。初觀綿蕞禮，兵氣祝全銷。

人日雪中卧病

我愛嵰州雪，霏霏傍早春。斷絃渾似客，伏枕媿爲人。敢效高賢卧，愁看戴勝新。九衢金勒動，當戶聽車輪。

劉魯一司馬奉使過恆山見枉賦謝

雨氣西山暮，軒車問雀羅。漢廷勤玉帛，古道見巖阿。諫草當年貴，邊籌幕府多。班荊言不盡，落照滿滹沱。

秋日西郊水村道中

蒼莽秋原好，聯鑣興不孤。人閒鷄犬適，沙淨鷺鷗殊。壠雨新秔稻，墟烟舊酒壚。村村紅樹裏，疑是水雲圖。

里中水患

霪雨連朝夕，瀰瀰水瀉渠。千家聞夜哭，十里嘆巢居。勢極身謀拙，年荒吏治疎。高城三版在，天意欲何如。

送張黄美歸廣陵

離亭飛木葉，歸及廣陵春。手澤存先志，功勳在古人。鴻鳴村月曉，霜跡野橋新。别館今懸榻，君無厭路塵。

郊行

日氣高原靜，霜痕斷壠繁。晴溪沿野徑，黄葉下孤村。桑柘淳風在，鷄豚樂事存。窅然深巷寂，秋色滿閒門。

戊申除夕

慷慨嗟人事，椒盤與昔同。入山新伴侶，舉案舊家風。殘雪千巖外，流光兩鬢中。一年留此夕，珍重守燈紅。

己酉元日

天上雲和奏，山中鳳曆新。青春伏枕日，白首息肩人。霽雪明書幌，流澌啓釣緡。風塵驚滿目，扃戶對松筠。

立春

候吏迎晨正〔一〕，閒身感物華。曉晴占歲事，春色到田家。粗糲青芹細，朋樽彩燕斜。東郊新氣象，處處有香車。

【校記】

〔一〕『候』，底本作『侯』，據詩意改。

元夕

萬戶清絲動，其如此夜何。走橋人影亂，把酒雪風多。故里春偏好，深更氣漸和。漫誇裘馬興，明月在烟蘿。

夏日

茆堂消暑暍，蘿徑謝紛紜。花送氤氳氣，檐流斷續雲。山家塵慮寂，槐國夕陽曛。啼鳥如相和，移床傍樹聞。

新秋微雨

幾日愁炎暑，秋風到草堂。疎燈飛細雨，高樹動新涼。簾捲吟偏劇，香添漏乍長。蕭蕭人獨坐，幽意寄滄浪。

于岱仙同年召飲廿客園賦謝

何處春偏好，芳菲緑滿園。廈成來燕子，竹密養龍孫。烟月閒身健，風塵友誼存。看花淹客淚，白首共清樽。

二

暫輟經綸手，開軒弄晚晴。招尋陪謝墅，顛頷托虞卿。芳芷琴書韻，春風絲管聲。鬱陶今一寫，深見古人情。

過定州

洵美真吾土，中山亦舊都。碧陰交驛路，春色滿平蕪。聽樂悲人事，聞鷄起壯圖。夕陽唐水上，俯仰客懷孤。

題嚴旣方先生嗜退庵

老傍苕溪隱，荊扉白苧袍。開窗青嶂出，問字絳帷高。濁酒呼良友，晴川命小舠。風塵徒健羨，何處訪東皋。

二

避弋冥鴻鵠，辭甘念鶺鴒。陶家新種秫，韋氏舊傳經。不侈宮袍綠，惟耽汗簡青。草堂占象緯，共識少微星。

元宵前章紫儀司馬召飲園亭

園中疊石爲山，巉巖奇峭，曲廊芳沼，引人入勝，爲長安池館第一。

不圖司馬第，疊嶂似山家。牖納嵐光入，波縈石磴斜。琴樽開棐几，絃管度窗紗。窈窕房櫳古，西巖送落霞。

二

近市塵囂隔，逶迤洞壑深。焚香人静好，對榻氣蕭森。朱紱山林福，青春薜荔心。樓臺燈火下，身俯白雲岑。

元夜小集

素影茆堂午，輝輝滿桂輪。古稱不禁夜，身是太平人。瑞靄浮雙闕，儒飡具五辛。共君頻剪燭，卻憶故山春。

酬錢仲芳見寄

停雲方有賦，書自魏塘春。媿我風塵老，知君憶念頻。升沉存友誼，水旱見家貧。獨喜閒身健，猶能勝酒巡。

二

已自甘林壑，恩波及散樗。兩行野老淚，千里故人書。暑去冰紈裏，吟當暮雨初。清風來習習，彷彿見村墟。

三

鴛湖龍臥久，十載遠儀型。空賦淮南桂，愁聞禁苑鶯。東京推孺子，燕市幾荊卿。音問無金玉，和平仗友生。

四

聞君繙貝葉，繡佛築僧寮。蓮社晴扶杖，江城晚弄潮。人倫歸月旦，吾道貴簞瓢〔一〕。雲亦無心出，新來壯志消。

【校記】

〔一〕『箪』，底本作『簞』，據詩意改。

昊天寺訪郝雪海不遇俗傳寺舊有塔，遼以貯楊無敵骨

虚曠何年寺，翛然野色收。黄塵餘霸氣，白骨冷幽州。客去庭陰午，僧閒砌草秋。烟霞來丈室，半爲故人留。

題同年夏普生小紀

難兄吾畏友，絶嘆老成空。孝謹原家法，科名尚素風。道尊簪紱外，士就楷模中。自許千秋在，丘園未是窮。

題清豐故侯宋公益詠堂祠與南將軍、沈青霞相望

畿甸栽花地，循良作宰時。笑談除大猾，歲月蝕殘碑。峴首羊公淚，椒漿朱邑祠。丹青存劫火，父老認鬚眉。

二

邑里棠陰古，巋然益詠堂。土人勤伏臘，先哲並宫牆。夜雨精英在，悽風草樹長。河山百戰後，幾復見靈光。

送承篤姪令錢塘用汪蛟門韻

書生初作吏，飛舄古錢塘。絲管江城麗，湖山歲月長。秋風紛桂子，細雨急蠶桑。汝去平田賦，無令稼事荒。

二

聞説湖邊柳，陰陰覆舊隄。波晴猶草色，山曉但鵑啼。機杼官坊錦，芙蓉越女溪。東南民力盡，歷覽漫重題。

三

子好佳山水，茲行夙志酬。千門開畫裹，萬弩射潮頭。訟少垂簾治，農忙露冕遊。何時能拂袂，同泛武林舟。

題錢仲芳畫冊江村避亂之筆也

吾友胸何曠，丹青老更工。柴門叢竹裏，白舫亂流中。烽火村無恙，滄洲興未窮。王維存舊雪，猶見古人風。

送湯家駒年丈之向武州任

儒家初作吏，買棹下炎方。路險琴書累，官貧井邑荒。青春衝瘴癘，紅頰醉檳榔。萬里茲行始，誰爲治粤裝。

二

兩載扶風帳，傷離欲白頭。嶺西川詰曲，化外鳥鉤輈。銅柱蠻雲暗，河梁木葉秋。山猺知慕義，問俗有歌謳。

寄門人陳賡明

榜下才無匹，今猶滯薜蘿。扁舟爲客久，茆屋著書多。弔古青鏤管，澆愁金叵羅。諸侯誰好士，珍重舊山阿。

二

論文存大雅，問字有良朋。獨樹中原幟，閒消午夜燈。素書來薊北，暑雨暗毘陵。知子如龍臥，爲雲我未能。

送成魯公佐吉水

佐縣稱才吏，秋風捧檄行。波迴如吉字，石險作灘聲。遺笏門庭大，哦松案牘清。廬陵文獻地，絃誦滿江城。

蕉林詩集

五言律三

贈胡玅山歸白下

久客看歸棹，瀰瀰秋水平。六朝餘草色，八月落潮聲。詞賦高京洛，琴樽醉冶城。窮途吾道在，風雅繫諸生。

二

知君湖海士，傾蓋定交初。幸舍頻彈鋏，松門日校書。人歸鳴雁後，秋老放歌餘。猶憶論文夜，高譚獨起予。

弘恩寺

樹裏弘恩寺，淩晨駐馬來。閉關人跡斷，嗔客鳥聲催。柿熟垂朱實，牆陰變綠苔。石堂沉歲月，隨意野花開。

延壽寺

蘭若臨周道，渾如住萬山。秋殘蘿薜老，人静梵鐘閒。始識空門味，全開旅客顔。安能停去馬，卧待白雲還。

涿州道中拜桓侯廟

重拜桓侯殿，猶傳劍外勳。君臣勞百戰，事業遂三分。曉日鴉羣散，空岡木葉聞。劫灰餘井邑，寥落起黄雲。

初過家

數載留京國，蕉林此暫還。平安花竹在，寂寞石苔斑。兄弟聽秋雨，賓朋話故山。登樓頻極目，烟樹認鄉關。

發真定

喜見還傷別，依然傳舍過。繁霜驅小隊，曉日渡滹沱。僕御催人急，漁樵入夢多。漸看三徑遠，其奈菊花何。

趙州署中次郭快庵壁間韻

百戰河山在，猶傳大郡名。夕陽明古堞，黃葉下高城。橋接仙蹤近，臺荒漢壘平。趙人良可用，遺恨說連橫。州内有望漢臺。

内丘署中次快庵韻

轟轟連岡外，嵐光乍有無。田家荊樹萎，馮尉墓門蕪。泜水殘秋色，邢襄舊霸圖。山行今日始，登頓客心孤。

遊圓津庵

過内丘十七里許，道傍有圓津庵，牆外緑陰蓊鬱，南有石梁。余停車入門，覺與凡刹有異。殿二層，爽塏可喜。最後藏經閣嶜然，登之，河山雲樹歷歷可數。殿東偏另闢小門，則精舍三楹，雅潔幽靚，地無纖塵；盆菊芳香，染人衣袂。窗後竹樹交蔭，院前小畦雜植牡丹、海棠、蠟梅之屬。又折而東，疊石爲臺，上有亭翼然，可供瞻眺。臺後鑿池，種荷甚茂；臺旁松柏森立，間以古藤，蔚然深秀。途徑軒檻，皆曲折成趣。此數百里内第一精藍也。僧名印亭，又名涵萬，自言年七十餘，手創此庵者五十年矣，今老而閲藏。士大夫輶軒往來，及邑中文人詞客過從，始與相見。余徘徊嘆息者久之。僧胸有丘壑，兼解詞翰，令遇陶元亮、歐陽永叔〔一〕，其人寧遂出惠遠、祕演輩下哉？因爲二詩，紀其勝。

古道逢初地，開門納遠青。雲中窺傑閣，木末起孤亭。薝蔔飛香滿，風塵倦眼醒。老僧如健鶴，避客日繙經。

二

丈室秋容澹，翛然地有餘。修篁過曲檻，古蔓蔭前除。鶴避烹茶竈，囊收種樹書。層臺牛斗逼，吾意欲淩虚。

【校記】

〔一〕『歐』，底本作『毆』，據姓氏改。

臨洺關

遙峯看馬服，紫氣滿山陂。洺水軍烽罷，關門落照遲。趙陵秋黯澹，羽客夢差池。明日邯鄲道，茫茫繫所思。

邯鄲道中野望

曉雲生谷口，初日照山村。地僻人烟迥，仙留鶏犬存。麥畦青入牖，樹影翠當門。歲熟無多事，同傾老瓦盆。

謁呂翁祠

咫尺神仙宅，停驂欲問津。孤村紅葉路，千載黑甜人。北地寒偏早，西風客又新。黄粱元易熟，辛苦夢中身。

二

四十年前境，輶軒此再過。炊烟茅店在，樓閣夕陽多。霜落收禾黍，亭秋老芰荷。枕中人未寤，車更向南柯。

宿磁州

獵獵翻雙旆，行行過滏陽。殘荷沉别浦，高柳帶寒塘。鄴下詞人地，漳南古戰場。濁醪難共醉，此夕是他鄉。

湯陰拜武穆祠

萬古悲涼地，徘徊夕照中。河山餘涕淚，寢廟動秋風。夜雨旌旗出，晴沙戰壘空。白頭諸父老，指點說英雄。

渡淇水

淇水流千古，潺潺響急湍。風烟迷遠堞，雁鶩落前灘。戰後人家少，城秋草樹寒。青山從面起，疑作凍雲看。

梅心驛

寂寥巖下宿，宵柝起嚴更。驛火明還滅，繩床臥復驚。坳寒山鬼泣，燭暗虎風生。排馬淩晨發，烟江是皖城。

山行

四望林霏霽，粼粼瀉澗泉。甲光明積雪，候騎破寒烟。紅葉經霜路，丹厓始曙天。人家三兩屋，長傍白雲邊。

二

漸與龍眠接，天風拂面飄。擔夫來木末，霧市起山腰。霜落塘逾静，巖溫葉未凋。行行途九折，雙旆入雲霄。

安慶道中

皖口風烟別，羣峯列障齊。曉塘開石徑，落葉襯霜蹄。巖静禽聲好，嵐浮黛色低。龍山何岫是？多在萬松西。

江夜

鳴鉦舟晚泊，風急夜冥冥。鄉思雲中雁，江程水上萍。人家連蜃氣，篷雨帶龍腥。酒罷頭堪白，漁歌詎忍聽。

江行

帆懸如去鳥，沙際見山村。風入鷫裘薄，烟連虎落昏。近洲喧水驛，吹浪拜江豚。暫喜迎津吏，停橈定旅魂。

望余忠宣墓

昔讀《青陽集》，今來白晝陰。土崩臣力竭，沙湧戰場深。孤塚餘衰草，忠魂繞碧潯。恨無蘋藻薦，回眺幾沾襟。

小孤山雨泊

寒雨江村晚，山扉向翠微。磴盤僧徑曲，烟罥水禽飛。青嶂臨窗小，黄魚入饌肥。風塵客已倦，吾欲訪漁磯。

二

破浪疑蹲虎，中天戴巨鰲。峯連江岸坼，雨暗柁樓高。暮濕千帆影，寒添幾尺濤。登臨幽興在，烟水縱輕舠。

登小孤山謁天妃祠用壁間李中丞韻

杳靄江天闊，孤峯障洑流。烟鬟神女祀，鐵柱海門秋。飛閣鳴鼉鼓，仙飆送客舟。山川吳楚會，登陟散羈愁。

再題小孤山俗訛小姑嫁彭郎

海到山門盡，冥濛黛色孤。霞裾朝北極，砥柱控東吳。碧墮三江影，青欺五老圖。彭郎休睥睨，此地是清都。

舟過彭澤

晚泊鄰彭澤，遙山凍霧層。風篙衝岸葦，江雨灑舟燈。賦閣孤帆達，馬當山風送王勃事。琴堂五斗憎。推窗來暝色，寒火綴漁罾。

遊湖口石鐘山次壁間韻山有石，扣之作鐘聲，舊有東坡《記》，今不可識矣

怪石臨無地，淩空疊亂峯。江聲晴到閣，巖響夜聞鐘。禪定看馴鴿，雲根起蟄龍。遥青五老出，憑檻盪塵胸。

列炬探幽處，晨爲洞壑留。捫蘿尋斷碣，倚杖瞰飛流。漫滅眉山字，蒼茫碧漢遊。莫言彭蠡闊，絕壁小滄洲。

二

鞋山昔有估客，遇二女，屬買絲屨

翠影湖心落，青天隻舄斜。龍吹孤嶂雨，帆挂九江霞。估客供絲屨，浮圖照浪花。榜人歌未歇，鷁首集神鴉。

舟過豐城曲江村登龍山書院中高閣

飛閣盤危磴，江聲日夜流。山城來紫氣，寒影抱朱樓。烟火憑闌出，生徒負笈遊。有無存舊劍，風雨躍龍湫。

峽江雨中

亂堞臨厓出，濤痕半未消。檣燈搖霧影，堠火散山椒。峽束江如線，篷驚雨似潮。酒澆人欲倦，天入可憐宵。

二

天空當峽斷，雨細入窗和。疊嶂蛟潭黑，荒江虎氣多。病餘疎簡帙，歲晚冷漁蓑。簫鼓風燈裏，憂來奈爾何。

過臨江郡以種柑爲利

百丈牽江步，荒城問俗諳。民生消白羽，歲計飽黄柑。潮落黿痕出，樟陰雨氣含。窮年如泛宅，日月老寒潭。

晚晴至吉水

湍急村墟暝，城孤睥睨昏。雨帆朝過峽，霽嶺翠當門。霧斂江山小，天空虎豹尊。古來文獻邑，凋謝復誰論。

吉水曉發

解纜江城遠，吹笳旅夢催。灘聲過枕急，曙影逐帆開。叢箐封蓮洞，麒麟沒草萊。幾家存故老，鷗鳥莫驚猜。

泰和道中

沙洲村漠漠，官燭影幢幢。歲逼江湖盡，愁肩家國雙。鵁鶄迴岸渚，蘆竹冷船窗。老去憑舟楫，孤懷未肯降。

月中聞笛

野泊看新霽，征衫暖自生。花於冬晚發，月似故鄉明。客久忘時序，春先到水程。戍樓哀笛起，此夕頓移情。

舟中遣懷

田塍占物候，寒燠換天時。雲起晴巒動，帆懸岸樹移。書來前月雁，梅放去年枝〔一〕。青草虔南路，人生老別離。

【校記】

〔一〕『去年』，《使粤詩》作『故年』。

抵南安

迴嶂生城堞，陰陰倚澗阿。楚天逢嶺盡，粤嶠得春多。雲黑開亭障，樟青帶女蘿。當年曾過此，人吏老干戈。

二

咽喉稱古郡，荒岸宿蓬蒿。到郭江流細，環山塔影高。驛程疲稇載，列戍響弓刀。萬里嗟行役，爭知閭左勞。

拜先大人祠

烽燧江山在，桐鄉俎豆新。表章煩故老，辛苦念先人。歲遠風逾厚，時移論始真。追陪多白髮，話舊幾沾巾。

重遊興隆庵余少過庵，見西域僧，狀貌甚奇。池生千葉蓮，今已烏有

嬉遊從皂蓋，曾到白雲天。僧現維摩相，門迎日本船。案猶存貝葉，鉢已失青蓮。垂老瞿曇在，相看意惘然。

彈子磯

絕壁天開障，舟行轉側看。飛流梳石髮，穿穴落金丸。河漢臨厓動，鼉宫入暮寒。青蒼樵徑失，鳥雀度應難。

二

當年誰挾彈，遥破碧苔痕。挂月猿聲苦，鳴瀧石氣尊。草花鋪繡壁，冰雪壓天門。落日奔湍黑，蕭然斷旅魂。

過湞陽

湞陽山水邑，晻藹海雲横。鳴璬嚴江戍，飛花繞客旌。雙巖皋石峽，萬壘尉陀城。安得窮幽處，翩躚屬輕。

峽山海潮至此，一宿而還，又名中宿峽，亦名縹幡嶺

層鐵參差出，雙厓駐夕暉。天留江路細，石蹴浪花飛。赴海潮中宿，吟猿夜自歸。佛樓多歲月，幡影挂巖扉。

二

對擁千峯斷，中流一水長。僧居團竹柵，虎氣暗桄榔。虛閣崩雲立，飛泉挂幔涼。古今沉戰伐，何地問蕭梁。

橘燈

黃橘憑追琢，冰絲一縷牽。鮫人珠乍吐，霄漢宿孤懸。紅借漁舟火，香分禁院蓮。漫誇修月户，只此夜光偏。

三水道中

沙平江峽盡，風急布帆斜。墟落圍寒橘，冬畦秀菜花。霧蒸鴻斷影，天遠夢還家。土俗中原隔，孤吟感物華。

二

暖入江村夜，涼生海雨時。魚舠浮蜑種，蠻語雜侏離。迴浪戈船迅，斜陽水檻遲。櫓搖憐柁婦，啼笑槖中兒。

將抵南海

紆折程難計，聞鉦識水郵。繚垣螺蚌甲，代絮木棉裘。潮逐崩厓落，帆隨曉月流。忽驚開嶺桂，疑是故鄉秋。

二

薄暮乘潮去，何由問水經。挂巖星歷歷，衝棹浪冥冥。岸闊檣燈亂，窗昏海氣腥。嶺程今過盡，殘臘換仙蓂。

雨中束裝

天入輕帆夢，心生故國春。蠻花縈客舫，海雨送歸人。影較征鴻早，愁增燧火新。瘴鄉身一葉，頭白飽風塵。

二

挂席春方好，何須陸賈裝。喜調鸚鵡舌，悵失荔枝香。花氣濃如染，征衫舞欲狂。歸程堪計日，應及海榴芳。

登舟喜晴

日麗開江閣，風暄動客裾。每憐鄉國遠，昨夜旅懷除。鳳下天邊詔，囊收海上書。悤悤催解纜，不及飽黄魚。

二

雙旌爭夾道，一聽《渭城》歌。海船驅烏鬼，晴珠湧白波。開窗軍壘出，擊汰岸花多。裦挈天風去，春衣換綺羅。

雨過峽山

江路陰陰合，花香細細生。兩幡開急峽，二月聽新鶯。涼雨炎蒸失，春帆客慮輕。山僧如故舊，茶筍慰歸程。

二

再過飛來寺，歸心不可留。人驚今歲髮，花放故鄉愁。金鎖沉何浦，春波駛去舟。山應疑薄倖，竟阻杖藜遊。山有沉犀潭。

舟過觀音巖

雲際看珠閣，推窗首漫回。曉天花雨散，到海客帆來。石乳晴還濕，蓮缸畫自開。倦遊虛屐齒，空令野鷗猜。

二

天門通一線，再過洞苔迷。龍氣經春大，巖花湧檻齊。鄉心生綠草，晴浪蹴丹梯。昨歲攀蘿上，憑闌海日低。

雨漲溜急稍晴牽纜始行十數里

擁衾朝雨散，寒色怯春袍。水漲堤沙失，村晴柵竹高。挽舟艱尺寸，歸興鋭絲毫。欲蠟南華屐，香溪阻暮濤。

韶陽雨中換舟

十日湞江路，曾無兩晝晴。巖雷從地起，春雨作秋聲。嶺近鄉心切，灘移沙舸輕。舟中人遽老，楚蜀更徵兵。

花朝阻雨

竟日淙淙雨，征人奈爾何。書常經月斷，夢較去年多。暗嶺泥應滑，空衙節易過。東風憐故舊，歸騎暫蹉跎。

雨中過嶺

帶雨人過嶺，攀蘿客到門。巖關開海日，古殿倚雲根。一線青天出，千盤翠嶂尊。瘴鄉歸已得，跋涉是君恩。

二

飛來曾挂角，天半有僧棲。蒼鼠穿厓過，春禽送客啼。嶺蟠諸粵盡，雲壓萬峯低。冒雨忘危磴，心懸貢水西。嶺上有寺，相傳飛來挂角於此。

豐城道中喜廣陵張黃美至

三日風濤阻，春寒撥盡灰。客隨疎雨到，樽爲故人開。夜話思千緒，鄉書首屢回。感君存古道，冒險泝江來。

二

數上滕王閣，迎來劍水邊。虛聲驚羽檄，遠道念風烟。袂接人情外，顔開圖畫前。何期歸客棹，翻似米家船。

過樵舍

寒食江村路，高低接亂青。塢閒桃似火，徑細竹爲屏。暖曬漁家網，晴梳鸂鶒翎。詹公何處宅？吾欲叩林扃。

登天門山

客登江上閣，人指海南帆。峯峙雲雙結，林晴日半銜。烟花開下界，鐘磬出虛巖。今夕難成夢，泉聲到枕函。

二

石磴晴猶滑，丹厓碧樹交。人窮望遠目，花放出牆梢。細浪牽菱蔓，輕風動鶴巢。愁中烟景暮，春事等閒抛。

浦口曉發

遠堞雲中出，澄江戶外流。野棠村路細，水郭柳絲柔。暝日添歸興，殘春沮健遊〔一〕。憑軒芳草色，目斷秣陵愁。

【校記】

〔一〕『沮』，《使粤詩》作『阻』。

雨行

細雨淮南道，泥深沒馬蹄。喚鳩山店小，翔燕綠蕪齊。折戟沉沙岸，春流滿稻畦。層雲誰割破，客思轉低迷。

渡淮臨淮有雲母山

清淮重問渡，爭慰遠人勞。一水中原隔，環城春浪高。山雲堪作粉，麥壠自翻濤。亦有觀魚興，臨流滅昔豪。

固鎮喜晴

積陰無白晝，暝日喜初妍。港口翻蘋葉，柴門繫釣船。漲溪前夜雨，晴曈暮春天。漸入平沙路，飛揚試錦韉。

抵京寓

百粤新歸客，經年舊淚痕。蒼頭懽布席，稚子笑迎門。賸有中山酒，今開帝里樽。殊方花鳥麗，款款夜深論。

中秋與弟姪輩小飲

數夕廉纖雨，兹宵喜乍晴。髩添今歲白，月似去秋明。雁鶩霜天色，河山戰伐情。可憐機杼畔，思婦怨長征。

二

嶺南曾見月，秋色鳳城偏。露下疎鐘夕，輪高濁酒天。螢光流砌草，波影憶江船。共爾終宵坐，西沉又隔年。

贈朱宜庵門人令靖江

自昔循良吏，多歸忠孝門。簾當垂永晝，犬莫吠江村。邑僻山川會，時艱堠火屯。東南憂力竭，早繪達天閽。

長至雪

至日霏霏雪，端居客思紛。寒銷沙塞火，凍結戰場雲。飛霰疎燈亂，空齋暮柝聞。誰能乘此夜，疾下蔡州軍。

初夏憶蕉林時聞新河寇警

四月蕉林好，青山有夢知。燕應尋舊壘，蝶自趁疎籬。翠篠侵簷後，新槐覆院時。忽聞烽火信，頻怪雁書遲。

午日小飲

午日風簾靜，虚庭滿緑莎。宦徒淹歲月，老尚見干戈。褦襶從人懶，蒲觴入手多。客來能擘阮，一曲奈愁何。

立秋

帝城時又换，斷續雨聲微。水旱憂方急，田園事久非。雲光低入戶，秋氣暗生衣。暫喜炎蒸散，孤吟客到稀。

夜晴

層陰連數夕，今始辨星河。積雨書囊潤，開軒月影多。螢流沾露草，蛛網綴庭柯。漸聽催殘漏，其如夜色何。

除夕

良夜當休沐，門屏此暫閒。衰容寧似舊，倦羽未知還。樽俎憐殘臘，親朋話故山。不須驚失歲，身健且開顏。

人日

人日看晴色，開軒納早曦。故園春雪少，江國羽書遲。綵競簪新勝，梅仍放晚枝。憂來聊散帙，俯仰感良時。

送陸恂若之江右藩幕恂若同余入粤，過豫章

憶昔江城麗，年來烽火屯。官題新手板，客赴舊章門。風雨千秋誼，河梁一夕樽。爲詢曾歷地，戰後幾家存。

二

歌驪當落照，惜别恰殘春。萬里舟同載，三年舍比鄰。論交情耐久，捧檄吏仍貧。幕府籌堪借，相看是故人。

三

良朋辭薊北，春色黯離筵。去傍芙蓉幕，分攜芍藥天。毘陵牽旅夢，廬嶽異風烟。江閣猶堪醉，無勞惜俸錢。

四

廿載京華侶，新除賦遠遊。客心懸楚甸，歌調入《伊州》。柳暗津亭曉，樟陰彭蠡秋。風流參佐暇，應許嘯南樓。

春日祖仁淵召飲賦謝

薜荔開三徑，風塵此暫停。雲生醒酒石，晴寫種魚經。倚檻迎新緑，鉤簾納遠青。坐來春醞藉，不擾護花鈴。

二

華館春風細，相招看藥闌。鼎彝餘几古，劍珮曉堂寒。錦罽催牙拍，侯鯖入玉盤。主人能愛客，此日得清歡。

友人初夏召飲李園午餘忽雨移晷晴霽

侯家開別業，暖日快幽尋。一洗風塵面，重牽薜荔心。地初榮夏木，枝尚囀春禽。急雨來軒檻，翛然豁素襟。

二

選勝憑良友，邀賓命酒筒。車停花影外，歌沸雨聲中。屋角留殘照，林梢挂彩虹。漫嗟時序改，春色在簾櫳。

初夏王胥庭大司馬招飲怡園同敏公家宰公冶司空雪海侍御

深巷尋紅藥，居然野興長。地偏雲木勝，坐久主賓忘。藤幄牽歸夢，花臺動晚涼。小樓堪倚杖，山色入斜陽。

二

酹月當新夏，看花散客情。春歸憐物候，老去薄浮名。晻藹林霏啓，逡巡活水生。雙柑何日事，清曉坐聽鶯。

贈黄子允進士

早拔中原幟，來尋薊北春。海陵題柱日，燕市看花人。客路新詩卷，家聲舊諫臣。知君遺笏在，珍重濟時身。

送若水弟就教職雨後歸里

不奏《甘泉賦》，聊吟苜蓿盤。劉蕡仍下第，薛令暫爲官。暑雨歸裝濕，槐風古道寒。中山名醞在，買醉解征鞍。

贈楊亭玉歸毘陵

倦遊湖海客，歸路芰荷天。落拓餘長鋏，逡巡頓隔年。離筵文字會，垂橐孝廉船。念爾青氊冷，誰當給酒錢。

二

一官如仕隱，壯志久蹉跎。燕嶠浮雲起，毘陵夜雨多。夢頻懸故國，疾屢示維摩。莫漫傷遲暮，鱣堂足放歌。

贈方邵村侍御次姚彥昭韻

當年河朔飲，此日渡江來。燕市重聽雨，西堂數舉杯。桓驄曾否避，觀樹有無栽。舊事憑誰問，臨風首漫回。

二

蒜髮江湖客，羞囊舴艋舟。誰猶知故將，聊復事狂遊。戰罷河山日，樽開鄠杜秋。安能辭紱冕，共爾伴沙鷗。

三

襆被借僧居，停驂便訪予。字留三歲後，髩改九秋餘。汗漫憑芒屩，縱横草練書。猶思過白下，悵望艤舟初。

四

袞袞京塵裏，年來苦憶君。孟嘉今在座，陶令舊停雲。客是梁園侶，鴻翔薊北羣。論文兼品畫，茗椀到宵分。

中秋前二夜長源弟誕日小飲對月

今夕燕山月，庭虛捲白雲。光疑增十倍，影尚缺三分。鄉味宜家釀，霜鴻戀舊羣。況逢初度日，秋思轉紛紛。

春日次韻酬徐電發

良朋彈鋏日，聖主闢門年。知爾淩鸚鵡，何須怨杜鵑。崢嶸江上句，寂寞硯中田。孤劍藏身在，無妨敗兩甎。

二

頻望長干信，書來意氣淩。道終全白璧，客自許青蠅。偶作滄洲畫，閒尋竹院僧。黄金臺更築，薦達媿何能。

蕉林詩集

七言律一

送張伯珩同年按蜀

銜命炎途白簡寒，錦城初擁惠文冠。蠶叢獨有青燐起，伏莽當如赤子看。按部諸侯爭負弩，洗兵三峽見安瀾。茲行雨露沾殊俗，無復興歌蜀道難。

二

單車使者聽歌驪，遠道蔥蔥錦樹迷。攬轡好看司馬柱，行廚重問浣花溪。碧鷄神降通祠典，雪嶺風清罷鼓鼙。叱馭王尊能報國，漢家麟閣五雲齊。

送同門黄聚公歸山陰

一别師門泣再生，燕臺重喜奏嚶鳴。擔簦此日歸黄憲，懷刺何人識禰衡。河朔風塵孤劍短，錢塘烟雨片帆輕。莫因裘敝傷岐路，三載明光待賦成。

送江右羅孝廉司教浮梁

河梁歸雁忽翩然，捧檄高秋吏似仙。兵後正宜開講席，貧時且莫厭寒氊。鯉庭過日生叢桂，江介文星動斗躔。苜蓿齋清勤著作，春風待爾孝廉船。

贈陳岱清同門

把袂歡逢入洛年，師門猶憶珮聯翩。幾人瑣尾仍無恙，隔世班荊别有緣。長鋏自攜百戰後，悲歌互發一樽前。太丘令德君家舊，重看占星聚潁川。

二

西風早動薊門秋，客計蕭蕭重遠愁。久托牆東牛儈隱，又從市上狗屠遊。依人王粲初成賦，玩世陳登自臥樓。落日相看嗟往事，霜花三尺映吳鉤。

送同年張嗣留還海寧

歸鴻霜外信何如，蕭瑟秋風獨愴予。戎馬中原看短劍，綈袍客路曳長裾。頻傾薊北荊卿酒，新憶江東張翰魚。此日漢廷遲射策，山間好著治安書。

慰常法次黄門言事被放

長安羸馬見黄門，屢疏攖鱗叫帝閽。每讀諫書堪痛哭，若言討賊敢深論？中朝賴此伸名義，廉吏何能庇子孫。持汝空囊華髮老，包容强項是君恩。

重陽前送吳晉公別駕之任吳門

離筵握手不成歡，醉把茱萸更酌難。十載空囊常作客，三秋捧檄遠之官。芙蓉畫舫吳江靜，鴻雁西風驛路寒。別駕真堪容驥足，市門隱卒好相看。

冬日感懷

大隱曾聞朝市居，一官落落計全疎。湖邊賀監身難乞，樓上元龍氣未除。懷古重論《遊俠傳》，杜門欲廣《絕交書》。青鞵布襪從吾好，何日南山問敝廬。

送同年胡韜穎還太原

北風黯澹促歸裝，送爾臨岐泣數行。鮑叔敢言知管仲，漢廷未許訟陳湯。雁飛河朔塵沙白，日落燕山草木黃。國士有懷應不減，匣中龍劍拭清霜。

二

行行匹馬重躊躕，王粲依人更卜居。六月霜飛投杵後，十年夢斷舞斑餘。窮途此際堪揮淚，詣闕何緣再上書。莫向霸陵驚醉尉〔一〕，閑身好自伴樵漁。

【校記】

〔一〕『向』，底本漫漶，據《清代詩文集彙編》本《蕉林詩集》補。

卜居

數椽蕭瑟僦新居，夏屋渠渠總不如。車轍漫教驚鳥雀，板扉長自掩琴書。草《玄》頗擬楊雄宅，傍市慚非元亮廬。卻喜西鄰方酒熟，安能沉醉載籃輿。

贈同年翁仲千選内翰〔一〕

美人今喜拜官初，款段晨驅冰雪餘。橐筆遂稱丞相掾，直廬能讀累朝書。客星殿上傳方朔，詞賦宮中奏子虛。身傍九霄渾咫尺，漫言溫室樹何如。

【校記】

〔一〕名家詩鈔本題作《贈翁仲千内翰》。

送公美兄賀長至還過里門

星聚尊前發嘯歌，其如驪駕愴予何。一官泛水依蓮幕，萬國呼嵩動玉珂。律轉柳梅催驛路，歲餘冰雪渡滹沱。張燈不盡懷中語，鄉夢翻愁此際多。

春日錢仲芳有書見訊賦謝

良友江干寄鯉魚，高懷别後更何如？榜中已失劉蕡第，洛下猶傳賈誼書。風雨交情經幾變，崎嶇家難可能除。舊遊此日俱淪落，君在乾坤未合虛。

二

既讀新詩百感並，還山知爾著書成。倦遊涕淚關滄海，大雅存亡屬友生。濁酒久虛燕市俠，丹鷄尚憶越壇盟。中原同好推廚俊，莫羡江東處士名。

寄胡韜穎中丞時寓真定僧舍

歲晚南行一敝裘，浮蹤蘭若尚遲留。初成河朔清狂飲，好結邯鄲俠少遊。自昔平原能養士，如今飛將不封侯。漿家博客仍存未，懷內陰符莫漫投。

二

春來客淚墮清笳，坐對東風老歲華。豈有子才長落拓，況當時事尚紛拏。陶朱汗漫猶傳姓，劉表依棲暫作家。髀裹肉生虛壯略，王孫芳草亦堪嗟。

三

君恩特許臥漁蓑，咄咄書空自放歌。欲買青山無地隱，漸生白髮隔年多。流離妻子同萍梗，徙倚江湖避網羅。爲念此行鄉國近，烽烟消息更如何。

四

暖動關河隔暮雲，冥冥鴻雁悵離羣。中山漫聚酣歌侶，絶塞誰論横草勳。不信書生能誤國，須知漢吏貴深文。遙期遊子加餐飯，海內安危正屬君。

五

跳身仗劍太行隈，指畫山川新息才。已見毛生爲趙客，更憐郭隗去燕臺。開窗大陸浮雲起，落日滹沱傍檻來。成德軍稱百戰地，登樓應自有餘哀。

六

空囊去國擬鷗輕，宦海升沉漫不平。蓮室香烟侵素月，松門鐘鼓伴昏檠。年來亡命如張儉，世上何人助曼卿。獨看佩刀蕭瑟甚，唯應稽首説無生。時方有親喪。

胡韜穎過訪邸中〔一〕

君來慰我坐荒廬，相對窮愁淚濕裾。囊有祕編探戰伐，家無完土事耕漁。投人浪跡猶懷刺，聞爾高談勝讀書。憂國翻爲草莽客，漫勞搔首獨踟躕。

二

清郊草樹自芳菲，誰獨傷心怨夕暉？共倚安危才不易，各言出處志全違。曾兼將帥懷金印，何事山人號白衣。我亦帝城留滯久，徒看黄鵠羨高飛。

三

隔歲新詩贈遠行，又騎羸馬傍燕城。久誣薏苡干君相，對著麻衣泣弟兄。解甲雲中初罷戰，裹瘡河朔再徵兵。鄉關同難兼同病，慷慨相看素髮生〔二〕。

四

清狂我輩俯中原，時事何堪痛哭論。捫蝨當年推景略，聞鷄此日舞劉琨。漢庭獄吏方知貴，靈武諸軍舊感恩。與子青山宜共老，乾坤百戰幾人存。

【校記】

〔一〕名家詩鈔本題作《胡韜穎同年過談感賦》。

〔二〕「素髮」，名家詩鈔本作「白髮」。

送同門强九行還無錫

一臥滄江歲月深，風烟南北共浮沉。遊梁徒著文園賦，去越誰投陸賈金。戰罷河山傷蔓草，客中涕淚墮秋砧。窮途相見輕言別，把酒悲歌不自禁。

二

塵飛六月照愁顔，短策何辭行路艱。每向貧時全白璧，難從亂後買青山。燕臺落日唯堪醉，吴客秋風又獨還。别去飄零須自愛，君才未合老江關。

喜雨

小庭雨氣喜霏微，逾夏行人見濕衣。紫陌回瀾方活活，珠簾歸燕故飛飛。每憂横斂多逃屋，幾欲披蓑問釣磯。故里須知風物好，西山如案稻秔肥。

新秋感興

十年戈甲猶中土，千古繁華此帝州。西苑粧樓悲夜月，長陵風雨泣松楸。漢廷初罷輶軒使，横海頻封博望侯。見説河汾新戰捷，瘡痍方係廟堂憂。

二

桑乾秋漲濁河鳴，戰壘驚心自不平。千里黄沙驕旱魃，中宵銀漢走欃槍。甘泉土木因銷暑，五嶺樓船屢用兵。躬撫時艱無寸策，愁思歷亂笑書生。

三

鳳城爽氣冷芙蓉，向曉紅雲別殿封。道路莽蓁多佩犢，塞垣苜蓿未銷烽。秋毫每借司農晝，飛輓誰寬閭左供。吾土近聞新雨足，綠蓑何日往相從。

四

浮雲天地變蒼茫，南望荒烟滿太行。野曠風沙埋虎窟，水深網罟斷魚梁。伊人徒切蒹葭詠，遊子難裁薜荔裳。閫外受降節鉞重，探丸俠少謾飛揚。

五

登樓擬賦久蹉跎，鄉夢搖搖到碧蘿。別浦芙蓉仍窈窕，小山桂樹自婆娑。天空青嶂騰雕鶚，草長高原放橐駝。秋稼未收禾被野，猶煩士馬守黃河。

六

黃金臺上舊嵬峩，鄒衍諸賢曾此過。卻憶漁陽鼙鼓動，只今碣石暮雲多。時清雪雉通王貢，日落長鯨立海波。燕市可憐賓客散，漢家重奏《大風歌》。

七

筆札年年近玉除，致身儒術本迂疎。董生謾著《天人策》，司馬難成《封禪書》。丹鳳頻聞啣帝命，金鷄再赦到閶闔。聖朝雨露無私被，尚許陳情問敝廬。

八

月照金門屬玉寒，井梧一葉墜闌珊。已知詞賦逢時拙，敢向干戈問路難。鷹隼任乘搏擊力，爰居何事市朝看。乾坤日日風濤急，絕嘆遼東避幼安。

過椒山先生墓

曾讀遺書嘆直臣，遙阡極望更沾巾。一身生死留天地，兩疏淋漓泣鬼神。烏集墓門名不忝，鶴歸華表恨如新。行行立馬秋風急，杯酒何年薦澗蘋。

歲暮胡韜穎返自都門余訪之於東園

北風蕭瑟動林丘，客返中山已倦遊。匹馬再來尋薜荔，一尊相對話神州。浮雲恍惚占天意，草野欷歔繫廟謀。忽忽聯床驚歲晚，笑看雄劍慰離憂。

元夜

高城絲管伴清笳，九陌塵迷白鼻騧。鄰近陶潛春釀熟，人如叔夜玉山斜。烟浮燈火花千樹，月滿樓臺雪萬家。坐對孤懷渾歷亂，忍聽銀甲撥琵琶。

椒頌集生寓書見訊兼寄董宗伯法書賦謝

雙札遥傳問索居，翩翩兄弟等璠璵。鹿門未許留真隱，狗監誰能薦《子虚》。慰我遠投青玉案，開函光照練裙書。相期重下南州榻，三歲懷中字不除。

夏日送白東谷同年奉使吴楚便道歸省

三殿初傳祀典崇，美人擁節倭遲中。帆檣萬里通南嶽，花草千年識故宫。銀漢漫疑織女石，蘭臺快入大王風。史遷自昔多遊覽，詞筆歸來擬並雄。

二

京雒人過夕照餘，新詩別後更何如。驛樓雨暗初成賦，親舍雲飛正倚閭。高會喜同河朔飲，壯遊且食武昌魚。聖朝玉帛祠官貴，一路山靈護使車。

夏日登陽和樓

飛閣高蟠大麓開，雄風蕭颯並蘭臺。振衣自許陳登氣，避暑重傾袁紹杯。落照蒼茫寒雨散，太行縹緲白雲來。淩虛此日堪乘興，月湧滹沱首屢回。

寄懷王敬哉同門

兩年聯珮鳳池頭，把臂論交想勝遊。花下開樽頻問字，月中聞笛醉登樓。故人魚素經時隔，大陸風烟入暮愁。三徑知君長自掃，可能寂寞憶羊求。

寄懷韶潁中丞招還恆山

仗劍翩然帝里遊，風塵六月尚沉浮。秦廷何事淹張祿，燕市誰能薦馬周。醉擁文君初病渴，時韶潁得新姬。愁牽鄉國莫登樓。鹿門固有妻孥在，獨向侯家嘆蒯緱。

寄答徐長善同年兼訊趙問源

早年辭宦狎青蘿，白眼乾坤自放歌。彭澤一尊舒嘯遠，茂陵四壁著書多。堯山曉色來風雨，趙苑秋清老芰荷。伏枕浮雲天際見，悠然那復問嗚珂。

二

分攜燕市久沾襟，咫尺丹崖歲月深。門下諸生能識字，眾中獨醒莫行吟。幾年虛置南州榻，百里俄傳空谷音。更有元龍樓上臥，近聞種柏已成林。問源構書樓，多植松柏。

送莊澹庵館丈主試楚中

衮衮王程使節懸，更逢聖主闢門年。玉珂聲散蓬萊月，驄裹秋鳴橘柚天。臺上雄風堪共拂，郢中白雪未輕傳。古來江漢多才子，莫使飄零鸚鵡篇。

寄葵石家兄

攤書獨對小山叢，每憶聯床師友同。誰向宦途甘落拓，喜聞物望著清通。德星此日分荀爽，丹術何年就葛洪。紫禁宵衣需啓事，莫因菰菜感秋風。

酬問源同年贈扇

美人尺素擬瓊琚，湖海應知氣未除。伉儷乍悲孫楚句，窮愁更著史遷書。時示余藏稿並悼內詩。青雲誰爲傳高士，明月新看照敝廬。遥憶山中叢桂發，畫樓長日對清虚。

寄懷魏石生給諫

遺笏家聲自昔聞，中原朋好獨推君。燈前各掩思親淚，闕下猶傳諫獵文。寤寐懷人懸皎月，風塵許我附青雲。黄花濁酒登高日，待爾啣盃坐夕曛。

送姜匯思侍御巡視茶馬入秦

繡斧稜稜漢使豪，離思黯澹動干旄。沙寒古驛丹楓晚，風起黄河白雁高。善馬如雲調苜蓿，清笳對月醉蒲桃。埋輪知爾憑三尺，塞上秋霜拭佩刀。

寄贈李吉津奉使江南便道歸省

紫禁仙班散北扉，清秋擁節訪庭闈。初成嘉禮銜丹鳳，遂使詞臣著綵衣。馬度蘆溝風葉滿，人歸岱嶽暮雲飛。經年相憶還相隔，樽酒中山願已違。

送喬肖寰同年奉使河西

壯遊絕塞各風烟，西望關門紫氣懸。去飲秦城桑落酒，行經趙苑藕花天。河湟土俗中原隔，霄漢恩波使者傳。見說諸番烽火息，夜看白雪壓祈連。

送呂見齋同年奉使嶺南

大陸風高擁傳過，此行萬里奈君何。天開庾嶺梅花放，山入番禺瘴霧多。合浦夜光翻海月，樓船日暮枕琱戈。久知盛德沾荒服，使者應能重尉佗。

送蕭都閫之雲中

緩帶翩翩早策勳，旌旄北逐雁鴻羣。日高涿鹿消邊雪，馬度蜚狐起朔雲。卻敵吹笳劉越石，彎弓飲羽李將軍。坐看紫塞烽烟絕，楯墨先馳露布文。

元夕同魯挹庵都護宴集

春雪溶溶映畫橋，人間宜醉此良宵。火山暖動黄金勒，朱鷺聲傳碧玉簫。嘉客樽罍傾北海，健兒蹋踘奉嫖姚。時平仗爾成高會，醉聽軍門静夜刁。

北上别叔父及諸兄弟叔父别墅名雕丘多種蓮

一曲驪歌淚濕裾，河梁遊子重踟躕。春來初罷登山屐，天上頻傳勸駕書。五月蒲觴淹去袂，千門烟柳拂行車。雕丘橋畔芙蓉發，花滿長安總不如。

送芝三兄奉太夫人歸蘭陽

陳情北闕奏驪歌，衮衮王程擁傳過。兩袖天風還彩服，一帆暮雨渡黄河。家園絲竹潘輿穩，别墅烟霞帝澤多。岐路雁行頻悵望，高飛鴻羽意如何。

贈胡韜潁同年撫治鄖襄

擁旄曾破黑山戎，南國重看節鉞雄。戲下六千君子卒，幕中萬里大王風。身當江漢稱名鎮，帝念甘陳有舊功。軍府烽銷常緩帶，好從峴首憶羊公。

寄嶺南陸令遠少參

書來萬里歷烽烟，屏翰新開百粤天。炎海自能消瘴癘，清風獨許飲貪泉。袂分薊北黄雲合，夢隔衡陽暮雨懸。聞説尉佗尊陸賈，漢家今喜罷樓船。

送同門黄聚公還山陰

三年再見猶燕市，孤劍旋看出薊門。無路上書悲孟浩，非關有對屈公孫。彈冠寥落空華髪，行路艱難但酒樽。爲道錢塘風浪急，山陰夜棹可重論。

送同門甘衢上還豐城

憐君爲客盡黃金，把袂離筵黯不禁。久向豐城沉寶劍，又從燕市碎胡琴。幾年赤羽間關淚，此日青氈去就心。憶昔贈行歌激楚，相逢更誦《白頭吟》。

贈黃岡秦維明孝廉

棲遲楚客獨行吟，握手窮途淚滿襟。八口餘生愁虎穴，百年家學重鷄林。空淹季子干時策，誰授文園買賦金。鄉國故鄰屈宋里，好從千載論升沉。

二

亂後通家喜再過，雄風香草竟如何。當年帳列笙歌滿，先世門稱將相多。產破青箱餘爛熳，曲成白雪久蹉跎。一官君莫傷蓬轉，驟裹終鳴紫玉珂。

夏日遷官

嗚珂六月拜除書，同舍聯翩媿不如。豈有文章干氣象，濫從婚宦悞樵漁。經傳劉向浮沉日，官進馮唐落拓餘。莫道歲星飢欲死，君恩原未棄迂疎。

送人從征

漁陽落日照飛旌，年少從軍萬里行。十九從人獨脫穎，三千結客喜論兵。風傳馬上鐃歌奏，月冷營門鼓角聲。肘後黄金酬幕府，歸來應識棄繻生。

寄魯都護

登壇年少落雙鵰，每憶論文絳燭燒。軍律自嚴程不識，漢家久重霍嫖姚。碧油秋獵黄雲靜，畫角風傳紫塞遙。烽息太行馳露布，佇開麟閣倚層霄。

寄諸兄弟

蔥蔥雲樹帝城浮，濁浪衝沙動白溝。霜落蒹葭河朔早〔一〕，風高禾黍太行秋。詞場空老庾開府，鄉里曾稱馬少游〔二〕。剩有青氊寒漸入，賦成遊子數登樓。

二

秋來貧病儼相宜，徙倚乾坤事可疑。多故欲垂豺虎淚，有懷難誦鶺鴒詩。清尊邀月宵偏永，小隊行園出每遲。搖落獨看南去雁，妻孥虛負鹿門期。

【校記】

〔一〕『霜落』，名家詩鈔本作『落盡』。

〔二〕『曾稱』，名家詩鈔本作『爭稱』。

送王望如進士假旋金陵

王生歸興動鱸魚，何不承恩入石渠？江左幾人過景略，上林有賦識相如。漢宮仙掌青雲裏，吳客秋帆落照餘。此日驪駒稱衣錦，郵筒佇待秣陵書。

二

大漠商風拂短袍，秦淮夜雨漲秋濤。烏衣氏族推瓊樹，白下時名屬綵毫。射策殿中龍衮動，驅車河上雁行高。青春望爾鞭先著，珍重臨岐解佩刀。

中秋飲外舅太常公宅

長安見月幾迴明，此夕光華獨有情。世上未容中散傲，人間難得酒徒名。御溝露冷蒹葭色，漢苑風高雁鶩聲。刻燭竟忘喧櫪馬，絳河清淺玉繩横。

秋日出郭次吉津韻

曉出青門興自賒，村墟歷落似山家。丹樓高擁蓬萊日，白水秋生蘆荻花。海内弟兄聯綵筆，天邊節序任霜華。閒心每訂西山約，攜手何時載鹿車。

二

驅馬西風禾黍秋，金門狂客喜同遊。桑田地接芙蓉苑，湖海心懸杜若洲。八月霜飛清大漠，五雲堞起壯皇州。郊原佳氣渾堪醉，悵望東華獨滯留。

三

旗亭草樹散秋陰，白日遲遲野徑深。千嶂初開登眺目，雙鴻獨繫去來心。中原水旱餘清淚，世上江河但苦吟。徙倚松門山色晚，悠然鐘□出前林。

柬同年高念東

戶掩青蘿夕照疎，友生騎馬到庭除。逢人未敢論高士，對子真如讀異書。弈罷松門盤礴日，酒酣燕市和歌餘。乾坤落落存吾輩，偪仄胡爲九折車。

早過金魚池

秋塘衰柳綰紅霞，騎馬遲遲落帽斜。載酒難同山簡興，過門猶識邵平家。風行白水漂菰米，露濕青籬冷豆花。縹緲日高臺殿出，曉壇寒樹繞啼鴉。

九日

九日繁霜雁影迴，帝城節序共啣杯。虛堂紅葉紛披下，故里黃花幾夜開。醉後茱萸秋色老，愁中刀尺暮寒催。登高懶漫無佳興，寂寞當年戲馬臺。

武闈夜坐

圍棘沉沉宿霧開，斗間紫氣自昭回。譚兵愧奏雕蟲技，入彀看收驥裹才。月起千門寒夜柝，樓懸百尺鎖秋槐。乾坤愁思明燈裹，奈爾嚴城畫角催。

二

風簾秋靜晚霜飛，頗牧曾聞出禁闈。百戰河山煩鎖鑰，六星將相故光輝。燕臺舊跡黃金合，幕府何年白羽稀。珥筆儒臣無寸補，聖明此日正宵衣。

宫紫玄同年將歸賦此留之

市中擊筑見君豪，隔世相看醉濁醪。十載江關餘寶鋏，千秋意氣屬綈袍。陸生入洛風雲壯，鄒衍譚天碣石高。此日賢良方結綬，不須重憶廣陵濤。

送紫玄歸海陵

霜飛客路晚楓青，把袂臨岐羡獨醒。殘月鳴鷄中夜起，歸鴻避弋暮江冥。淮南漫自招叢桂，太史曾聞奏客星。著作名山公等事，莫將蹤跡怨飄萍。

除夕

帝城歲月嘆悤悤，社鼓紛然九陌中。宦跡弟兄雙劍合，年除燈火一樽同。尚方餔宴傳交泰，寒夜辛盤守素風。世路浮沉傷老大，閉門空作蠹書蟲。

送大司農党于姜先生還秦中

清風滿袖筍輿輕，天語殷勤眷老成。國計持籌雙鬢改，都門供帳二疎行。家鄰渭水垂綸地，名重朝端曳履聲。紫氣入關爭負弩，一時出處繫蒼生。

送喬肖寰予告還解州

襆被蕭然遂乞身，臨江洗馬欲沾巾。清風每嘆凝塵席，靜對真疑上古人。秋滿東皋堪種秫，月明汾水伴垂綸。中條近接神仙宅，洞裏桃花待問津。

二

虞鄉學士厭承明，發發秋風送去旌。二頃曾無田負郭，五株獨種柳依城。苦吟白雪從吾好，歸看浮雲識宦情。我拙如君猶竊禄，尊前媿説二疎名。

送施長也比部守紹興

朱旛裊裊送君行，百里諸侯負弩迎。蘭渚舊臨逸少宅，春潮自落越王城。花深臥閣啼鶯緩，雨入芳湖縱櫂輕。久領西曹推砥柱，東南待奏海波平。

二

初佩銅符去故鄉，蕭蕭風雨越山長。三年如水仙郎署，千里專城太守章。書護蛟龍探禹穴，人乘明月渡錢塘。須知安道今無恙，雪夜剡溪未可忘。余師邵先生居姚江，故云。

三

美人五馬擁驊騮，領郡江東羨壯遊。漢守自關卿相任，海邦原屬帝王州。使君彩鷁天邊下，越女荷花鏡裏浮。到日政閒無案牘，垂簾高詠對清秋。

四

燕山送客悵離居，繞路雙鴻逐去車。南國魚鹽繁賦日，東方筐篚用兵餘。開籠自放支公鶴，問俗應傳越絕書。此地一錢稱漢吏，聲名治郡竟何如。

送張嗣留守許州

銅虎分符亦壯遊，科名十載領刀州。八龍舊聚高陽里，五馬新經苑洛秋。行部荒原多戰壘，隨車甘雨到田疇。潁川昔日來神雀，漢吏書徵自列侯。

贈李吉津出塞

上書何事去金門，漠漠荒程墮旅魂。鵩鳥莫教悲賈誼，青蠅獨許弔虞翻。影隨鴻雁天涯落，沙起龍城海氣昏。漫向東風愁逐客，須知不死是君恩。

二

聖代纍臣行路難，低頭刀筆嘆南冠。當時何事仇中散，遼海曾聞滯幼安。戰壘經過斜日苦，荒程迢遞敝裘寒。倚閭白首重闈在，且慰餘生更勉飡。

三

風吹華表雁行斜，遠竄何心更憶家。儋耳多因文字累，陽關敢爲故人嗟。一身生死懸魑魅，八口飄零怨塞笳。回首中宵依北斗，可無清夢遶京華？

四

生別妻孥出塞門，嚴城哀角動黄昏。文章自昔憎時命，痛哭終當感至尊。漢吏多持廷尉法，中朝誰舉鮑生旛？此行學道君宜進，不必投詩弔屈原。

贈皆如開士

浮蹤湖海獨逍遥，遲暮何妨住市朝。曳杖來尋燕嶠月，乘杯曾渡浙江潮。片雲下榻能馴鴿，細雨臨窗欲種蕉。物外静觀羣籟寂，松門鐘磬自蕭蕭。

二

仙巖雁蕩久躋攀，卓錫歸來一衲閒。不染緇塵稱白足，寧須金錯買青山。人過燕市成今古，客有淵明共往還。喪亂飽經身既老，十年回首憶江關。

送析木比部守饒州

吴楚專城擁上游，離人此日木蘭舟。清時爲郡稱仙吏，江國搴帷及素秋。明月影翻彭蠡雁，西風曉上豫章樓。遥知父老歌來暮，萬里王程莫滯留。

二

飛蓋遥臨英布城，湖光獨映使君清。吾宗元不因人熱，比部從聞如水平。雨足勸農香稻熟，烏啼卧閣晚潮生。早裁錦字憑雙雁，北斗闌干是帝京。

送郁光伯比部備兵漳南

海嶠秋開憲府寬，河梁日暮送之官。交遊好我存吴縞，意氣多君尚越壇。才子久歸西省吏，外臺今重惠文冠。搴帷山水皆圖畫，八月漳江橘柚寒。

二

三年帝里聽鳴珂，行幰遲遲悵若何。天末瘴烟諸粤近，人家秋色七閩多。荔枝香入船窗曉，榕葉風翻使節過。一路澄清需按部，如今炎海正揚波。

送王金章侍養還中州

蕭蕭鴻羽動燕關，將母初辭供奉班。祕閣久分藜火照，夷門今見綵衣還。飛泉傍舍生雙鯉，叢桂當秋賦小山。先世曾傳緱嶺鶴，瑤笙長奉板輿閒。

送單拙庵司成省親歸高密

橋門鐘鼓擁諸生，忽輟皋比振袂行。獨愛遺羹同考叔，高標鄉里重康成。鄭玄，高密人。黄山木落秋堂靜，濰水霜飛渚月明。晝錦詞臣多負弩，林中絲竹板輿輕。

贈江釆石還吳門

曾聞雅擅少年場，隔世論交復帝鄉。能使五侯揖客重，每留三日令君香。黄金祕受丹顔駐，錦瑟相偎秋夜長。我欲從遊學劍術，愁看鴻鵠自翱翔。

二

霜滿漁陽落照孤，逢君燒燭對呼盧。壯遊賸有雙龍佩，老去常攜五岳圖。結客平原曾入趙，放舟秋水又還吳。季鷹莫愛鱸魚美，燕市猶存舊酒徒。

三

憑虛公子謝紛紜，醉擁燕姬草練裙。朋好驚看百戰後，風流原自六朝分。潞河月上停帆影，碣石天高起雁羣。此夕別筵遲玉漏，何人醉止故將軍。

哭殤女

客興蕭然因喪女，招魂漠漠對孤檠。中年觸感偏多淚，我輩纏綿固有情。寒籟交傳風葉響，昏窗疑作笑啼聲。新來漸悟虛空學，愁鬢何堪一夜生。

送公美兄之禮縣任

早從齊魯奏琴聲，又送分符塞上行。折戟木門沉戰壘，駐鞍桑落醉秦城。笳吹隴月邊烽息，雪盡華川春草生。兄去不須悲遠宦，伯鸞家世本西京。

二

蕭蕭班馬渡津亭，落日燕山悵鶺鴒。兵甲十年須保障，天官百里應郎星。黄河水凍雲無葉，太白峯高雪作屏。喜自左遷還墨綬，莫輕邊吏負朝廷。兄舊以夏津令左遷。

送彭推官之平陽

翩翩佐郡理河東，西接秦關百二雄。治獄稱平尊漢吏，役車作苦詠唐風。蓮開姑射仙人宅，雪壓龍門大禹宫。海内才名推北地，璽書徵自五雲中。君慶陽人。

寄李吉津

君去何如蜀道行？月明笛裏奏邊聲。關臨虎豹蒙恬塞，戶接桑麻箕子城。吾意憐才違世俗，幾人解印見交情。千年王氣培湯沐，且莫悲歌怨不平。

吉津書來卻寄

天涯十畝漸安貧，千里緘書報故人。應有公孫虚左席，謾教漁父慰孤臣。名山史爲窮愁著，同舍情於異地親。何必崎嶇悲遠塞〔一〕，乾坤咫尺暗風塵。

二

幾夜河梁月照虚，燭花新剪覯雙魚。經年去國風前淚，一紙懷人塞上書。善病閉門親藥裹，感恩牽犢種新畬。漢家早晚開宣室，好待金鷄下玉除。

三

燕嶠寒深變雪霜，思君難定益沾裳。鄒陽忽爾收梁獄，李白居然在夜郎。一曲梅花關月小，孤城野燒塞雲長。因風重憶同遊客，落落天邊幾雁行。

四

離羣永夜對寒篝，又見東風拂短裘。遠道寓書通夢寐，故人宦跡半沉浮。江深鴨綠空行旅，雪霽漁陽望戍樓。欲折梅花難寄汝，恐驚歲序重鄉愁。

【校記】

〔一〕『悲』，名家詩鈔本作『惟』。

送宋玉叔僉憲之任隴西兼學政及茶馬

吹角蕭蕭出塞雄，雙旌遥下暮雲中。錦裘行部銜邊雪，清嘯登樓對朔風。牧豎飯牛諸葛壘，巢烏哺子隗囂宫。少陵此地詩篇在，千載何人綵筆同。

二

飛沙漠漠度臨洮，驛路冰霜拂佩刀。千古詞場推宋玉，中朝吏部屬山濤。諸侯新領西藩重，清鑒猶懸北闕高。萬里兹行多壯節，乘風叱馭見君豪。

三

仙郎悵别薊門天，塞上文星動斗躔。自是名城煩鎖鑰，居然傲吏逐風烟。帷開乳酪晨炊裏，客度鷄鳴堠火前。知爾登高應有賦，詩筒好託隴梅傳。

四

東歸海上春雲起，西望河源隴樹賒。使節入關占氣象，荒原轉戰幾人家。風清部曲傳朱鷺，吏散生徒倚絳紗。到日羌兒爭慕義，戟門醉舞白題斜。

五

攬轡何如五岳遊，美人開府古秦州。蒲桃歲熟催春釀，鳥鼠山空隱郡樓。磨洗碑苔懸日月，淋漓楯墨想風流。爲郎回首雲霄上，觱篥寒聲起暮愁。

六

帝里論交重友生，驪駒何事去春明？山銜皎月宵聞笛，冰泮黃河雪滿城。宛馬千羣歸漢使，函關列嶂壯秦京。浮雲莫嘆長安遠，早晚君王問長卿。

送紀光甫同門守邵武

春風五馬擁高車，鳥道搴帷萬里餘。荔子香浮重嶺外，蘭舟雨泊落潮初。蠻方歸義銷刀劍，漢使徵賢奉璽書。知爾聲名優治郡，幾年郎署有懸魚。

寄懷趙問源

河朔才人擁敝裘，種松千樹傍村樓。日高曲巷山桃發，雨暗孤城漳水流。鴻寶一編書自祕，毀言三至杼應投。於今林壑多矰繳，且共忘機狎海鷗。

送趙一鶴令兩當舊任伏羌皆鞏昌屬

捧檄關西是舊遊，重驅匹馬古秦州。籌邊天子思能吏，除道羌人識故侯。春雪暖消雲棧近，山城晴繞渭河流。喜君年少多雄略，雙佩中宵映斗牛。

水關泛舟同高念東少宰呂見齋宗伯

西山雨氣散新秋，千頃蒼茫匯御溝。朱邸舊開金谷苑，玉簫疑傍木蘭舟。一樽荷靜消殘暑，夾岸風微掩畫樓。當世清狂吾黨在，十年心事托輕鷗。

二

何處秋風澹玉壺，水雲深結帝城隅。當年河朔餘豪氣，此地高陽賸酒壚。城上青山臨睥睨，樽前斜日落江湖。爲期坐待滄浪晚，並採芙蓉夜月孤。

立秋

涼生一夕絳河流，香澹簷花露氣浮。御苑芙蓉雙闕曉，高城風雨六街秋。官閒臥病慵開帙，客倦遊從漫倚樓。慷慨十年蓬鬢裏，桂叢極目轉生愁。

二

大火西流動斗杓，疎窗細雨晚蕭蕭。三更秋草侵銀漢，一葉風梧落玉橋。鴻雁背翻沙塞月，魚龍寒泣海門潮。四方水旱多封事，鄉里音書嘆寂寥。

喜張穉恭應詔入都賦贈

十年歌吹醉揚州，汗漫江湖尚黑頭。世有吳公能薦達，人如張緒自風流。西京詞賦雄文苑，洛下衣冠識壯遊。隴上白雲疑可贈，時將綵筆畫滄洲。稺恭秦人，久寓廣陵。

送稺恭歸廣陵

黄金臺畔凍雲低，遊子恖恖念故棲。投我齊紈當玉案，送君燕市促霜蹏。蕪城清吹花盈墅，隋柳疎烟月上堤。遙憶邗江春色早，練裙新句醉中題。

送同年黄存是還無錫

美人言去大江濆，把酒河橋對夕曛。南國清風推季子，東京高士屬徵君。長鑱夜擁梁溪雪，短櫂晨驅塞雁羣。投我素縑傳綵筆，應知懷袖貯烟雲。

二

攜策衝塵損壯顔，十年擊筑復燕關。人來滄海星辰聚，客散金臺駿骨閒。野館棲烏啼月曉，清秋畫舫渡江還。晉陵遙憶孤帆落，白露芙蓉滿舊山。

秋日過金魚池岳武穆祠

西風池上偶停車，葭菼蕭蕭夕照虛。傍渚圓沙棲白雁，跳波水荇響朱魚。王孫第宅秋塘冷，少保祠堂古木疎。獨喜舞臺歌管罷，悠然緩步當籃輿。

送劉潛柱給諫還江寧〔一〕

燕山送客意如何，愁對驪駒白玉珂。良友似君同調少，才人自昔左遷多。征鴻叫月依沙渚，木葉飛霜下潞河。宣室即今思賈誼，漫從江上戀烟蘿。

二

西風去國問垂綸，短褐行吟嘆逐臣。海内汝爲真諫議，少年羣號謫仙人。清齋説法長干雨，避世還丹句曲春。當遇懶殘煨芋食，空囊不復怨官貧。

【校記】

〔一〕名家詩鈔本題作《送劉潛柱給諫還白下》。

送王楚先同年頒詔贛州便道歸省

高秋擁傳壯君行，詔下虔州萬里程。綵服晝遊虞仲宅，使星夜度闔閭城。兩江石險灘聲急，百粤山連瘴雨生。父老感恩迎漢節，無煩横海更觀兵。

贈秦瑞寰中丞填撫浙江

清霜吹角向秋風，超拜中丞鎖鑰雄。越嶠喧迎新畫舫，吴兒猶識舊青驄。海波晝偃鯨鯢息，法曜宵看象緯崇。墨吏已聞爭解綬，萬家絃管遍江東。

二

惠文彈事冠中朝，擁節東南促去軺。金簡千秋探禹穴，水犀萬隊射江潮。樓臺曉映芳湖起，刁斗風傳白羽銷。烟月六橋閒部曲，輕裘開府自逍遥。

送王青芝僉憲之檇李

彩鷁江干奉簡書，東方千騎上頭居。仙郎珂散含香後，吳會風清攬轡初。霜落平湖紛木葉，吏閒高鳥下庭除。知君久著懸魚節，執法星明海晏如。

贈蕭含之擢嶺南少參

起草明光漢大夫，初看千騎擁南隅。寒山哀狖秋聲急，銅柱蠻烟海氣孤。坐見越裳能貢雉，遂令合浦自還珠。相思倘折梅花寄，五嶺天高雁有無。

中秋集水部叔父宅

宛宛孤輪碣石秋，鳳城寒雨晚來收。三更河漢朱門靜，千里鄉書白雁愁。有客飛觴沾素袂，何人橫笛倚高樓。徘徊起顧天如水，洗盞還爲夜色留。

中秋待月夜分始見

小庭待月酒杯寬，忽送清光傍畫闌。登陟不須天柱上，壺觴疑作幔亭看。露侵竹簟星初轉，香暖檀槽夜不寒。唱徹涼州愁四座，疎砧黃葉滿長安。

贈胡蒼恆使君備兵洮岷

開府西羌擁佩刀，關河形勝古臨洮。雁飛汝水蒼葭冷，雪壓秦山太白高。塞上秋風聞觱篥，幕中春酒醉蒲桃。懸知青海無傳箭，露布文成弄綵毫。

二

襜帷萬里使君行，兩袖翩翩易水清。家散黃金酬上客，堂開絳帳列諸生。中朝方倚營平略，三輔猶高太守名。攬轡莫辭關塞險，古來鎖鑰重西京。

寄白東谷

聞君此日奏祥琴，鳴鳥當簷報好音。三載麻衣知至性，一時白雪擅高吟。懷人上黨秋宵月，久客燕山歲暮心。相望同遊渾落落，漫藏鴻寶臥幽林。

二

幾回夢寐傍君廬，忽枉秋風尺素書。出處已看懸象緯，浮沉慙未遂樵漁。山中雨雪柴門迥，霜後關河雁影疎。漢主卽今誇《羽獵》，上林早晚待相如。

送宮紫玄還廣陵

何事驪駒不暫留，送君明月滿孤舟。遊從梁苑相如老，詞賦江關庾信愁。燕市朔風高督亢，廣陵春色落邗溝。蕭然行橐惟書卷，誰識青門有故侯。

二

倦遊詞客再還吳，示我懷中五岳圖。共道滄江尊李白，每憐岐路泣楊朱。夜明漁火瓜洲鎮，曉度秋帆毿社湖。何日論文重把臂，一樽風雨壯心孤。

送蕭子雲行人賚詔閩中

近臣初散紫宸朝，詔下閩天驛路遥。不使百蠻遲雨露，遂令萬里命星軺。寒深江閣梅新放，春傍榕城雪漸消。負弩遠人迎使者，武夷南望自雲霄。

送念東歸淄川省覲

飛塵漠漠促行車，般水持竿學老漁。皎月孤翻霜後雁，丹砂長祕洞中書。向平婚嫁遊能遂，阮籍清狂禮自疎。明日風烟愁古驛，天邊錦字莫教虚。

二

都亭抗手謝紛紜，行橐蕭蕭袂乍分。當世名高山吏部，才人病似沈休文。酒尊愁對燕臺雪，親舍遥瞻泰岳雲。同調中原惟數子，可無回首念離羣。

三

玩世同登百尺樓，振衣早許到林丘。魚龍浴日津門浪，風雪歸人潞水舟。殿上歲星干氣象，膝前鳳羽起高秋。倦飛共有滄洲約，綵服誰如晝錦遊。

四

朔風落葉滿燕關，惆悵前旌未可攀。濟勝自饒山水具，陳情肯戀鷺鵷班。棲遲梁苑相如渴，祖道青門疏傅還。海内安危公等在，那能長伴野鷗閒。

五

主恩賜鏡重銓衡，何事驪歌送客行。羨爾高風輕仕宦，與君同病懶逢迎。勞山跕屐仙蹤近，碣石停雲古月明。啓事我來慙署尾，清通獨讓濟南生。

六

東歸掉臂問山靈，擾擾何人嘆獨醒。滄海初迴高士駕，少微今傍戴筐星。數開蓬徑看欄藥，間就晴窗著酒經。乘興過從曾不厭，幾時重訪草玄亭。

送湯陰董淡園令彭澤

分符遠傍大江隈，五老遙青拂面來。千載人稱彭澤令，中原名擅鄴都才。簾垂畫閣琴聲起，春到潯陽雁影迴。知爾登臨多古思，淵明祠畔剪蒿萊。

贈馮漙洲中丞撫延綏前撫宣鎮

白登開府奏鐃歌，更向秦川擁節過。榆塞甲兵天下最，太行鴻雁雪中多。邊烽秋洗長城月，戰壘風高無定河。當日將軍依大樹，君家勳業未蹉跎。

送史煥章假歸鄱陽由庶常授給諫

寒烟蒼樹影重重，曉出青門客思濃。珥筆初辭金馬署，歸人忽指白雲峯。月明彭蠡翻鴻陣，雪滿匡廬躡虎蹤。歷覽應須多諫草，還朝次第皂囊封。

武穎凡令永和書來卻寄

霜後離羣朔氣催，故人迢遞寄書來。白頭尚列郎官宿，綵筆徒憐傲吏才。釜甑有塵眈晝寂，山城如斗見花開。奚囊投我多新詠，坐覺清風入早梅。

望吉津書不至

寒風歲暮影蕭蕭，況復離羣旅思遥。明月投人多按劍，菰蘆有客自吹簫。上林繫帛書難達，絕塞經年雪未消。垂死一身餘皂帽，全生遮莫混漁樵。

二

一夕思君欲白頭，悲歌數起拭吳鉤。天涯何事雙魚斷，華表空傳獨鶴愁。自昔朝廷推絳灌，居然詞賦隔曹劉。逢人倘問風塵客，爲道相如已倦遊。

再寄吉津

寒響千山亂木凋，逐臣蹤跡尚飄搖。三章解網勞明主，七尺餘生賴聖朝。虎窟風高驕玉勒〔一〕，龍沙雪盡縱黃鷴。苦吟知爾唯堅臥，數卷圖書伴寂寥。

【校記】

〔一〕『勒』，底本作『勤』，據詩意改。

甲午除夕

長安三度歲華過，此日椒花頌若何。聖主未酬慚祿食，鄉關有夢隔烟蘿。殘更燒燭春風入，晚市迎年社鼓多。柏葉盈尊忻聚首，漫從攬鏡怨蹉跎。

乙未元日

輕雲曉結鳳城深，好鳥和聲動上林。雙鬢乍增新歲感，一官頓減故年心。春衣戲舞高兒女，碣石風烟歷古今。如水門閒人嬾漫，九衢車馬正駸駸。

寄安之內兄備兵榆林兼司餉前任蜀中

西陲憲府自崔嵬，吹角軍門領外臺。榆塞尚懸秦月小，蠶叢曾見蜀山開。久推幕下籌邊略，新識關中筦餉才。烽燧不驚閒士馬，葡桃春夜醉深杯。

送芝三兄歸養

奉常名德著清譽，此日寧親再上書。强起不貪毛義檄，辭榮自愛老萊裾。驛亭細雨生春草，子舍條風入板輿。我亦倦思揮兩袖，河梁抗手獨踟躕。

送呂見齋宗伯致仕還安邑

清時拜賜遂優游，八座歸來尚黑頭。漢禮初觀綿蕞盛，中山何事謗書投。庭前種竹將雛鳳，河上持竿狎野鷗。惆悵一身輕去國，嚶鳴他日漫相求。

二

執手燕關淚濕裾，送君揮袖問樵漁。相憐各負違時癖，獨媿先看逐客書。教本河汾傳相業，家鄰姑射接仙居。春風驛路加飡飯，未許長懸廣德車。

贈周御清黄門還荆溪

初從京洛班荊會，又見河橋仗策還。諫草舊看傳綵筆，客囊新擬買青山。飄零王粲曾依楚，寂寞梁鴻早出關。湖海知君豪氣在，風塵莫使鬢毛斑。

二

梧省當年譽久騰，喜同濁酒醉張燈。寧無狗監稱司馬，何事蓴絲戀季鷹。禾黍西風高大陸，蒹葭秋雨暗毗陵。書成坐擁應多暇，藏副名山第幾層。

三

君才豈合老魚竿，銜署驅車嘆路難。漫令將軍逢醉尉，須知駿骨重長安。田開陽羨山形美，楓落吳江雁羽寒。徵士聖朝頻側席，客星常傍帝城看。

送張晦先侍御按嶺南

單車使者繡衣輕，萬里風烟壯此行。奏對初從雙鳳闕，埋輪遙傍五羊城。樓船下瀨江潮急，銅柱連雲瘴癘生。清譽幾年高粉署，蠻兒共識法星明。

贈二叔父

朱顔日狎冶遊場，汗漫江湖老更狂。買醉倡樓燕玉暖，揮毫棐几墨花香。青鞵五嶽懷中記，丹藥千金海外方。名士吾家稱叔父，帝城夜發少微光。

送何誕登司李瓊州

萬里厓山送子行，張燈樽酒憶平生。十年交誼同蘭臭，此夜悲歌變羽聲。嶺嶠瘴烟連海氣，桄榔暑雨滯江程。來朝匹馬春風遠〔一〕，撥罷琵琶淚滿纓。

【校記】

〔一〕『來朝』，《近稿》作『明朝』。

送閻蒼漪司李梧州

少年佐郡致翩翩，南去荒程百粤天。猺俗三章歸漢法，書生孤劍歷蠻烟。嶺雲晝擁伏波柱，江月秋橫下瀨船。幕府卽今資壯略，此行萬里莫徒然。

送寶臣舅氏之任臨洮〔一〕

寒風獵獵木棉裘〔二〕，燕頷書生賦遠遊。岐路一尊河朔淚，夕陽萬里隴雲愁。函關夜雪鳴鷄度，洮水春冰繞塞流。惜别酒杯須更進，男兒壯事在吳鉤。

【校記】

〔一〕『臨洮』，《近稿》作『臨洮衛』。

〔二〕『木棉』，《近稿》作『木綿』。

王安之參藩大梁便道歸里寄懷

萬里勳名達帝閽，喜從故國駐魚軒。大藩新擁中原節，晝錦重開北海樽。辛苦十年淹遠宦，艱危七尺答深恩。夷門舊日多遊俠，爲訪于今尚幾存。

二

風霜飽歷歲時殘，擁傳歸來父老看。曾否髫鬟別後改，依稀梁月夢中難。花開趙苑晴烟細，馬度黄河春草寒。念我羈棲遲把袂，能無翹首憶長安。

順治十三年仲春上駐蹕南苑閲武行蒐禮召廷臣四品以上同詞臣恭視賜宴行宫各賦五七言律五七言絶句每體一首應制

雪消苑柳翠旗翻，吹角長楊衆不喧。日麗錦韉分内厩，風傳甲帳擁期門。三驅典禮歸神武，萬騎丹心奉至尊。獵罷鼎調赤羽膳，時從咨儆見深恩。

贈張大將軍南征

勳名十載滿西陲，年少登壇衆所推。節入玉門朝闕日，陣披金甲破羌時。椎牛夜饗關中卒，草檄宵傳帳下兒。獨請長纓君自壯，捷書看奏漢江湄。

送張仲若司馬開府雲中〔一〕

禁中頗牧羨良朋，開府雄當帝股肱。部曲懽迎新使者，詞臣特拜大中丞。羣峯霞氣瞻玄嶽，千里烽烟静白登。管鑰北門節鉞重，邊防無復費金繒。

二

甲帳風清晝不譁，壯君三十早登壇。每燒北闕蓮花炬，俄進西臺獬豸冠。組練千羣應變色，塞垣六月自生寒。居庸關外山形峻，涿鹿雲開駐馬看。

三

元戎小隊擁雙旌，貴相星同上將明。羌笛晚吹青海戍，秋霜先下受降城。逍遥叔子看裘帶，譚笑希文有甲兵。莫道封侯論骨相，如今軍旅仗書生。

四

虎符佩出未央宫，兩袖翩翩識素風。饗士轅門沉畫角，行邊俠少避青驄。尚書履接星辰近，太乙光連海嶽雄。紫塞卽看閒斥堠，須知魏尚在雲中。

【校記】

〔一〕『司馬』，名家詩鈔本作『大司馬』。

送王晉劉學憲之河南

儒臣珥筆舊談經，憲節新持出漢廷。當代狂瀾迴砥柱，中原多士見儀型。圖書祕府充行槖，河嶽雄蟠聚地靈。坐擁臯比官自貴，烏衣年少是文星。

送李繼俊令寧海

市駿曾空冀北羣，分符遠傍越江濆。天台霞氣連鳧影，仙令琴聲入島雲。軍鼓頻驚滄海戍，戈船新練水犀軍。書生莫畏多烽火，年少看君早策勳。

過金魚池訪友人不遇

市南平沼水浪浪，蘭若人稀白晝長。魚藻風翻菱葉靜，轆轤聲過菜花香。偶從戶外書凡鳥，何處壚頭貰鷫鷞。悵望郊壇雲影暮，蕭然返照下橫塘。

送張溫如中丞撫江右

中丞初奉璽書行，擁節洪州組練輕。水國星分吳楚會，秋風帆下豫章城。老蛟窟宅恬波浪，高鳥轅門避旆旌。到日西江偏雨露，雲飛南浦暮山清。

送人出守越中

江東領郡佩銅符，賢守今稱漢大夫。行篋自攜循吏傳，樞曹頻按職方圖。島民賣劍鯨波偃，水國褰帷海日孤。莫道書生無壯事，單車看爾靖南隅。

二

多君投分古人中，數載爲郎宦橐空。如水盟心清自許，淩雲奏賦調誰同。推篷秋雨停孤棹，挂席江風伴去鴻。五馬喜當山海郡，行春幸不廢詩筒。

送金又鑣恤刑河南

秋官晝省日含香，持節中原驛路長。八郡星占夭使者，三章法重漢曹郎。風烟攬轡看嵩少，雨露隨車度太行。好爲平反清案牘，莫教梁獄見飛霜。

昌平野望

居庸遥接翠層層，南擁神京屬股肱。鴻雁亂雲横紫塞，錦貂走馬臂黄鷹。貔貅列戍三千騎，風雨前朝十二陵。萬壽山中懸片月，年年自照舊觚稜。

檀雲遇雪

曉望南山攬翠裘，朔風飛雪滿檀州。春迴黍谷寒吹律，笛落梅花暮倚樓。發粟淮陽慙汲黯，立功薊北憶田疇。帝城縹緲紅雲近，咫尺偏生塞上愁。

登大佛閣

振衣寶閣俯平壕，極目荒原客思勞。戰壘風沙沉歲月，石堂燈火亂蓬蒿。堠烟遥接榆關影，佛日孤懸瀚海濤。暫爾登臨多壯色，白雲無際塞垣高。

薊城感懷

孤城落木晝茫茫，碣石遥連海氣黄。殘照晚明燕嶠雪，亂山寒擁薊門霜。天清亭障銷烽火，日暮豁田避虎狼。自古阽危邊郡地，百年征戰事遼陽。

宿石門驛

古驛稜嶒枕石城，停車睥睨暮雲生。虎風連壑羣山暝，人語孤燈片月明。冰雪漫懸關塞淚，啼號獨繫使臣情。往來此地多飛輓，沙磧空餘蔓草平。

遊湯泉

寺枕丹崖碧殿新，山川佳氣護靈津。曲縈石砌流觴地，閒傍官衙賜沐人。日暖松風飄綺席，波澄練影濯飛塵。苦寒薊北多冰雪，散作溶溶塞上春。

望三屯營

塞門刁斗徹宵聞，此地曾傳上將勳。列障千山明斥堠，當風一劍動星文。沙寒兕吼林端月，雪盡鵰盤戰後雲。當日燕然留片石，百年誰繼戚將軍。

觀素練泉

虛敞城隅好亭子，小池拖練水泠泠。波光遙接雲俱白，嵐氣晴薰草自青。樓閣飛烟涵夕照，蛟龍蟠窟護山靈。風塵澒洞茲遊少，步屧清流倦眼醒。

二

濯纓數欲俯滄浪，泉石蕭然此一方。檻外雲容迷古堞，橋邊岫影下寒塘。冰壺日映遊魚樂，水榭風微野蔌香。聞説中丞能好客，小舟泛月憶飛觴。

遵化感懷

四望崔嵬列塞垣，金湯千里蔽中原。近瞻鳳闕風雲壯，遠控榆關節鉞尊。百戰荒屯餘婦子，十年邊事罷櫜鞬。外藩今已稱甥舅，鎖鑰還須重北門。

薊州道中聞盤山諸刹之勝不獲往遊悵然有賦

聞説盤山路幾重，丹梯遙指最高峯。月明虎臥千年寺，雪霽龍蟠百尺松。半嶺燈寒方丈火，諸天風送暮巖鐘。振衣每欲探幽處，初地何緣躡屐從。

薊門漫興

荒原駐馬晚雲紅，獨樹蕭蕭響朔風。千騎諸侯燕塞北，五陵豪右鳳城東。論兵歲月空譚裏，推轂勛名指顧中。莫向昭王臺上望，黃金遺恨霸圖雄。

過潞水

斜陽城郭凍行舟，大漠寒雲起郡樓。帆落千艘天府貢，冰開一線潞河流。冠裳弭節青門帳，俠少彎弓紫綺裘。雙闕岧嶢元尺五，梯航萬國指神州。

送馬玉笥考功侍養還安邑

早辭簪紱戀庭闈，供帳青門吏部歸。綵服願同烏鳥狎，雪天獨傍雁鴻飛。高堂愛日無機事，清鑒持衡有是非。羨爾上書揮兩袖，好尋涑水舊漁磯。

送吳先生赴河東參藩蓋舊遊地也

寒宵燈火對離樽，共說并州感舊恩。太華芙蓉瞻嶽色，黃河冰雪壓龍門。堯都攬轡遺風古，晉國分藩節使尊。遥計此行多氣象，千家竹馬待魚軒。

二

數載江湖汗漫期，先生意氣重當時。孤虚夜半譚兵略，吐納朝來學鍊師。驛路霜清寒角動，津亭雪霽暮旌遲。股肱舊屬河東郡，保障功成聖主知。

贈兵憲陳使君撫寇功成復任井陘

憲節風清嶽色寒，功成一紙郡人看。受降獨探豺狼穴，開府重瞻獬豸冠。雪霽太行銷羽檄，春深滹水静波瀾。紛紛絃管千門起，買犢方知雨露寬。

寄懷見齋兼訊湯餅之喜

儒臣未老碧山居，頗怪經年斷鯉魚。同舍弟兄多聚散，懸車門巷自清虚。須求懷内宜男草，莫作田間種豆書。學道知君齊寵辱，别來戰勝竟何如。

蕉林詩集

七言律二

上巳郊行

夕陽堤柳澹烟籠，宛轉溪橋一徑通。誰共壺觴修禊事，又從車馬試春風。寒塘芳草呈新綠，曲巷柴門見落紅。笻杖青鞵虛負約，翠微遥在有無中。

登慈蔭寺閣

數載重登千尺閣，雨餘晴色獨憑闌。石堂徙倚烟霞迴，清磬晨昏歲月寬。苔影上簾春草細，泉聲入戶曉塘寒。風塵漠漠頻回首，何日滄浪把釣竿。

蘆溝道中

芳原小隊擁鳴珂，村巷疎烟帶淺莎。厮養臂鷹迴遠岸，王孫挾彈度渾河。皇州縹緲春雲合，沙磧透迤落照多。駐馬西山青可挹，迷津莫問悵如何。

送羅皇庵致政歸里〔一〕

羡君揮袖問巖扉，柳暗旗亭怨夕暉。杜若洲邊千嶂合，春潮天上一人歸。浮雲世事抛簪紱，故國生涯採蕨薇。京洛同遊今幾在，十年回首各沾衣。

二

未老何緣賦遂初，臨岐慷慨酒樽餘〔二〕。僦居江左能將母，病免文園自著書。三徑薜蘿吾道貴，十年筆札宦情疎。扁舟去國輕如葉，滄海無令歲月虚。

【校記】

〔一〕名家詩鈔本題作《送羅篁庵詹事致政歸里》。

〔二〕『臨岐』，名家詩鈔本作『臨期』。

送大叔父備兵德州

賜履東方擁傳行，青門猶子悵前旌。外臺憲節新開府，郎署風流舊水衡。按部平原春雨細，搴帷梁父暮雲生。喜看鎖鑰瞻天近，卿月高懸接鳳城。

二

日邊方岳自崔嵬，分臬羣推叔父才。去慰倚門慈母望，遙傳執斧使君來。大官玉粒千艘集，諸將戈船萬隊迴。重地即今須保障，安瀾東顧海如杯。

送劉安東兵部典試粵東

含香仙吏藉持衡，急雨輕帆促去程。格遠計煩三殿詔，薦賢書奏五羊城。瘴烟秋洗文星見，合浦珠還海月明。自昔得人論上賞，歸來武庫坐銷兵。

夏日漫書次家少宰韻

手植叢花送晚香，攤書棐几過斜陽。月來虛牖風簾靜，雲下高城雨氣涼。世路驚心人懶漫，少年回首事微茫。泠然一榻渾無暑，坐久茶烟遶筆床。

二

官閒清晝簿書稀，無語開軒坐落暉〔一〕。征税東南連歲急，烽烟嶺海幾人歸。采真久負三山約，閉户從知萬事非。遥憶西疇新雨足，韓河月冷舊漁磯〔二〕。

【校記】

〔一〕『坐』，名家詩鈔本作『對』。

〔二〕『韓河』，名家詩鈔本作『韓沙』。

送張晦先遭繼母夫人喪還里前按粤曾撫巨寇

七尺身留萬死餘，麻衣又見返荒廬。威行海國消鯨浪，孝感慈闈躍鯉魚。送客兩行燕市淚，歸裝數卷嶺南書。篝燈猶憶論文夜，君去誰能更起予。

夏日閒居

垂簾永日小堂虚，座有良朋慰索居。烟色六街鳴柝後，晚涼一榻上燈初。浮雲世事頻呼酒，急雨閒堦起讀書。深樹流螢飛箇箇，絳河清影下庭除。

贈高二亮同年所著詩文、傳奇甚富

早辭墨綬采江蘺，襆被重來詠《五噫》。芒屩十年窮海嶽，綈袍千載見襟期。吳歈曲就青鏤管，京洛篇成黃絹詞。知爾元龍豪氣在，殷勤莫放掌中巵。

二

短衣朝市自行歌，萬里迎親意若何。孤客曉依湘水雁〔一〕，秋帆遥下洞庭波。漸離俠骨窮猶健，高適詩名晚更多。經歷中原戎馬地，壯遊勛業漫蹉跎。時將入楚。

【校記】

〔一〕『依』，名家詩鈔本作『隨』。

送高淑觀補龍南令〔一〕

十年作令識君才，又綰銅章贛水隈。野戍墟烟沉戰壘，訟庭人吏雜蒿萊。山連五嶺啼猿急，濤暗三江瘴雨來。荒徼無言風土異，須令到日縣花開。

【校記】

〔一〕《近稿》題作《送高淑觀年兄補龍南令》。

秋夜餞晉公之桂林〔一〕

飛觴送客漏沉沉，一曲驪歌別思深。露下綺筵秋漸老，香生桂樹月初臨。篝燈燕市聯牀話，捧檄蒼梧萬里心。百粵山川元秀絶，褰帷君莫廢清吟。

【校記】

〔一〕《近稿》題作《秋夜餞晉公姊丈之桂林卽席聯句》。

贈同年鍾一士佐郡河間時以詩詞見示

樽酒論文一破顔，著書姓字重燕關。揮毫詞苑秦淮海，變體詩名李義山。溟渤秋深鈴閣靜，太行雨霽訟庭閒。才高佐郡無多事，吏散衙齋放白鷳。

送公美兄赴楚臬幕寮

傲吏蹉跎白髮生，芙蓉泛水傍江城。策勳幕下參高畫，遷客天涯老宦情。春發漢陽晴樹色，秋深鄂渚落潮聲。風流賓佐應多暇，庾亮樓中嘯月明。

送顧蒨來考功假旋吴門

潞河清曉放蘭舟，賜沐恩承晝錦遊。數卷圖書歸吏部，片帆風雨載高秋。客心芳草城邊路，宦況浮雲江上樓。人物九流須水鏡，辟疆勝地莫遲留。

送筥在辛歸丹徒〔一〕

行行驄馬避如何，忽著初衣返薜蘿。漢法三章懸象魏〔二〕，宦途九折比江河。西窗雨夜攤書滿，北固雲山伏枕多。知子蕭然忘寵辱，好從靜室禮維摩〔三〕。

【校記】

〔一〕名家詩鈔本題作《送笪在辛侍御歸丹徒》。

〔二〕『象魏』，名家詩鈔本作『日月』。

〔三〕『靜室』，名家詩鈔本作『清夜』。

送彭燕又司李汝寧

拜官闕下尚譚經，大雅千秋見典刑。每向窮途懷國士，今看法吏應文星。汝南月旦人倫鑒，江左風流海嶽靈。佐郡稱平無案牘，天中曉對數峯青。

送晉公別駕之嶺右

捧檄高秋萬里行，送君一夕二毛生。攜家嶺右琴書重，佐郡天涯舟楫輕。孤嶼潮連妖蜃氣，羣山木落夜猿聲。月明回首江關暮，直北浮雲是帝京。

二

張燈執手共沾衣，目斷離亭葉正飛。何事朱顏投瘴癘，遂令白首泣庭闈。帆懸湘水蛟龍擾，人過衡陽鴻雁稀。見説此邦都會地，加飡莫使酒樽違。

三

如今五嶺卽邊州，横海戈船戰伐秋。萬里烽烟催兩鬢，十年郡吏有孤舟。界標銅柱華風盡，月冷黄陵帝子愁。此去洞庭波浪險，相逢楚客莫登樓。

四

一官湖海尚逡巡，買棹南行宦槖貧。别駕古來稱驥足，蠻方此日見騷人。帷開桂嶺香風入，木合盤江瘴雨頻。初到山猺爭賣劍，功名異域未沉淪。

送行塢薛先生致政歸河陽

清時疎傅許歸休，抗手雲霄不可留。何事老成輕去國，翻令高蹈遂披裘。畫圖共羡青門帳，春水偏宜綵鷁舟。舞罷萊衣耽嘯詠，名園翠竹正修修。

二

東華回首夢蘧蘧，莫論人間有謗書。白髮親闈應愛日，黑頭卿相早懸車。看山不惜登臨費，問寢方知歲月舒。王屋洞中藏副在，百城坐擁樂何如。

贈王孝輿還越

燕關懷刺欲何之，年少纔當入洛時。我識王裒爲孝子，誰憐任昉有孤兒。青氊舊剩君家物，白雪新傳郢客詞。迢遞倚門慈母在，歸帆風雨莫棲遲。

挽胡韜穎督府

久從襄漢著威名，盡瘁深憐志未成。幕府清笳哀部曲，江天陰雨濕銘旌。伏波老尚留銅柱，仲達生猶畏孔明。俠骨已寒神爽在，何堪萬里失長城。

二

百戰艱難報國身，勛名何事遽成塵？沙場南望埋秋草，汾水東流哭故人。星殞營門旌旆暗，櫬歸客路繐帷新。平生裹革丹心壯，雖死終當作鬼神。

三

勞臣已抱文園病，制府猶傳詔墨溫。峴首有碑餘涕淚，成都無產付兒孫。千年空返遼陽鶴，萬里誰招楚澤魂。媿我素車難執紼，臨風掩泣對黄昏。

四

十載中丞仗鉞勞，笑譚每自許龍韜。賜衣乍冷新貂錦，報主猶存舊寶刀。雨灑孤墳春草暮，沙飛戰地陣雲高。傷心尚憶臨岐日，看劍燕山醉濁醪。

贈陳昌箕學博

青衫徒步帝城邊，仗策南歸擁一氈。風雨短檠孤客夢，圖書滿橐孝廉船。寂寥玄草悲楊子，潦倒才名老鄭虔。珍重故山家萬里，榕城無恙荔枝天。

二

落落公車嘆路難，詩名垂老滿長安。每憐都市琴空碎，漫傍朱門鋏自彈。長吏應懸高士榻，酒錢誰給廣文官。途窮尚有生花筆，賦就登樓許共看。

送劉安東備兵建南

繡衣分臬古諸侯，萬里閶天借壯猷。前箸樞曹參石畫，折衝海國見安流。幔亭風雨千巖曉〔一〕，下瀨戈船百粤秋。行部君應勤問俗，十年民力困誅求。

【校記】

〔一〕「巖」，底本漫漶，據《清代詩文集彙編》本《蕉林詩集》補。

寄少宰兄村居

西園十畝不聞喧，此日滄洲道自尊。閒鷺窺人青雀舫，老農荷杖白雲村。豈同陶令辭彭澤，翻學龐公入鹿門。共約烟霞兄獨遂，始知謫宦是君恩。

贈賀宣三令丹陽家有函樓，蓄書甚富

萬卷牙籤近郭居，高吟抱膝足三餘。平原公子能留客，玄晏先生好聚書。初試琴堂春雨潤，曉臨水驛畫樓虛。知君爲政緣經術，一縣花開錦不如。

二

十年閉户築書樓，作吏東南亦壯遊。捧檄適當山水縣，驅車正及雁鴻秋。練塘日暮濤聲合，鐵甕城高海氣浮。六代風流應不減，絃歌聲滿大江頭。

送王燕友假歸合肥與宋直方饒型萬同舟

圖書攜去一舟輕，把酒燕山送子情。共羡李膺同畫舫，誰知張翰遂蓴羹〔一〕。片帆秋雨菰蒲色，兩岸江風蘆荻聲。七載宦成今衣錦，淮南猿鶴遲歸旌。

二

振衣休沐問滄洲，潞水湯湯遶驛樓。魚浦晴開菡萏暮〔二〕，楓村香發稻花秋。酒人燕市增離索，詩友江程足唱酬。行矣鋒車宜早駕，朝簪海岸莫輕投。

【校記】

〔一〕「誰知」，《近稿》作「誰如」。

〔二〕「魚浦」，《近稿》作「漁浦」。

送金又鑣出守汝南前令閿鄉，又恤刑中州〔一〕

五馬乘秋太守行，舊遊共識使君清。鳴琴陝洛棠陰滿，斷獄中原貫索明。曉出名花開幾縣，春來甘雨散孤城。汝南自昔多循吏，特賜油車重漢京。

【校記】

〔一〕《近稿》題作《送金又鑣年兄之汝南太守任》。

送徐玄文考功還武林君幼以孝聞，有異徵

刻燭論文意氣真，君家元是石麒麟。苦吟直欲追風雅，純孝曾聞動鬼神。八月帆檣天上客，六橋烟雨鏡中人。山居著作千秋事，莫逐輕肥傍市塵。

二

冰壺玉尺映高秋，吏部清通爾獨優。載酒每邀燕市月，囊書忽上武林舟。滿山紅葉迎歸棹，千頃寒潮打郡樓。別後常懸孺子榻，詩筒好爲寄江郵。

秋懷

中年節序倍關情，最怪秋蟲藉草鳴。賣穀野農憂急税，裹糧甲士怨長征。青門瓜圃行吟路，紅女鄰牆搗練聲。可惜流光彈指换，空教署尾絆虚名。

二

朝來拄笏掩雙扉，香草堂前望翠微。雨足新田秔稻熟，蘆深秋水蟹螯肥。辭巢社燕渾如客，避地邊鴻尚未歸。好趁體强黄犢健，城西載酒典朝衣。

哭張仲若制府

戲下愁聞薤露歌，龍蛇職歲奈君何。擁旄坐鎮中原地，輕騎春行瀚海波。久以四知嚴暮夜，遂令一笑比黄河。無端身死哀良友，悵望寧能捫腹過。

二

軍務紛拏嘆苦辛，中朝何遽喪斯人。看碑又見思羊祜〔一〕，憂國誰能過祭遵。蘭夢未徵身已没，樓臺無地宦仍貧。一棺萬事俱塵土，歲歲孤墳勁草春。

三

廉吏從來未可爲，孤臣何意竟如斯。捐生徒有材官哭，既死翻令聖主疑。束髮早知多至性，潔身終不負清時。悄然旅櫬賓朋絕，白馬青芻更是誰。

四

聯鑣憶昔侍西清，古道心推同舍生。詎有書成新息謗，空教星落武侯營。光埋玉樹魂何處，恨掩泉臺志未明。他日墓門終挂劍，幾人歌泣葬田橫。

【校記】

〔一〕『羊祜』，底本作『羊祐』，據人名改。

送孫怍庭黄門假歸歷下

拜疏黄門返舊廬，一時鳴鳳更誰如〔一〕。尚方獨請朱雲劍，痛哭曾陳賈誼書。秋老溪山供伏枕，花明湖墅屢巾車。便宜佇待還朝奏，院滿梧陰未合虚。

【校記】

〔一〕「鳳」，底本漫漶，據《近稿》補。

送葉眉初登第歸崑山〔一〕

紫髯吳客度翩翩，何減機雲入洛年。都下舊傳梁苑賦，宮中新奏《子虛》篇。鶯啼禁柳春遊騎，人返澄江夜泊船。相望彈冠多夙好，漫從南國滯風烟。

【校記】

〔一〕《近稿》題作《送葉眉初年兄登第歸崑山》。

寄懷錢仲芳並謝寄詩〔一〕

孤吟抱膝臥江濆，旗鼓中原自屬君。高蹈幼安傳皂帽，低頭楊子著《玄》文。開軒香滿檐前桂，曳杖紅看海上雲。當日鷄壇人幾在，西風那不念離羣。

二

開函遠道誦新詩，紈扇清風絕妙詞。媿我未嫺司馬法，惜君猶在臥龍時。三年書札淹懷袖，萬里停雲對酒巵。且喜鳳毛初捧檄，亭亭玉樹是佳兒。

三

魏塘風雨閉雙扉，倦罷公車戀蕨薇。楚服裁成吾道貴，陽春唱出和人稀。帳中應自矜鴻寶，海畔於今有布衣。他日相思烟水曲，蒼茫何處問漁磯。

【校記】

〔一〕《近稿》題作《寄懷錢仲芳年兄並謝寄詩》。

戊戌除夕

一夕春風滿漢京，濁醪緩酌伴燈檠。不才濫接夔龍武，久客頻虚鷗鷺盟。書債索來終歲有，世緣閲盡百憂輕。相看頓訝非年少，白髮明朝又幾莖。

己亥元日

燈火闐衢自掩扉，吾生四十嘆全非。年增甘讓屠蘇酒，兒大能披萊子衣。幸有一編消白晝，難將寸草報春暉。勞勞門外多車馬，暫息茆堂興莫違。

元夕

烟飛宫蠟雪初晴，青玉光懸戶戶明。遶路香塵角觝戲，傍人華月踏歌聲。車書萬國春無恙，鎖鑰千門夜不驚。最怪五陵諸俠少，錦韉細馬徹宵行。

吴甥至自里門

小堂曉起噪簷禽，忽覩陽元喜不禁。每怪儀形真似舅，況當春夜果如金。里門燈火從容話，客子京華去住心。夢到家山渾欲舞，汝來愈我病侵尋。

送李五鹿司農歸山右

司農清比潞河流，揮袖春風識倦遊。漕輓早登天府粒，漢家初拜富民侯。上書玄髮輕朱紱，跕履青山有敝裘。國計於今須石畫，可能烟月自夷猶？

送嚴顥亭給諫還武林〔一〕

冰泮河橋解纜初，暫投簪紱問樵漁。人倫東國馳清譽，直筆中朝頌諫書。水驛雁來春雪後，江城笛弄晚潮餘。治安籌策須公等，莫遣湖邊歲月虚。

【校記】

〔一〕《近稿》題作《送嚴灝亭給假還武林》。

贈卜聖遊同年

王門鼓瑟不吹竽，羸馬騣騣雨雪途。每怪樂羊多謗篋，誰云新息載明珠。含香舊借帷中畫，聚米能成塞上圖。莫向風塵嗟謫宦，子才豈老步兵廚。

贈菊潭桂先生〔一〕家世爲將

曾經披甲戰場深，白髮歸來種杏林。藥售市中無二價，方從海上授千金。還丹吐納真人訣，撫劍悲歌烈士心。當日東陵瓜圃在，高風今古未銷沉。

【校記】

〔一〕《近稿》題作《贈菊潭翁》。

寄强九行同門時遊真定〔一〕

孤舟落拓傍江湖，憔悴行吟楚大夫。誰更綈袍憐故舊，翻令席帽擁泥途。典裘幾醉中山酒，垂槖猶攜五嶽圖。河朔少年能結客，悲歌曾識慶卿無？

【校記】

〔一〕『同門』，《近稿》作『年兄』。

春日家園樂

雪消大陸古堤平，綠滿東園水拍城。出谷雛鶯晴坐樹，鉤簾少婦午調笙。碧陰遊冶金丸小，細馬春衣白帢輕。戶戶巾車烟雨後，杏花零落近清明。

春日帝京樂

綠烟如織午風和，輦路珊珊響玉珂。花市青帘燕谷暖，金盤麗日漢宮多。梯航闕下新王會，歌舞侯門舊綺羅。三徑自生春草細，從容退食盼庭柯。

聞王師入滇

公孫據蜀欲何如，萬里新傳露布書。横海將軍兵不戰，垂衣天子筭無虛。夜郎蕞爾投戈日，父老歡然放馬餘。初服蠻方勤廟略，三章漢法古來疎。

贈益都孫公子

翩翩公子善稱詩，喜讀奚囊絶妙詞。授簡初看成賦後，問年正及棄繻時。人傳謝氏『池塘』句，我畏孫郎帳下兒。壇坫濟南今有屬，通家相見恨交遲。

春日雨中傅掌雷司農招飲城南賞花

荇葉田田燕子斜，結茅臨水似山家。避喧林外停飛蓋，選勝城隅坐落霞。三徑香生榆莢雨，一樽人醉杜陵花。短籬春鳥如相和，漫對東風負歲華。

送王襄璞方伯還閩中

燕山雨雪喜逢君，方岳誰過閩海勳？蓮幕日招珠履客，金錢歲給水犀軍。歸途詩卷盈孤舫，拜闕簪裾傍五雲〔一〕。騎竹鑾兒遲使節，徵書早晚下江濆。

【校記】

〔一〕『簪裾』，《近稿》作『衣冠』。

聞張晦先自越中攜書歸走筆寄訊

聞君吴越買舟還，遊歷西湖第幾灣？曾否祕編傳塚內〔一〕，有無金簡出人間？晴窗散帙牙籤細，春晝焚香茗竈閒。我亦蓄書支俸盡，奇文可許共開顔。

【校記】

〔一〕『塚內』，《近稿》作『海上』。

送李文孫少參之河北任

分藩飛蓋傍春鴻，千騎諸侯賜履同。開府中原新使節，詞臣楚國舊雄風。山家雨色天壇樹，驛路河流瓠子宫。上黨地連煩鎖鑰，看君儒服奏奇功。

二

驪駒何事度津亭，藜火曾燃乙夜青。自昔周南留太史，於今河北借文星。春風按部花盈縣，晴日搴帷綠滿汀。珥筆卽當還紫禁，韋賢家世本傳經。

送王伊人侍養歸雲間

青門風雨羡鴻飛，返哺慈烏願不違。九折早迴王子馭，孤帆今見季鷹歸。攜來帝里新詩卷，舞傍高堂舊繡衣。垂白兩親猶健飯，持竿三泖鱠鱸肥。

送楊雪嵐宗伯侍養還河內〔一〕

陳情解組世誰如〔二〕，漠漠飛塵御板輿。躡屐晴遊王屋洞，奉親獨釣孟諸魚。三公愛日輕華紱〔三〕，五月乘風問舊廬。見説容臺興禮樂，寧能高臥草玄居。

【校記】

〔一〕《近稿》題作《送楊子玄宗伯侍太夫人還河內》。

〔二〕『解組』，《近稿》作『宗伯』。
〔三〕『紱』，底本作『祓』，據詩意改。

送萬扶滄之任太原〔一〕

暑雨燕山送玉珂，十年嶺海老干戈。分藩人似羊開府，歸漢名同馬伏波。晝戟曉臨汾水曲，白雲秋傍太行多。晉陽自昔稱雄鎮，保障功成更若何。

【校記】

〔一〕『萬扶滄』，《近稿》作『萬年兄』。

送郭石公守順德

皂蓋翩翩擁去騶，美人出牧古邢州。持籌粉署推民部，騎竹兒童迓細侯。禾黍風高川麓曉，濁漳雨落石門秋。太行山色元如畫，潑墨看君作臥遊。君工繪事。

送劉憲評中丞撫寧夏

賀蘭天外自嶙峋，地控靈州虎豹屯。柏府少年新授鉞，都亭當日舊埋輪。千山野燒風沙急，列障秋防鼓角振。知爾聞鷄如越石，吹笳行靜玉關塵。

送趙一鶴令趙城

秋風汾上莽蕭蕭，再綰銅章强折腰。勞吏十年催鬌髮，孤城百里困征徭。遺民不改陶唐俗，國士猶傳豫讓橋。計日政成看奏最，郎星咫尺近雲霄。

秋日送婁鶴笙進士歸里

少年早看上林花，歸去鷄窗擁五車。玩世清狂嵇叔夜，輕財任俠魯朱家。燕山邀月芳樽滿，易水衝風席帽斜。後進里中誰得似，攤書莫漫負韶華。

送吳玉隨編修予告還全椒兼寄訊玉鉉

君家伯仲等璠璵，何事投簪下玉除？宦槖一錢留杜甫，茂陵四壁病相如。風驅羸馬津亭暗，霜落江天木葉疎。忽憶元方龍臥久，栖栖每愧寄雙魚。

二

薊門飛雪問王程，襆被蕭然去住輕。每羡堂中推孝友，遂令海内重科名。風塵拂袖維摩恙，鄉國驚心下瀨兵。太史周南無久滯，山居早晚著書成。

訪李貳公宗伯〔一〕

春明門内郎村居，薜荔蕭然十畝餘。市遠鄰家頻過酒，地偏花外偶停車。一樽醉擁平泉石，萬卷晴攤李謐書。解組喜承新寵渥，鑑湖爲樂更何如。

【校記】

〔一〕《近稿》題作《訪李二公宗伯賦贈》。

送劉瀛洲大司空致政歸蘇門

尚書擁傳綠楊天，共羡承恩少傅賢。種德久平東海獄，鳩工不費水衡錢。老臣心事懸雙闕，野服山蹊弄百泉。身退名完誰得似，履聲常在五雲邊。

初夏齋中

輕陰細雨響庭柯，開徑唯應二仲過。蕉影上窗新筍直，蛛絲垂戶落花多。焚香自信無機事，退食寧能廢嘯歌。門外儘教塵十丈，坐銷白日似山阿。

午日王襄璞方伯召飲金魚池次王敬哉大宗伯韻

午日烟波動夕陽，采菱風起鬱金堂。平沙碧草晴調騎，隔樹朱樓巧炙簧。百道泉流歌館外，五陵客醉酒罏傍。留髡永晝堪忘暑，寂歷漁燈下柳塘。

送袁九敘司農巡撫雲南〔一〕

建節乘風萬里行，殊方鎖鑰仗儒生。富民自屬司農任，柔遠應知聖主情。北極常星臨楚甸，南天秋色落昆明。輕裘共識羊開府，六詔烽烟指顧平。

二

青門祖帳草萋萋，吹角樓船組練齊。天外版圖滇水盡，蠻中鳥道瘴烟低。行看馬援標銅柱，無事王褒祀碧鷄。父老感恩歸約法〔二〕，西南歌舞徧雕題。

三

良朋悵別欲沾襟，風雨燕臺白晝陰。募士自將三輔騎，椎牛特予尚方金。黄雲飛輓安邊策，明月江帆報主心。回首帝城家萬里，莫教天北雁書沉。

【校記】

〔一〕《近稿》題作《送袁九敘司馬填撫雲南》。

〔二〕『約法』，《近稿》作『漢法』。

送丘曙戒中允左遷瓊州别駕

詞臣何事去炎方，襆被蕭然水驛長。嶺表舊開遷客路，瓊山故屬大賢鄉。猿啼黎峒蠻雲黑，日落珠崖海氣黄。年少賈生非久棄，不須作賦弔清湘。

送張晦先僉憲之松龍

圖書數卷去邊州，萬里蠶叢亦壯遊。隴樹影迷雲棧曉，夜猿聲斷錦江秋。羌人歌舞思廉吏，荒塞烽烟借勝籌。惆悵一樽燕嶠暮，送君風雨罷登樓。

二

郎署頻年領外臺〔一〕，清風共識使君來。南巡炎海鯨波偃，西望青天鳥道開。緩帶不妨耽嘯詠，枕戈親爲闢蒿萊。遐方莫嘆功名薄，節鉞須煩管樂才。

【校記】

〔一〕『頻年』，《近稿》作『十年』。

送婁鶴笙令涇縣

少年奏對識終軍，涇水鳴琴早策勳。濁酒袂分燕市月，秋風帆落敬亭雲。轉輪閒左憂繁賦，組練江干急寇氛。到日須教花滿縣，翩翩仙令久空羣。

送張伯珩司空開府關中〔一〕

嗚笳開府帝王州，百二河山借壯猷。車上范滂獨攬轡，軍中羊祜但輕裘。露盤秋洗邊烽靜，渭水晴翻漢月流。形勝三秦節鉞重，看君年少取通侯。

二〔二〕

早年執斧推驄馬，此日登壇賜錦袍。父老歸心三尺法，市廛斂跡五陵豪。風清甲帳牙旗肅，雪積炎天太白高。廉吏古來資保障，須知聖主念民勞。

【校記】

〔一〕『司空』，《近稿》作『司馬』。

〔二〕此首，《近稿》無。

輓外舅王太常公公爲鄗上趙太宰甥

太宰直聲垂宇宙，陽元令譽著當時。中朝名義歸廚顧，盛世清流借羽儀。三木竟成北寺獄，百年猶重黨人碑。重論往事堪揮涕，鄗上遺風未可追。

二

平生逸氣自空羣，垂老官猶傍五雲。三篋亡書能默記，累朝故事及親聞。家風黯淡青箱學，筆陣縱橫白練裙。一代典型今已廢，西清寂寞悵斜曛。

三

早年悟道學飛仙，飽歷風霜塞上天。真訣每求飡玉法，丹砂自錄養生篇。初周甲子形先化，七守庚申祕莫傳。他日歸來華表鶴，人民城郭一潸然。

四

欲歌《薤露》不成聲，累世朱陳憶夙盟。舊德人多傷木拱，淺才余久媿冰清。老臣生死恩同渥，廉吏兒孫報詎輕。疇昔緒言猶在耳，遙阡極目幾沾纓。

虞臣家弟分闖台州

結髮行間學《六韜》，仲華年少擁旌旄。軍移瀚海蛟門險，弓挂秋山雁蕩高。疊鼓莫教驚越女，椎牛頻自散錢刀。水犀破賊鐃歌奏，月下啣杯解戰袍。

二

虎頭分閫事南征，落日蕭蕭細柳營。人號黄鬚能決戰，身騎白馬早知名。投壺漢將軍中宴，飛檄盧循海上兵。斗印通侯懸懋賞，卽看萬弩射潮平。

高子奮水部往視蘆政

雙旌南逐雁鴻天，簪笏傳家有象賢。八月寒濤浮畫舫，六朝烟樹動朱絃。仙郎舊擅梅花詠，使者秋行江上田。葭菼蕭蕭民力詘，輕裝好計水衡錢。

王蘭陔水部分司武林〔一〕

冬曹乘傳促行鑣，吳會風烟散六橋。估客秋停滄海棹，戍樓晚上浙江潮。軍船戰罷花無恙，官閣梅開興倍饒。十里湖山君作主，含香仙吏自雲霄。

【校記】

〔一〕『水部』，《近稿》作『年兄』。

喜雨

蘊隆愁見碧天高，一夕銀河落怒濤。郊樹乍看秋色動，桑林足慰聖躬勞。流民失路還鄉井，枹鼓稀鳴緩賊曹。海内昇平關此日，探丸草澤正如毛。

喜李吉津入關寄贈時方有親喪

十年竄逐塞笳哀，共喜金鷄肆赦回。淚盡天涯霜鬢改，生還故國玉門開。詩書漫卷疑歸夢，風木新傷泣夜臺。計日麻衣隨旅雁，窮秋白首入關來。

二

當時欲殺竟何因？每致憐才帝念頻。朋輩半歸華表鶴，妻孥驚見玉關人。雪霜墐戶穿藜榻，風雨還家擁角巾。數子蒙恩唯爾在，海隅揮手老垂綸。

寄鄒元獲文學

高士爭看風雨巾，長吟破壁不知貧。獨留蛙部供清吹，肯爲豬肝累主人。書帶自生巖畔草，講堂共識座中春。一氊十載傷遲暮，誰向衡茅問隱淪。

送王襄璞方伯補任山西前任右藩

笳鼓西風出鳳樓，大藩重領古并州。初看薏苡消官謗，再憩甘棠識舊遊。桐葉依然唐叔地，汾陰無恙漢時秋。富民知爾多籌策，行省勛高自列侯。

辛丑元夕值先皇鼎湖之變齋宿署中

衙齋日暮澹飛塵，此際烏號飲恨新。清吹不聞喧輦路，明燈相對泣孤臣。團圞自度疎窗月，寂歷誰憐上苑春。猶憶去年酺賜夜，火山十里醉遊人。

送王止庵觀察閩中〔一〕

外臺執憲海隅偏，把酒炎風悵別筵。柏府霜清三尺法，榕城雨暗七閩天。政平孝婦無冤獄，波靜盧循罷戰船。知爾宦遊多遠略，十年名譽滿西川。

【校記】

〔一〕《近稿》題作《送王止庵觀察之閩任》。

送欽敘三還吳門〔一〕

吳客扁舟落日昏，春風襆被布衣尊。攜來詞賦高京洛，歸去蓬蒿掩舊村。抵掌獨論千載事，曳裾不傍五侯門。空囊賸有詩筒在，潦倒江干對酒樽。

【校記】

〔一〕『送』，《近稿》作『贈』。

贈田鬍淵孝廉歸雲間

陰陰津樹孝廉船，愁擁詩囊落照前。我識謝莊當獨步，誰令越石讓先鞭。人歸烟雨江南棹，客散風雲薊北天。行矣著書三泖曲，漢廷終誦《子虚》篇。

清明郊行

西郊草色醉紅霞，柳外疎烟一徑斜。選地芳樽移野岸，遶村春水見人家。接䍦倒著山公酒，别業晴開杜曲花。高麓麒麟餘落日，那能對此負韶華。

二

青鞖布襪踏春風，晛睆鶯啼樹樹紅。水匯御溝朝闕下，山蟠王氣滿回中。丹樓幻出伽藍記，碧草遥連碣石宫。舊是傾城行樂地〔一〕，百年人醉茂陵東。

【校記】

〔一〕『傾城』，《近稿》作『傾都』。

送白東谷司寇予告歸陽城〔一〕

河梁抗手謝東華，驛路陰陰柳幔斜。執法舊聞天上履，采真今祕洞中砂。清時耆德容高蹈〔二〕，海内文章此大家。去國身輕渾似葉〔三〕，臨岐語已帶烟霞。

二

臣心如水並高名，何事驪駒以病行。種德自堪容駟入，急流真不負鷗盟。陶公天與山林福，疎傅人看祖帳榮。羡爾退身能及早，栖遲獨媿縛塵纓。

三

輕裝歸及太行秋，酒熟花香樂事稠。臥病文園多著作〔四〕，謫官白傅自風流。社開九老巾車入，雲起千峯倚杖遊。八座還山猶黑髮，可能棋墅久淹留？

四

淄川少宰前年別，王屋尚書今又歸。京雒風雲朋輩散，梁園詞賦弟兄稀。林中花落侵詩卷，雨後溪清穩釣磯。數嘆芳蘭多遠道，追攀欲製芰荷衣。高念東先歸。

【校記】

〔一〕「司寇」，《近稿》作「年兄」。

〔二〕「耆德」，《近稿》作「耆舊」。

〔三〕「渾似」，《近稿》作「真似」。

〔四〕「著作」，底本漫漶，據《近稿》補。

念東書來卻寄〔一〕

思君遠道罷登樓，吳會遙聞汗漫遊。淮上有無生桂樹，桐江曾否問羊裘。一樽歌吹雷塘月，千里潮聲建業舟。何不求仙東渡海，六朝花鳥祗關愁。

二

功名脱屣傍漁磯，白眼雲霄幾是非。初意谿山供蠟屐，詎期子舍泣麻衣。壺中丹藥何年就，石上松風夙願違。他日投簪當過訪，藕花深處好開扉。

三

奏對忻看鳳羽賢，宛如吾友致翩翩。濟南童子西遊日，栗里先生獨卧年。野服灌園攜短杖，輕舟弄笛倚山泉。書來猶帶烟霞氣，讀罷清風倍灑然。

【校記】

〔一〕《近稿》題作《高念東年兄書來卻寄》。

輓范介五館丈

甬東家世集華簪，何事文園渴病深？《鵩鳥賦》成垂素幔，鵂鶹淚盡墮秋砧。玉堂人憶山陽笛，綠綺絃空子敬琴。歸櫬寒江楓葉落，四明嵐氣晝陰陰〔一〕。

【校記】

〔一〕『嵐氣』，《近稿》作『岫色』。

送王玉銘大司農葬親歸滇中

白首勳名八座歸，清秋晝錦是麻衣。洱西戰壘荊榛滿，南詔風烟故舊稀。淚盡孤墳封馬鬣，手披荒草認漁磯。朝廷亟藉司農畫，萬里春從雁北飛。

送孫沚亭太宰省覲歸益都

發發西風賜沐年，錦帆悵別潞河船。共看鑑朗如秋水，獨好樓居似列仙。八座趨庭山雨夜，一樽橫笛藕花天。莫耽鱸鱠家鄉美，聽履恩深北斗邊。

張晦先書來得聞生子喜寄

秋堂昨夜燭花明，良友書來萬里程。久信德門綿奕葉，早占英物試啼聲。人稱絡秀承家遠，政值文翁化俗成。湯餅喜招蜀父老，郫筒酒熟百憂輕。

贈張著漢考功侍養歸里

行橐蕭然吏部貧，綵衣歸及楚山春。中朝啓事留冰鑑，江國寧親理釣緡。象緯夜占賢士里，鹿門偕老太平人。介眉歲月長無恙，歌管翻成郢曲新。

送王印周學使之江右

才名水部詠官梅，擁節南州絳帳開。冰鑑久分吳練影，講壇今辨豫章材。仙人閣俯江帆出，帝子樓空暮雨來。知爾進賢干象緯，文光劍氣共昭回。

送宋尚木同年守潮州

朱旛萬里促王程，南粤初聞太守名。荔子香來蠻雨暗，鱷魚夜徙瘴江平。春官典客稱如水，海國單車勝用兵。下瀨樓船飛羽急，書生好自請長纓。

二

畫省香爐白玉珂，一麾嶺表意如何。鴻飛海上魚鹽盡，鶴唳江干鼓角多。炎塞褰帷經戰壘，蠻兒驅犢奏絃歌。知君久有乘風志，漢將無煩馬伏波。

送杜子靜奉使金陵

春宵疎雨亂離筵，擁傳津亭芍藥天。欲令吳兒知漢德，遂煩使者動星躔。六朝絃管秦淮渡，五月江濤白下船。薇省綠綸虚左席，冶城烟樹莫留連。

送吳玉騧黄門歸全椒兼訊玉鉉

驪歌曉發鳳凰樓，水漲桃花放去舟。待詔金門傳藻翰，拜官青鎖羡風流。春來西掖梧陰滿，歸及淮南桂樹秋。封事佇看陳紫禁，故山烟月莫輕謀。

二

美人南下快揚舲，淮海中宵見客星。綺皓入朝容甚偉，青門歸棹酒初停。一官旅食思鱸鱠，千里鄉心繫鶺鴒。寄語元方須强飯，十年鴻羽嘆冥冥。

送李漢清少司馬予告歸高平

幾載典樞資祕畫，一朝解帶各風烟。鄴侯兵略帷中借，老氏經文柱下傳。共識清修如處女，忽看勇退勝登仙。郊原插羽軍書急，棋墅誰過謝傅賢。

二

長平司馬謝風塵，揮手烟霄促去輪。三晉古稱君子國，同官今失素心人。太行雲起攜筇杖，沁水鷗輕狎釣綸。玄髮歸田吾媿汝，加飡好愛濟時身。

送姜定庵都諫還越

黃門南去奏驪歌，急雨蕭蕭下潞河。禁闥誰能憂國切，朝端共識讜言多。九霄綸命高卿月，三徑歸心憶薜蘿。宛委山中秋色好，趨庭樂事更如何。

二

鄰居時共坐斜曛，忽漫河橋雁羽分。水驛月明停畫舫，燕關日暮悵江雲。上林諫獵文章貴，海國移軍戰鼓聞。知爾鋒車能早駕，不堪離思轉紛紛。

送高弗若侍郎侍養歸韓城

杜鵑聲裏送慈烏，結侶芝川舊釣徒。宦薄三公菽水貴，歸尋五柳客囊孤。爭看祖道青門帳，更寫函關紫氣圖。別後城西人寂寞，池塘葭菼半荒蕪。

贈張大光職方督學川中前曾典試入蜀

蜀道重看憲節來，仙郎擁傳下蓬萊。談經再振文翁化，題柱曾收司馬才。劍外江流巴字轉，閬中山色錦屏開。春風帷後羅絲竹，香滿郫筒薦酒杯。

送陸咸一學憲之閩中

玉節乘風下漢廷，使星今日是文星。法曹貴擁皋比座，駿骨全歸相馬經。榕葉晴開山歷歷，樓船晝靜海冥冥。爲郎久著懸魚操，倘遇孤寒眼倍青。

贈何少參之關中

江東持斧肅三章，奚事分藩罷皂囊？鎖鑰關門煩漢使，風流人吏識何郎。鳴鷄曉度崤函月，吹角秋生鄠杜霜。西去莫嗟紅日近，壯遊勳業未荒唐。

李廷尉母夫人苦節詩

早歌黄鵠怨飛蓬，辛苦存孤見始終。畫荻燈檠遲夜雨，縫裳刀尺動秋風。梁間縷繫偏棲燕，膝下名高御史驄。彤管千年遺烈在，松筠晚節古人同。

贈郝雪海

平生湖海氣難馴，握手相看涕淚新。賈誼弔湘同逐客，王尊入蜀是忠臣。孤蹤飄泊遼陽鶴，席帽逡巡京雒塵。誰解左驂歸石父，十年漸老玉關人。

送胡道南侍御還越

功成豸繡問林丘，春暮鶯啼古驛樓。東海戈船停戍角，西陵絃管盛鳴騶。舊遊楊柳邗江路，新泛桃花潞水舟。帝里溶溶卿月近，君才雲壑未淹留。

贈濟南葉濟水守西安

棄繻舊識濟南生，新重關中太守名。父老三章尊漢吏，河山四塞擁咸京。垂簾臥對仙人掌，露冕春流渭水聲。詞賦君家傳綵筆，登臨應繫古今情。

六月會葬孝陵恭紀

突兀漁陽萬嶺盤，先皇此地葬衣冠。夜深風雨羣靈出，曉起烟霞列帳寒。側席憂勤餘十載，上林涕淚集千官。侍臣徙倚黄雲裏，佳氣葱葱駐馬看。

送張晦先少參之滇中

琴鶴攜來蜀道賒，征車南逐彩雲斜。三秋霜落初收瘴，六詔烽銷早放衙。異域功名歸博望，殊方人物志張華。莫言萬里風烟隔，一泛昆明似漢家。

送熊雪堂先生歸豫章

薊門冰雪拂征裘，勇退驪駒不可留。清鑑九流歸啓事，長城萬里佐邊籌。月高樽酒津亭樹，霜落蒹葭彩鷁舟。車馬幾人陳祖帳，二疎風節自千秋。

二

圖書數卷卽歸裝，去國飄然老侍郎。避弋澄江看雁羽，迴車世路嘆羊腸。清齋貝葉維摩病，野製芙蓉楚客裳。今古銷魂官驛柳，浮雲落日滿河梁。

三

東山絲竹久棲遲，强起蒼生望救時。每誦文章勞夢寐，喜從縞帶訂風期。雲霄士重南州榻，日月名懸元祐碑。吾道百年關出處，老臣心事鷺鷗知。

四

清時耆德遂歸耕，風雅東湖舊主盟。偶仗籃輿從惠遠，肯容書札問雲卿。秋江剪燭傷心曲，黄葉隨潮悵别情。無恙章門烟月好，紅樓牙拍奏新聲。陳郎演秋江劇最爲先生所賞，又著有《小紅樓》曲。

送何誕登參藩入蜀

蠶叢鎖鑰借黄門，落日驪歌斷客魂。萬里青天開益部，十年組甲定公孫。錦屏風雨登臨壯，棧閣雲霄攬轡尊。去近草玄楊子宅，郫筒奇字共誰論。

送張公選學憲之中州

中原擁節更譚經，雒下生徒識典型。自昔君家占劍氣，於今吏部是文星。褰帷二室秋山碧，校藝孤燈乙夜青。行矣進賢猶主爵，風流莫漫悵飄零。

送程貫三歸嶺南

先人臥閣論文日，識子揮毫總角初。一别炎方烽火隔，相逢白首亂離餘。瘴江轉戰啼猿狖，虎穴全生守蠹魚。誦賦未能如狗監，臨岐執手重踟躕。

二

霜滿河橋木葉飛，送君萬里淚頻揮。一編抱膝穿藜榻，五嶺擔簦老布衣。駿馬臺荒秋草合，桄榔雨暗旅人歸。蕭蕭長鋏隨孤雁，海上占星動少微。

送李來園廷尉歸漢陽

津亭木脱雁行疎，愁聽驪歌落照餘。海内稱平廷尉法，山中藏副史臣書。人從世路驚談虎，道在林巒慰倚閭。努力清時須强飯，江干莫戀武昌魚。

二

大別山前錦樹秋，斯人豈合返林丘？一封書奏維摩恙，八月帆懸元禮舟。解組衣裳裁薜荔，忘機烟水狎江鷗。初聞三楚銷金甲，安攘憑君借勝籌。

送季滄葦侍御省覲歸廣陵

芊芊芳草問王程，晝錦家山報早鶯。論事回天傳諫劄，驅車攬轡見澄清。津亭風雨千門曉，畫舫圖書五兩輕。歸去中裙應自浣，舞衣真勝縛塵纓。

二

桃花天上泛春流，相望何如李郭舟。一諾古今推季布，六朝烟月屬揚州。高堂日永扶笻健，瀚海波平戰鼓收。羨爾寧親年及少，羈人愁絶仲宣樓。

三

當代元龍湖海豪，論心數欲解虔刀。十年柏府青驄貴，一曲陽春白雪高。問寢早辭燕市月，拂衣獨卧廣陵濤。河梁落日催雙鬢，莫惜郵筒寄彩毫。

送朱山輝參藩左江

分藩新治鬱林裝，簡要猶稱吏部郎。自昔民生關岳牧，遂令才子借炎方。褰帷晝暗蒼梧雨，折柳魂銷薊北霜。嶺表山川多勝跡，揮毫佳句滿奚囊。

二

叱馭何須悵路岐，高懷君與古人期。十年畫省孤臣夢，五嶺風烟一卷詩。地入潯江收瘴後，界標銅柱罷兵時。殊方保障需公等，吏治於今尚繭絲。

贈汪雲襄中翰

君才綠水傍芙蓉，入直頻聞長樂鐘。綵筆名高丞相客，德門貴比徹侯封。漢廷典籍諳三篋，荀氏星辰聚八龍。年少多男稱盛事，舞衣花下影重重。汪有十子。

送葉嵋初司理貴陽

輕舟衝暑下牂牁，把酒燕山意若何。百戰蠻方馴獷俗，三章漢法去煩苛。箐深溪洞風烟隔，霜落盤江瘴癘和。南顧宵衣勤聖主，才人佐郡豈蹉跎。

贈會稽姜鐵夫

囊書入洛識君賢，對酒當歌夕照前。論世獨傳南史筆，抽毫能賦《帝京篇》。窮年漫減猶懷刺，秋水淪漪好放船。別去編摩多歲月，客星夜傍斗牛邊。

贈李旭公

秋窗執手見情親，夙昔論文笑語真。市近性偏耽水石，樓居地自隔風塵。倦遊我似知還鳥，同學君仍未遇人。天許身閒宜嘯詠，蒔花種竹是經綸。

贈客

五陵衣馬動飛塵，海內論交劇孟倫。汾水烟霞生畫閣，蕪城絃管醉江春。少年朱邸乘龍客，先世青山跨鶴人。一笑掉頭鐘鼎事，清時花月讓閒身。

送王望如司理衡陽

幾歲飄零楚大夫，重看佐郡傍江湖。獄興忽滿中山篋，事白終還合浦珠。黛色九疑雲影暗，雄風千載月明孤。平反他日如相問，錦字衡陽雁有無。

送史煥章給諫歸鄱陽時已内陞

抗手津亭木葉飛，溪雲嶺樹好忘機。承歡歲月無榮辱，補袞勛名有是非。十載夕郎碩果在，片帆江驛諫臣歸。孤蹤特達君恩重，誰謂《陽春》和者稀。

二

憐余拙宦久浮沉，晨夕相過賴素心。獨向狂瀾留砥柱，新從左掖悵桐陰。清風羨爾門如水，直節何人夜袖金。卿月溶溶高鳳闕，鋒車莫漫滯幽林。

罷官口占

十年忝竊領官僚，放逐身同一葉飄。涉世自慙鳩計拙，拂衣已見鳳池遙。悲歌中夜思先帝，潦倒餘生荷聖朝。漫卷詩書吾土近，西園叢竹正蕭蕭。

送杜子靜歸里

翩翩薇省聽鳴珂，何事鄉心憶薜蘿？黄葉寒催雙杵急，白雲秋傍太行多。相憐岐路誰知己，自昔《陽春》少和歌。十載風塵同倦翼，遲予攜手問巖阿。

二

曾聞一諾重千金，高義如君俯碧岑。破産共傳清白吏，久要始識歲寒心。盍簪意氣投吴縞，把酒河梁動越吟。别後加飡宜穩臥，莫令華髮漸侵尋。

三

秋老燕臺落曉霜，良朋悵别各沾裳。黄壚人去河山邈，彩鷁舟輕水驛長。杜氏從來稱武庫，漢廷何意滯馮唐。同遊膠漆看萍散，搔首西風幾雁行。

四

壯歲傷離欲白頭，滿城風雨罷登樓。花封猶自思潘令，聖主終能識馬周。酒後放歌燕市暮，曲中折柳薊門秋。子才豈合長林壑，故國蓴鱸漫滯留。

杜子靜中舍先有歸志予爲四詩送之後不果行前詩久棄敝簏中矣今春予被放歸田乃先子靜去人生聚散豈有定乎遂仍書前作復爲一詩留别

去秋聞别幾沾巾，今日君雛送逐臣。歸路喜逢花信晚，離亭誰遺柳條新。年當遲暮宜鄉國，事到艱難見故人。回首東華塵土暗，漁樵天許付閒身。

輓吴磊石侍御

直節終伸論定餘，當年國是竟何如。孤臣未了憂天志，千載猶傳折檻書。事到綱常無寵辱，古來物理有盈虚。讀公遺傳堪揮淚，想像忠魂傍玉除。

二

甘陵舊事詎堪論，一疏飛霜叫帝閽。碎首殿階留碧血，傷心旅櫬泣青門。漢廷再啓膺滂禍，湘水誰招屈賈魂。剩有遺編傳孝子，五侯當日幾人存？

題牟明府新構水亭

芳原小築結烟霞，令尹茆亭傍水涯。十里晴波沙際鳥，千門春色縣中花。時康夜市無驚犬，政美閒庭有暮鴉。暇日稱觥雙舄至，王喬作吏是仙家。

送方邵邨侍御南歸

停雲千里意如何，驄馬俄看問雀羅〔一〕。元氣淋漓圖畫濕，年華寂寞著書多。座傾雄辯龍眠客，箋倚新聲《子夜歌》。孔李通家交不淺，相期攜手臥漁蓑。

二

出岫閒雲暫滯留，送君蕭瑟罷登樓。十年霜髩窮關塞，三歲麻衣泣太丘。祖道筵開風雨夜，江程歸及芰荷秋。莫言大陸飛塵急，驢背奚囊亦壯遊。

【校記】

〔一〕「俄」，底本漫漶，據《清代詩文集彙編》本《蕉林詩集》補。

送繆子長還吳門余門人繆歌起，其猶子也

當年文譽滿詞場，濁酒忻逢醉夕陽。國士早占小阮貴，德門忽挹令君香。人歸茂苑蒹葭白，霜落滹沱草樹黄。惆悵别筵投縞帶，風塵客易老河梁。

送尤展成使君兼謝扇頭新詞

翩翩吳客渡江湄，佐郡才名聖主知。避暑喜同河朔飲，羈愁爭誦杜陵詩。秋山襆被聞鷄早，暮雨篝燈聽漏遲。紈扇清風如玉案，對君蕭颯我情移。

贈朱霜劬學博

鱣堂小試謝紛紜，河朔班荊喜遇君。客路依人彈短鋏，當歌搔首坐斜曛。新詩每歎高書記，嚴譴誰憐鄭廣文。把酒莫辭良夜醉，時清豈合老江濆。

贈成魯公年丈

滹沱北渡亂春流，滿袖烟雲散客愁。把酒襟期淩海岳，閉關盤礴畫滄洲。佛樓聽雨禪燈晚，竹院焚香梵唄幽。知爾相門多玉樹，青氈麈尾自千秋。

贈漢陽吳禹石先生少司寇賡庵尊人

延陵清譽世爭聞，大別山前臥白雲。永日烟霞供綵筆，佳兒休沐浣中裙。啣杯畫舫江聲合，躡屐晴川樹色分。紫誥上尊多寵錫，德門今見動星文。

送何猏音侍御歸檇李

大陸霜飛度塞鴻，良朋至止古人風。烹羔牆過鄰家酒，羅雀門停御史驄。勝覽鴛湖稱畫錦，輕裝驛路有詩筒。練裙書罷驪歌奏，衰柳河橋意未窮。

贈丁飛濤南歸飛濤亦於壬午浙闈登賢書

翩翩奏賦憶當年，越嶠燕臺競祖鞭。遼海初歸華表鶴，詞場爭誦帝京篇。衝風羸馬人無恙，彈鋏荒城事可憐。忽漫班荊容易別，河梁惆悵菊花天。

二

香爐畫省舊鳴珂，版築艱難計若何。士到途窮詩律細，曲當和寡謗書多。依人漫滅時懷刺，襆被蕭寒曉渡河。憔悴江潭吾道在，漁樵此日是恩波。

送董玉虬侍御參藩隴右

西臺久識令君香，竟日爐烟遶筆床。賓客到門塵滿席，殿廷封事草飛霜。一麾障塞浮雲隔，萬里關河野燒長。執手相看雙鬢改，滹沱木落月蒼蒼。

二

江都三策重皇州，雄鎮分藩亦舊遊。藥裹書囊無長物，客途鄉思暫登樓。隴山鳥鼠黃雲暮，沙磧冰霜白雁愁。折檻臣忠由主聖，窮邊拙宦自風流。

寄魏貞庵相國

柴門蛛網故人疎，數感綸扉問老漁。古道論交期白首，新詩贈遠過黃初。中林苦計看山費，京洛頻聞逐客書。鄉里舊遊零落盡，平津賓從近何如？

寄懷劉增美中丞用芝麓宗伯贈别家兄韻

玉堂珥筆領仙班，賜履東方棨戟閒。吹角霜風清海岳，登樓嘯詠傍湖山。圖中哀雁封章入，雪後輕裘按部還。相憶每勤雙鯉字，荊扉蕭寂破愁顔。

贈李來臣司理改令永寧君在嶺南有《弼教編》

才人佐郡曲江灣，又借栽花鞏洛間。百里鳴琴心似水，一編折獄判如山。天中吏散垂簾臥，嶺表舟輕載石還。地近崧高瞻嶽色，青春二室好躋攀。

寄懷張晦先學憲

南天雙鯉到烟蘿，湖海元龍氣若何？古署篝燈來瘴雨，蠻兒釋劍奏絃歌。清貧宦況文星近，漫興詩篇異域多。種秫東皋吾願畢，遲君樽酒話山阿。

董福兄少宰春日見枉寄謝

相逢雙髩各成翁，春暮開樽落照中。拙宦我曹宜放逐，同官物望讓清通。幼安不倦遼東榻，弘景偏憐松下風。命駕遠來交道在，田間鷄黍未爲窮。

寄懷王北山黄門兼謝詩扇

溪山雨笠混樵漁，驛使殷勤慰索居。千里冰紈明月影，十行錦字故人書。柴桑歸路隨孤雁，濠濮秋風問舊廬。共惜黄門揮兩袖，古來難進竟何如。

贈呂文輔秀才擅君平之術

文學爭傳高士貧，蕭然門巷絕風塵。成都避世垂簾客，燕市悲歌擊筑人。亭畔生徒多問字，堂中鷄黍自娱親。著書滿篋青囊貴，誰傍羊裘覓隱淪。

上谷喜晤陳藹公用龔芝麓韻

三冬客舍愁方劇，一夕荊扉喜暫開。豪舉名爲湖海士，風流人是建安才。山林閲世春雲薄，文酒論交朔氣回。河北如君推領袖，悲歌舊地我重來。

陳藹公招飲燕山草堂賦謝

柳色當門半未匀，夕陽樽酒草堂春。遺風慷慨原鄉土，肆力文章見古人。戶外有車高曲逆，座中投轄識陳遵。十年苦憶班荊話，傾蓋千秋願卜鄰。

贈別翁渭公駕部

美人何事泛春流，名滿樞曹借箸籌。吹笛幾停燕市酒，挂帆新上武林舟。十年風雨交情見，三月鶯花旅客愁。遠眺河梁腸欲斷，芳蘭寂寞罷登樓。

贈金右黄

忠臣有子抱遺編，把袂金臺落照前。父骨久寒湘水曲，門人重廢《蓼莪》篇。孤燈散帙分藜火，一笏傳家守墓田。河朔風流誰得似，德星今識季方賢。

送季闢山佐郡之南寧

仙班珥筆冠西清，佐郡翩翩嶺嶠行。慕義山猺新竹馬，晝遊梁楚舊聲名。江風片席三秋舫，瘴雨輕裝百粤程。前度重來君萬里，黄公壚畔涕縱横。

夏日過高司寇湄園觀新築水亭

司寇閒居愛水雲，疏泉種柳謝塵氛。習池載酒招山簡，蘭渚籠鵝餉右軍。夾岸荷風簾外度，隔林槐雨檻中聞。依依魚鳥如濠濮，欲采芙蓉把似君。

贈沈繹堂館丈

岐路逢君落拓餘，休文圍帶近何如？喜從上谷班荊會，共説中山滿篋書。吾道終難譌市虎，聖朝未許老樵漁。承明著作須公等，早晚深宮誦《子虛》。

初入都門同里諸公召飲霍龍淮納言投以新詩依韻賦謝

薊門霜落菊花天，又逐鵷行醉綺筵。舊事頻驚寒雁外，新聲重奏晚楓前。元龍湖海仍無恙，柳下升沉亦偶然。每媿迂疎逢盛際，交情王貢古來傳。

寄懷宫紫鉉

海陵春色竟如何，遥憶江頭有緑蓑。經授佳兒堅臥早，名高才子謗書多。宫袍乍舞加餐飯，噩夢初醒穩薜蘿。我亦新從憂患後，故人異地托悲歌。

題平孺人節孝傳

忍死存孤歲月迢，懷清臺畔草蕭蕭。歌成黄鵠聲悲咽，紡罷青燈影寂寥。素髮已看婚嫁畢，衰門不畏雨風漂。喜從孝子傳彤史，魂傍曹娥可並招。

贈平子遠

襆被重來話帝京，風塵各訝二毛生。一編報母憑劉向，半刺投人嘆禰衡。笛裏《落梅》燕市淚，車邊戴笠越壇盟。加餐且莫傷岐路，按劍相知自世情。

送友人備兵潮陽

別筵執手話情親，嶺表旬宣藉故人。荔子風披嵐翠曉，桄榔雨過瘴江春。鱷溪自徙曾無害，寶玉雖多不厭貧。到日蠻兒歸漢法，須知海外亦王臣。

送張儁升備兵淮海

久誦黄門諫獵章，驪駒奚事動河梁？六朝烟月蕪城最，千里鶯花水驛長。風雨交情如旦暮，江淮使節見冰霜。外臺莫悵浮雲蔽，岳牧勛名重帝鄉。

送許鶴沙觀察滇中

南天專臬比侯封，今喜雲間藉士龍。佩犢蠻方需岳牧，引經漢吏貴儒宗。褰帷金馬祠邊路，弭節蒼山雨後峯。化被洱西稀訟獄，全銷兵氣事春農。

寄汪自周同年兼謝惠詩

新詩喜誦穆如風，望遠魂銷落照中。鄉里衣冠尊綺季，山家賓客拜龐公。著書歲久蒼鱗古，扶杖幽探白嶽雄。他日相思裁錦字，殷勤莫悮北來鴻。

送王伯雍同年歸蜀中伯雍前避亂滇南

飄零蜀客雪盈顛，洱海生還戰伐年。薊北漫爲彈鋏詠，瀼西苦乏買山錢。荒烟鳥道啼猿狖，春草琴臺泣杜鵑。歸去加餐營蒟醬，郫筒日醉錦江邊。

寄松帥翀天

吹角蕭蕭君子營，雅歌緩帶類儒生。坐收安石淮南捷，屢破盧循海上兵。朱鷺爭傳鵝鸛陣，碧油暖炙鳳凰笙。十年安堵樓船罷，峯泖春深夜不驚。

柏鄉相國蒙恩予告次退谷韻

相君新製芰荷衣，愁見班行雁羽稀。十漸箴規資啓沃，聯床緒論比弦韋。青山伏枕何榮辱，黄閣調羹幾是非。此後蒼生頻屬望，中朝暫許謝安歸。

送貞庵相國歸里卽次見贈原韻

燕許文章管樂才，招賢東閣舊頻開。錦官桑爲歸田計，槐水人看賭墅來。一疏辭榮勤睿念，千秋弔古見高臺。忘機漸與輕鷗狎，野老追陪莫漫猜。

寄同年朱周望

故人捧檄尚萍蹤，彭蠡湖邊路幾重。三泖已甘裁薜荔，一官今又泛芙蓉。著書誰過朱公叔，入洛猶傳陸士龍。鴻爪東西聊復爾，春來莫負綠樽濃。

送張東山少司寇致政歸陽城兼懷白東谷

侍郎雅志在東山，驛路春風拂袖還。平恕早知容駟馬，老成共惜去朝班。洛中社啓衣冠集，王屋雲開杖履閒。白傅十年高伏枕，耦耕樂事邈難攀。

送澹餘少宰填撫黔中

翩翩三十建旌旄，唱罷驪駒解佩刀。自昔五谿需馬援，兹行萬里借山濤。鷓鴣乍聽蠻雲暗，瘴雨頻來箐竹高。歷覽知君多藻思，新成鐃吹夜揮毫。

高念東擢少司寇賦此志喜

文星近與法星鄰，簡在應回貫索春。比部舊稱才子地，除書喜得素心人。已看稽古移前席，每托同官接後塵。莫事雲棲遊物外，持平須仗濟時身。

寄袁九敘撫軍

洱西建節歲華逾，賜履重看靖海隅。行部清霜凝嶽麓，登樓春色徧明湖。四知不減關西學，累疏居然鄭俠圖。東顧即今抒旰食，一犂甘雨罷雕弧。

贈王中立總河

豸繡承恩早建牙，長河此日走龍蛇。初開畫戟春風細，每對彤墀晝影斜。白馬曾聞沉瓠子，金隄無復漲桃花。功成砥柱看圭錫，啣尾千艘入漢家。

張晦先學使入覲過齋中夜話

嚴程萬里入朝天，白髮相看絳燭前。絕徼論文飛瘴雨，春宵對酒話風烟。蕭條宦槖長如客，迢遞遊蹤不記年。太史原多山水助，知君五嶽著新篇。

二

遠道停雲客思深，殘春對榻漏沉沉。鑾方行部唯孤鶴，荒署篝燈但苦吟。蒿目欷歔天下計，論文澹泊古人心。有才如子塵中老，白雪彌高幾和音。

送張晦先往黔中

薊門風雨聽歌驪，惆悵楊花送馬蹄。乍返鄉關仍驛路，喜看文教被雕題。鷓鴣聲裏荒烟合，鴻雁洲邊落照低。回首故山頻北望，浮雲漠漠帝城西。

二

紅亭吹笛曉猶寒，芳草青青眼倦看。十載逡巡人老大，一官去就事艱難。離樽更進心方折，猺峒重經路幾盤。倘過荊州王粲宅，登樓有句寄長安。

贈杜子靜初授編修

幾年祕閣借才名，太乙藜燃午夜清。晚遇馮唐勞聖主，時容賈誼見羣情。編摩功在圖書府，稽古人看車馬榮。視草承明君莫厭，征南武庫自崢嶸。

郝雪海見過邸中賦贈

經綸袖手賦閒居，唐水持竿學釣魚。犢鼻隨時聊復爾，龍泉知我定何如。薊門喜聚真人氣，鄉里堪乘下澤車。莫悵遭逢長不偶，先皇曾識錦江書。君有《錦江十六疏》。

二

謾言吾道直如繩，世上浮雲未可憑。久滯殊方餘皂帽，誰憐弔客有青蠅。春風擊筑燕山酒，中夜披衣邸舍燈。起舞聞鷄君里事，談深意氣自飛騰。劉琨，中山人。

三

抱膝長吟薜荔村，偶來燕市坐黄昏。心傷鵩鳥湘南客，力障孤城蜀北門。指畫山川天下士，窮荒涕淚聖朝恩。一人知己曾無憾，且盡春宵濁酒樽。君曾遊湖南。

蕉林詩集

七言律三

暮春齋中小飲

輕陰小院暮雲平，燕語喃喃緑滿城。庭樹香來侵酒氣，檐花雨過品茶名。宦情渾似三眠起，世事寧堪萬慮嬰。無計留春須共醉，晚風愁送麗譙聲。

退谷先生云廿年閉戶唯送貞庵相國及余始一出耳感而賦此

擁書萬卷掩柴荊，廿載唯看送兩生。敢謂仙舟因有道，曾聞惠遠重淵明。河梁此日圍棋興，潭水當年逐客情。謾說青門多祖帳，感君交誼每沾纓。

贈王文遜守沔陽

竟陵五馬領刀州，年少翩翩擁上游。舊是烏衣佳子弟，新看皂蓋古諸侯。披襟暑散蘭臺氣，露冕波恬夢澤秋。此地當年經百戰，瘡痍每繫使君憂。

送李伯清令滋陽君與趙忠毅公同邑

名儒爲政自循良，鄗上風流詎可忘。先達舊多廚顧譽，拜官今傍聖賢鄉。薊門送客歸裝薄，魯國鳴琴化日長。保障繭絲誰更問，對君如復見靈光。

送劉廣昇金吾歸安邑

早從禁籞領仙班，拂袖雙旌未可攀。輦路退時耽嘯詠，曉鶯啼處憶鄉關。丹砂祕就壺中藥，姑射晴看雨後山。歸去唐風猶近古，逍遥人世駐朱顔。

寄贈周觀我明府守應州自寧晉令遷此

雲中城郭舊嵬峩，賢守褰帷此地過。五日椎牛沙磧冷，三春露冕雪風多。山蟠龍首看歸雁，草長飛狐放橐駝。漫道趙人終可用，功成紫塞豈蹉跎。

送嚴方公司農歸楚中

我來未幾送君行，世路波濤日日生。十載子陵思釣石，一朝嚴助去承明。琴書入橐津亭曉，魚鳥親人夢澤平。八座還山恩自渥，風塵悵望片帆輕。

二司農前守武林，全活人甚多

抗手青門著苧袍，司農歸去問蘅皋。鴻冥南渚江湖闊，龍臥東山薜荔高。吳會感恩當草昧，長安拙宦是吾曹。四時成序身堪隱，莫漫悲涼續楚騷。

送霍龍淮納言歸里

直道頻邀聖主知，山中猿鶴望歸期。納言久代天喉舌，用拙寧堪路嶮巇。燕嶠暮雲人別後，蒼巖秋色雁來時。鄉關同好俱零落，把酒河梁步屧遲。

送門人潘起代請告歸建昌

黄門焚草放蘭舟，乍聽驪歌悵舊游。善病安仁辭北闕，清風孺子憶南州。陰留左掖梧桐影，棹返盱江錦樹秋。汝去不須求祕藥，麻姑壇畔是丹丘。麻姑壇在建昌。

寄懷劉潛柱同年時入川督幕府有書來

聞君襆被去中林，萬里忻看寄好音。久以上書淪賈誼，又從草檄重陳琳。幾年風雨良朋話，三峽星河遠客心。幕府故人如見訊，爲言白髮已侵尋。

雨霽

帝城新霽散烟光，茗竈書籤引興長。雨足陂塘荓藻靜，風迴御苑芰荷香。西山計日來秋色，初月迎人動夕涼。遙憶故園韓水漲，蕭蕭網罟遍漁梁。

送吴玉騧同年假歸淮南兼憶玉隨

紅亭愁見雁分飛，抗疏名高暫息機。豺虎憂深鄉思苦，掖垣人去諫書稀。小山有賦生叢桂，秋水停帆羡錦衣。到日聯床風雨話，琴樽無恙蟹螯肥。

姜定庵内擢後仍補諫垣賦此志喜

中朝久識皂囊名，青瑣重看借老成。聖主求言思汲黯，公卿抗疏有匡衡。十年海畔憂時淚，萬戶星臨問夜情。仕路積薪煩睿慮，故人何以答昇平。

賀于岱仙侍御以京卿改補諫垣

當年執斧肅霜風，柏省梧垣獻納同。卿月忽臨新瑣闥，都人猶避舊花驄。芳蘭誼重清樽裏，碩果名尊白簡中。嘯圃旰衡知有日，治安早奏建章宫。侍御園名嘯圃。

輓錫山同年許習之

梁溪高蹈絕風塵，誰向黄冠問許詢？射策殿中推獨步，披裘江上老孤臣。離羣渭北春來句，嘆逝山陽笛裏人。挂劍墓門何處覓，茫茫秋草罷垂綸。

高念東姬人亡爲詩輓之用東坡韻

玉隕蘭摧莫問天，洗粧辛苦伴譚玄〔一〕。畫眉京兆原多事，誦偈朝雲晚悟禪。桃葉春風江上句〔二〕，梧桐夜雨夢中緣。絮飛不待丹成去，證果三生洛浦仙。

【校記】

〔一〕『辛』，底本漫漶，據《清代詩文集彙編》本《蕉林詩集》補。

〔二〕『桃』，底本漫漶，據《清代詩文集彙編》本《蕉林詩集》補。

夏夜馬覲揚侍郎招飲觀劇

吹笙高會鬱金堂，碧簟冰盤起夕涼。我輩聞歌桓子野，主人好客馬賓王。風迴樺燭情無厭，露下檐花夜漸長。舊日何戡今幾在？《渭城》唱罷欲沾裳。

新秋

帝城節序太悤悤，沙磧遥知起塞鴻。殘暑正宜蕃末麗，新秋早暗到梧桐。劇譚爽入琴樽夜，高臥涼生枕簟風。安得小舟乘興去，藕花深處問漁罾。

贈井陘道蔡方山使君使君尊人爲先兄辛未同籍

中山憲府奏鐃歌，孔李通家意若何。河朔少年爭賣劍，榕城閥閱故鳴珂。登樓笳吹清霜肅，行部帷開暮雨多。聞道政成禾被野，千巖秋色滿滹沱。

送夏次念東韻

陶家松菊徑猶存，切切陰蟲亂旅魂。刀尺早催雙杵月，笙歌乍冷五侯門。叢花浥露螢光小，積雨侵堦水氣昏。蕭瑟謾教悲物候，十年蹤跡耐寒溫。

七夕小飲值家姪承篤生日

葭菼蕭蕭映御溝，千峯寒影散皇州。年華已自哀鴻雁，河漢空勞待女牛。夢裏關山燕市月，機中錦字塞垣秋。阿咸此夕觴須滿，漫向西風動客愁。

送熊青嶽學士還孝感省覲

抗疏匡衡結主知，陳情烏鳥荷恩私。嚴程迢遞寧親日，廣廈從容論道時。酒罷河梁風浩蕩，秋高雲夢雁差池。講筵啓沃看虛席，早命鋒車對玉墀。

劉莊卽事次念東韻

是日演《黄粱夢》，追憶昔時同雪堂、淇瞻集此園觀秋江劇，不勝聚散存亡之感。

剪剪西風荇藻香，烟波一曲鳳城傍。酒壚客散河山邈，槐國人醒歲月長。便欲觀濤吟《七發》，渾疑落木下三湘。聞歌今昔同流水，莫負溪橋瀲灎光。

再次念東韻雪堂侍郎贈歌者陳郎，有『烏絲紅淚』之句

銀塘瑟瑟杜蘅香，落日開樽野水旁。黄葉碧雲人既遠，烏絲紅淚恨偏長。空聞送客傷溢浦，無復招魂弔楚湘。秋色依然軒檻外，那堪重認舊湖光。

送易晴湄榷關滸墅

江程秋靜晚楓天，才子西曹奉使年。種德門閭容駟馬，持籌刀幣等流泉。鴻飛八月離亭酒，漁唱三更估客船。知爾懸魚堅素節，東南民力已蕭然。

送德徵舅氏令鹿邑

捧檄高秋驛騎催，宋人爭識令君來。飛鳧葉縣多仙骨，馴雉中牟是吏才。落日烏啼梁苑雪，西風馬度孝王臺。驪歌早入琴聲裏，霜滿青門數舉杯。

送許青嶼侍御歸毘陵

驄馬蕭蕭下潞河，上書歸去卧巖阿。側身天地浮雲滿，才子江湖謫宦多。京洛遊從憐舊雨，毘陵秋色入烟蘿。空囊剩有扁舟月，良夜無驚醉尉訶。

秋夜齋中憶去年此日北上宿伏城驛親友雨中話别忽忽浹歲感而賦此

隔歲嚴裝别里門，清秋對榻驛燈昏。驅車愁逐霜天雁，祖道寒生雨夜樽。京國風雲新意氣，孤臣草野舊驚魂。何堪此日重回首，夢逸中山落葉村。

送施愚山少參南歸遊嵩山

擁節西江久策勳，宛陵詩法古今聞。燕山雨夜堪酬唱，機杼鑾方有織紋。去訪貝多嵩少樹，歸看秋老敬亭雲。一官君莫傷遲暮，天許遊成五嶽文。

送劉峻度明府之曲陽

美人出宰古恆州，三輔名尊百里侯。吏散垂簾瞻嶽麓，風清吹角倚山樓。荒祠草長黃雲暮，大茂霜飛錦樹秋。花月廣陵佳麗地，攜將春色徧西疇。

贈徐文侯方伯

岳牧中原頌石麟，十年轉餉倚勞臣。璽書天上徵藩伯，手板津亭見吏人。馬度黃河楓葉滿，村飛暮雨稻秔新。朝端啓事多推轂，早晚恩波出紫宸。

贈嶺南張迭兩令莆田

仙吏分符傍上溪，荔枝香裏海雲低。蓮峯縹緲看猿度，江雨鉤輈聽鳥啼。夾漈書堂縈蔓草，水犀樓櫓罷征鼙。嶺南風土元相近，花發垂簾似故棲。

送高弗若司空予告歸韓城

數載新詩憶送君，清秋今復悵離羣。我來燕市萍蹤合，客度秦川樹色分。去國囊中餘藥裹，冥鴻天外叫閶雲。曲江舊侶多零落，回首紅亭已夕曛。

送馬覲揚司寇請假歸平湖

浩蕩秋風逐去旌，同官治獄舊稱平。心懸菽水三公賤，身傍河梁一葉輕。驛路晚楓寒雁陣，客船細雨暮江聲。東山棋墅休堅臥，旦夕鋒車繫聖情。

二

侍郎衣錦快揚舲，岐路驪歌詎忍聽。酒罷離筵秋露白，人歸拂面故山青。法曹辛苦容休沐，良友差池失典型。到日菰蘆烟月好，當湖濯足水泠泠。

中秋小集

鳳城明月滿秋宵，良友多閒折簡招。世事無如今夕醉，清光卻憶故山饒。御溝蘆荻摇波影，碣石魚龍泣海潮。露下酒闌人不寐，天街夜色正蕭蕭。

中秋後二日石仲生侍郎召飲金魚池莊

勝地長安此一隅，秋塘草色早霜鋪。開樽萬柳新池館，回首三年舊釣徒。人醉幔亭簫鼓宴，月高杜曲水雲圖。酒餘俯仰悲華髮，擊筑燕山客有無。前仲生與余同被放。

贈張幹臣學士左遷歸廬陵

學士乘秋命筍輿，十年名重五雲居。肯違劉向傳經志，曾誦相如《諫獵書》。薄譴恩終勞聖主，讜言利已徧閭閻。廬陵自昔高風節，揮手蕭然寵辱虛。

送王羽登同年歸山陰

廿年閉戶老林丘，襆被來尋京洛遊。隔世弟兄重剪燭，他鄉風雨一登樓。歌殘幸舍侯門鋏，櫂返山陰雪夜舟。歸去東籬叢菊發，鄰牆過酒話神州。

九日登靈佑宫閣

萬家砧杵動長安，傑閣秋容畫裏看。亂水蒹葭霜色老，泰壇烟樹夕陽寒。茱萸入髩懷鄉國，塞雁乘風健羽翰。三徑黄花誰更摘，客情蕭瑟罷憑闌。

送夏敬孚侍御假歸壽春兼追憶普生同年

良朋驄馬忽駸駸，倦羽懷歸戀舊林。紅樹江程紛落葉，青門驪唱亂秋砧。憂深廊廟封章切，家傍濠梁戰壘沉。卻憶元方琴久罷，鶺鴒原上已蕭森。

秋日次念東韻

露濕啼螿夜未休，西山涼影挂城頭。書來鄉土頻憂歲，老去羅衣不耐秋。燈下剪刀關塞淚，篋中團扇漢宮愁。年年候雁分南北，依舊桑乾帶暝流。

二

玉勒空思俠少遊，閉門紅葉伴清幽。晚涼欹枕星河夕，積雨平橋鄠杜秋。南國桂叢誰獨隱，西堂蟋蟀盡關愁。五湖烟月仍無恙，何處堪乘范蠡舟。

瀛臺卽事

西苑芙蓉輦路香，垂鞭迤邐御溝旁。鷗沙日映千林曉，龍舸帆懸一水長。早見橫經勤講幄，偶從避暑泛清湘。侍臣並列宮槐影，劍佩遥瞻太乙光。

畫眉

綠窗喚醒夢于于，清晝雕籠婉轉呼。淡掃偏嫌螺黛染，曉粧偷取遠山圖。合德入宮爲薄眉，號遠山黛。不須好句馴鸚鵡，絕勝佳人唱鷓鴣。想像當年京兆筆，趙家姊妹妒還無？

念東有歸志爲詩留之

同調中原爾獨優，浮沉宦跡托江鷗。如年秋夜安魂夢，似水西曹足唱酬。神武謾成弘景願，名山且待向平遊。淮南桂樹雖堪憶，其奈王孫不可留。

再贈念東君慕沖舉，不好餔啜，賦詩每苦爲韻所縛，故戲之云

知古高君孰與儔，西曹拄頰對清秋。臨滄每怪何中令，覓句偏憎沈隱侯。靜裏琴心三疊籙，倦來歸興五湖舟。於今林壑多矰繳，避世金門尚可留。

哭門人黃雪筠中翰

可惜吴門黃内史，春來相對但愁顔。書生輾轉維摩病，客死蕭條供奉班。素幔風迴聲淅瀝，青楓魂返路間關。文章自古憎時命，千里冰霜廣柳還。

二

領袖南宫早擅名，三年橐筆步西清。妻孥遠道無書札，存沒窮途仗友生。遺稾茂陵秋草暗，空堂暮雨砌蟲鳴。及門數子多零落，車過能忘捫腹情？

哭門人潘起代給諫

春明纔出告喪來，猶憶論文識子才。行篋蕭然餘諫劄，故鄉迢遞半荒苔。扁舟夜火孤兒泣，旅櫬淒風急雨催。氣誼西江重見汝，潞河東望幾腸迴。

送何昭侯聞母喪歸山陰

同榜長安客漸稀，科名晚達尚愁飢。登樓有賦秋將老，捧檄娱親願已違。九月麻衣垂橐冷，一帆寒雨伴鴻歸。里門寂寞誰當問，鼓角聞聲不啓扉。

送龔太守之平涼

含香譽重白雲曹，北地朱幡亦自豪。領郡驊騮銜暮雪，褰帷寒雁下空濠。羌中野燒邊笳急，戰後蕭關障塞高。三楚雄風多好句，涼州一曲醉蒲桃。

送同年陳巽甫請假歸里

冰雪燕山倦客歸，當年同學自輕肥。庭爭長孺人空老，米索東方宦亦飢。舊侶梁園看雨散，新裝驛路羨鴻飛。金門此日元堪隱，漫向溪邊問釣磯。

送吴孟舉歸石門

江東才子建安儔，入洛擔簦侈壯遊。樽酒從容燕市筑，奚囊鄭重潞河舟。中宵笑語瞻風貌，千古文章力校讎。歸去湖山多著述，牙籤玉軸滿書樓。

二

飛霞燕山解佩刀，啼鶯送客返東皋。才名鄴下青雲近，旗鼓中原白雪高。投紵千秋傷友誼，悼亡友介子。擁書萬卷見君豪。延陵門第風流在，落落乾坤有布袍。

送孫令之南靖

才人作吏去江潯，仙舄何愁瘴霧侵。孤舫蕭寒三月雨，一官徙倚十年心。漢宮曾誦相如賦，閩海新傳宓子琴。到日訟庭空案牘，垂簾仍不廢高吟。

送林非聞同年歸四明

《五噫》歌罷出燕關，挂席春風越客還。湖海囊空餘白舫，釣磯雪霽見青山。芸編世業兒曹在，蕊榜高名歲月閒。當日林逋能放鶴，君家雅尚更誰攀。

送念東請假歸里次張敦復韻

良朋揮手去宮廊，吏隱蕭然有鬢霜。蓮社肯容陶令酒，峴山獨拜德公床。輕拋華紱新居士，勇退中流老侍郎。當日青門曾共約，春風黃鵠自相徉。將爲勞山、武林之遊。

二

雅尚洪崖欲與齊，丹成不復事筌蹄。開籠已縱雲霄鶴，對榻寧忘風雨鷄。五岳芒鞋三載夢，一編緗帙片帆攜。何時更看玄都樹，樽酒論文鳳闕西。

送上三䤸副憲歸翼城

白首南床舊繡衣，何緣拂袖問巖扉？古來遷客多言事，此日輕鷗暫息機。十載燕關蕉夢醒，一時梁苑雁行稀。王官谷口春無恙，水漲桃花綠漸肥。

送黃次辰太宰請假歸武林

青春歸興托冥鴻，潞水帆懸五兩風。千頃朝端思叔度，七賢林畔返山公。西陵烟雨清樽裏，東浙樓臺罨畫中。湖上漫教頻賭墅，爲霖人久在紗籠。

寶應侍御喬聖任先生家居偶寫小像一鶴忽飛集庭下依依不去廿餘年矣

驄馬閒閒物外身，何緣庭際鶴來馴？孤山正可招佳客，緱嶺還應傍主人。丈室迴翔霄漢羽，九皋清唳海門春。射陂歲月長無恙，不必驂鸞訪道真。

送門人王子厚給諫歸鄢陵其尊人成進士，年方壯

病渴文園苦憶家，人歸梧省綠陰斜。一門登第看青鬢，四月趨庭擁絳紗。授簡久虛梁苑雪，開樽猶及洛陽花。聖朝不諱思封事，莫使閒身老歲華。

初夏

榆錢杏酪已蹉跎，瑟瑟閒庭有綠莎。風雨殘春還蘊藉，樓臺新夏自清和。華胥夢醒晴烟細，韋曲花深落照多。卻憶西村陰十畝，雙柑斗酒事如何。

二

踈雨微雲御袚天，王孫何處競珠鞭。含桃新貯青絲籠，淺瀨輕移綵鷁船。燕正來時花半落，客當倦後柳三眠。東華容易春歸去，飛絮啼鶯倍可憐。

送門人董默庵典試滇南

右文南詔罷瑚戈，萬里詞臣擁傳過。王會圖成聲教遠，天人策奏令名多。三秋洱海收炎瘴，百粤珊瑚入網羅。爲泛昆明知廟筭，石鯨鱗甲更如何。

送宋荔裳觀察之蜀中

行行九折莫迴車，三至驚心患難餘。已荷轉圜憐宋玉，新看諭蜀遣相如。乘槎好問支機石，種德應傳城旦書。到日訟庭縈茂草，郫筒頻醉浣花居。

二

十年湖海賦登樓，擁節西南是壯遊。玉壘烟雲才子地，錦城絲管帝王州。人來益部星辰動，舟下夔門灩澦秋。戰後山川逢綵筆，高吟横槊見風流。

用雲間朱彦則韻贈承篤姪令錢塘

吾兄清白舊名高，四壁蕭然爾自豪。杖策每深湖海志，分符應耐簿書勞。六橋風雨停飛蓋，千里帆檣起怒濤。都會西吴需保障，於今苛政密如毛。

秋日閒居

秋堂拄笏向朝暾，積蘚盈階印屐痕。蕉拂軒窗晴更雨，花垂簾押晝仍昏。蟬聲繁似孤村墅，露氣涼如拙宦門。最怪楚臣傳《九辨》，西風入戶每銷魂。

送門人沈康臣典試江南

暫出承明著短袍，共推清鑒析秋毫。篝燈鏁院文星近，望馬吴門練影高。驛路晚楓迴旅雁，石城暮雨漲江濤。六朝人物還如舊，收得機雲是俊髦。

秋陰

漠漠涼雲向晚稠，一簾細雨草堂秋。綠陰冷逼蟬吟苦，紅影幽涵水氣浮。謾說蟲魚非磊落，何堪案牘悞風流。鳳城高處寒偏早，搗練聲中耐遠愁。

送朱彦則之中州卽用見贈原韻

碣石秋高雁影回，雲間詞客絳帷開。每憐岐路空彈鋏，猶憶論文一舉杯。馬度黄河霜葉落，鷄鳴古驛雨聲來。入梁倘弔侯生墓，蕭颯悲風滿吹臺。

壬子歲暮汪蛟門舍人以黄熟橄欖相餉並示新詩次韻賦謝

翩翩衣馬五陵奢，清餉何來陶令家。簾閣焚香除夜酒，風塵回味趙州茶。故人知我心如水，好句多君語帶霞。幾載長安同拙宦，那堪孤燭送年華。

送衛閒石相國歸里

春風乘傳路倭遲，辛苦調羹有髩絲。勇退頻看邀主眷，清名每自畏人知。筍輿謝傅圍棋日，齋閣維摩示疾時。宰相山中須强飯，老臣出處係安危。

送楊鄂州駕部歸楚中君奉使蠻中，曾便道訪余里門

論兵畫省舊鳴珂，猶憶衡門擁傳過。酒半贈言風雨集，蠻中持節瘴烟多。漢廷拊髀需頗牧，楚客歸心戀薜蘿。鄂渚卧看春色好，萋萋芳草更如何。

送杜子靜太史請假祀墓

新柳依依治客裝，銷魂今古是河梁。才名自足傾同舍，筆札頻聞出尚方。天上青帘春水櫂，樽前紅燭薊門霜。甘泉此日多詞賦，謾向山中製芰裳。

二

潞河冰泮草如烟，去掃松楸京兆阡。丙舍看迴鸞鳳紙，在原更誦鶺鴒篇。芝蘭白首臨岐話，燈火春宵送客天。我亦倦遊將解帶，離筵抗手思翛然。時有弟喪。

三

十載鴛行落拓身，玉堂翔步尚逡巡。最憐寂寞陽春曲，猶憶周旋去國人。擊筑醉餘占意氣，還丹悟後厭風塵。君才未合依豐草，誰爲朝家念積薪。

四

定交弱冠賦嚶鳴〔一〕，帝里朋簪復望衡。肯爲一官同嚇鼠，且從二月聽啼鶯。浣花日暖騎驢出，杜曲春深載酒行。九折宦途身退早，五陵衣馬正縱横。

【校記】

〔一〕『嚶鳴』，底本作『鸚鳴』，據《詩·小雅·伐木》『嚶其鳴矣，求其友聲』改。

送張正甫學憲之蜀中

薊門送別綠楊天，劍外持衡絳帳懸。才子莫教淹異域，錦城猶是舊風烟。星占漢使褰帷日，士就文翁化蜀年。冰鑑好收楊馬輩，戰餘奇字幾人傳。

送杜振門總憲致政還蒲坂

去年司馬洛中來，今日何緣祖帳開？勇退緇塵渾不染，忘機海鳥自無猜。巾車春滿王官谷，抗疏風高御史臺。聞道故鄉俗信美，條山翠色對啣杯。

送洪瑞玉學憲之秦中

含香仙吏擅才華，西入咸京擁絳紗。渭水春涵山月小，關門氣逐旆旌斜。周秦金石歸行橐，遷固文章屬大家。暇日三峯多勝覽，皋比坐詠對蓮花。

送張學憲之閩中

才名粉署重持籌，校士東南擁節遊。五月荔枝迎畫舫，八閩烟雨暗江樓。天風海外文章幻，榕葉城邊戰鼓收。到日生徒興禮樂，刺桐花發聽歌謳。

送李星巖侍御改令信宜〔一〕

行行驄馬舊鳴珂，瘴海何緣捧檄過？痛哭上書朝右肅，古今遷客嶺南多。好從龍窖探風雨，莫向湘江弔汨羅。豸繡偶煩親吏事，漢家宣室豈蹉跎。

【校記】

〔一〕『宜』，底本漫漶，據《清代詩文集彙編》本《蕉林詩集》補。

寄懷仙遊同年徐元孺兼謝畫扇

良朋散髮臥滄洲，爲寫溪山寄舊遊。榜下才人推孝穆，古來高士重南州。鯉湖雲起仙蹤近，夾漈堂開海氣浮。遙憶閒身多著作，荔枝香發滿書樓。

送謝瞻在侍御扶侍歸定海

惠文初換老萊衣，將母承恩出帝畿。五月船窗聽雨過，片帆江驛見花飛。晴開鶯脰潘輿穩，波定蛟門戰鼓稀。閭里晝遊誇豸繡，北堂日永饌魚肥。

贈王蓼航中允外補贛南副憲

蘇門高臥廿年餘，喜見朱顏玉不如。嚴助何緣辭侍從，深源未合老樵漁。新持贛水諸侯節，舊著名山太史書。同舍故人今幾在，對君把酒重踟躕。

二

再起東山尚黑頭，雙旌六月下虔州。百泉久許供長嘯，千騎今看借壯猷。地軸雄當甌越會，灘聲秋合貢章流。江城曉色如圖畫，按部褰帷亦勝遊。

齋中合歡花盛開蛟門舍人有詩見詒次韻和答

小圃當年種合歡，放衙獨對勝檀欒。玄都再到花無恙，春雨重經葉未乾。覆屋謾誇生帶草，過牆應不比門蘭。風懷蘊藉誰如子，樹色依依好共看。

送周量職方出守桂林

衡暑朱旛下瘴鄉，江雲盡處嶺雲黃。溪山臥閣新專郡，帷幄披圖舊職方。萬里囊書湘水棹，片帆載石鬱林裝。京華北望如天際，回雁峯前客思長。

二

使君庭列五驊騮，把酒燕山別緒稠。鈷鉧潭邊蠻雨暗，鷓鴣聲裏楚江秋。登科衆媿劉司戶，騎竹兒迎郭細侯。獨秀峯青供嘯詠，才人作吏自風流。

送萬榕眉備兵肅州

張掖褰帷漢使過，西曹此日散鳴珂。玉門霜落秋風早，青海沙飛獵騎多。地入渥洼來汗血，人當暑雨渡黄河。射堂清暇蒲桃熟，醉聽涼州塞上歌。

送黄無庵備兵甘山

仙郎西去控羌戎，建節居延障塞雄。饗士軍中明獵火，《落梅》笛裏動秋風。焉支月冷邊雲黑，空磧霜寒野燒紅。莫道書生無壯事，當年博望奏奇功。

送門人夏鄰湘省覲歸丹徒

風雨青門送客初，詞臣歸傍故山居。高城組甲休兵後，晴晝宫袍問寢餘。六代江潮環北固，三吳襟帶屬南徐。鄉關歲月無虚負，丁卯橋邊好著書。

夏日上賜宴瀛臺觀荷恭紀

曲讌芳湖喜起同，翠華晴日駐離宫。苑槐曉浥金莖露，魚藻涼生水殿風。太液沖瀜拖素練，樓船容與罷琱弓。昇平幸覩天顔霽，共望紅雲扇影中。

二

日麗璇宫問寢回，昆明池畔御筵開。鵷班雲擁趨仙仗，龍舸帆移過漸臺。雨霽荷香迎珮入，宸遊笑語自天來。侍臣既醉歌晞露，西嶺烟霞落酒杯。

送何玉其孝廉下第歸嶺南

粤客懷歸落照邊，芰荷香發葉田田。調高郢雪原難和，草就雄文自可傳。暮雨桄榔嶺海路，秋風詩卷孝廉船。莫因金盡歌長鋏，珍重公孫奏對年。

寄懷同年呂半隱兼謝寄畫

聯鑣猶憶曲江遊，良友書來欲白頭。避地子真仍傍市，依人王粲數登樓。蠶叢遠阻田廬廢，苕上幽居薜荔秋。惆悵酒壚如隔世，喜從彩筆見風流。

送白衹常令雲和衹常對策，余讀卷

東甌仙令拜新除，風雨津亭促去車。篋衍好攜循吏傳，殿廷曾讀治安書。官閒邑里花常滿，訟少山城日乍舒。通籍十年沾一命，茲行捧檄意何如。

贈趙山子孝廉歸吳江

松陵才子滿囊詩，襆被秋風悵別時。狗監未通司馬賦，故人猶識彥升兒。臨岐我共憐雙鬢，遶樹誰能借一枝？歸去好尋皮陸輩，閉門卻掃著新詞。

寄懷同年闞六鈐

美人高臥隔江關，千里雙魚一破顔。估船潮聲天竺雨，秋風桂子虎林山。伯愉閉戶辭州辟〔一〕，和靖開籠放鶴還。雁羽差池吾媿汝，十年案牘鬢毛斑。闞康之字伯愉，隱居，不應辟召。

【校記】

〔一〕「閉」，底本漫漶，據《清代詩文集彙編》本《蕉林詩集》補。

送鄧元固假歸東昌藏有平原《祭姪文》墨蹟

含香晝省久浮沉，秋水舟輕返舊林。東郡山川迎桂楫，薊門風雨動霜砧。才名遲暮爲郎日，出處逡巡倦客心。歸路莫嫌垂槖冷，裝頭寶墨勝黄金。

送許元公守紹興

鐘鼎家聲世共聞，單車領郡越江濆。山陰翠色迎飛蓋，燕市離尊起暮雲。行部好尋蘭渚月，防秋新餉水犀軍。當年樞省知才吏，此日虔刀擬贈君。

送李鄴園少宰開府浙中

杖節東南賜錦貂，秋風笳鼓馬蕭蕭。祇緣廟略深邊計，遂令山公罷早朝。入壁霜清君子陣，登樓弩射浙江潮。上卿劍履文昌近，緩帶湖頭白羽銷。

送吳臥山歸雲間

西風客渡潞河流，水部詩名滿帝州。善病豈關圍帶減，倦遊忽憶膾鱸秋。篝燈散帙烏皮几，聽雨推篷彩鷁舟。唳鶴灘前容暫臥，梅花官閣莫遲留。

贈周緘齋編修假旋錫山

渴病相如下漢廷，芙蓉雙闕舊談經。停帆葭菼侵霜白，歸路椒山拂面青。叢菊晚芳人澹寂，名泉朝汲水清泠。鯉庭莫戀斑衣好，詞館諸賢望典型。

送黄都護之川東

年少登壇組練輕，西風吹角壯君行。幕中錦罽賓人舞，劍外清霜巴子城。縞苧論交存古誼，油幢出獵按邊情。僰渝慕化須儒將，廟略分明欲洗兵。

送喬石林假歸寶應時有兄喪

舍人拂袖悵歌驪，歸問山中舊柘溪。下直敢言溫室樹，杜門時對宋窗鷄。浣裙歲月輕華紱，挂席江湖罷鼓鼙。子敬那堪琴響絶，鴒原腸斷草萋萋。

二

倦羽乘風客思重，寧親秋泛水溶溶。黄金臺畔驊騮散，白馬湖邊緑酯濃。齋雨廉纖紛木葉，江程迢遞冷芙蓉。竹西歌吹無留滯，遲爾同聞長樂鐘。

送金長真守廣陵

良朋再出擁干旄，十載天中撫字勞。臥閣新看隋苑柳，行春好聽廣陵濤。魚鹽利半歸豪右，水旱憂偏繫賊曹。知爾單車能化俗，蕪城高詠夜抽毫。

二

燕市朱旛喜再過，別筵忍復奏驪歌。吹塤仲自稱難弟，聽雨人頻問設羅。瓜步落潮驚雁度，邗溝明月入秋多。汝南留滯占廉吏，淮海行看頌五紽。

送陳編修扶侍歸閩中

下直早辭金馬署，奉親歸逐雁鴻天。安仁挾彈爭連手，崔湜吟詩正少年。鼎養寵分仙掌露，晝遊人上木蘭船。蕉紅榕綠家山好，授簡寧忘雪苑篇。

輓門人張禮存

射策高名邁等倫，早年凋落每沾巾。王恭鶴氅如仙侶，衛玠羊車號璧人。淚盡江雲南雁急，阡埋秋草北邙新。何緣才子多無命，遺稿還應動紫宸。

送張素存編修歸省

珥筆詞臣拂袖歸，青帘白舫問庭幃。十年侍從看鵬息，八月江程見雁飛。鐵甕秋高喧鼓角，玉堂人自浣褕衣。入門喜放東籬菊，回首風雲客漸稀。

送徐原一編修歸崑山

君家三鳳盛科名，惆悵元方振袂行。宣室終當思賈傅，詞臣未合厭承明。開窗烏桕秋山色，坐雨青楓落葉聲。漫向蘆中悲失路，持螯浮白醉婁城。

送汪蛟門舍人還廣陵余適有嶺海之行

簡書萬里去鄉關，那復秋風送客還。良夜論文頻問字，鄰牆過酒每開顔。袂分燕嶠愁中月，人憶邗江雨後山。萍散青門同抗手，蕭蕭柳色已難攀。

二

金門索米嘆浮沉，一紙鄉書客思深。庾嶺梅花吾獨賞，蜀岡明月汝孤吟。倚閭久繫慈烏願，嚙指今懸子舍心。準擬棹迴歌吹路，平山堂畔醉高岑。

蕉林詩集

七言律四

奉使出都

對罷楓宸下五羊，春明門外路茫茫。玉堦獨授安邊計，黄紙遥頒異姓王。督亢曉風催去雁，蘆溝秋水帶斜陽。蕭疎短鬢飛塵裏，西指青山尚故鄉。

上谷對月

猶憶羈棲保下城，幾回獨對月華明。十年憔悴多行旅，三至艱虞仗友生。槎泛銀河天上使，鷄鳴茅店故園情。燕昭臺在休凝望，北斗闌干是帝京。前保陽諸君子周旋余憂患中，故云。

新樂驛亭次壁間韻

萬里驅車道路徧，伏羲臺畔破秋烟。漢廷論蜀煩司馬，池草生春憶惠連。古驛鄉心叢菊外，并州客夢嶺梅邊。風塵又逐征鴻去，紅樹依依似昔年。過里門，晤家伯氏，又少從先大人宦嶺南，故云。

里門留別二家兄次原韻

聖朝格遠海無波，詔許歸藩下駁娑漢殿名。雁羽分行秋色迴，珠江弭節瘴烟多。客中賦就哀王粲，臺上風高憶趙佗。此日聯床難索醉，河梁衰草滿平坡。

二

侍親爲郡幾經秋，五嶺重過識舊遊。香發荔枝曾一飽，露垂橘柚憶千頭。殘碑亂後靈光在，畫舫停時海氣浮。計日歸來松徑裏，春宵風雨話神州。

趙郡懷古

霸業存亡事可嗟，西風仍捲戰場沙。鄗中將相埋秋草，河朔風雲感髩華。秦塞終還持璧客，信陵獨識賣漿家。驅車我欲尋陳迹，城闕蕭寒有暮鴉。

次韻酬喬百一

奉使高秋駟馬歸，新詩投贈借餘輝。名藩自按師中律，廟略猶勤海上機。雨暗桄榔生客夢，風行蠻戶識天威。故人遲我西山曲，事了漁樵願肯違。

圓津庵贈涵萬開士

小築祇林不記年，乘杯一衲海雲邊。客來爲設伊蒲供，悟後嘗參柏子禪。到枕秋聲聞衆籟，閉關佛火下諸天。征途過此心俱寂，十丈塵中結靜緣。

過順德感懷郡故趙國，有嬰、臼、豫讓遺跡，沙河縣北，宋文貞公墓在焉，余少時曾過此

名城猶憶少年遊，此日寒烟朔雁秋。桑柘依然憐故苑，河山無恙壯邢州。一身生死孤兒在，千古艱難國士酬。唐相豐碑遙可望，西風蕭瑟起松楸。

鄴中懷古

鄴城千載地靈蟠，野曠天高木葉乾。曉色西來晴嶺秀，濤聲南渡濁漳寒。山餘王氣占都會，人去風流憶建安。銅雀臺荒歌吹冷，茫茫秋草霧中看。

渡漳河

城名講武枕蒿萊，東去清漳水自哀。吹角沙頭波影亂，停舟河上雁行來。中原人物高門閥，鄴下文章起霸才。當日魏公兼將相，有無晝錦舊堂開。

湯陰贈董澹園世兄候補幕職

通家握手豁塵襟，久别何堪素髮侵。每嘆芙蓉猶泛水，漫言桃李舊成陰。鄭鄉獨擅扶風學，宓子曾鳴單父琴。寥落狄門稱碩果，知君不改歲寒心。

謁殷太師比干墓

殷墟遺廟拜宗臣，馬鬣巋然衛水濱。禾黍故宫千古恨，殿廷灑血九原人。苔封篆籀捫碑碣，籟響松杉泣鬼神。爲薦青蘋英爽在，陰風白晝起沙塵。

途中聞龔芝麓宗伯凶問爲詩哭之

握手方憐岐路别，逝川驚説繐帷新。天涯故舊懸雙淚，輦上恩波失老臣。仕宦尚虚三日話，風流頓盡六朝人。後堂烟冷閒絲竹，淝水蕭蕭更不春。三日宰相事。

二

長安耆舊半蒿萊，老友重看夜壑哀。通籍早嬰鉤黨禍，酬恩共許救時才。平津秋閉賓初散，紅粉樓閒燕自來。曾說珠江花鳥地，慰余過嶺客懷開。公曾以手書示余，有『嶺南山川花鳥，足散人懷』之語。

渡黃河

滚滚河流古岸長，水神祠廟枕斜陽。來從天上分疆域，曲向中原接混茫。風閃驛燈寒過雁，路沿堤柳夜多霜。吹臺欲問繁華地，鷁首飛帆入大梁。

雍丘晤何年伯兼悼大次〔一〕

喜從隔世拜先生，客路相看猶子情。風雨僅存荒隴舍，圖書誰識舊家聲。駐顔父執稱人瑞，迴席鄉邦號老更。平叔當年如傅粉，山陽笛裏幾沾纓。

【校記】

〔一〕『何』，《使粤詩》下有『既白』二字。

汴上喜晤馮蘧海同年馮異，字公孫

停車道左遇公孫，雁序中原碩果存。歷盡海田名幸叟，閒消歲月老衡門。天涯執手繁臺暮，旅次篝燈古驛昏。獨恨河梁驅馬去，何時鷄黍共清樽。

睢陽次韻酬葉元禮時遊梁館王公垂家

暝色孤城落晚霜，故人猶憶舊傳觴。已知詞賦高梁苑，更見琴樽共講堂。邂逅班荊襄水曲，間關客夢嶺南裝。清風忽爾生紈扇，何意塵中有夜光。

二

中原秋盡暮烟横，有客才名擅兩京。垂橐未歸三畝宅，抽毫爲賦五羊城。天涯蘭臭重傾蓋，嶺表樓船已罷兵。虎觀卽今須著作，窮愁豈合老虞卿。

三

郭門相送意遲遲，款段仍過落照時。白雪難酬吴客詠，青山媿負謝公棋。河梁蘇李情無限，風雅鄴枚事在斯。舊讀君家閨秀句，香奩曾否續新詞？元禮家有《午夢堂集》行世。

四

道韞久傳風起絮，文通又見筆生花。平臺爾自看飛雪，高閣予將賦落霞。別緒兩行官驛柳，祕書數卷漢臣槎。懷人他日春江上，西望松陵嶺樹遮。余新得元人手抄《山海經》。

寧陵贈王弁伊先生

魏陵城郭送斜暉，把酒輕寒上客衣。華髮自慚新使節，柳村人老舊漁磯。交從岐路情偏切，家在長安信到稀。夜話空堂重剪燭，十年心事各全非。

雪苑酬贈陳子萬兼懷其年〔一〕

忽漫相逢意氣新，驛亭暫與季方鄰。久從雪苑羈詞客，舊是荊溪部黨人。團扇乍分明月影，冰壺全濯汴京塵。君家伯氏江東秀，何日蘆中問隱淪。

【校記】

〔一〕『兼懷』，《使粵詩》作『兼訊』。

過宋弔侯子朝宗

侯生落拓宋城居，公子翩翩六代餘。阮籍風流今頓盡，元龍湖海昔難除。客譚鉤黨前朝事，兒讀名山舊著書。惆悵我來墳木拱，人琴蕭寂竟何如。

拜張許六王祠歸德，古睢陽

名城蹀血共安危，道左飛塵剩古祠。六矢當年知號令，千秋爲厲見旌旗。江淮力障孤軍日，睥睨風生苦戰時。每讀昌黎書傳後，傷心南八是男兒。

留別宋牧仲

梁園信宿去旌遲，正是詞人授簡時。汴上才名推小宋，韋家經學有佳兒。東山舊墅門無恙，斜日論文影漸移。悵別風烟回首處，孝王臺畔草離離。

留別王公垂次原韻

侵尋旅鬢點吳霜，倒屣佳賓漫舉觴。烏巷喜過王氏里，絳紗猶憶馬融堂。他鄉縞苧存交誼，異代圖書助客裝。好句纍纍如照乘，車行前路映晨光。公垂尊人曾爲江右學憲，又以宋板書見貽，故云。

舅氏令鹿邑過宋夜話署中因作家書賦此志別

幾年曾讀梁園賦，此日來聽雪苑砧。燭淚成堆甥見舅，月輪如水古猶今。艱難案牘勞人話，去住關河久客心。北望京華霄漢上，平安一紙足千金。

大店曉行用何子受韻

晨光初啓發征軺，減盡休文帶一條。鷄犬村扉音漸別，菰蒲江路夢非遥。田多廢壠民生薄，霜滿寒林酒力消。亦是古來豐沛地，難將風物問山樵。

靈壁驛中見美人圖頗有所肖感賦

誰把丹青信手塗，依稀齳袖舞氍毹。三生舊事迴殘夢，一笑春風認畫圖。紅豆曲中關塞遠，紫雲筵上月輪孤。蛾眉不假黄金力，爲問長條似昔無。

無題

百合香匀錦瑟房，謾誇蘇小住錢塘。尋芳曉徑春風細，私語明河秋夜長。倚笛新翻吳下曲，遠山偷學内家粧。殘紅零亂花無主，巷柳依依怨夕陽。

二

花滿歌鐘列炬高，當年解珮憶江皋。不龜祕藥調纖手，有客新聲命綵毫。細馬馱將紅叱撥，清絲聽徹紫檀槽。可憐北里雲烟冷，辜負東風醉碧桃。

宿臨淮

夕陽淮水自生瀾，穩渡中流一葉看。十月霜檐哀雁叫，孤城曉角候人寒。路經河北裘先敝，客話江南酒未闌。六代風烟推白下，夢魂咫尺遶長干。

望虞姬墓

劉項紛紛事已空，美人孤塚響淒風。數行泣下歌聲裏，一劍霜寒舞袖中。玉斗漫嗟虚大計，朱顔原不負英雄。千秋遺恨陰陵道，落日猶看墓草紅。

定遠懷古

淮南好客聚諸儒，鷄犬雲中事有無。百戰山蟠戎馬地，六朝烟鎖帝王都。帳前歌舞金條脱，幕下賓僚玉轆轤。文武衣冠隨夢蝶，風流濠上半荒蕪。

合肥贈王用潛

霜紅烏桕葉飛時，淝水褰幃繫客思。寶劍空留亡友墓，青氊喜見故人兒。五更旅夢鷄啼早，兩世交情馬去遲。卻憶懷中三歲字，不堪回首重淒其。

署中夜坐聞太守衙中演劇悵然賦此

空堂濁酒暫栖遲，官燭燒殘欲倦時。教弩臺邊霜草暗，逍遥津上漏籤移。高筵別有鈞天奏，孤館誰爲來夢兒。聞道主人能愛客，入雲簫管倩風吹。

包龍圖祠

孝肅祠堂劍珮閒，香花墩畔聽潺湲。嚴霜落後瞻遺像，濁水澄時見笑顔。異代姓名童語習，中宵風雨鶴飛還。古今此地無關節，白日孤城冷蜀山。

贈姚無匡無匡徽人，僑寓蕪湖，秋間自京師南歸，又迎余淝水。許召歌者，未果

羸馬重逢古驛亭，去來人世等流萍。淮南舊賦生叢桂，江左扁舟到客星。別日初看秋露白，他鄉愁見麥苗青。憐君亦有家山思，縱得何戡未忍聽。

贈王內賓世兄內賓家居廿餘年，不通長安書札

巖棲廿載一閒身，榜下當年號玉人。避世君公甘歲老，逃名孺仲自家貧。官銜不受豬肝累，要路嫌將雁字頻。孔李凋零今幾在，相看白首共沾巾。

舒城懷古

荒城殘堞曉霜稠，此地周郎有舊丘。醇酒當年堪自醉，小喬初嫁占風流。千秋膠漆升堂拜，一炬江天戰艦收。今日經過勞想像，亂雲寒水共悠悠。

贈郡司馬周公公爲余内戚尊行，三攝郡事。爲余治具，召梨園，夜深未赴

三攝銅章我暫過，四郊頻聽兩岐歌。下車友抱兒當戸，臥閣人傳虎渡河。路入淮南絃誦美，田開淝水稻秔多。後堂情重羅絲竹，倦阻蓬山可奈何。

拜左忠毅公祠

昔從稚齒仰崔嵬，少保祠堂歷劫灰。指佞舊騎箕尾去，瓣香今借使星來。霜飛北寺淪寃獄，日暗甘陵號黨魁。千載龍山傳勁草，孤城氣象夜昭回。

二

氣壯河山俎豆新，悲風黯澹弔孤臣。登車肯負澄清志，正笏今看鼎鑊身。喜見謝庭多子弟，須知李固有門人。予從伯仲聞家學，絳帳曾生帝里春。公督學畿内，余兩兄皆受知。

次韻酬程其相館丈

龍眠岫色曉雲封，何事詞臣學老農？祕殿久虚前席對，軺車悵别粤山重。同官剪燭憐中夜，岐路凝霜怯早冬。曾説安南尊漢使，嶺人還頌舊勳庸。

靳紫垣中丞召飲四宜亭賦謝

中丞留客醉江城，華館鏘鏘奏鳳笙。檻外烟霏晴樹合，樽前帆影暮潮平。青油幕静霜同肅，朱鷺歌成夜不驚。聞道庾樓清嘯暇，論文時進魯諸生。

皖城書院

崇儒盛世已弢弓，妙選生徒鼓篋同。肯使講堂縈茂草，遂令經閣俯飛鴻。絃歌重啓關閩學，才俊全收吴楚風。節鉞繼來能造士，漫言西蜀有文翁。

同靳中丞登迎江寺塔

岧嶢紺宇倚江天，層塔風鈴下界傳。皖口落潮初弭節，樅陽戰壘幾經年。石堂鐘磬寒雲裏，估舶帆檣返照邊。幕府故人稱緩帶，淩虛攜手似飛仙。

皖江登舟寄懷劉潛柱同年

舒州駐馬悵斜曛，韲鹽丹厓苦憶君。避地攜家空燕壘，故人遠夢隔江雲。三秋幾蠟山中屐，萬里初移海上軍。東望冶城今挂席，潯陽九派雁行分。

東流舟次見月

參差殘堞起遥空，極望長天水色同。估客短篷孤鳥去，江城遠渚亂流通。寒生荻岸漁舟火，夜動檣烏畫角風。清影近人來檻外，鄉心萬里月明中。

贈靳紫垣中丞

坐擁名城玉節高，牙旗風偃皖江濤。中樞石畫資前箸，祕閣藜光照彩毫。按部荒田圖繪入，吹笳斂手里閭豪。張燈喜誦新詩卷，直院曾披蜀纈袍。

舟中同門人龍二爲坐雨

窗間隱几雨淙淙，入夜輕帆到客艭。使者星槎今第一，予安慶始登舟。才人雷戍信無雙。望江，舊名大雷戍。魚龍吹浪停蘭櫂，簫鼓隨風倒玉缸。別去蒼烟千萬里，樓船柔櫓破寒江。

小孤山神祠次壁間韻

珠殿崚嶒最上頭，風烟六代未全休。水犀列戍青油幕，漁唱三更白鷺洲。鯨浪東來連海氣，神妃南面斷江流。舟車吳楚民生竭，蒿目何人借勝籌。

舟過潯陽

潯陽瑟瑟石苔斑，今古柴桑歲月閒。蓮社籃輿陶令酒，烟扉屐齒謝公山。舟停湓浦衫應濕，虎嘯溪橋客獨還。此地江聲分九派，何堪矯首憶鄉關。

彭蠡湖

彭蠡湖邊落照低，大孤山下草淒淒〔一〕。烟巒廬嶽新飛瀑，廟貌康郎舊鼓鼙。皎月影翻鴻雁陣，黄蘆寒聽鷓鴣啼。雲帆一片風催客，何處東林問虎溪。

【校記】

〔一〕『淒淒』，名家詩鈔本作『萋萋』。

舟過匡廬不能躡屐登覽遠望憮然聊賦四詩以識向往

結廬巖壑憶匡君，古洞翛翛散鷺羣。九疊屏風湖上曉，千峯樹影霧中分〔一〕。松軒人去遺丹竈，齋閣香生禮白雲。帆過已虛康樂屐，鐘聲杳靄碧霄聞。

二

琳宫瑶草幾經春，高士林棲白鹿馴。嘯傲四時招隱客〔二〕，衣冠累代講堂人。石幢旛影留僧偈，玉峽泉聲有釣綸。自笑山靈揮手别，風烟遥問貢章津。

三

磴道嶔崎落彩虹，掉頭東望啓孤篷。香爐紫氣千巖夕，谷口青杉一笛風。日月寒銷懸瀑裏，鐘魚響入亂流中。倦飛我亦知還鳥，洗鉢何年叩遠公。

四

鳴角樓船日乍長，青來五老揖湖光。有無供奉餘書屋，寂寞香山舊草堂。鶴觀碁聲松歷落，墨池波影露清涼。天風吹入晴窗裏，攜得烟嵐滿客裳。

【校記】

〔一〕『霧中』，《使粵詩》作『露中』。

〔二〕『嘯傲』，《使粵詩》作『嘯詠』。

詠髻山

照水青螺曉自盤，海棠睡足倚晴瀾。望仙纔就慵抛髻，墮馬初成懶上冠。淡掃鉛華驕不語，半開奩鏡拭猶寒。洛妃湘女垂璫過，欲並風鬟霧鬢難。望仙、墮馬，皆髻名。

詠鞋山

淩波素女桂旗開，絲履孤留湖水隈。墮舄非關臨幸到，生蓮豈爲步塵來。針神刀尺宮中製，王母雲霞海上裁。彷彿身輕乘霧去，空傳七寶避風臺。明皇幸華清，遺鈿墮舄，狼藉於道。

仲冬十五夜

燈火蕭蕭夜泊船，匡廬如黛染遙天。眠鷗淺渚流偏急，落雁平湖月正圓。鐵戟沙沉烟嶼外，蘆笳客醉柁樓邊。寒來枕上無南北，一聽漁歌思渺然。

湖中風泊

野岸停颿霜欲冰，幢幢風入摇孤燈。切雲江閣晝不見，遠峯老翁招未能。陶侃勳名有故壘，孫吳意氣何憑陵。望鄉此夕畏明月，頭白驚心烟水層。

董右君中丞招飲滕王閣

雲帆漁火望中收，把酒西江第一樓。夜色管絃天上樂，客心風雪嶺南舟。人家戰後詢陳跡，帝子星移起暮愁。媿我登臨無綵筆，閻公座畔幾遲留。

二

襟帶東南霸氣孤，畫簾横吹俯江湖。琳宫猶鎖蛟螭宅，芳渚誰摹蛺蝶圖。窗近斗牛連檻動，潮寒雁鶩入檐呼。中丞不淺庾樓興，春轉吴天壯酒壚。

雪夜姚少參諸君招飲再登滕王閣〔一〕

燈火千門夜氣凝，高樓勝地得良朋。西山飛雪寒初到，東閣延賓晚更登。緩帶江烽雲外息，敝裘鄉思酒邊增。漏深風笛梅花墮，徙倚危闌詎忍憑。

二

江城飛檻倚雲尊，詞賦千年劫火存。畫舸人來尋舊夢，珠簾燕去冷王門。鼓笳風捲青油幕，吳楚天開暮雪樽。子野聞歌愁轉劇，烟波萬里柁樓昏。予少時曾登。

【校記】

〔一〕《使粵詩》題作《雪夜姚少參黃學憲諸君召飲再登滕王閣》，名家詩鈔本題作《雪夜諸君召飲再登滕王閣》。

旌陽萬壽宮宮燬，今又修復

靜明宮殿鬱岧嶢，鐵柱難從一炬銷。波立蛟龍孤劍盡，月臨鐘鼓百靈朝。雲霄絳節餘兵火，今古青山鎖寂寥。沖舉當年仙侶去，不堪重問舊江潮。

過東湖

東湖烟水晝溟溟，湖上孤標孺子亭。百戰僅存高蹈地，千秋獨著少微星。灌園翁去空書幣，下榻風流識典型。寂寞經過人不見，章門雨雪一燈青。

章門追悼熊雪堂先生

雪壓東湖白晝陰，朱絃寂寞欲沾襟。青山遺老存亡愾，華髮同官去就心。濁酒篝燈秋顧曲，烏絲紅淚客孤吟。何堪重過章門道，十載江雲隔古今。先生都門觀劇，深賞歌者陳郎，有『烏絲紅淚』之句。

二

老臣抗手混樵漁，尚憶河梁把袂初。北地酒壚人遽邈，南州風雅事全虛。名留黨錮三君傳，稿剩文園一卷書。獨喜鳳毛家學在，高門傳有舊懸車。

輓羅皇庵同年

白下魂歸杜宇啼，章江草色晝萋萋。茂陵秋盡存遺稿，同舍人來問故棲。眼過浮雲朝夕變，樓空燕子去來迷。素車媿負千秋話，淚墮山陽日漸西。

贈楊陶雲館丈

一帆涼雨滯王程，把袂天涯慰客情。地入西江多謫宦，人從南國重科名。傷心亡友銀鉤畫，剪燭新詩玉雪清。早晚上林須奏賦，漢宮曉裛舊金莖。時投予新詩及靜山遺帖。

二

才人佐縣對烟波，載酒觴余金叵羅。玉箋晚風簾外細，白頭客淚曲中多。黜同柳下安踈賤，官冷香山足嘯歌。明日孤舟江海異，更闌燈灺奈君何。

留别朱天中同年

斜陽城郭舊章門，白帢芒鞋故老存。一櫂紅亭逢漫士，幾人青眼到王孫。東湖暮雪天涯夢，南浦晴雲聖主恩。挂席那堪揮手去，蘆花洲畔憶江村。

過豐城追悼史龍門同年

霜飛樟老過江城，寂寞山陽客淚横。木拱遥阡哀有道，人來小艇識慈明。有子能文。燕臺舊雨萍蹤散，華表新愁鶴夢驚。同舍誰論天寶事，痛君白首是餘生。甲申之變，龍門罹難幾死。

同門豐城甘衢上没二十年矣舟過小江口乃其故居公子來謁言孀母尚在不禁愴然賦此志感

雲抱孤村白日斜，荒江寂寞漫興嗟。硯田兒在傳緗帙，婺女星明擁幔紗。磨鏡每慚高士侶，結茅遥識故人家。今來重下琴亡淚，劍水蕭蕭耐歲華。

舟中喜晤豐城劉隆初同年賦贈

三十年來阻釣磯，相逢白首共依依。天涯兄弟孤舟話，江上風烟一雁飛。垂老麻池遭毒手，荒村薜荔遂初衣。舊遊莫問看花伴，今日黃壚客已稀。時隆初方有外侮。

拜英佑侯蕭公祠侯真身在巨桶中

侯家廟貌枕江關，素甲雲旗數往還。累葉湌霞遊物外，千年遺蜕住人間。風回鯨浪天吳泣，雨濕香爐繡帶殷。靈爽如新長拱北，汀鷗檣燕正蕭閒。

廬陵小泊

章貢天開白鷺洲，山城水市半沉浮。孤懸塔影搖沙艸，晴捲江聲入郡樓。舊德門荒祠草暗，戰場人老講堂秋。憑闌白首餘雙淚，螺子蒼烟綰客愁。

雨中讀羅弘載新詩樂府賦贈

佳句吟安酒乍醒，船窗讀罷雨燈青。江南數墮蘭成淚，嶺嶠今占處士星。二俊才名高洛下，雙鬟風雪醉旗亭。憐余亦有登樓思，巫峽猿聲忍更聽。

粵中開府諸君有使來迎漫賦

揚舲歲暮急灘前，候吏遥從瘴海邊。幕府清風憑錦字，嶺頭春色動蠻天。長鯨浪息盧循島，下瀨戈迴楊僕船。雪雉入朝人解甲，江城細雨遍花田。

儲潭謁集

潭上荒臺堠火紅〔一〕，牙旗獵獵捲簾櫳。香分橘柚清樽裏，雨漲笙歌晚嶼中。廢壁沉雲開戰壘，横江層鐵鎖蛟宫。霜青油幕稱雄鎮，刁斗聲傳萬壑風。

【校記】

〔一〕『堠火』，名家詩鈔本作『一火』。

王蓼航憲副召飲賦贈

名城雄踞鬱孤臺，絳燭留賓白墮開。羌笛曼聲頻倚曲，貢江細雨對啣盃。營門鼓吹襟喉地，憲府風流裘帶才。怪底瑞烟生四座，主人原自五雲來。

度大庾嶺

巑岏萬仞劃天開，曲似離腸日九迴。雲沒危峯盤磴出，翠含春色瘴江來。嶺門對擁啣山寺，鳥徑斜穿吐驛梅。刊鑿辛勤煩相國，千年猶說五丁才。

二

卓錫泉飛日月閒，青松拔壑蔽禪關。一隅嶺外開天地，九點烟中界海山。叱馭人行霄漢上，鳴鐘聲出有無間。莫言炎嶠龍蛇窟，廿載珊瑚貢百蠻。

至南雄

先人五馬曾遊地，此日雙旌到郡門。官舍趨庭明發淚，并州擁傳聖朝恩。棠陰更薦新蘋藻，道左歡迎舊子孫。戰後人家今幾在，十圍榕樹喜猶存。

初度

輕暄客路逢初度，舊地逡巡暫作家。朔雁重來天外影，椰樽一醉日南花。故人相勞喧歌吹，往事追尋感歲華。酒罷何堪今夜夢，鄉關漠漠嶺梅斜。

始興道中邑有玲瓏巖，遠不能至

對峙蒼巒草色重〔一〕，中流挂席水溶溶。灘瀠石墨斜分黛，寒逼蠻烟故起峯。三月江程鷗鳥狎，一天瘴雨濕巖封。玲瓏名岫聞奇絶，登陟何緣暫倚筇。

【校記】

〔一〕『草色』，《使粵詩》作『草樹』。

舟晴漫興

桄榔新霽影毵毵，淺瀨奇峯夢乍酣。歲事已闌仍作客，海天計到正傳柑。絳紗蛛罥晴窗小，碧岸榕飛水氣涵。卻憶東風歸棹疾，杏花春雨遍江南。

寄尹瀾柱吏部東莞有珊瑚洲

當年啓事識冰壺，十載寧親滯海隅。香水溪邊雙鯉到，黄茅瘴裏片帆孤。懷人晚歲懸明月，問寢春山聽鷓鴣。寄訊故交應健飯，老漁曾否得珊瑚？

韶守馬子貞偕榷使閫帥觴余會龍書院用許渾韻〔一〕

芙蓉遙接暮烟羅，牛斗臨檐捲絳河。天外罇罍沾醉易，嶺南花鳥入愁多。水晶簾映西洋燭，玉笛聲翻桂海歌。繾綣故人遲漏箭，鮫珠夜自吐江波〔二〕。

【校記】

〔一〕《使粤詩》題作《曲江讌集用許渾韻》。

〔二〕『吐』，《使粵詩》作『出』。

曲江〔一〕

移楫江樓嶺日斜，乘暄蛺蜨入窗紗。紅潮多醉檳榔實，青嶂全開菡萏花。韶石遺音傳北麓，曹溪香味啓南華。銷沉何處求金鑑，丞相祠堂鎖落霞。

【校記】

〔一〕《使粵詩》題作《舟過韶陽》。

遊飛來寺黄帝二子居此。又有歸猿洞、定心泉

帝子雲栖去不回，短筇今見石堂開。虚巖鳴磬潮音迴〔一〕，客路憑闌暮景催。風雨光中珠殿出，藤蘿陰裏玉環來。定心泉水懸千尺，爲乞清泠露一杯。

【校記】

〔一〕『迴』，《使粵詩》作『過』。

初至羊城

五羊門外駐干旂，薊北人來彩鷁輕。魚麗共聞天語切，樓臺晴湧海珠明。賓輸番舶通王會，路夾鑾花出曉城。扶杖南州諸父老，早知聖主厭觀兵。

嶺南立春

嶺表青幡捲雪濤，王春遙下海雲高。千門戴勝妍雙鬢，萬里鳴珂感二毛。椰酒難同天外醉，銅鞮爭唱市中豪。長安一夕條風煖，應有離人卜大刀。

除夕〔一〕

漢使來逢五嶺春，花明鳥語倍愁人。衙齋守歲孤燈夕，海嶠懷歸萬里身。開盡江梅無雪到，聽殘爆竹放盃頻。頌椒徒有閨中婦，那識蕭蕭髮又新。

【校記】

〔一〕《使粵詩》題作《嶺南除夕》。

元日

牙門鼓角海雲邊，虎拜遥瞻北極烟。欲使炎荒同甸服，敢從客路惜華顛。仙蓂瑞啓珠江日，鈴閣晴開瘴癘天。漫向尉佗臺上望，故鄉今已隔堯年。

人日

鴿簷小雨憐清曉，隱几蕭蕭海氣寒。天外使星同節序，客中人日異悲歡。柚開江郭花千樹，雁阻衡陽路幾盤。七種菜羹懷故國，斷腸春色倚樓看。

遊海幢寺

榕葉陰陰泛客舠，春雲晴湧佛幢高。講堂日照三花樹，經閣門迎萬里濤。坐定海風來蜃嶼，梵餘香霧出旌旄。杜鵑紅染征衫影，消盡南天旅思勞。

海珠寺

丹霞臺峙海天雄，縹緲危樓接斷虹。古殿苔侵雙屐濕，春潮晴捲半江空。軍聲雜沓青榕外，客路裴回白羽中。漏下不須燃佛火，鮫人自有夜珠紅。

登北城望粵秀山

茫茫蜃氣入烟蘿，飛蓋初停白玉珂。千頃珠光春水漲，半山紅映木棉多。日高幢影翻樓觀，風起營門動海螺。北指越王臺尚在，雄圖寂寞竟如何。

二

嶺嶠風烟壯北門，岧嶢三墖海天尊。捲簾燕寢餘香在，吹角江城戰馬屯。青草瘴時憐黯澹，白雲山色變晨昏。殊方人物登臨裏，遠客全銷萬里魂。江中三墖遙峙，城北有白雲山。

舟發羊城

南海歸舟天上坐，一帆春水御風還。鉤簾自繞羅浮嵲，隔岸回看粵秀山。榕葉陰中開祖帳，嶺雲深處望鄉關。身輕喜捲詩書去，晴晝雕籠放白鷳。

劉持平撫軍嚴玉寰都護餞余海幢寺

揚舲西下海天晴，幕府歌驪椰酒清。笳鼓迎風兼梵響，山廚列饌出矦鯖。田横島上春潮落，羊祜軍中組練輕。萬里星槎揮袖去〔一〕，嶺頭回首故人情。

【校記】

〔一〕『揮袖去』，《使粵詩》作『揮兩褎』。

嶺南喜晤唐巖長同年又攜酒送余江中夜深爲阻賦此志别〔一〕

握手官衙聽雨新，雁行喜對嶺南春。五千里外燈前酒，七十年來海上人。敢道臨邛能重客，須知隔世倍情親。聞君閉戸耽高臥，爲我巾車罷釣綸。

二

春江漠漠見花飛，有客輕帆振袂歸。火樹燒殘萍跡合，相晤在元宵後。樓船戰後故人稀。班荊每惜當岐路，下榻誰憐老布衣。那更候潮中夜發，扁舟追送一樽違。

【校記】

〔一〕《使粤詩》題作《贈同年唐巖長》。

留別芝五省元

吾宗雅擅《五噫歌》，十載青山臥薜蘿。寫賦久傳京雒貴，著書爭遜茂陵多。珠江傾蓋花初放，星漢歸帆水正波。嶺表才名君第一，袖寒倚竹畫雙蛾。

留別何玉其孝廉玉其持齋，又每貽余藏書

河梁遠送落帆初，第五名高玉不如。居士自依蘇晉佛，客裝許借茂先書。年來懷刺頻彈鋏，亂後移家更結廬。今日扁舟江上別，南天烽火重踟躕。

歸舟漫興

海鳥蠻雲載畫船，隔江何處問花田？桄榔雨罷催鄉夢，薜荔烟開見楚天。木客晝藏春霧裏，鼉更晚動亂峯前。歸人翔舉如黄鵠，不用深林聽杜鵑。

二

牙檣北逐雁鴻羣，人去紅亭倚夕曛。五岳芒鞋生壯色，四山花氣漲春雲。蠻方瘴癘和愁散，客路風烟度嶺分。十載江湖銷戰伐，戈船此日又移軍。粤師出防蒼梧。

舟中留别諸門人

草草歸人雪滿頭，羣山飛雨泛春流。鶯花路繞過三水，師弟天涯聚一舟。客倦欲同鷗鳥狎〔一〕，林寒應有鷓鴣愁。聯翩賴爾衣冠在，早晚勳名動帝州。

二

南天烽火事如何？北望曾無雁字過。風裊春帆腥雨急，涼生客鬢嶺烟多。丹砂莫更尋勾漏，銅柱誰當繼伏波。歸去吾衰雲臥穩，好音待汝寄巖阿。

【校記】

〔一〕『鷗鳥狎』，《使粵詩》作『鷗鷺約』。

贈曲江吳元躍孝廉十三歲登賢書，出余同年陳岱清之門

韶陽童子掇科名，倒屣翩翩玉骨清。鄉里久騰江夏譽，關門爭識濟南生。有無祕帙傳金鑑，早晚宮槐聽曉鶯。亡友當年稱得士，對君重憶舊琴聲。

雄州尹二爲少受先大夫之知首倡入祠賦此志感尹曾令韓城

庚桑故地嶺南隅，歲久猶思郡大夫。飛檝頻占星使到，登山肯令峴碑蕪。舊從墨綬稱關尹，能守師門是漢儒。良友天教雙劍合，并州此日勝枌榆。

贈溫伯起學博亦先君門人

四十年前總角看，春江白首話悲酸。亂餘剩有芝蘭臭，老去仍淹苜蓿盤。孔李他鄉重剪燭，貢王

隔世喜彈冠。先人舊好多搖落，努力鱣堂健羽翰。

留別金繩武制府

天涯促席趙佗臺，惆悵轅門笳鼓催。千隊犀文親擁出，片帆嶺客賦歸來。庾公豈乏登樓興，馬援終多聚米才。軍令如霜談笑裏，紅螺蘸甲刺桐開。

雨霽過平圃

交州迴櫂晝遲遲，風物依然隔歲期。天遠雨暘真不測，舟喧蜂蝶最先知。素螺女肯憐孤客，紅槿花常歷四時。平圃青青春色偏〔一〕，韶光何計慰文離。

【校記】

〔一〕『偏』，《使粵詩》作『滿』。

贈陸孝山郡侯侯力請表章先大夫

榕綠蕉紅嶺色分，廿年五馬滯江濆。春風更浥新膏雨，父老能歌舊使君。敢道忝嘗齊召杜，於今兄弟讓機雲。舟停桑柘陰陰裹，治郡功名海上聞。

輓程貫三處士

不見盧鴻舊草堂，我來萬里倍神傷。一床遺籍經春雨，三尺孤兒泣夕陽。度嶺尚期鷄黍話，浮雲忽掩少微光。他時憶汝湞江畔，落月還應滿屋梁。

輓尹俠仙學博君喪明，猶修郡志

著書未就死生分，憔悴當年鄭廣文。異地余憐同白髮，窮途子竟阻青雲。春來淚墮山陽笛，少小名空冀北羣。風雨悤悤催客去，那能澆酒看孤墳。

留別遲默生學憲

畫省含香漢大夫，皋比嶺外擁生徒。清風不畏貪泉酌，淵客難藏合浦珠。悵別春林聞格磔，論文蠻語辨娵隅。須知王會車書遠，自昔瓊山有大儒。

暮抵南安仍宿舊寓水閣其家方婚

郡郭蕭蕭識舊遊，晚江風雨待歸舟。尋巢燕語仍前壘，度嶺人來自廣州。暖動鄰牆花下燭，寒生鸂鶒水邊樓。三千里外春無賴，鄉夢頻驚戰伐秋。

王蓼航邀登鬱孤臺並示詩集賦贈

春到虔州色早妍，鬱孤臺畔草芊芊。楖帆歸興銜江雨，油幕登臨話楚烟。冰雪卷攜紅燭夜，鄉關愁動暮笳天。雁行珍重河梁酒，花落鶯啼已隔年。

灘路喜晴

半挂蒲帆日未斜，輕風柔櫓晝無譁。海城飽食桄榔麵，虎落晴開枳殼花〔一〕。舟子下灘真絕技，征夫過嶺似還家。經旬霧合江村雨，乍喜蜂喧入碧紗。

【校記】

〔一〕『晴開』，《使粵詩》作『晴看』。

泰和蕭孟昉臥病以家集見詒蕭有研鄰春浮遯圃諸園最爲名勝舟過不獲往遊賦此寄贈

每從蓮社載籃輿，水石翛然近市居。快閣劫餘存勝蹟，中郎沒後有藏書。青春伏枕檐花放，白帢高吟桂影疎。獨悵歸帆風似箭，那能執手話樵漁。

二

遠翠晴沙入畫樓，庾詵十畝想風流。徑荒更築辛夷塢，客到長依杜若洲。投轄一樽供坐嘯，擁書萬卷比通侯。不須春屬蒼苔破，讀罷新編勝臥遊。

送羅弘載歸越

蘭橈酬唱每開襟，髯客臨風動越吟。海外文章推健筆，江東烟月醉高岑。花明子舍啣盃日，雨入章門折柳心。旁午軍書須自愛，羅含宅裏聽春禽。

江上與陸恂若言别

青翰舟乘五兩風，臨岐吳客返江東。長攜藥物蠻烟裏，同繫鄉愁戰馬中。榆莢雨來蓴菜滑，桃花水映鱖魚紅。移家佇待三秋棹，莫戀蘭陵舊酒筒。

送呂松若門人之錢塘

春江並載綠陰繁，今向西陵何處村？歸棹幸先火米熟，戍樓愁見燧烟昏。人從畏路憐分袂，雁斷炎州有及門。花月六橋佳麗地，漫因芳草滯王孫。

章江道中風雨夜泊

風雨空巖豺虎驕，孤村暮角夜寥寥。春愁不共花枝放，健骨旋從髩雪消。江上烽烟驚處仲，漢家將率屬嫖姚。何人談笑圍碁裏，洗甲天河靜怒潮。

章門遇方婁岡館丈兼懷邵村〔一〕

帆落章門夕照黄，龍眠客在喜如狂。劇談舊事兼新事，促席元方憶季方。世路飽諳憂患後，蒯緱躑躅羽書傍。多君綵筆能成賦，帝子樓中望楚鄉。

【校記】

〔一〕『方婁岡』，《使粤詩》作『方樓岡』。

清明舟中

章江淼淼織晴烟，檣燕輕風雨後天。水市粥香調杏酪，田家日煖取榆錢。一年芳景春將暮，萬里軍聲客早還。過眼鶯花思故國，綠樽紅袖滿東阡。

上巳江行

久客逢時倍愴神，青畦又見菜花新。恨無芍藥拋吟卷，賸有魚車理釣緡。垂柳千絲三月曉，囀枝百舌九江春。采蘭何處遊遨地，水畔於今幾麗人。

二

晴江如練緑烟重，伏枕虚聞湖口鐘。遠客衰容窺鏡懶，漸闌春色對花慵。夢回河朔餘千嶂，帆挂潯陽第幾峯。漢使歸來多戰伐，謾誇駟馬醉臨邛。

三

落盡梨花杜宇飛，馬當山角挂斜暉。竹深浦溆村小，柳暗江魚咽絮肥。修禊誰能邀酒伴，避喧人自掩柴扉。烟波讓與天隨子，悔不先裁荷芰衣。

四

迎梅雨霽大江西，叢箐春深有鴂啼。頓遜酒杯憐物换，羅浮蜨粉著花迷。黄塵千里勞飛輓，白芷三湘擁戰鼙。御袂飄然五嶺客，星灣回首黛眉低。

舟入大江不及由武林姑蘇悵然賦此

吳門東望水瀰瀰，雙槳何由過劍池？鶴市烏啼春雨後，虎丘屐齒落花時。渡江桂楫歌桃葉，踏節金鈴舞柘枝。欲訪吾宗高士塚，空聞三尺傍要離。

二

久擬西湖鼓枻看，懷歸幽興已闌珊。林逋鶴去山還在，蘇小門荒柳未殘。花雨晴開三竺曉，酒旗風動六橋寒。富春見說如圖畫，難覓嚴陵舊釣灘。

皖城偶感

皖城戰馬散空壕，江上春風透客袍。人去雕梁虚燕壘，雨抛苔砌冷山桃。遺鈿瑟瑟珠花黯，懸鐸鏘鏘塔影高。猶憶諸生爭問字，重來闤井半蓬蒿。

讀王雲從學博敝帚編

文章江左推尊宿，開帙光搖午夜燈。苜蓿盤中淹薛令，孝廉船裏識張憑。霸才爾自操鞭弭，大雅誰當繫廢興？四十年來老博士，青衫手板骨崚嶒。

皖江阻風得見家書

一江風雨滯歸期，誰把純鉤理亂絲？綺閣落花埋錦瑟，津亭飛鳥避旌旗。白頭浪裏春愁晚，丹鳳城邊字到遲。何處林香多醉客，高眠閑煞里中兒。

二

薊北雙魚寄好音，天涯歸客尚浮沉。倦攜鉛槧縈春思，晴挂蠨蛸感別心。江路賦窮長帶草，燈篝坐暖辟寒金。秋千院落梨花月，多恐離人黯不禁。

過蕪湖

蟂磯細雨渺春烟，博望乘槎入漢年。帆落天門新估客，江横鐵鎖舊樓船。詩才謝氏青山在，樂府桓家白苧傳。懷古傷離無限思，楊花如雪筍如拳。

二 蟂磯廟祀孫夫人

蕪陰花氣暖如薰，傍渚鴛鴦護縠紋。軼事風流存六代，歸船春色占三分。珮邊香縷孫權妹，節下江聲陶侃軍。漸近故鄉心倍切，不堪回首赭山雲。

梁山坐月

蛙聲滿耳起遥汀，入夜微茫三五星。千里雲烟歸勝地，一舟笑語解忘形〔一〕。平江月到天門白，極目山從謝朓青。事業齊梁渾寂寞，春衣薄怯露泠泠。

【校記】

〔一〕『笑語』，《使粤詩》作『語笑』。

采石磯

千年牛渚草蕭蕭，供奉風流自不遥。被酒尚留明月影，燃犀誰照暮春潮。菰蘆烟火連三楚，金粉江山過六朝。細雨鳴榔嗟往事，謫仙樓在客難招。

二 磯上有賞詠亭

采石烟霏下舳艫，倚江削翠一亭孤。何人泛月聞佳詠，當日揮戈有壯圖。雁去不傳雲外信，帆遲相狎水邊鳧。萬花正值昇平會，銅虎分兵又渡吳。

金陵道中

東南形勝自江淮，百戰河山稗草埋。結綺歌殘銷玉樹，景陽鐘歇葬金釵。天留蒼莽騷人句〔一〕，地入欷歔弔古懷。士女如雲聞唳鶴，春郊閒卻踏青鞵〔二〕。

【校記】

〔一〕『蒼莽』，《使粤詩》作『莽蒼』。

〔二〕『春郊』，《使粤詩》作『青郊』。

抵白門

十年懸夢大江東，天外人歸似海翁。謝傅墩縈葑草碧，莫愁家怨楝花紅。雲連建業迷荒壘，閣閉臨春問故宫。簫鼓秦淮仍昔否？鳴蛙兩部夕陽中。

二

負弩紅亭驛使來，海風送客冶城隈。低垂盧橘當窗出，暖入含桃帶露開。粉堞春雲生畫戟，長干烟雨見樓臺。空江三弄誰邀笛？燕子磯前白浪回。

寄錢塘令家姪承篤兼懷徐電發

小阮分攜又一年，書來頻問大江邊。春潮夢憶錢塘弩，瘴海歸停白下船。乳雉有無馴越嶠？征鼙消息隔吳天。偉長近日詩盈篋，爲乞山陰九萬箋。

寄懷汪蛟門〔一〕

客來嶺表路間關，知爾麻衣淚欲斑。同調每思千里駕，春帆早過二梁山。鄂君繡被愁烟冷，陸績輕舟有石還。惆悵觀濤虛舊約，何時剪燭破塵顔。

二

去日新詩贈遠行，珠宮回首幾含情〔二〕。五溪又裹南征甲，一客方依丙舍耕。青草瘴中全病骨，白鷗汀畔望蕪城。歸裝不及汪倫別，愁聽江頭杜宇聲。

【校記】

〔一〕《使粵詩》、名家詩鈔本題作《舟中寄懷汪蛟門》。

〔二〕『珠宮』，底本作『珠官』，據名家詩鈔本改。

次韻酬劉濳柱同年濳柱約遊長干寺，不果

良朋遲我話長干，七載離羣聚首難。麈袂敢辭蓮社約，鄉心悵失竹林歡。客從海上探蛟室〔一〕，君向江東戴鶡冠。一曲驪駒容易別，冶城紫氣鏡中看。

【校記】

〔一〕『蛟』，《使粵詩》作『鮫』。

雨中寄懷方邵村侍御邵村歸自嶺南，姚若侯屬余寄書，余三人皆同甲子

一棹歸乘萬里流，方干寂寞臥江頭。臺城花發聽今雨，河朔樽開感昔遊。隔水頓艱同甲會，去年曾作致書郵。多君五岳皆圖畫，湖海頻登王粲樓。

陳旻昭同年諸公子過江來晤念其家貧兼悼亡友仍用濳柱韻

江左孤兒不妄干，每嗟八口計艱難。路逢葛帔誰相問，餅憶紅綾舊結歡。繡佛長披居士服，立談

便著惠文冠。一林石筍今安在？墓草青青雨後看。

偶感

由來明月在揚州，子晉吹笙此地留。玉燕上釵三婦豔，金丸落鳥五陵遊。丹青錦軸充行笥，燈火春宵醉畫樓。一代豪華流水盡，衹今猶說富平侯。

二

前溪一曲舞腰輕，挾瑟佳人自石城。十里香凝絲步障，五侯餉合玉盤鯖。田文座上鷄鳴客，虞氏樓中采擲瓊。燕去烏衣空甲第，邗溝花鳥若爲情。

三

日煖泥融走鈿車，江頭唱徹《後庭花》。櫪閒驃褭金羈絡，獸壓香爐玉辟邪。翡翠鉤垂弘靖宅，珊瑚樹出季倫家。竹西何事喧歌吹，不種東陵五色瓜。

四

隊隊紅粧細馬馱，鳳臺消息竟如何？千盤客饜銀絲膾，七寶花圍白苧歌。醒酒石欹秋蘚蝕，縷金裙疊暗塵多。蕭條衣桁毬場冷，無復春風入綺羅。

與昭性家兄話别

刻燭聯床話路岐，吾兄新廢《蓼莪》辭。難將金錯還官庫，漫負紅顔忤畫師。子舍淚懸雲黯處，山樓目送雁歸時。殘春去住俱多感，别恨無端若柳絲。

醉翁亭

瑯琊春岫鬱蒼蒼，木末孤亭俯大荒。照水影留梅幹老，落英風入釀泉香。龍蟠片石停飛蓋，客眺雙峯綰夕陽。想像昇平賢太守，簿書暇日問滄浪。

二

徑壑逶迤歲月深，琅玕十畝愜幽尋。層巒環向羣賢地，飛檻登臨萬古心。鳴鳥幾經呼醉客，聽泉更上步高岑。征車漠漠黄塵裏，把臂何年許入林。

豐樂亭

林霏開處古亭尊〔一〕，萬壑千峯赴郡門。文蜨弄晴風落果，黄鸝懶囀屐留痕。櫻桃樹底前賢碣，流水聲中太守樽。自昔南譙多戰伐，烟霞歷歷到今存。

【校記】

〔一〕『尊』，名家詩鈔本作『蹲』。

關山周師破皇甫暉處

山入淮南多壯色，陰厓絕壑起樓臺。當年金甲啣枚度，此日芒鞋拄杖來。石磴中分雙壁斷，天門誰鑿一丸開。清流關下澌澌水，戰地於今半草萊。

滁陽弔吳玉鉉中舍玉騶黄門

薇省仙郎墓草疎，黄門琴絕淚沾裾。世傳榜下塤篪奏，篋有焚餘痛哭書。兒輩喜同李亞子，茂陵不見馬相如。看花舊侶多凋謝，忍過山陽問故居。

池河驛

陰陰柳市下青帘，倦倚高樓鼓角嚴。歷盡瘴烟仍古驛，聽殘漁唱報更籤。乍寒客袂風穿牖，細滴歸心雨入檐。車馬衝泥堪計日，何人傳語慰香奩。

白鸚鵡

海南語鳥最分明，素頂蓮花頃刻生。玉剪謾誇飛燕潔，晴波不羨白鷗輕。洲邊索句留崔顥，筵上抽毫悞禰衡。羞向隴山矜翠羽，人間獨重雪衣名。

紅鸚鵡

五色休將綬帶猜，珊瑚鏤翼絳雲開。朱樓對弈枰先亂，繡幔聞呼夢乍回。疑有燭龍銜火照，似從淵客泣珠來。金籠宛轉元堪醉，不用紅螺作酒杯。嶺南紅螺狀如鸚鵡，可以作杯。

西洋犬

丹眼霜毛自海西，狎人恥與旅獒齊。猧兒亂局金鈴小，黄耳傳書白草迷。簾外吠時春夢斷，花間臥處午陰底。閒來馴擾薰籠畔，錯認香烟吐玉猊。

濠州雨中送春

廉纖山雨濕征裾，何處蒼烟是故廬？九十青春孤枕過，三千白髮瘴江餘。淮南賓客萍同散，西楚風雲事久虚。木筆開殘鶯漸老，北來不見一行書。

何子昭侯遊楚不遇貧寓廣陵書來相問走筆慰之

一紙書來别思長，十年作客老何郎。豈因詩興留官閣，誰慰鄉愁治橐裝。三楚雲山空歷歷，五湖烟水正茫茫。仲宣漫縱登樓目，枝上啼鵑未可忘。

初夏

曈曨曉驛野雲空，新夏晴烟入望中。地過東吳梅子雨，夢回南海石尤風。文章信得江山助，客路方知罨畫工。綠暗長亭春已去，有人攬鏡怨飛蓬。

二

卑濕南方易白頭，高原風日古濠州。晴沙故道征人淚，細柳移軍少婦愁。鵝管出牆新筍籜，巾箱下鎖敝貂裘。一年又遇清和節，鄉國初槐上畫樓。

悼滄葦侍御

海陵甲第盛簪裾，早歲聲華冠里閭。水石清寒名梓澤，樽罍追琢重璠璵。錦題玉軸南唐畫，蠶繭縹囊宋代書。朝露頓晞豪舉盡，故人白首涕漣如。

二

乍聞臥病隔江關，生死論交動旅顏。傲骨俱曾爲逐客，同心今又失仙班。楊家繡幔金鈿冷，桓氏青驄玉絡閒。他日黄公壚畔過，舊遊蕭瑟邈河山。

過商丘

鬱鬱新槐原上村，野農趨市趁朝暾。採桑紅女蠶眠箔，催賦青苗吏在門。巡遠尚聞遺戰壘，鄒枚誰復弔吟魂？兔園依舊蘼蕪緑，寂寞梁王好客樽。

會亭驛晤德徵母舅時方引例乞養

燒燭津亭話苦辛，一官南北共風塵。折腰已倦三年吏，犯斗初還萬里人。自有畬田供菽水，漫言高調奏《陽春》。相知按劍尋常事，且看浮雲倚杖新。

遊白雲寺

白雲傍郭隱林臯，暫息車塵客興豪。香發菜花侵檻入，翠生叢竹拂檐高。三時梵唄停晨課，四月風光放晚桃。今古宋城詞賦地，松門獨步益蕭騷。

睢州留別王公垂兼懷葉元禮時元禮已歸松陵

尚憶霜天袂乍分，王郎過我話斜曛。漢臣歸問梁園侶，吳客還看笠澤雲。玉麈門風忻未墜，綠陰斗酒悵離羣。故人倘訊南行事，爲道囊無諭蜀文。

雍丘驛署何既白年伯馮蘧海同年芝三家兄夜集三公齒俱高皤然相對亦客中嘉會也

孤城暝色暗河梁，宣髮朱顔共一堂。星聚重占荀氏里，客來獨拜德公床。談諧抵掌看龍馬，風雨開樽集雁行。此夕便爲耆舊會，疎燈寒驛有輝光。

留別王弁伊先生

又從杖屨綠楊天，二豎春來喜霍然。佐縣早辭升斗祿，閉門苦辦大農錢。頻親藥裹添雙鬢，尚有雄談動四筵。珍重離亭須强食，莫因家計礙高眠。

大梁懷古

前驅鼓角戍樓晴，萬井烟花古汴城。執轡市中遊俠地，銜杯臺畔濁河聲。玉津園廢蛙鳴晚，艮嶽雲埋草色平。零落憲王新樂府，夜深誰炙紫鸞笙。

曉渡黃河

去日秋帆有雁過，四時風物易蹉跎。家山隱隱還牽夢，沙草青青又渡河。一水中原嗟力盡，十年築舍借籌多。幾行烟色長堤柳，愁入宣房瓠子歌。

遙望蘇門容城孫徵君僑居百泉

衛水湯湯有釣磯，共城佳氣曉依稀。幽棲康節居仍在，教授蘇門客未歸。半嶺鸞聲孤嘯出，亂流珠湧百泉飛。飄然心傍行山麓，安得攜笻入翠微。

湯陰晤王東皋侍御

依依柳畔暫停車，好友班荊日影斜。指畫動關天下計，門屏不異野人家。臣心如水能觀物，封事飛霜舊觸邪。期爾祥琴須早奏，於今海内正紛拏。

渡滹沱

沙路垂鞭客興殷，故園鳥語隔堤聞。人歸趙苑顔初定，馬渡滹沱樹乍分。親舊下車詢過嶺，書生短後學從軍。盈盈一水渾如昔，北望晴開大茂雲。

次韻酬陳藹公

春來廟略罷歸藩，萬騎呼嵩動海門。炎徼敢辭鳶跕墮，夜郎原識漢廷尊。流連詩句清風至，俯仰江山故址存。漏下金臺重話舊，玉關早入聖人恩。

二

西風銜命去南州，楚粤烟嵐一櫂收。江上俄傳蘇峻壘，海邊頻眺仲宣樓。時艱匑秣勞輪輓，年少弓刀取列侯。半載遊蹤初弭節，潺湲無恙古蘆溝。

三

新詩如贈繞朝鞭，歸路初暄芍藥天。何意軍書煩旰食，漫論樽酒釋兵權。千盤瘴嶺單車入，萬里貪泉一酌還。執手故人頻問訊，泛槎曾到斗牛邊。

送寧元著侍御言事歸廣平

我來愁聽渭城歌，逐客青門意若何？故國三春饒薜荔，惠文一疏砥江河。許身敢惜高堂在，解網終歸聖世多。海内共聞容强項，承歡歲月是恩波。

送黄蘭巖憲副之寧夏

十年郎署著書成，分臬居然塞上行。久佐度支資石畫，早攄邊略奏金城。隴西豈乏封侯相，淮海長懸將母情。去矣建牙多壯節，賀蘭山色自崢嶸。

劉魯一謫官家居書來相問以詩寄謝

一别紅亭嶺路長，聞君解帶臥滄浪。力爭汲黯河南粟，頓下周昌御史床。遠客風塵憐瘴海，同官書札自柴桑。懸知閟閣丹青富，永日烟雲滿後堂。

送姚陟山門人請告歸吳興

扁舟吳客去清班，潞水炎風振袂還。三載人違茗上月，一帆雨挂道場山。寒曹索米催愁鬢，澤國徵兵動旅顏。自昔金門容大隱，漫將藥裹滯江關。

新秋適平圃巡檢至言嶺南近狀有感

新涼又動帝城秋，卻憶輶軒嶺外遊。東去海濤驚到眼，北看江月恰當頭。山川恍入槐安夢，樓閣真疑蜃氣浮。歸後風烟詢故吏，日南花鳥至今愁。廣州望月在人頭上。

送陳祺公少參之粵西

擁節分藩桂嶺西，驪歌聲裏夕陽低。瘴烟藤峽開千嶂，組練樓船壓五溪。孤劍遠隨寒雁度，秋帆曉聽鷓鴣啼。南征早晚標銅柱，幕府須君彩筆題。

贈錢珥信武選擢山東學憲

仙郎起草玉壺清，新擁臯比海上行。秋色自來華不注，遺風猶見魯諸生。頻燃官燭論文日，舊借前籌下瀨兵。爲道四方多戰伐，有無童子請長纓？

寄懷杜子靜館丈

西風搔首悵離羣，明月圓時苦憶君。客路樽罍纔袂合，帝城蓂莢又秋分。抽毫應有閒居賦，授鉞頻移細柳軍。求舊聖朝方側席，可能高臥隴頭雲？

送戴絲如比部出守南雄

懷香畫省吏如仙，熊軾新稱太守賢。買犢炎方銷戰伐，褰帷嶺路隔風烟。湞江持節重遊日，燕市飛鴻送客天。寄語雄州諸父老，紅亭揮手頓經年。

送門人王麟仲中舍歸山陰兼懷姜定菴京兆

青門歸去狎烟波，惆悵西風散玉珂。久傍車茵稱相客，時親藥籠病維摩。潞河汀畔秋雲擁，宛委山中戰鼓多。京兆故人煩寄問，驚心羽檄近如何。

贈張致堂比部視學粵東

比部平反法網疎，嶺南今見擁高車。文星一洗欃槍氣，炎徼爭傳鄒魯書。到日鮫珠來合浦，映人海月滿前除。此邦自昔多奇士，莫遺孤寒老蠹魚。

送魏雝伯侍御視兩淮鹺政

繡衣使者拂霜風，六傳秋驅戰馬中。抗手薊門紛落木，懷人邗上托飛鴻。都亭舊著埋輪謇，轉餉仍煩煮海功。鹽筴淮南成弊事，須教豪右避青驄。

秋日偶成

節近重陽木漸凋，閒雲漠漠雨蕭蕭。羞將白髮酬時序，未有黃花伴寂寥。鵰鶚曉迴沙磧影，魚龍寒偃暮江潮。西風卻憶南行日，馬度秋山第幾橋。

九日

清砧一片起斜陽，極目關河秋思長。幾處登高淹醉客，漫因多難佩萸囊。伏波故道鴻難度，戲馬荒臺草欲霜。短髩蒼浪逢戰鬬，南征何日下沅湘。

送解蘭石視學江南

鎖院論文藻鑑殊，又看擁傳過三吴。人稱清白關西學，世號衣冠江左儒。驛路黄花迎使節，春風絳帳列生徒。由來竹箭東南貴，收取良材亦壯圖。

重陽後二日宋蓼天侍郎召飲黑龍潭同魏環溪侍郎

城隅飛閣敞秋風，好友相將命酒筒。樹隱千門殘照裏，窗開雙闕暮烟中。黄壚俯仰情何限，畫檻登臨目未窮。客醉烏啼看倒載，接䍦爭唱兩衰翁。

二

東華塵外得林皋，飛蓋聊紓案牘勞。選勝地偏憐夕景，持籌利未析秋毫。池波杳渺蛟龍沒，壇影參差鸛雀高。宋玉才名能好客，風流獨媿酒徒豪。

送鄭元闇中舍從王師赴江南

杖策南征書劍寒，孔璋名譽動長安。舍人今作王門客，醴酒應於幕下看。身傍江湖秋浩蕩，籌兼家國事艱難。嗚笳亦有從軍樂，恨少黄金飾馬鞍。

送李華西中舍從軍汝南

談笑從軍數舉杯，營門吹角畫旗開。三千座上同讐客，十九人中脱穎才。露布行看磨盾墨，儲胥長自護風雷。隴西門第君休負，朱鷺歌成馬上催。

送洪琅友中舍從征江右

西清仙吏下黄扉，新製軍中短後衣。身近天潢裾漫曳，營開細柳鳥驚飛。揮毫幕府堪傳檄，轉戰章江報解圍。莫道書生無壯事，征南參佐自光輝。

同年李吉津訪雪海於中山書來相問卻寄

懷人對月幾徘徊，忽到雙魚剪燭開。抗手十年燕市別，將車千里太丘來。入門知爾忘賓主，好友何緣半草萊。避地一椽聊共適，中山酒泛菊花杯。

送白仲調進士歸秣陵

秣陵才子鬢華侵，旅食長安有越吟。被酒能談鉤黨事，論交不易歲寒心。六朝山色餘衰草，千里江聲入暮砧。幕府於今需景略，漫從岐路怨浮沉。

初雪去冬雪中飲滕王閣

退食蕭蕭雪入門，虛檐落木晚雲屯。乍寒樓閣烟中沒，集霰河山戰後昏。老去敝貂猶畏薄，憂來濁酒喜餘溫。片帆回首章江畔，風篷冰花亂客樽。

上三立同年歸翼城以詩留別次韻奉贈

舊侶風雲散玉墀，一官落拓事堪疑。歲寒條麓霜飛早，木脱燕關馬去遲。白羽驚心岐路話，青山有夢故人知。憐余衰鬢留京輦，目斷河梁罷酒時。

贈袁杜少卽次原韻

美人徙倚鳳城隈，故國冰霜首漫回。亡命誰憐張儉困，忤時終識禰衡才。醉餘綵筆休成賦，客到黄金尚有臺。潦倒一氈須努力，未應如子卧荒萊。

二

空齋寒籟響疎籬，讀爾新篇罷酒巵。何事弋人驚雁羽，況當客路近葭吹。舊交意氣論千載，多故乾坤此一時。我亦曾經投杼後，不堪重見楚臣悲。

送尚元長郎中擢上江驛鹽僉憲

裊裊飛旌出薊門，河梁曉色雪霜繁。江程燧息舟車達，牙帳風清使節尊。籌餉辛勤推計部，傳家忠孝是王孫。於今吳楚疲供億，寬恤應令識主恩。

富川劉令殉節詩

報國寧捐七尺身，令君餘烈動朝紳。當風勁草憐孤掌，灑血蠻天有一人。越石笳聞多涕淚，常山舌在自嶙峋。書生蕞爾關名義，貂錦空傳杖鉞頻。

送梁園歸蘭陽省覲

仙郎愛日賦歸與，古道寒侵薄板車。筦計自饒天府貢，過庭應授豹陵書。嘉平社鼓冰霜裏，子舍春風洗腆餘。爲訊吾兄當健飯，驛亭頻憶剪燈初。

初度大雪次趙鐵源館丈見贈韻

濫從英少帝京遊，萬里歸來又一秋。寒夜燒燈絲管咽，浮雲過眼歲華流。吟成漫喜風吹絮，愁劇偏憎雪滿頭。今夕銜杯真可醉，隔年人倚粤江樓。去年是日在雄州。

送陳緯雲歸宜興

十年顛頷比蘭成，詞賦爭傳伯仲名。風雪旗亭文酒會，燧烟江上故園情。春回燕市銷殘臘，客返荊溪聽早鶯。梁苑季方曾把袂，英遊雨散幾沾纓。

甲寅除夕

迎年燈火映窗紗，一夕春風滿漢家。休沐又傾除夜酒，暗香仍放嶺南花。棲遲日月添衰鬢，戰鬭河山減物華。似水門屏聊守歲，傍檐殘雪薜蘿斜。

乙卯元日

晴烟片片護堯封，燃燭披衣聽曉鐘。帝里鶯花開氣象，殊方風物志遊蹤。早趨北極雲中仗，還看西山雪後峯。白髮更逢多難日，何時洗甲課春農。

元夕諸門人集邸中觀燈沈康臣即席賦二詩次韻

鳳城明月到衡門，燈夕初開雪後樽。風雅中原諸子在，酒壚舊好幾人存。當筵晴煖占天意，退食從容識聖恩。唱出陽春驚四座，招賢東閣媿公孫。

二

六街寒柝報更籌，洗盞須將令節酬。轉戰江干吟越客，剪燈酒半説吴鈎。雙鬟誰續旗亭會，萬里新歸博望侯。回首尉佗臺上月，蠻花羌管入鄉愁。

送邵戒三學憲之江右

文旆翩翩柳色新，仙郎此日逐風塵。澄江挂席天邊使，絳帳談經戰後人。帝子樓仍來暮雨，斗間氣自動高旻。豫章舊號名賢地，徐孺亭前薦藻蘋。

送吴曉岳門人歸海鹽

潞水蕭蕭楊柳天，紅亭極目悵晴烟。冰霜擁戶憑書帙，愁病支床盡俸錢。鄉夢一樽江驛酒，春風二月舍人船。武原蓴菜雖堪憶，莫漫棲遲白羽邊。

送何子受員外歸山陰

桃花水漲命輕舠，天上初歸舊版曹。藥裹每憐莊舃病，星槎同泛粤江濤。西河淚逐春波溢，秦望山餘戰壘高。珍重臨岐須强食，故鄉草竊尚如毛。

夏日袁六完納言召飲城南園亭安邸别業也

朱邸名園水榭尊，千章樹色翠當門。披襟獨召忘形客，選勝同開避暑樽。塘静魚翻新荇葉，林幽鶴立舊苔痕。醉來移櫂斜陽裏，疑是江南薜荔村。

二

翛然傍郭有滄洲，竹裏紅泉竟日留。車馬幾探雲外徑，風塵一上水邊樓。歌臺花落頻啼鳥，柳幔陰多好放舟。不是袁絲能愛客，白頭那逐少年遊。

送趙鐵源館丈典試粤東即次留别原韻

簡書萬里漫生愁，馬度桑乾緑滿溝。此日文星辭北闕，隔年漢使到南州。蠻花醉客番禺曉，江雨開帆章貢秋。粤秀山頭多勝攬，高吟須上五層樓廣州樓名。

二

趙嘏詩名滿帝城，喜看乘傳嶺南行。論文自結珊瑚網，簾閣還聞戰馬聲。畫舫香來當荔熟，鳴瀧秋晚正波平。一樽遲爾春宵話，載得羅浮片石輕。

閏五月十六日王師凱旋上迎勞於南苑曉降大雨移時晴霽成禮而還恭紀

風吹南苑畫旗殷，仗鉞東征振旅還。黃幄曉開迎鸛陣，紅雲晝護集鵷班。天河乍洗軍中甲，霽色初回雨後山。虎拜侍臣頻送喜，策勳此日動宸顔。

送史子修門人省覲歸溧陽

投金瀨上故侯居，有客懷歸命筍輿。千里白雲親舍夢，十年綵筆史臣書。宫袍賜沐香猶在，法醞承歡日乍舒。寥落芳蘭看雨散，細旃啓沃莫令虚。

哭湯千里年姪

當年捧檄悮儒生，八口飄搖萬里程。旅櫬幾人憐故舊，瘴鄉一死未分明。傷心妻女窮途淚，回首琴書下榻情。如子豈應淪異域，問天無計每沾纓。

苦雨

風聲挾雨透疎櫺，簷霤淙淙盡日聽。觸幕尋巢濳燕雀，侵階積水下蜻蜓。頻愁屋漏苔痕長，乍覺龍拖海氣腥。入夜不眠拋卷坐，小堂篝火自青熒。

送紀孟起職方典試豫中

仙郎啣命奏驪歌，八月微霜曉渡河。帷幄新推樞府貴，衣冠舊屬洛中多。梁園詞客爭高唱，古汴秋風動晚禾。行矣進賢應上賞，天心近已厭干戈。

喜舉次子

朝來弧矢喜當門，湯餅筵開露下樽。拄笏正看新爽入，留賓恰有舊醅存。人經憂患輕榮辱，齒近衰殘急子孫。此日景升聊自慰，弄麞錯寫更何論。

題朱邸書屋

朱邸池亭長緑苔，晴窗窈窕傍花開。擁書北牖秋雲度，過雨西山好月來。隆準親嘗居肺腑，兔園客自有鄒枚。東平家訓真能樂，暇日林香入酒杯。

輓門人沈康臣

珥筆才名高祕省，祥刑雨露徧圜扉。爭傳沈衆工詞賦，何意休文減帶圍。月冷空床遺稿在，櫬歸水驛塞鴻飛。一官未達今黄土，白首風前淚濕衣。

二

秋蟲露下泣黄昏，猶憶春宵聚及門。愁劇吟詩曾擊鉢，官貧好客屢開樽。爲郎忽赴修文召，有賦難招羈旅魂。夙昔臨池窮八法，他時奇字共誰論？

九日登靈佑宫閣

振袂登樓數雁行，城南疎樹落微霜。兵戈老去頻經眼，歲月殘時一望鄉。高下烟光迷遠燒，參差宫闕入斜陽。步虚臺畔秋容好，紅葉離披總斷腸。

贈郝雪海再補侍御

冠豸峩峩世所宗，新從遼海返孤蹤。都亭重喜看强項，聖主元非好畫龍。身歷艱難青鬢在，憂深家國皂囊封。知君夙有安邊略，廿載西南罷戰烽。

次韻寄酬徐電發

儵儵紅燭夜調笙，老大驅車紫陌行。仰屋何關天下計，寓書每識故人情。冰霜歲暮催容鬢，風雅中原讓友生。共道孔璋工草檄，祇今湖海未休兵。

二

兩載江干戰血斑，美人問訊破愁顔。西陵鼙鼓軍儲急，笠澤烟波釣艇閒。七子鄴中誰獨秀？五噫廡下我難攀。多君嘯詠湖山曉，風雪旗亭被酒還。

三

挂席曾乘萬里風，倭遲歸路半彎弓。新詩一寄菰蘆裏，鄉夢頻回戰馬中。吳客漫吟椰酒緑，征人愁對杜鵑紅。可憐四海瘡痍甚，拊髀應思頗牧功。

四

冰雪遙傳一卷書，挑燈喜色動衣裾。賦成粱苑人空老，客重臨邛事豈虚。市馬臺終收駿骨，垂竿興已到鱸魚。何當攜手燕山畔，把酒春風滿敝廬。

送孫開盛中翰歸四明

舍人春水泛棠舟，送客燕山有敝裘。爆直幾年淹祕省，從軍三尺佐邊籌。江程隱几汀花放，故國疎烟戰鼓收。到日舞衣頻問寢，甬東鮭菜足銷憂。

親藩書屋

暖回金埒晝無譁，綠滿樓臺竹影斜。萬軸牙籤開曉色，一簾春雨度窗紗。奇峯秀出羅浮石，瑤草分來上苑花。帝室藩屏興禮樂，鄒枚漫作兔園誇。

贈平子遠次貞庵相國韻

春雪霏霏上短裘，酒壚客散偶遲留。當時誰問馮驩鋏，衰鬢仍登王粲樓。故國心嘗懸堠火，醉鄉名自比通侯。窮交漫下羈人淚，泌水衡門有舊丘。

送陳說巖宮詹祭告北鎮次徐健庵韻

擁傳宮僚下鳳城，遙將玉帛重陪京。戰餘沙磧寒雲暗，春到盧龍海氣生。横笛梅花歸健筆，褰帷獵火按邊情。醫閭東望開千嶂，應有山靈護節行。

送楊爾茂宗伯祭告嵩嶽

旆捲東風漢使車，秩宗奉璧自天家。春深早綠河堤草，祝罷還看少室花。洛下衣冠閑禮樂，中原謠俗問桑麻。多君不淺登臨興，繡衮頻沾嶽麓霞。

送任海眉司寇祭告楚粵

南雁初迴薊北天，侍郎飛楫破春烟。薦馨鄂渚軍聲裏，弭節羊城燧火邊。萬里法星臨楚甸，一鞭蠻雨暗花田。禮成會見羣靈集，山海朝宗鳳闕前。

送王子言少詹祭告畿內諸陵

暖動蘆溝翠色鋪，詞臣啣命下平蕪。山光曉帶黎陽樹，雪霽新成督亢圖。春草荒原嘶石馬，諸陵抔土護樵蘇。采風三輔輶軒遍，行矣嘉言佐廟謨。

送熊子布令邯鄲

薊門殘雪曉風和，之子分符趙苑過。洺水波生春色迴，叢臺雁度月明多。儒家作吏文無害，畿甸栽花政不苛。學步橋邊仙跡近，垂簾訟少對烟蘿。

送程蕉鹿僉憲視學浙中

洗甲東南進髻髦，海邦冰鑑借文豪。帆檣細雨芳湖潤，絲竹春風絳帳高。官燭兩行搖綵筆，清霜三尺砥江濤。孤寒此日爭投袂，吾道應歸舊版曹。

送勞書升僉憲視學山左

語溪才子擁臯比，輟草容臺去馬遲。春入齊烟供坐嘯，帷開嶽色對啣巵。明湖暮雨篝燈夜，魯國諸生問字時。戰罷河山興禮樂，澤宮莫使草離離。

相國專征

河山百二倚長城，貴相新兼上將行。八陣高名諸葛壘，九重按轡亞夫營。荒原磧冷飛鴻集，落日風多聽馬鳴。好問壺漿秦父老，曲傳鐃吹靜欃槍。

送邵瞻兩僉憲視學江南

幾年畫省著清譽，似水門屏世法疎。薊北風雲雙旆下，江東詞藻六朝餘。河梁贈策同蘭臭，午夜論文畏簡書。康節家聲君自貴，盡令寒士借吹噓。

題新安江氏雙節冊子

早洗紅粧罷綺羅，懷清臺上自嵯峨。同心共對青燈夜，兩世交賡黃鵠歌。掩泣月明人獨紡，存孤事了髩雙皤。天都舊是名賢地，寶婺星臨白嶽多。

送輿若孝廉歸廣陵輿若公車以例阻，未入闈

阿咸頻過話斜曛，忽漫離筵袂又分。咫尺頓淹千里足，逡巡終識五花文。他鄉孤夢聞窗雨，歸路雙飛有雁羣。無恙揚州烟月在，平山堂畔看春雲。

送芷公孝廉下第歸廣陵

蕭蕭書劍下蘆溝，莫嘆明珠更暗投。燕市驪歌花外度，雷塘春色雨中收。吾宗家世羞然竈，南國才名入選樓。歸去鷄窗須自愛，塤篪奏已動皇州。

贈佟儼若公子之江右

年少垂鞭玉絡輕，虔刀我欲贈君行。侯家氏族貂蟬貴，公子風流硯几清。馳檄軍中磨盾墨，挂帆天際數江程。趨庭好佐樽前畫，朱鷺歌成入漢京。

送春次張敦復春遊韻

春殘閒卻紫遊韁，每憶河橋柳幔長。俠少輕衫金彈小，旗亭詞客玉鞭忙。塵中物候驚雛燕，雲外歸心問野棠。烽火極天芳景暮，栗留聲急菜花黃。

送吴篤生學士歸里

詞臣揮袖問山靈，每嘆同心聚若萍。十載宦途塵滿席，數椽客況戶常扃。風驅古道槐村綠，雨暗鄉關麥壠青。落落晨星君又別，醉中吾黨獨誰醒？

送許文石妹丈歸里

五嶺同遊客思迢，來聽舊雨興翛翛。騎驢燕市冰初泮，襆被中山綠滿橋。老去晴窗搖彩筆，夢回飛楫泝江潮。還家賸有相如壁，濁酒殘書伴寂寥。

送何天咫舍人扶侍歸曹州

炎風又促舍人裝，親奉潘輿驛路光。方朔漫嗟飢欲死，茅容自有饌堪嘗。錦衣薊北初歸客，落日曹南舊戰場。卻憶梁園多雨散，及門半已卧滄浪。

贈韓珠崖館丈歸娶

詞臣旆下五雲邊，三十人中最少年。早見春穠桃李日，歸逢並蒂芰荷天。花圍絳燭分蓮炬，帳吐香猊帶御烟。堂上雙星如健鶴，齊眉含笑緑樽前。

二

歸客翩翩冰雪姿，送君斜日放杯遲。金閨初罷梁園賦，湘管新成京兆眉。負弩鄉關稱錦晝，催粧麗句寫烏絲。鳳簫吹徹秦臺曉，攜手高堂問寢時。

輓孫北海先生用環溪韻

不見長安白髮翁，論交風雨更誰同。空留遺稿鷄窗北，無恙藤陰鳳闕東。齒入香山圖畫裏，名高元祐黨人中。典型寥落頻回首，廿載床前拜德公。

送王子厚黄門引疾歸里

前年送客賦新詩，又是河梁悵别時。病骨屢辭青瑣貴，素心頻與白鷗期。英游問字憐萍散，子舍承顔喜晝遲。多故中原難久卧，班行謇諤九重知。

綏德馬孝廉見過劇談移晷賦此爲贈

開軒有客自西秦，指顧能令耳目新。捫虱輒關天下計，班荊初染洛中塵。地當戰鬬生奇士，話到肝腸似故人。何事馬周爲郡吏，籌邊高晝尚逡巡。

送楊聖企廷試歸濟寧

隔世通家意氣深，相看各訝鬢霜侵。康成門巷生書帶，伯起家聲絶褒金。彩筆初瞻雙闕影，青氈不負十年心。津亭柳色東歸客，每憶西州淚濕襟。

送柯岸初侍養歸嘉善

銜暑陳情動帝閽，魏塘歸去問江村。三公肯易斑衣樂，十載猶傳諫草尊。澤國乍停新白羽，雲帆初返舊黄門。臥看民力東南竭，林壑能忘北闕恩？

輓陳東海大都護

討賊孤忠髮上冠，軍書間道達長安。志存馬革邊塵静，星隕營門朔雪寒。饗士椎牛人忼慨，棄家報國事艱難。出師未捷千秋恨，他日碑從墮淚看。

讀新安呂忠節公年譜遺集賦二詩弔之

新安遺直冠朝班，藺在當門自可刪。再拜從容留碧血，一堂黯澹碎朱顏。里居著述叢芝發，城郭遷移獨鶴還。莫道書生無壯事，孤臣有氣作河山。

二

濂洛儒宗濟世才，修明絕學講堂開。曾因强項違時去，數爲憂天抗疏來。中壺盡能知大義，遺書猶可見風裁。握拳透爪公何憾，涕淚當年徧草萊。

送孫屺瞻學士省覲歸吳興

驪駒曉發鳳城西，江介歸心繫鼓鼙。講幄每勤前席對，秋帆新逐去鴻低。舞裳容與分宮錦，法醞清泠自箬溪。啓沃細旃公等事，莫耽問寢聽晨鷄。

贈張青樵侍御侍養歸山左時有兄喪

暑雨紅亭拂袖歸，西風遊子訪庭闈。三年禁祕分藜火，五色斒斕換繡衣。驄馬市中人共避，脊令原上鳥孤飛。瀰瀰秋水芙蓉發，膾切銀絲入饌肥。

送王襟三門人令滕縣

征帆當日下章江，遇子中流話客艭。仗策來從文獻地，分符去近聖賢邦。莫愁鄉國多烽火，要使花村絕吠尨。清晝垂簾非俗吏，他年治行定無雙。

寄酬高念東卽次原韻時念東有炊臼之戚

良朋五載臥林丘，奚事音書斷帝州？伉儷乍因孫楚重，民生每繫杞人愁。曲江舊侶渾蕭寂，叢桂空山尚滯留。爲問深源何日起，冥冥鴻羽已難求。

二

萬事榮枯自化鈞，懸知仙骨未沉淪。逢秋漫灑存亡淚，吾道終關出處身。四海舟車疲戰伐，九重宵旰在編民。持籌媿我無高畫，林下輸君第一人。

送徐彦和編修歸崑山

論文越嶠識儒宗，忽賦歸歟客思濃。蘭櫂正逢秋水發，靈萱喜對舞衣重。承明去就關烏鳥，伯仲才名動袞龍。無恙江天烽火息，玉山佳處採芙蓉。

立秋

金井梧飄新雨後，泠然秋氣入疎窗。晴開小院雲多變，花發清籬蝶自雙。倦客未歸滄海棹，征人頻擁碧油幢。朝來露布天顔喜，要領關西已受降。

贈杜子靜中允

三匝烏飛屢卜居，良朋此日拜新除。人來吾道艱難會，官進前星炳燿初。耳熱尚能論戰伐，時危且莫問樵漁。花磚退食門如水，齋閣焚香好讀書。

輓艾長人大司寇司寇臨歿，爲詩十餘章，人爭和之

同官廿載賦嚶鳴，何事看君廣柳行？東海于公惟種德，漢家廷尉舊稱平。還丹未就黄金藥，絶筆猶傳白雪聲。此日披帷人不見，一林石筍自縱横。

送徐方虎編修歸德清用環溪韻

雄文獨步起衰隤，天上俄傳侍從回。諸葛無慚名士目，偉長自是建安才。歸鴻曉逐驪駒發，叢菊秋隨桂檝開。浮玉山中多勝賞，菰城滿泛箬溪杯。

送歸孝儀還虞山

挾策公車倦客歸，新詩投我欲沾衣。上林莫訝枝難借，郢曲於今和自稀。繡被夢回霜柏冷，江村秋盡稻秔肥。烽烟滿目青山在，虞仲峯前看落暉。

送于岱仙司寇歸上谷

君家自昔起高門，司寇歸來道益尊。六月迴翔鵬羽息，一官進退聖人恩。秋攜書卷淩霜露，春轉闤扉庇子孫。嘯圃未荒三徑啓，開簾好醉菊花樽。

贈吳門施亮生鍊師

空山採藥徧烟皋，老傍江湖一苧袍。名注上清留玉籍，手回造化命丹毫。霞棲東去芝巖冷，風馭西來鶴背高。孤劍横秋霜月白，步虛聲裏奏雲璈。

九日登靈佑宫閣

秋老燕關白晝陰，重來傑閣快登臨。千門細雨迷層堞，雙闕寒烟度遠林。兵氣漸消天外信，故山獨繫望中心。疎蘭叢菊能留客，其奈高城起夕砧。

蕉林詩集

五言絶句一

南苑閲武應制

御苑奮龍驤，鳴鐃擁貝裝。禮成仙仗肅，天子自垂裳。

宿山驛

寂寥山驛宿，茅屋幾人家。落日奔山鬼，開門散凍鴉。

野望

莽莽落日黄，朔風吹古道。登高睠所懷，極目沙場草。

村夜

嶺雲沉浦月，山店聽鵁鶄。何事鄰舂急，村燈對雨孤。

山夜

踈燈寒驛夕，昏霧宿林梢。何處搖歸夢，空山響落巢。

署中偶作

孤枕百感生，無眠空仰屋。披衣視繁星，棲鴉滿庭木。

種蕉

種蕉向北窗，陰陰下夕景。倏覺草堂寒，涼月印窗影。

種竹

窗下種琅玕，時聞青玉響。一夕風雨生，身臥滄江上。

夏夜

晚涼翻似水，客去漏頻催。散帙疎燈下，高城急雨來。

齋雨

涼雨入虛檐，披襟自瀟灑。芭蕉淅瀝聲，似與幽人話。

種竹

雨過種琅玕，清陰映窗几。孤懷難向人，亭亭對君子。

寄諸弟姪

書屋蕭蕭竹，殷勤望汝看。新篁生幾尺，爲我報平安。

二

秋月當樓滿，梧桐影最宜。預栽金井畔，莫悮月明時。

三

苦憶西村好，東風放海棠。主人今遠别，是否舊春光？

四

郊亭春水生，窗檻須先補。莫待芰荷風，且聽榆莢雨。

五

山居聞有約，逸興欲翻飛。他日投簪去，相攜入翠微。

六

蕭瑟逢寒食，寧忘聽雨心。謝家春草句，遲爾對床吟。

題畫

空巖生白雲，古木飛紅葉。秋色滿霜林，欲理看山屧。

題秋山蕭寺圖

拂面來遙青，白雲何縹緲。一鐘山寺微，秋入匡廬曉。

夏夜苦熱因作遠想走筆爲詩用解暑暍

小院氣如蒸，冰紈不停手。何時一釣竿，去逐烟波叟。

二

漠漠東華塵，揮汗日盈把。安得萬樹槐，披襟坐其下。

三

鑠石嘆驕陽，炙手一何烈。願言駕雲軿，去踏峨嵋雪。

四

幾夜瀟湘雨，湖山一片秋。逝將解組去，濯足大江流。

五

車馬日過門，居室一何陋。攬衣千仞岡，天風吹兩袖。

六

枕熱夜無眠，新月窺我牖。欲登百尺樓，舉手摘牛斗。

渡黄河望後舟不至

五兩風聲急，停橈佇立頻。舟師喧不定，愁殺渡頭人。

江月

山晴夜寂寥，波定魚龍冷。半輪落空江，亂流弄清影。

始見梅花

萬里銷魂夜，折來瘦影寒。忽驚春已近，留作靚粧看。

清溪道中

逆流上急灘〔一〕，春風剪江水。半嶺鎖寒烟，猿嘯白雲裏。

二

客懷正蕭森，春草生江浦。袖染清溪雲，帆載南華雨。

三

綠滿清溪道，頻聞多荔枝。何時紅入眼，寂寞去帆遲。

四

春雨江如畫，波搖石氣蒼。人方離瘴海，景已入瀟湘。

【校記】

〔一〕『逆流』，名家詩鈔本作『送流』。

會亭驛喜幼平表弟來迎口占二首

驛舍初冬別，連朝望汝來。面顔爭似舊，爲我拂塵埃。

二

江上驚烽火，中州尚小康。弟來增笑語，如已到家鄉。

代柬答郝復陽送雪

良朋貽碎瓊，其味清且旨。澹然君子交，許我心如水。

題扇面花渚遊魚

錦鱗泳銀塘，尋香弄清影。沿溪樹樹花，流入春波冷。

二

雪消春水生，遊魚粲可數。東風不解愁，吹落紅如雨。

三

莊子愛觀魚，悠然恆心賞。誰圖尺寸間，頓生濠濮想。

蕉林詩集

六言絕句一

行旅

坐久不知漏永，起看月淡星低。屋下廚人夜語，籬邊櫪馬寒嘶。

二

昨夜苦吟未了，殘更荷暗銀釭。睡足渾忘作客，日高紅上山窗。

三

盡日不離巖壑，寒雲自抱長川。夜坐驛亭殘月，曉行山店疎烟。

夏日

午夢南窗栩栩，琴書北牖蕭蕭。怪底清風徐至，簾前雨滴芭蕉。

二

暑雨蒼苔砌滿，夕陽遠樹蟬鳴。閉戶拋書獨坐，落花吹上桃笙。

三

朝罷披襟高臥，興來散帙焚香。竹樹半窗影亂，居然烟雨瀟湘。

四

掠水蜻蜓初去，尋香蜂蝶旋來。爲問紛紛何事？紫薇昨夜花開。

夏日遣興

欹枕閒看翠竹，垂簾漸過斜曛。盆内遊鱗挾雨，座間小石生雲。

二

雨後不除砌草，風前任落檐花。謝客雖非蔣徑，閉門疑是陶家。

三

退食每防剝啄，巡簷喜見花開。無事焚香獨坐，笑看燕子歸來。

四

竹塢蕉窗自韻，牙籤棐几常幽。高枕愁聞褦襶，折腰懶説公侯。

五

閲世止堪白眼，傳家獨有青箱。細雨涼生竹簟，妄疑人在羲皇。

六

苦旱何妨避暑，多愁莫漫書空。安得清泉茂樹，披襟謖謖松風。

登舟

兩月鷄聲驛館，一朝帆挂江風。寄語閨中有夢，莫教誤覓花驄。

廣州舟式頗佳

面面空明畫舫，珠簾掩映輕衫。謾道長廊水閣，何如簫鼓春帆。

過彈子磯

暝色青榕樹裏，東風彈子磯前。夾岸鶯花送客，滿天烟雨歸船。

二

誰把青天鑿破，削成石壁中流。鳴礟衆山皆響，亂雲幾縷牽愁。

舟發南安見梨花

淚墮江干候吏，魂銷水驛人家。昨日風催嶺客，今宵雨打梨花。

過南康縣

細雨樟陰漠漠，孤城鳥語關關。下水歸帆一瞬，窗中看遍春山。

荻港

玉潋紅生古寺，荊扉飽飼春蠶。荻港暄風柳外，落花曉雨江南。

二 相傳故寧南屯兵處

當日光搖組練，黑雲陣壓磯頭。寂寞將軍戰馬，至今江上人愁。

蕉林詩集

七言絶句一

春日

啼鳥聲聲怨暮春，客中貧病對芳辰。清郊見說多車馬，碧草沙堤愁殺人。

二

曉窗春雨尚高眠，市上衝泥車馬闐。濁酒一尊深閉戶，須知吏隱卽神仙。

三

抛鞚曾追俠少場，黄鸝斗酒未荒唐。比來氣盡如新婦，媿向并州問葛彊。

四

風吹列戟五侯家，香暖歌鐘霧影斜。當日朱樓花自落，蕭蕭春晝繞啼鴉。

春暮報國寺始見杏花

閉戶不知春色好，松門紅映幾枝斜。可憐遲暮風塵客，綠遍郊原見杏花。

春懷

飛塵漠漠滯燕臺，獨坐春風雙燕來。此日故園頻載酒，城西村裏杏花開。

二

海棠共說韋祠好，悵望城南靜掩扉。多少五陵遊冶客，春衣爭試玉驄肥。

春雪

泥深車馬自遊盤，燕市飄風二月寒。獨喜捲簾春雪下，香爐茗椀静中看。

南苑閲武應制

組甲輝光七校屯，鵷班曉奉屬車塵。圍開一騎紅雲裏，遥望黄衣識聖人。

瀛臺卽事步高念東少宰韻

水雲曉入漢宫圖，風動長林鳥自呼。徙倚畫橋泉百尺，蕭然身已在江湖。

石門驛道中

石門亂石水粼粼，野館鷄啼喚客頻。殘雪千山行旅夜，曉霜兩鬢渡河人。

雜詠

岧嶢青壁削雲限，野燒遙連烽火臺。衝雪外藩多貢使，月明驅馬度關來。

二

邊城戍卒枕琱戈，草白沙黃獵騎多。報道將軍行塞外，層冰夜渡黑羊河。

三

古來猛士擅漁陽，少壯丁男射虎狼。一曲關山羌笛裏，龍沙片月白如霜。

四

漢家十萬騎連營，鼙鼓風生右北平。當日論功飛將最，祇今燐火徹宵明。

通州

飛虹百尺纜浮橋，河上霜風住木橈。舟子推篷殘月落，半灣漁火夜蕭蕭。

潞水偶成

平沙漠漠古城荒，吹角轅門起雁行。組練如雲驍騎在，探丸日暮莫飛揚。

山村

覆茆爲屋亂雲鋪，雷雨前山似可呼。千載薊門形勝地，寒烟極望已模糊。

盤山訪同年李光泗不遇〔一〕

憶昔看花傍帝畿，十年避弋羡鴻飛。登山欲問桐江叟，風雨冥冥冷釣磯。

【校記】

〔一〕《近稿》題作《盤山訪李光泗年兄不遇》。

過香花庵

松門深閉送年華，漠漠孤雲伴落霞。春色滿園長不掃，東風閒殺碧桃花。

題王鴻臚海棠畫

小庭芳樹上階紅，淡淡輕烟剪剪風。絕代佳人驕不語，徘徊清影月明中。

秋夜小集聽彈箏〔一〕

花發秋堂夜氣清，喜同良友話平生。百年幾醉燕山酒，此夕初聞秦女箏。〔二〕

二

迢迢河漢澹秋城，香滿疎簾酒滿罌。一曲涼州華月下，笑看銀甲坐鳴箏。

【校記】

〔一〕《近稿》題作《秋夜小集聽彈箏限箏字》。

〔二〕此首底本無，據《近稿》補。

二月雪

長天雲暗雪皚皚，二月河冰尚未開。曉起推窗寒切骨，茆齋昨夜凍春梅。

送胡菊潭館師致政還山

疎傅辭榮早乞身，青門供帳望車塵。幾年社稷關元老，此日峨嵋見主人。

正月十六夜齋居

馬上傳柑事已虚，春城不夜竟何如。踏歌幾處溶溶月，愁伴孤燈一卷書。〔一〕

二

隱几空齋夢數驚，蕭蕭夜柝起嚴城。樽餘濁酒燈花落，門掩千家對月明〔二〕。

三

短燭虚窗暗復明，隔牆夜語數殘更。西宫已罷雲和曲，忽聽誰家爆竹聲。

【校記】

〔一〕此首《近稿》無。

〔二〕『對』，《近稿》作『獨』。

曉起入朝卽事

朝朝羸馬哭先皇，一片鴉飛帶曉霜。紫禁歌鐘人寂寞，曈曨日色滿昭陽。

春日送子壁内弟歸里〔一〕

寒食輕陰送客歸，張燈執手各依依。遙憐趙苑春將暮，一路楊花作雪飛。

二

匹馬遲遲日又昏，月明人倦臥孤村。曉來酒醒頻東望，疎柳蒼烟是薊門。

【校記】

〔一〕『子壁』，《近稿》作『子璧』。

春郊卽事

郭外風烟斷客魂，金鞭玉勒走王孫。田家楊柳垂垂綠，芳草斜陽晝閉門。

二

珠宮紺殿倚寒空，向日山桃寂寞紅。齋罷老僧初禮懺，磬聲遥在白雲中。

三

佛香寂寂石堂閒，爲愛幽花未忍還。小摘園蔬堪共飽，開窗落日滿西山。

四

溪繞寒陂樹掩門，茅茨曲曲映朝暾。鵜鶘立處沙隄白，疑是江南水竹村。

五

西嶺輕寒雪未消，提壺選勝玉驄驕。淡烟古寺臨春水，一半人家在畫橋。

六

水邊人面映花紅，上塚歸來倚岸叢。翠幄陰陰深不見，遥聞笑語入東風。

七

綠樹青帘傍女牆，壚頭少婦内家粧。遊人既醉忘歸路，一道泉流帶夕陽。

八

翩翩貂錦曉風吹，細馬香車夾道馳。舊日五陵多意氣，飛揚輸與弄珠兒。

九

當日朱門邸第空〔二〕，茫茫春草恨無窮。墓碑苔卧無人識，哭向寒烟野水中。

十

畫樓高處故侯家，誰種青門五色瓜？春滿園林人不見，東風吹老海棠花。

【校記】

〔一〕『邸第』，底本作『邸地』，據《近稿》改。

陳念蕃司馬召飲西郊雨阻不赴悵然有作

閒心欲共鷺鷗盟，何事泥途輟此行。好待山晴還一出，雙柑盡日坐聽鶯。

燕市

驄馬連錢白玉羈，手攜蘆管盡能吹。青門薄暮飛塵起，驕煞長安輕薄兒。

題劉淇瞻畫扇〔一〕

芳草芊芊間淺沙，夕陽亭子傍溪斜。幽人不語看春色，一徑東風落杏花。

【校記】

〔一〕《近稿》題作《題劉淇瞻年兄畫扇》。

高梁橋

高梁橋畔水沖瀜，載酒行春歲歲同。朝士開元今幾在？蕭條垂柳夕陽中。

樸庵舅氏自臨洮歸里賦四絶志喜

潺湲洮水送歸人，喜見家山事事新。塞上不知行路險，衹今猶畏説西秦。

二

花發蕉林夜坐遲，相看各訝鬢如絲。悤悤未盡張燈話，宵柝聲殘月落時。

三

飽歷風霜橐屢空，歸來且莫悵途窮。畫圖不假黄金力，縱有蛾眉未敢工。

四

冉冉歲華關塞老，悠悠岐路渭陽思。玉門生入高堂健，飛將何須怨數奇。

長安早秋

薊門烟樹影層層，客病鄉愁望裹增。忽覺西山來爽氣，秋風先到漢諸陵。

秋日閒居

竹塢無塵短榻幽，蕭蕭涼雨下城頭。閉門休沐朝來嬾，花落蟬鳴一院秋。

二

露葵曉放兩三枝，試茗南窗日影遲。欲寄家書慵折簡，秋聲一片雁來時。

雨中同家兄昭性猶子承篤夜話

樹樹香飄葉葉風，聯床共話思無窮。家鄉秋老芙蓉墮，人在燕山夜雨中。

秋夜

秋雨秋風滿上林，小堂秉燭影沉沉。長安萬戶寒衣早，多少人家在暮砧。

二

耿耿星河秋夜長，銀屏桃簟送新涼。草堂初醒還家夢，隔檻風來茉莉香。

雨夜

散帙清宵坐未休，陰蟲切切忽生愁。芭蕉綠暗紗窗濕，寒雨滿簾燈火秋。

立秋

手挈銀鐙照短莎，漢家城闕暮笳多。虚堂欹枕清如水，閒看秋星度絳河。

二

高城一葉入寒流，暝色疎烟滿帝州。猶是千年燕嶠月，白雲不改漢宫秋。

秋懷

疎桐露下苧衣涼，擣練聲催客思長。愁鬢那堪秋雨墮，一簾黄葉泣寒螿。

二

女牆倒影水悠悠，哀角黄雲玉塞愁。朝市不知秋漸老，滿天風葉下蘆溝。

三

羅雀門庭草徑斜〔一〕，篝燈秋影上窗紗。朝來大陸西風急，吹落家山萬樹花。

四

晴階寂寂印苔痕，夢到韓溪水上村。睡起不知天已暮，疎鐘落葉月黄昏。

五

擊筑悲歌事豈荒，狗屠名擅酒壚傍。蕭蕭易水人何處？衰柳寒潮下夕陽。

六

市駿黄金客有無，燕昭臺榭入平蕪。千年禾黍高原在，風雨茫茫督亢圖。

七

伊人渺渺隔蒼葭，碣石天高見落霞。自結短籬稱大隱，小門深閉一闌花。

八

西苑秋風向晚多，芳湖錦纜事如何。池花落盡無人管，零亂鳧鷖出御河。

九

魚塘菼岸水雲寬，可惜笙歌攬夜闌。何處空明秋色好？淡烟涼月在郊壇。

十

竹風淅瀝思翛然，危坐長吟《秋水》篇。卻憶家園田半熟，千村涼雨稻花天。

【校記】

〔一〕『羅雀』句，《近稿》作『羅雀門同處士家』。

秋憶趙郡風物成雜詠三十首

千里桑麻暮靄中，夕陽城郭下殘虹。古來百戰遺荒壘，秋草茫茫主父宫。

二

漠漠溪田接遠峯，韓河雲黑鎖蛟龍。水村烟雨無朝夕，十里黄昏聽暮鐘。

三

聞說琅玕滿碧窗，風枝雨葉響流淙。空齋自長龍雛大，小圃全移入楚江。

四

漁陽鼙鼓動邊陲，留得常山千載祠。秋到殿門燐火暗，時時陰雨見旌旗。

五

黃金招客破齊歸，即墨謀成事已非。舊恨興亡同劫火，望諸墓畔晚鴉飛。

六

十里溪流遠市居，綠波的的照紅蕖。村翁刈稻歸來晚，荻葦烟中看打魚。

七

城東別業輞川圖，手種垂楊一萬株。大麓經秋霜幹冷，綠烟猶似昔時無？

八

霜飛河朔罷秋鼙，避暑亭荒暮草迷。安得中山千日酒，楓林高臥醉如泥。

九

趙璧重完志已諧，澠池頸血濺庭階。河山無恙人千古，顧盼風雲起壯懷。

十

河北蕭王略地來，千秋王氣見高臺。祇今遺廟荒烟裏，處處秋風紅蓼開。

十一

信陵公子破强秦，湯沐猶存歲月新〔一〕。多少平原門下客，鄗中不識賣漿人。

十二

殘暑山村暖氣薰，沙汀未到雁鴻羣。涼飆一夕來蘋末，吹墮千峯大茂雲。

十三

蕪蔞麥飯事堪論，千古君臣重報恩。河上秋風亭在否，蕭蕭黃葉有孤村。

十四

檜柏經霜嶽色寒，千年廟貌走祠官。古碑苔蝕秋嘗罷，巖月松風冷石壇。

十五

南越功成長百蠻，尉陀荒塚枕空山。英雄既去同流水，樹樹秋聲倦鳥還。

十六

風波滿地一漁船，何必嚴陵勝治泉。策杖板橋楓葉路，弄簫鳧渚芰荷天。

十七

秋城睥睨倚雲霄，戰後中原霸氣銷。夜雨空山行旅過，趙陵烟樹莽蕭蕭。

十八

握手君臣在草茅，一身是膽遏雄虓。三分事業今黃土，故里秋風落燕巢。

十九

平原風急雁行高，白馬金鞭獵騎豪。買醉旗亭新酒熟，邯鄲年少解弓刀。

二十

北潭臺榭舊嵯峨，絃管春風夕照多。秋冷高原花自落，至今潭水不生波。

二十一

高低秋壠帶平沙，松菊猶存半畝斜。最是芳菲春色好，青油幕護洛陽花。

二十二

鴉滿疎槐古戰場，白頭父老說興亡。荒原野燒催寒早，萬里秋陰下太行。

二十三

露冷蓮房秋水平，村墟日暮搗香秔。茆亭面面飛槐雨，一郡人家入雁聲。

二十四

池塘傍郭草青青，鳬鴨羣喧亂淺汀。曲折雕闌芳芷發，主人時綴護花鈴。

二十五

青苔古刹塔峻嶒，貧盡開元寺裏僧。夜定鐘聲天半落，千家樓閣上寒燈。

二十六

百尺干雲佛閣幽，諸天燈火梵鐘秋。憑闌忽墮滹沱水，落葉寒烟帶暝流。

二十七

雕丘澹結草堂陰，烟水孤亭對碧岑。百尺老槐多歲月，夜深風雨作龍吟。

二十八

清流繞堞碧髿髿，兩岸蒹葭映遠嵐。猶憶月明秋放舸，洞簫吹過畫橋南。

二十九

結客場中號紫髯，輕裝走馬事韜鈐。鬬鷄不惜千金負，醉後飛花落帽檐。

三十

斷壁飛樓石磴巉，寒泉活活挂蒼巖。仙成隋主留香火，長使雲霞護碧杉。

【校記】

〔一〕『猶存』，《近稿》作『邑存』。

秋日憶兩兄家園之樂賦寄

千頃玻璃萬樹蟬〔一〕，幽人夜傍水村眠。客來載酒溪橋上，十里芙蓉月滿船。

二

油油禾黍動平疇，曳杖疏泉菡萏秋。屋角片雲山市夕，溪風吹雨上村樓。

三

午橋烟墅石苔斑，黄犢車輕自往還。風定鈴閒白鳥下，雨中臥對玉屏山。

四

孤飛隻影逐風波，兄弟登高事若何。欲插茱萸興遠思，一天紅葉下滹沱。

【校記】

〔一〕『頃』，底本作『傾』，據《近稿》改。

秋月

冰壺濯影靜簾櫳，一片秋光入漢宫。萬里河山霜落後，千家樓閣月明中。

中秋

輪高雙闕夜娟娟，滿院蟬聲早菊天。帝里笙歌唯此夕，瑤臺風露是何年。

二

天街如水影西斜，澹佇疎欄望月華。燈火下樓人既醉，徘徊吾欲躡青霞。

昭性兄歸里

八月繁霜滿薊門，歸人驢背逐黄昏。孤燈誰共聯床話，寒雨淒淒落葉村。

落葉

斜日閒扉掩薜蘿，客懷無奈歲時何。小堂寂寂風迴幔，一枕秋聲落葉多。

二

紗窗秋靜罷棋枰，忽聽空階淅瀝鳴。怪底暗中生白髮，寥寥黃葉最無情。

有感

南苑西風老白蘋，石梁草沒水粼粼。漢家已罷長楊獵，鹿走宫牆不避人。

二

衰柳離宫落日斜，荷鉏野老幾咨嗟。鼎湖龍去無消息，猶倚紅門望翠華。

三

圖書東壁已封塵，筆札猶傳御墨新。卻憶苑南開講幄，夜分中使召詞臣。

四

憶昔甘泉扈從時，天閑上駟試教騎。停驂前席垂清問，咫尺龍顔日影遲。

五

西苑風蒲太液舟，侍臣笑語奉宸遊。湖光無恙遺弓墮，落葉殘紅滿御溝。

六

帶月宮鴉自往還，吞聲萬戶向橋山。中宵不唤鷹坊長，羽騎霓旌白晝閒。

贈吴秋林南歸用芝麓總憲韻

攜筑聊從燕市遊，倦歸江上晚楓稠。苧袍不染東華土，滿地風波一釣舟。

二

授我畫圖堪臥對，晴巒瀑布挂長虹。恠來四座烟霞氣，疑在江山夕照中。

三

兄弟翩翩翰墨香，時攜綵筆賦長楊。秋風忽繫蓴鱸思，八月雙鴻水驛凉。秋林弟亦能畫。

孝陵林下偶成次沚亭相國韻

帳外粼粼碧澗流，孤峯斜日照山樓。征塵暫息翻忘暑，萬壑風來六月秋。

二

當風布席晚霞天，坐久中林罥夕烟。初月一鉤生木末，星河影落酒樽前。

三

連岡張幄傍林居，好鳥相呼欹枕餘。擾擾古今真夢幻，臨風欲廢一編書。

四

輕陰深樹日從容，無事高眠對遠峯。谷口朝來多紫氣，蒼茫遥指孝陵松。

夜坐苦雨

小堂水氣滿簾櫳，徙倚無眠守燭紅。烟火長安十萬戶，冥冥盡閉雨聲中。

壽大叔父

累葉恩榮世所稀，戟門霞氣護庭闈。兒孫競獻南山壽，堂上先披五色衣。叔祖母九十餘，尚健飯。

二

建節東方海晏如，歸來野服伴樵漁。延年不假千金藥，燈下蠅頭寫道書。

三

齊眉廡下自家傳，合掌焚香繡佛前。白首年年花底祝，龐公夫婦地行仙。

四

秋水芙蓉湛玉壺，壽槐千尺曉霜鋪。香山洛社丹青在，不及雕橋行樂圖。雕橋，叔父別業。有大槐，曾繪爲圖。

蕉林詩集

七言絶句二

劉園觀陳伶演秋江劇次雪堂韻

秦青一曲和人難，寫出秋江木葉寒。摇落渾疑江上立，不知酒醒是長安。

二

千古風流未易尋，魂銷羅袖淚痕侵。秋來宋玉愁何極，歷亂燈前此夜心。

三

霓裳綽約澹無塵，一笑全傾座上人。惆悵曲終雲影散，徘徊欲賦洛川神。

四

芙蓉秋影亂平波，折柳江頭哀怨多。未免有情還我輩，停杯搔首恨無那。

五

聽罷新聲送夕暉，行雲暫駐尚依稀。分司御史疎狂甚，誰復開籠放雪衣。

六

勝地良朋會此辰，十年回首嘆風塵。白雲紅葉今何夕，歌舞偏生四座春。

七

雛鶯百囀擬輕喉，似笑如顰怪底愁。他日重尋腸斷處，沉沉燭影水邊樓。

八

詞場玉茗古今師，繼起陽春更在斯。吏部文章司馬淚，秋塘蕭瑟柳絲絲。

九

素袂幽香態最宜，蕭森況復遇秋期。聞歌一夕頭堪白，千載傷心子野知。

十

間心蕭颯斷諸緣，忽漫當歌體欲仙。秋水盈盈人宛在，西風零落芰荷天。

題朱天章琴瑟靜好圖

一幅輕綃紫翠鋪，帷中調弄似堪呼。新悲孫楚淒然句，虛負山人《靜好圖》。

秋日郊行

一村秋水帶谿烟，處處人家急晚田。匹馬西風增遠思，蟬聲萬樹夕陽天。

秋日

閒門晝掩即山家，散帙焚香日影斜。搔首忽驚時序改，滿階秋色上葵花。

題扇壽二叔父時余兄除休寧令，叔父不肯隨任

人閒春晝掩松關，丹竈風清野鶴還。笑引萊衣新墨綬，龐公肯出鹿門山？

許秋厓齋中碧桃開爲賦二絕

市廛深處有烟霞，茆屋飛飛燕子斜。門外不知春色好，短籬開遍碧桃花。

二

無事呼兒引轆轤，主人幽意在青蕪。一簾春雨花如笑，索紙閒臨《蛺蝶圖》。

椒山祠

椒山祠外草萋萋，苔蝕豐碑鴉亂啼。遺像空留千載恨，寒烟晝鎖古城西。

忠烈祠

野老吞聲說戰場，孤城瀝血共存亡。悲風祠廟春原裏，草綠蘋青帶夕陽。

少年行

年少揮鞭控紫騮，自言家住古幽州。樗蒲一擲黄金盡，笑擁名姬上酒樓〔一〕。

二

清霜三尺拂刀環，醉後長歌白晝閒。走馬西山邊日暮，滿天風雪放鷹還。

三

高堂宴罷奏琵琶，射得雙鶻向客誇。手擲金錢通貴戚，夜驅白馬宿倡家。

【校記】

〔一〕『名姬』，名家詩鈔本作『胡姬』。

城南放舟

泥融沙暖試青驄，上谷晴烟野望中。春在畫橋東去路，溶溶一水酒旗風。

二

斜陽城郭一孤舟，細草輕暄散客愁。溪上人家門半掩，鞦韆倒影入春流。

三

日照松門鳥自呼，烹鮮沽酒坐平蕪。河山依舊春如許，燕市何從問狗屠。

四

金鞭浪逐少年遊，一櫂春風起白鷗。酒罷莫教隄上望，家山點點使人愁。

遊來青園

東郊綠滿夕陽村，松影蕭蕭落酒樽。舊榭鶯花迷醉客，當年歌舞幾人存。

二

樓臺虛敞自來青，門對桑麻晝不扃。燕子還疑王謝第，遊人爭說醉旗亭。

春雨

紙窗孤燭夜熒熒，彷彿鄉關夢乍醒。怪底春深寒到枕，暗風飛雨入疎欞。

雨後寄家書

家書一紙思無窮，歸路依依楊柳風。若問春來客邸事，白頭夜話雨聲中。

春日感興

市居清似野人家，睡起攤書日影斜。天遣東風憐旅客，郎山三月未開花。

二

芙蓉堤畔別漁樵，又見津亭變柳條。夢醒不知身是客，暮烟春雨遍河橋。

三

水暖沙明古道邊，關情節序是今年。城西霽雪南園草，何處風光不可憐。

四

寂寞相如鬢已皤，朱樓幾處擁笙歌。桃花流水人何在，春草閒門落照多。

過日涉園

逶迤芳沼水漫漫，新綠晴薰滿藥闌。一上小樓無限思，斷腸春色客中看。

登樓遠眺

漠漠春雲今古同，燕昭臺畔草連空。千年易水荒烟裏，一郡人家晚照中。

己酉除夕

屠蘇入手訝春風，不寐留連舊臘中。多少朱樓篝炙暖，閉門燈火一衰翁。

庚戌元旦

疎窗寒影不成眠，曉幕風吹邸舍烟。久客敝裘仍舊恨，鄰家爆竹是新年。

送郝雪海歸中山

四馬蕭蕭問索居，相逢惜别酒樽餘。論文燒燭春宵短，十載寧須更讀書。

二

朋好年來悵路岐，高城對榻漏遲遲。嘉山柳色中山酒，還憶孤燈共話時。

三

燕山莫惜醉離觴，春水春雲别意長。去住與君同是客，風烟回首各茫茫。

四

寒食還家聽早鶯，杏花開處見唐城。風塵誰遣頭如雪，送盡春光易水聲。

對月

風飄絲管滿城春，獨步柴扃月色新。孤影徘徊眼底事，清光迢遞夢中人。

日涉園看海棠

風流司寇日啣盃，每許羊求乘興來。何事偏催羈客淚？海棠枝上一花開。

贈陳藹公

剪燭春宵試茗甌，燕山精舍足淹留。久推季布千金諾，新上元龍百尺樓。

二

才名河朔冠詞場，四壁唯餘一錦囊。客裏相逢塵浣盡，春風坐識令君香。

三

獨唱陽春和者稀，且同鷗鳥共忘機。金臺買駿荒唐甚，芳草燕山老布衣。

四

風雨孤燈擁敝廬，客來手爲剪園蔬。從容仲舉嘗懸榻，寂寞虞卿自著書。

讀藹公文集

風雅榛蕪事可嗟，把書快讀午陰斜。畫圖爭怪王維雪，此日中原有大家。

寒食

青郊處處提壺出，紅袖家家上塚還。一片落花春不管，野風吹入水潺湲。

二

禁火人家水上村，金羈珠彈走王孫。曉鶯苦喚思歸夢，開盡山桃未出門。

無題

不畫雙眉坐漏深，琵琶何處覓知音。落花飛絮春無主，掩淚東風去就心。

閨怨

碧窗繡罷倦支頤，簾捲晴烟日乍遲。頻問海棠花早晚，花開卻憶去年時。

二

畫樓春樹影重重，女伴尋芳笑語濃。忽見落花三月雨，離愁一線上眉峯。

馬上望西山

西山窈窕削芙蓉，樹影嵐光翠幾重。傳說葛洪丹竈在，白雲遥指第三峯。

上谷道中

沿堤春水漾晴沙，楊柳風吹小隊斜。曉日曈曨村上市，杏花零落客還家。

二

纔見芳原麥壠青，客懷五月未開扃。一鞭曉色愁何在，布穀聲中長短亭。

三

短後衣輕控紫騮，郎山回首碧烟浮。故園千樹桃花裏，粧罷閨人正倚樓。

小憩方順橋

雨霽輕寒半未消，解鞍坐對水雲饒。最憐歸路清明後，新柳青青第一橋。

望見定州

趙北燕南樹色分，歸人馬首望斜曛。唐河水漲東風急，吹落中山一片雲。

讀郝雪海錦江十六疏

官罷空餘奏草存，繡衣能令九重尊。世人欲殺尋常事，强項生全是主恩。

二

玉壘風清霸氣銷，歸裝一卷自寥寥。生還華表千年鶴，銘勒成都萬里橋。

三

百戰危疆九死身，風霜字裏見勞臣。功成卻賞江潭老，先帝猶思用趙人。

四

十年清獻不如君，何事中山謗篋聞。柏府共看真御史，霸陵誰識故將軍。

陳藹公索詩壽傳使君

世傳經學漢儒家，五馬庭開舊絳紗。載得廣陵橋上月，來餐大茂嶺邊霞。

二

佐郡風流版築才，梁園授簡有鄒枚。爭傳仙吏來何暮，春泛滹沱作壽杯。

寄郝雪海有引

雪海侍御約尋二龍之源，值有他故，不果。遙望唐水，爲之悵然。

一水盈盈泛野鷗，龍源悵望敢遲留？非干苦避白蓮社，媿負虛停郭泰舟。

過羅莊鋪有感

雙鬟寂寞傍村孤，人面春風玉不殊。一曲求凰猶未嫁，重來陌上是羅敷。

登定州城南高臺俗傳爲慕容舊陵

荒臺落日舊山河，四顧青青匹馬過。千載霸圖銷歇盡，慕容塚畔暝烟多。

讀雪浪石銘

昔人愛石築茆亭，亭廢重來讀此銘。彷彿句中風雨集，驚翻雪浪晝冥冥。

贈王子極將軍

風清上谷戟凝霜，緩帶輕裘蹴踘場。當日嫖姚年最少，朝朝羽獵事先皇。

二

牙旗分閫晝無譁，扈從長楊日影斜。衣馬五陵曾結客，燕山爭說魯朱家。

寄謝王敬哉惠畫扇

客裏蹉跎多難身，雙魚遙問意何頻。怪來邸舍渾無暑，一拂清風是故人。

二

書堂深柳坐清幽，爲寫雲林五月秋。澒洞風塵頭頓白，時從綵筆見滄洲。

夏夜藹公過邸中月下聽度曲

客途一日九迴腸，對酒當歌度晚凉。漫向何戡嗟落拓，座中顧曲有周郎。

二

開樽小院影婆娑，子野聞聲唤奈何。一曲《伊州》塵不到，故人攜得月明多。

哭王安之内兄

寂寞琴亡子敬絃，感今悼昔倍悽然。夜臺兄妹應相遇，一夢人間五十年。兼悼亡室。

二

總角相看骨肉親，崎嶇萬里嘆勞薪。十霜嶺海塵中客，一夕山陽笛裏人。

三

殘春執手意無窮，何事輕塵逐曉風？郎抱山頭愁見月，思君腸斷月明中。

四

書來驚起涕滂沱，他日君門忍再過？三徑纔成人不見，碧紗畫鎖落花多。

歸途雜詩

透迤客路雨紛紛，野水遙汀下鷺羣。咫尺燕山何處覓，霏微隔斷一溪雲。

二

泉甘土沃帶蘼蕪，桑柘千家入畫圖。約束分明經濟在，當年彷彿憶徐無。望唐城。

三

唐水環村綠樹濃，美人北去白雲封。何疑久旱無霖雨，茆屋於今有臥龍。憶雪海。

四

驚雷急雨過前灣，小隊輕裝此日還。馬上喜傳鄉土近，綠楊影裏見中山。

五

雨霽高城曉霧迷，披衣小立意遲遲。鷄聲店月催殘夢，正是中山起舞時。

六

遙山嵐影翠層層，五月烟村暑氣澄。官柳千行塵不起，曈曨日上慕容陵。

七

雨後新涼曉色晴，平蕪帶露馬蹄輕。飄然旅思清於水，一路黄鸝送客行。

八

聯轡晨驅壠上青，黄鸝交語太丁寧。金丸年少休彈射，留取詩人斗酒聽。

九

去時春暮百花香，歸日薰風動夕陽。物候那堪忙裏度，千村麥熟壠雲黄。

十

金臺揮手謝荊卿，風雨蕭蕭保下城。我去君來萍聚散，草堂回首不勝情。憶藹公。

初夏同藹公遊不蕪園次韻

聞説茅亭長竹孫，東郊遥指緑陰屯。接䍦倒著休相笑，何似山公醉習園。

二

牡丹闌畔送新香，蛺蝶翻飛過短牆。一徑薔薇清露曉，三分春色在長廊。

三

槐覆高樓燕語喃，桐陰深處有精藍。不知古佛傳何代，長伴禪燈冷石庵。

四

臺廠淩虚攬眾青，萬竿修竹隱蘭亭。花飛已借藤爲幄，樹老還將柏作屏。

五

桐下開樽醉晚霞，燕山詞客擅才華。停杯頻顧秦青曲，半入鶯聲度碧紗。

六

聞歌漫自羡陶朱，樹隱當年乞鏡湖。鴻羽冥冥高避弋，何須官貴執金吾。

七

青鞵白帢試春衣，攜手斜陽望翠微。廡下愧非荀氏里，德星此夕定光輝。

八

漠漠輕雲剪剪風，酒闌乍喜雨空濛。歸途暝色猶堪醉，春樹人家野水東。

登樓納涼

披襟愁見晚雲紅，避暑移床納遠風。夜色滿樓牛斗逼，萬家烟火有無中。

喜雨

暑病侵尋晝閉關，乍聞簷溜破愁顔。小樓危坐涼如水，倚杖遥看雨後山。

若水弟招飲南郊觀荷

石梁平沼葉田田，斜日樽開荷芰天。安得月高同蕩槳，西風載酒木蘭船。

二

楊柳風前聽轆轤，柴扃石磴未荒蕪。他年擬傍池邊老，解帶無煩乞鏡湖。

三

面面芙蓉隱蟹莊，鳧鷺爭浴亂横塘。一樽人坐荷風裏，百道飛泉帶夕陽。

四

逶迤秋草引陂陀，流水聲中《子夜歌》。折得碧筒人半醉，菰菱深處暮涼多。

輓傅哲祥使君

兩袖清風一卷詩，淩川家學信如斯。悵余久誦臨邛賦，把臂文園病渴時。

二

佐郡翩翩自不羣，嚴城枹鼓夜稀聞。訟庭三月清如水，纔發棠花哭使君。

遊眾春園拜韓魏公像

巋然遺像古城隅，經略當年憶壯圖。依舊中山秋草碧，祠堂寒鎖月明孤。

二

魏公賓佐此淹留，淡日疎烟草樹秋。千古峴山堪墮淚，殘碑讀罷想風流。

三

眾春花木竟如何，三徑於今但薜蘿。滄海幾遷遺址在，還疑秋色此中多。

四

高臺荒榭草茫茫，避客鴉飛帶曉霜。寂寞庾樓歌吹冷，西風俯仰一沾裳。

曉發中山

中山半歲再經過，發發秋風曉渡河。回首吾廬慙遠志，雁南飛處白雲多。

慶都縣遇中秋是日微陰，夜半月始皎然

荒城古署坐斜曛，淒切鳴蟲四壁聞。濁酒一樽風露下，始知今夕是秋分。

二

薄霧輕陰暮未開，虚堂寒影濕秋苔。夜分但聽廚人語，天柱峯頭好月來。

再宿上谷邸中

短衾孤燭伴藜床，夜夜鄉心聽漏長。今日經過如夢寐，依然前度舊劉郎。

張桓侯廟

風急沙飛古戰場，三分事業久荒唐。祠前不改河山舊，秋雨蕭蕭掩白楊。

二

重瞻廟貌夕陽中，百戰艱難國士風。英爽如新還薊北，忠魂遺恨滿江東。

涿州遇雨口占

斷橋泥滑水生瀾，雷雨前村路幾盤。莫向蠶叢嗟鳥道，崎嶇此日是長安。

遊恩惠寺

琉璃橋畔水潺潺，日照經樓白晝閒。昨夜松門秋雨過，晨光嵐影滿西山。

長楊店土人呼爲小蘆溝

孤臣三載去皇州，千樹桃花落葉秋。當日種桃人在否，西風掩淚小蘆溝。

渡蘆溝橋

咫尺紅雲繞鳳城，去來萍跡此春明。湯湯無恙桑乾水，猶是青門送別聲。

題松溪談道圖

松風謖謖水粼粼，共話長生迥絶塵。多少朱門新意氣，溪邊笑煞兩閒人。

寄懷同年金又鑣守汝寧逾十年

良朋出守十年餘，共道清風壁挂魚。神爵政成流俗美，汝南月旦更何如。

題畫

溪橋流水遶山村，虎落蕭蕭晝掩門。一卷《南華》千樹雨，疎鐘遠寺又黄昏。

暮春郊行

御溝西去覓殘紅，春鳥關關水面風。十里朱樓簾半捲，夕陽城郭緑陰中。

二

千載繁華此帝都，酒旗歌板醉氍毹。誰知柳岸風烟好，十丈塵中有玉壺。

袁六完都諫召飲馮莊觀海棠

韋祠當日花盈樹，零落紅香冷杜鵑。今向馮園花底醉，帝城春色此中偏。

二

黄門載酒試春衣，紅滿枝頭緑尚稀。春色三分君自管，東風莫放一花飛。

冬夜觀伎演牡丹亭

玉茗千秋絕妙詞，玉人檀口正相宜。中丞含笑頻觴客，那識江州泣下時。

二

豔舞嬌歌絕代無，高燒絳燭照氍毹。臨川面目何人識？今認王維舊雪圖。

三

優孟衣冠鬼亦靈，三生石上牡丹亭。臨川以後無知己，子野聞歌眼倍青。

四

紅牙偏稱玉搔頭，今日盧家有莫愁。曲罷酒闌雲未散，熒熒燈火下朱樓。

昭性兄令休寧無茶寄戲作

陸羽《茶經》似可删，龍團誰信產名山。年來徒有相如渴，茗椀泉鐺盡日閒。

蕉林詩集

七言絕句三

贈柳敬亭南歸白下

三十年來說柳生，留髡此日絕冠纓。指揮舊事如圖畫，對汝堪移萬古情。

二

婆娑白髮渡江來，濁酒燕山識辯才。聞道解紛憑片語，千羣組練一時迴。

三

軍中軼事語如新，磊落寧南百戰身。爲問信陵當日客，侯門誰是報恩人。

四

閲盡桑田一布衣，冶城深處有柴扉。春來數醉荊卿酒，風起楊花送客歸。

五

《齊諧》志怪詎荒唐，抵掌風雲起座傍。天寶尚存遺老在，何戡白首説興亡。

六

倨坐侯生揖五侯，清齋長伴旅燈幽。有無南越千金橐，一棹江風是壯遊。

坐雨

散帙虚堂暑乍清，隔牆紫燕語分明。最憐花氣侵人好，坐聽淙淙急雨聲。

夏日

小庭人靜晝如年，畏暑抛書愛午眠。夢醒不知時早暮，合歡影動夕陽天。

雷雨

迅雷急電夜冥冥，千頃寒濤落小庭。何處層巖驚蟄起，雨餘猶自帶龍腥。

苦熱

曉氣全銷案牘中，歸來炎熇晝爞爞。何時濯足滄浪水，垂柳千行萬壑風。

奏事南海子馬上口占

涼風習習擁驊騮，青草溪邊野水流。奏罷玉堦天咫尺，甘泉六月漢宮秋。

夜雨

草堂靜夜雨潺潺，水鳥川雲數往還。愛坐晚涼相對語，何如剪燭話巴山。

二

大暑誰將酷吏除，泠泠水氣上衣裾。閒聽燕市三更雨，喜得鄉關一紙書。

齋中舊竹一叢歸去三年入都喜亭亭如故冬月寒甚忽皆凍死呼僮伐去感慨係之因成絶句

三載重來看藥闌，亭亭疑作種桃看。如何君子凋霜雪，不共孤臣守歲寒。

雨中買紫薇花

百日紅爲耐久賓，家園手種草堂新。别來寂寞無知己，冒雨相看是故人。

瀛臺卽事

西苑晨光映緑蒲，槐風獵獵水禽呼。芰荷香裏開宫扇，疑是甘泉避暑圖。

二

水殿涼生楊柳風，牙檣錦纜畫橋東。芳湖倒影樓臺出，鵠立千官曉鏡中。

三

輕雷隱隱過宮車，法從從容問寢餘。奏罷九天聞語笑，紅雲朝護紫宸居。

四

霏微金殿曉烟開，蘆葉蕭蕭一艇來。誰道銀河塵迥絶，分明天上泛槎回。

雨中種竹

叢竹蕭蕭晝裹看，草堂相對足清歡。幽人但得瀟湘意，何用淇園種萬竿。

苦熱偶吟〔一〕

紈扇頻揮力不支，無眠露坐更遲遲。小堂屈指西風入，嘆爾炎威復幾時。

【校記】

〔一〕『熱』，底本作『熟』，據詩意改。

憶蕉林

綠苔寂寂野人家，獨倚樓頭看落霞。蜂蝶飛來無定著，小庭風動紫薇花。

二

曉窗散帙晝遲遲，二仲相過開徑時。對話桑麻塵不到，一闌細雨放秋葵。

三

半船坐雨冷蕭蕭，彷彿江天弄晚潮。人在西窗清似水，最堪聽處是芭蕉。

四

晴窗裊裊發新藤，茗椀繩床似定僧。歸雁一聲春院暮，綠槐影裏隱書燈。

五

西山翠色入樓臺，賀廈飛飛燕子迴。小徑巡行看不厭，薔薇籬畔送香來。

六

花落空階雨乍收，圖書坐擁草堂幽。莫言江上風烟好，一徑芙蓉滿院秋。

七

百花深處閃螢光，錦軸牙籤號墨莊。昨夜小畦涼雨過，泠泠秋水玉簪香。

八

風塵回首事如何，每愛新涼自放歌。一葉下階殘暑去，槐陰院落暮蟬多。

九

凍霧霏霏歲欲闌，獨將幽意對檀欒。忽聞小閣梅花發，疎影寒香雪裏看。

十

淡烟旭日滿簾櫳，春色依依上小紅。客爲看花頻載酒，海棠開否問東風。

立秋

雨後高城暑乍清，已聞嘒嘒送蟬聲。曉來怪底庭如水，昨夜秋從枕上生。

庭中茉莉開

輕風花底幾徘徊，異種當年南詔來。何事幽香中夜發，殷勤似爲晚粧開。

寄德滋弟

行行牛角挂農書，雨後村田晚自鋤。客至一樽秋露下，烹葵剝棗事何如。

二

數椽十畝更何求，酒滿樽罍月滿樓。廡下妻孥頻舉案，西風人醉稻花秋。

七夕

閃閃流螢上畫樓，西風團扇薊門秋。人間浪說雙星會，惹起閨中玉塞愁。

壽施硯山侍御五袠

人自先皇顧盼餘，惠文嶽嶽世誰如。十年驄馬休嗟晚，高適於今始著書。

二

花底稱觴露氣寒，西園賓客醉長安。紅燈綠酒人無恙，曾向堯階指佞看。

秋齋

放衙小結靜中緣，落葉鳴鴻勝管絃。秋碧堂中人獨坐，淡雲疎雨菊花天。

宋荔裳觀察暮春召飲寓園觀祭皋陶新劇次韻

對酒當歌水竹叢，人間何事謗書同？不須重讀三君傳，今古傷心一曲中。

二

春城忍見一花飛，勝侶長安此會稀。白舫柳塘簫鼓發，朱樓夾岸盡開扉。

三

絲管聲中逐冶遊，已知世事曲如鉤。笑啼千載憑優孟，花自垂垂水自流。

四

氍毹燈下曲新翻，疑是王郎舊淚痕。當日風流餘幾在，渭城更唱欲銷魂。

家園牡丹正開

紛紛紅紫映柴扃，客爲尋芳過小亭。最怪開樽風雨至，青絲幛底綴花鈴。

二

洛下名葩雨後開，奚童歲歲掃蒼苔。於今花落斜陽裏，誰向西村載酒來。

陳藹公首選入成均喜而賦贈

爭傳榜下收名士，老將漁陽竟冠軍。爲語故人須努力，文章今已重劉蕡。

二

座中荀令多香癖，臥內修之號水淫。莫怪世人皆欲殺，鍾期千載一知音。藹公愛薰香，又每臥必浴，故云。

題湯公牧所藏顧元放畫冊

峭壁蒼烟境絶塵，數椽茆屋碧溪濱。虚窗窈窕秋山裏，落木蕭蕭若有人。

夏日

曉起虚窗静不譁，客來小試六安茶。蕉林今日風光好，一樹新開夜合花。

二

一枕南窗午夢長，層冰赤腳苦荒唐。攢眉酷吏飛揚甚，乍喜風微茉莉香。

三

黄塵衮衮鳳城隈，河朔誰傾避暑杯？安得置身韓水上，緑槐影裏好風來。

四

河漢垂垂露下遲，披襟花底納凉颸。無端又逐晨鶏起，正是山人穩卧時。

壽孫北海先生八袠

藤陰古塢歷春秋，故紙摩挲自校讎。海鶴丰神猶健飯，閉門窗下寫蠅頭。

二

名成身退臥柴荊，偶過羊求啓徑迎。手注遺經多歲月，帝城今見濟南生。

三

鉤黨當年號顧廚，人倫清鑒湛冰壺。稱觴漫侈岡陵頌，爲進扁舟范蠡圖。

四

左圖右史伴閒身，退谷翛然穩釣綸。家傍東華塵不到，逍遙八袠太平人。

秋日

晴窗短榻思翛然，愁劇難登歌舞筵。辜負帝城秋色好，西風殘照泬寥天。

二

疎雨涼雲弄曉寒，病妻三月不窺闌。莓苔滿徑難攜手，開盡秋花未忍看。

雨夜聞鳥啼

一天涼影生輕縠，雨打花梢風謖謖。籠鳥高簷自在啼，主人疑傍山家宿。

秋夜

白雲紅樹盡荒唐，十丈塵中爲底忙？獨有夜分秋思好，疎燈細雨聽啼螿。

同年呂半隱作畫見寄有更飛烟靄到長安之句次韻賦謝

美人消息隔層巒，書到茆堂八月寒。莫道山中無可贈，白雲片片落長安。

代柬送蛟門合歡花

茆齋新放合歡花，片片飛香縷縷霞。知子官閒門似水，故教春色過鄰家。

和蛟門舍人瀛臺賜宴紀事

西苑新開玉井蓮，水雲深處敞高筵。牙檣錦纜中流發，一似浮槎牛斗邊。

二

池開興慶泛空明，鎬讌千秋遇並榮。獨恨舍人身不與，吟成七字韻偏清。

三

蘭橈載酒去仍回，千頃芙蓉繞露臺。宴罷昆明斜日暮，鮫人應獻夜珠來。

四

魚水君臣盛事稀，醉來香氣滿朝衣。白頭媿乏《西京賦》，猶說長楊扈從歸。

念東欲遊葑臺看菊有詩嘲朝士既而不果行亦爲詩嘲之

秋原黄菊漸離披，走馬城南怪底遲。畢竟軟紅塵可戀，淵明不復問東籬。

二

借馬尋秋早散衙，逡巡庭戸日西斜。白衣送酒荒唐甚，寂寞終嫌處士花。念東有『籬下蕭然處士花』之句。

壽丁母七袠

淮南寶婺照霞裾，家傍江城有饌魚。簾閣焚香餘晚課，一窗燈影貝多書。

悼亡

秋水爲神玉作胎，掃眉人是謫仙才。畫圖重認春風面，石上精魂爾再來。

二

世上朝榮嘆舜華，扶桑旭日已西斜。夙因未了梁鴻案，誓作他生並蒂花。

三

一笑春風恰五年，玉虛宮裏舊因緣。試吟落葉哀蟬句，何處秋光不可憐。

四

黯淡秋風已數旬，繐幃空照月華新。海棠零落無顏色，一似深閨病裏人。

五

玉鏡臺閒散彩雲，空箱猶疊柘榴裙。長安砧杵家家急，刀尺聲中詎忍聞。

六

十五盈盈始嫁時，催粧有句寫烏絲。於今蠹蝕書哀怨，說與泉臺那得知。

七

低垂銀蒜冷鮫綃，秋雨秋風夢路遥。湘管乍停京兆筆，香奩螺黛影蕭蕭。

八

凝粧調瑟伴清幽，暫到人間二十秋。寒雁一聲黄葉下，思卿不見罷登樓。

題内子小像

畫上呼名事有無，看時淚眼已模糊。虎頭寂寞空千載，誰更重摹《列女圖》。

二

香爐竹几絶纖塵，二十春風井臼身。試認凝粧危坐者，可能彷彿夢中人。

蛟門舍人見貽黄扇名香賦此代柬

舍人贈我惹衣香，紈扇清風五月涼。見説廣陵秋色好，一時吹送鬱金堂。

哭張晦先憲副

三十年來交誼真，相看白首尚如新。紛紛此道輕塵土，砥柱於今更幾人。

二

涼月如霜掩繐帷，空囊留得數行詩。窮荒僮僕扶歸櫬，廉吏須知不可爲。

三

如水論交臭味同，歲寒僅見古人風。那堪玉樹埋黄土，哭向浮雲恨未窮。

四

渺渺盤江去不回，可憐虚負出羣才。一官九折羊腸裏，苦雨淒風萬里來。

五

世事茫茫未可論，當年季札劍空存。長沙鵩鳥留遺憾，南國誰招湘水魂。

六

隻影江湖幾度秋，茂陵遺稿倩誰收。泉臺一閉門屏冷，惆悵空餘燕子樓。

壽海鹽戚華藩太公

魚罾蟹斷影蕭蕭，漵浦秋風景色饒。八衮體强多勝事，片帆載酒木蘭橈。

題沈生愛菊圖

笻杖逍遥白氎巾，東籬獨愛菊花晨。西風處處生秋色，今古清閒得幾人？

題長源弟山房觀梅圖

草堂虚敞翠巖風，遶屋梅花一徑通。疎影暗香誰獨賞，雪深高士卧山中。

題沈同文美人宴坐圖

繡罷鴛鴦倦倚闌，綺窗線帖半抛殘。牙籤錦軸蕭閒甚，想像當年李易安。

題長源弟秋林落照圖

黄葉孤村面淺岡，疎林猶帶曉來霜。草堂盡日無人到，亂水磷磷自夕陽。

立秋

今年暑濕如江國，紈扇驅蚊晚更稠。忽喜西風來木末，涼雲細雨一城秋。

題畫

山風習習滿江樓，紅葉蒼烟入暝流。有客登樓歸未得，孤帆一片五湖秋。

二

松陵江上青帘舫，甫里先生白鷺巾。柔櫓烟波何所事，酒鎗茶具老閒身。

三

翠微深處遠鐘昏，秋到江南水竹村。閉戶種松人不識，青苔黄葉滿柴門。

題水部吴臥山小像

髹紅小几倚清虚，晝省仙郎玉不如。起草餘閒秋思好，水曹詩句史遷書。

二

炯炯雙瞳意甚都，才名年少冠東吴。臨風玉樹誰工寫？疑作機雲入洛圖。

劉魯一司農贈研山賦謝

茆齋寂寂翳莓苔，忽覩奇峯倦眼開。多感故人如海嶽，座中應有瑞雲來。

蕉林詩集

七言絶句四

過蘆溝余庚戌入都〔一〕，距今三年矣

回首清秋入帝城，湯湯已作斷腸聲。西風又動桑乾水，吹老征人髮幾莖。

【校記】

〔一〕『庚戌』，《使粤詩》下有『秋』字。

琉璃河

秋水秋風客思迢，白沙碧樹影蕭蕭。行人須記燕山路，天際飛虹第一橋。

宿涿鹿馮貽仙夜送酒果

白衣送酒未荒唐，好友醇醪對菊芳。莫道驛亭無勝事，中宵風雨認重陽。

安肅道中

潦收秋水到柴門，鷄犬人家桑柘村。畢竟田間風物好，幾行紅葉映朝暾。

徐河橋

解鞍憶昔坐橋頭，數見徐河清淺流。今日重過雙鬢白，澹烟疎柳一天秋。

宿欒城與親友話别

欒武城邊坐落暉，親朋執手各依依。共君竟夕團圞話，馬首明朝故舊稀。

柏林寺觀吳道子水

柏林畫水已千秋，白日縱横滄海流。此去仙槎浮漢使，鄉心一片大江頭。

趙州橋

廿年重度趙州橋，橋上秋風變柳條。昔日騎驢人已去，曉烟寒水自蕭蕭。

柏鄉道中拜漢光武祠 舊傳斬石人處

光武祠前野草枯，千秋臺上亂雲鋪。何年翁仲存靈蹟，也應中興赤帝符。〔一〕

二

千年石像臥蒿萊，舊鬼啾啾雨夜哀。莫怪蕭王多瑞應，曾聞隆準斬蛇來。

【校記】

〔一〕此首底本闕，據《使粵詩》補。

偶談平原君事

錄錄誰爲脱穎儔〔一〕，平原好客冠諸侯。二生混蹟無人識，千載虚傳笑者頭。

【校記】

〔一〕『錄錄』，《使粤詩》作『碌碌』。

叢臺懷古

主父崇臺落日紅，當年羅綺動春風。照眉池畔歌絃罷，影入閒雲野水中。

二

秋滿荒城紅蓼開，行人爭指趙王臺。晨驅南渡洺河水，臺上悲風萬里來。

照眉池

秋水淪漪尚有池，宮中曾此照蛾眉。才人零落風流盡，苦憶當年學步時。

過汴城

畫舫青帘曉渡河，逶迤城闕起陂陀。繁臺艮嶽俱岑寂，汴上風流已不多。

二

昔時河決大梁城，三十年來蔓草平。舊事好詢梁父老，祗今何處弔侯生。

陳留懷古

古來明哲幾猶龍，我愛陳留阮嗣宗。失足中郎千載恨，淒涼故宅暮雲封。

歸德道中此地多月季花，冬猶盛開，亦好種桐

日冷平蕪汴水東，梁園風物有無中。人家桐引村村綠，古寺花開月月紅。

宿州道中

百戰濠梁霸氣偏，沙飛日白上墟烟。客心此際分南北，漸近寒江暮雨天。

判虎臺包孝肅令定遠，曾判虎，又有包公井

包公井底水清泠，判虎臺邊土尚腥。一笑黄河人不見，豺狼十萬晝冥冥。

旅夢

夢中家岫碧於簪，兒女團圞話正酣。津吏唤人斜月落，不知身在古淮南。

桐城道中松趙文敏有《萬壑響松風圖》

龍攫虬蟠幾萬株，霜皮溜雨歲華逾。分明承旨丹青筆，一幅松風響壑圖。

練潭

霧濕征裘上紫嵐，羣山霜氣曉猶含。河流東與江濤接，一片浮橋過練潭。

姚注若寄字扇畫梅賦謝

鵝溪五尺絕纖埃，似有寒香入座來。綵筆應憐鄉思苦，爲予先折嶺頭梅。

二

公子翩翩意獨勤，蕺山團扇寄江濆。書成不用籠鵝去，絕勝羊家白練裙。

舟發皖城

似鏡波平放畫艭，朱樓窈窕映篷窗。十年不作扁舟夢，此日空濛入大江。

二

白波萬頃隔烟鬟，欸乃聲催客夢間。一片江帆留不住，回頭何處大龍山。

舟望

雲深谷口有無間，夜靜寒汀鸛鶴還。萬頃湖光千嶂月，烟中遥指大孤山。

望五老峯

廬岳何峯是絕峯？東南秀出碧芙蓉。維舟我欲逢五老，鳥沒烟沉第幾重。

輓座師羅吳皋先生

龍臥東湖歲月催，立朝正笏見風裁。久虚孺子生芻薦，此日西州痛哭來。

二

少小升堂北面初，白頭今過仲淹廬。龍門家學誰傳得？爲問河汾舊著書。

三

數仞宮牆鎖暮霞，琴書四壁老臣家。當年幾坐春風裏，咫尺空帷冷絳紗。

四

梁萎山頹重涕洟，豫章城畔去遲遲。江頭極目松楸色，後死誰銘有道碑。

大洋洲

夾岸陰陰樹影昏，蓬窗草閣倚雲根。夢回一枕江天雨，帆挂洋洲烟水村。

二

洲上人家曉市陰，水神祠廟鼓鐘深。雨中簾捲烟江色，消盡風塵遠客心。

少日遭風住沙溪經旬今舟過詢長年不得其處悵然有感

每思少小住沙溪，今日重來路已迷。鷄黍江村成異物，一帆風雨認遙堤。

雨夜

水村樹黑晚江天，細雨飛窗思黯然。此夜燕山人倦未？孤燈影瘦剪刀邊。

病中

短衾如鐵下危灘，水市風篙病裏看。天上鷺鵷眠正穩，爭知萬里客孤寒。

舟過茅姑山

仙女吹笙玉宇高，青山依舊壓江皋。空巖風雨莓苔濕，環珮聲中落暮濤。

曉望吉安

悲凉今古名賢地，亂後江山幾廢興。螺浦青冥如可接，一船霽雨到廬陵。

贈張簣山館丈〔一〕

廬陵遷客癖烟霞，白鷺洲邊學士家。漁父不須驚澤畔，漢文今已召長沙。

二

小泊晴窗贛水隈，維摩示疾一書來。客星此夕高雙闕，莫戀羊裘舊釣臺。

【校記】

〔一〕『張簣山』，底本作『張簣齋』，據《使粤詩》改。《使粤詩》此二詩後鄧漢儀評語云：『簣山賜環後，即赴召玉樓，聞者太息。』可證。

洲上閒步

籬落翛翛戍鼓邊，平沙步屧渺江烟。不知北地寒多少，一似輕陰二月天。

過十八灘

石矗江城睥睨殘，急流枕上榜人讙。由來行路難如此，到眼風波惶恐灘。

二

波底嶔崎石筍蹲，迴帆捩柁屢逡巡。莫驚世上高灘險，自有中流穩渡人。

喜晴

兩山對出一江晴，十八灘頭新水生。天半戍樓喧鼓角，驚鷗衝破曉烟輕。

舟近贛州口占

風波歷歷近亭皋，急雨新添一夜濤。縱櫂安流灘過盡，鬱孤草色亂征袍。

江邊紅梅盛開

平灘淺水放舟輕，香入船窗夢乍清。暫遣旅懷風日好，半江紅雪萬山晴。

少從先人過嶺宿南安周生宅旬餘今其家人盡沒宅已屬他人改爲客店不可復識矣

憶昔垂髫侍膝前，江城山色尚依然。居停今日凋零盡，回首桑田四十年。

二

城畔頻詢舊布衣，江頭烽火事全非。主人亦有堂前燕，可更來尋故壘飛。

長春庵讀先大夫德政碑

松門磨洗碧苔封，黄絹銀鉤此日逢。魯殿巋然榛莽後，夜深風雨護蛟龍。

太平橋

當年城下水雲饒，競渡中流綵袖招。今日再來歌板歇，斜風細雨太平橋。

二

無恙長虹跨水濱，江樓早綻一枝春。東風不管多愁思，半面紅粧惱煞人。

贈興隆庵老僧寂法

樓櫓灰飛四十春，花開花落總成塵。來尋舊雨知誰健，雪滿僧顛是故人。

再得家書口號

始興江口一書來，驚喜恩恩枕畔開。屢報平安增遠思，望鄉須上越王臺。

岸邊見桃花

觀音竹裏幾人家，紅入村樓照眼斜。客路乍驚春事早，寒江千頃漾桃花。

過曹溪

迢迢飛楫阻丹梯，虎榜山邊路未迷。澒洞風塵今已倦，西方香近識曹溪。

望夫岡

望遠何人傍水湄，千年立石尚參差。乘風萬里愁孤客，卻憶凝粧倚檻時。

南海道中小泊口占

曉過洲墟緑未凋，暖風輕扇木蘭橈。江天有意留征袂，東望仙羊候晚潮。

元夕

嶺雲海月故鄉同，街鼓紛然九陌中。客裏春宵聊對遣，一庭花氣絳紗籠。

二

蠻兒燒燭炫烟花，牙拍鸞笙度狹邪。今夕月明人萬里，春風先到五侯家。

三

鰲山高結尉陀臺，青玉光中鸚鵡杯。火樹萬條銷海氣，春潮龍吐夜珠來。

四

油幕春開玳瑁筵，魚龍角觝動蠻天。嫖姚雅擅軍中樂，吹碎鄉心玉篴前。

五

牙旗畫角海天寬，涼雨瀟瀟下曲欄。卻憶京華紅燭夜，半簾春雪鏡臺寒。

六

陰陰花霧醉江城，錦罽風生細柳營。戰罷健兒齊解甲，一雙紅袖軋秦箏。

七

春城簫鼓月昏黃，朱邸花圍蹴鞠場。蠻女踏歌聯袂去，素馨風裏珮環香。

八

紅滿高樓綠滿枝，爭雄六博醉袁絲。明年故國張燈火，須記天涯聚首時。

九

弄珠駔儈舞婆娑，估舶帆檣滿內河。見說市樓陳百寶，裝成春色海南多。

十

傳柑燒罷水晶毬，桂海風光次第收。不道殊方真易醉，有人獨繫瘴江愁。

花田多種素馨粤女穿花飾髻昔人有風流惱陸郎之句今名白蜆殼數欲往遊未果

白蜆花田換舊名，金羈玉勒阻郊行。鷓鴣林裏風蕭寂，誰貫香鬟惱陸生？

二

素馨花發粤粧新，此地曾經葬美人。盤髻穿絲今不見，片帆愁煞海南春。

僧舟送定心泉水

歸猿洞隔白雲隈，春雨蕭蕭濕徑苔。清供不教虚勝地，名泉新注一僧來。

滇陽雜詠

木棉花落對春閒，滿載東風慘客顔。海上初歸天萬里，不堪重過望夫山。

二

嶙峋山色曉蒼蒼，奇蹟東南首瘴鄉。今過滇陽無片石，客船羞説鬱林裝。

三

近嶺春寒變泬寥，一江雷雨卸紅蕉。輕舟穩坐憑柔櫓，昨夜平添五尺潮。

四

涵暉谷口隔仙槎，霽色遥憐碧草斜。宜雨宜晴春事好，亂峯紅遍野鵑花。

過韶石

想像當年萬舞斜，空留亂石綰殘霞。揮絃無復南風奏，猶列羣峯望翠華。

石墨可以畫眉

始興江口岫離奇，石墨粼粼隔水涯。玉鏡莫煩京兆筆，宮中自昔妒雙眉。

舟泊江口

窈窕江村起竹樓，候人負弩擁朱斿。重過先子棠陰地，夾路春風亦壯遊。

歸至南雄老吏來迎

初到雄州似故鄉，當年父老喜相望。如今又逐春來雁，北指梅關涕數行〔一〕。

【校記】

〔一〕『數行』，《使粵詩》作『幾行』。

重遊南雄郡署

衙齋當日有烟波，種玉亭邊老芰荷。白首重來人物换，平池依舊暮雲多。

二

桂樹婆娑瑞雪堂，回思少小裛秋芳。蕭疎憐汝猶如此，隔世攀條倚夕陽。

三

水廊已廢緑蕉稀，積雨苔青上客衣。前度劉郎能識否？一般燕子入簾飛。

四

蘿薜陰陰覆短籬，猶疑昔日放衙時。自慚萬里垂衰鬢，虚負輪囷五色芝。桂適生二芝。

贛江歸舟

千山殘照緑烟多，十八灘頭一日過。春雁好傳香閣裏，歸人今已遠風波。

二

一船簫鼓帶潮回，昨日京華有雁來。不道客心方歷亂，媚人江路野棠開。

三

好友驪歌緩客槎，春城看徧贛州花。更愁前路逢寒食，何處青帘問酒家。

四

寥寥風雨過春分，畫艇攜歸南海雲。今日晴江帆色好，殷勤送客仗儲君。水神。

五

風動棕櫚隱几看，桃花春漲水漫漫。猶傳霸氣銷層嶂，誰識當年廿四灘。

六

披裘嶺北尚寒風，長採丁香蘸水中。鸜鵒不堪春料峭，平安數爲報金籠。

曉發萬安

千家烟火綠當門，伏枕船窗曉霧昏。布穀一聲催播種，始知帆過百嘉村。

二

蘭陵臺榭冠西昌，舊燕依然王謝堂。避客主人親藥裹，春宵懸夢輞川莊。指蕭氏園也。

雨村

數聲鳩婦雨濛濛，竹塢山桃寂寞紅。何事飛花偏惱客，春光半減亂流中。

阻風

逡巡何意戀春蕪，一枕驚回倚轆轤。擘柳吹花羊角上，不教詞客賦洪都。

市汊乍晴

杏花零落雨初晴，綠滿江樓春水生。乍覺輕烟寒食近，栗留聲裏賣稠餳。

舟泊章門

南浦飛雲繞畫船，八公草木冷春烟。珠簾捲處非前日，白髮人來似舊年。

吳城

賽神簫鼓咽吳城，晴眺江亭湖水平。昨夜數聲羌笛裏，一時估客盡沾纓。

湖晴

溶溶春水蟄蛟龍，迤邐晴沙草樹重。無際長天廬嶽小，烟中一點列千峯。

過星渚

星渚波平積翠遙，蝦蟆石立似相招。晴山倚檻看飛瀑，千尺寒泉落碧霄。湖邊有蝦蟆石。

二

彭蠡飛濤漸入吳，楚天春色下蘼蕪。中流塕影搖空碧，香霧濛濛過大孤。

三

巒𡶶茶具對春閒，共識星槎海上還。入耳江聲僧磬出，故人今是石鐘山。

四

粉堞如雲入畫窗，千秋彭澤氣難降。春來松冷陶潛徑，客過霞霏謝朓江。

過小孤

髻山一縷結香雲，江海奔湍此地分。惆悵飛飆纔識面，翠微鐘梵半天聞。

二

水村懸笱柳條青，嘔軋聲中盡日聽。泊近漁家收釣晚，微茫新月一江腥。

喜見江月

數旬江上淹風雨，今夕晴波素影流。桂闕也應憐旅客，不教明月助鄉愁。

舟中觀吳綵鸞書唐韻

蠶牋丹印綵鸞書，曾駕文貍上碧虚。誰向人間收拾得，琅函重出劫燒餘。

望潛山二喬故居

皖山天柱鬱岧嶤，江左風流大小喬。霸氣銷沉人不見，碧烟如黛鎖春潮。

暗石磯

晴帆東下尚逡巡，千里江聲送暮春。漫說迴車唯鳥道，磯頭暗石正愁人。

太子磯

太子磯邊但信風，蔚藍浮出大江東。春山一抹烟如畫，丹艧樓臺夕照中。

望九華山

秋浦樓東落彩霞，輕鷗點點傍晴沙。蓮開幢影羣峯出，珠像光中望九華。

過項王祠

無際江天急櫓聲，荒山風雨濕霓旌。艤舟亭長空相待，遺恨蕭蕭亞父城。

二

風吹劍珮冷江湄，猶憶英雄失路時。欲薦藻蘋舟已遠，牧兒橫篴項王祠。

三山晚泊

荊扉荻岸指前灣，翠色橫江近可攀。萬壑千巖看欲盡，青天句裏見三山。

風阻

三山細草傍舟生，望裏春烟白下城。何事江豚吹浪起，東風不放半江晴。

過江趨浦口

江國鳴鳩榖雨天，晚桃開盡柳三眠。石頭城外浮圖出，萬片琉璃入客船。

江浦道中

柳塘春水弄新晴，花草金陵促去程。兩袖染來青嶂色〔一〕，六朝送盡暮江聲。

【校記】

〔一〕『兩袖』，《使粤詩》作『雙袖』。

烏衣鎮

陰陰桑柘度輕車，獨上高樓客思賒。王謝風流蕭瑟甚，當年燕子入誰家？

大柳驛見牡丹

寥寥山驛野人家，小圃東風鬬麗華。江路芳菲春屬遍，南譙今見洛陽花。

三月三十日宿州旅中

鶯花三月太悤悤，客裏相看驛燭紅。一夕東風留不得，萬條飛絮暮烟中。

二

半晴半雨一春遒，横笛何人獨倚樓？露布荊襄新送喜，鄉書昨日寄神州。

永城道中

撲面飛塵四月天，桃花汗濕鐵連錢。馬煩車殆斜陽裏，卻憶澄江下水船。

衛輝署中看月

古汲荒城落日昏，蕭蕭松影上堦繁。鄉心一片看明月，何處風烟君子村。蘧伯玉故居名君子村。

淇水

憶聽飛瀑隔年秋，尋響重經古渡頭。好借泉聲消暑暍，石梁解帶枕寒流。

嵇侍中祠

古殿虬松晝掩扉，停驂道左盡歔欷。侍中不愛千年血，遂使君王惜浣衣。

豐樂鎮雨宿

飛沙蒙袂草堂開，歲月銷沉剩古槐。夜半風聲催雨急，分明海上帶潮來。

邯鄲見芍藥

東風踏遍客還家，嶺月江雲未有涯。萬里征塵今洗盡，一瓶紅藥故園花。

邯鄲曉行

學步橋邊首漫回，晨光乍啓見叢臺。雞聲無恙邯鄲道，又有歸人入夢來。

過呂公祠

碧樹陰中店早炊，鄉人爭拜呂翁祠。依然前度重遊客，仍是黄粱未熟時。

順德道中

半規落日遠山紅，大麓烟霏晚照中。攬轡平沙塵乍息，綠楊影裏快哉風。

邢州對月

薰風襄國綠初匀，獨對清光老客身。千里夢回須認取，一簾花影月中人。

中山道中

綠滿中山雨氣新，曉涼暫浣客衣塵。往來最愛垂楊路，又聽黄鸝喚遠人。

舊店夜雨

舟車數易海山窮，薄暮涼生野店風。七月王程愁萬斛，全收一夕雨聲中。

良鄉道中

田開督亢見燕關，父老爭看嶺客還。款段衝泥新雨後，白雲如雪滿西山。

送恆翁叔岳歸里

髯客翩翩去住輕，西山馬首曉烟横。同予萬里懷偏壯，蛟窟鼉宫掉臂行。

二

歸途書劍槖翛翛，問寢高堂樂事饒。湖海健遊詩一卷，醉餘沙畔射雙鵰。

寄高念東

東來處仲已騷然，何事孫恩有戰船？自是趙佗知漢大，越王臺上醉春烟。

二

花田不及治遊時，遺憾曾無飽荔枝。倘問歸舟何所載，海天明月嶺南詩。

三

漫道中林好放歌，於今泉石亦張羅。薊門秋色還堪醉，遲爾城南並馬過。

題孫北海先生小像

髯客方瞳近市居，白頭高蹈解金魚。斯文賴爾傳來學，獨抱當年濂洛書。

二

桐覆銀床歲月新，一編藜榻幾逡巡。那知滄海揚塵後，留得東京部黨人。

題上三立畫冊兼以識別

數椽茆屋枕寒流，歲久無人碧樹秋。此日披蓑歸路晚，滿天風雨一孤舟。

次韻寄鄧孝威孝威曾同龔芝麓入粵

竹西亭畔久遲留，知爾曾乘萬里舟。十九年來風物換，依然拱北有高樓。廣東有拱北樓。

二

淮海才名如子稀，緇塵不染芰荷衣。詩來每墮西州淚〔一〕，猶憶尚書並載歸。〔二〕

三

蛟鰐宮中掉臂回，楚天何事颶風摧。珠官花鳥猶如昨，莫漫江頭弔劫灰。

四

南天燈火幾聞箏，過嶺詩移萬古情。當日山川增壯色〔三〕，至今春滿越王城。

【校記】

〔一〕『每墮』，《使粵詩》作『每下』。

〔二〕《使粵詩》此首後注云：『尚書謂龔芝麓也，丙申曾同孝威之嶺南。』

〔三〕『山川』，《使粵詩》作『山行』。

題董伯帷小像

寂歷空山人獨往，泉聲松籟入鳴琴。那知澒洞風塵裏，自有翛然太古心。

三月三十日口占

蕭齋退食日遲遲，忽覺輕暄御袷宜。九十風光愁裏盡，幾回閣筆送春詩。

二

東風何事苦相催，三月猶無燕子來。聞道故廬花發好，閒門春色爲誰開。

汪蛟門寄居士貞畫趙松雪帖及扇頭新詞賦謝

邗上郵筒慰索居，故人投贈等璠璵。茆堂恠底涼侵袂，商谷烟雲承旨書。

二

棐几焚香伴寂寥，客來頻問廣陵潮。乍開團扇如明月，夢到揚州廿四橋。

親藩書屋命題

藥欄花塢碧苔斑，朱邸琴書永晝閒。一片春光千樹雪，東風吹入小湖山。

二

爲愛清幽水竹居，朝回高詠玩禽魚。河間舊著宗英譽，佐理昇平數卷書。

花朝偶興

小堂月滿雨初收，野外寒塘柳正柔。何日青鞵尋舊夢，山桃夾路溯春流。

二前於花朝冒雨度嶺

此日曾經趁海風，舊遊歷歷話燈紅。軺車萬里堪回首，一線梅關瘴雨中。

觀董北苑夏山雲靄圖舊爲董宗伯收藏，今歸他姓矣。宗伯題識甚詳

北苑烟雲五尺餘，縱横宗伯數行書。於今始認王維雪，子久傳衣總不如。

二

兩年懸夢舊蒼厓，移得烟巒傍小齋。細草疎林如可接，不須更著踏青鞵。

三

董巨丹青絕代無，誰從蛟窟得驪珠？晴窗暫合延津劍，重展《林汀遠渚圖》。巨然有此圖。

四

夏山夏口稱雙妙，獨此華亭閟閣收。劫火尚餘神物在，千年不减宋風流。

入朝雨中聞楚信口占

淙淙竟夕不聞雷，西嶺溟濛雨氣來。忽報湘潭馳露布，朝端笑口一時開。

二

鳳城涼雨暗東華，樹色葱葱綠萬家。自是天人多瑞應，王師計日取長沙。

夏夜

簾敞虚楹月上遲，流螢入座納涼時。乍疑此夕香來好，末麗纔開三兩枝。

二

夜氣泠然上短籬，披襟露坐晚風宜。清涼此刻人間少，炙手侯門那得知。

題朱天章摹仇英笠篌圖

錦瑟房櫳麗且都，鵝溪臨寫十洲圖。風流吳會人何遠，彩筆中郎貌得無。

門人張芳傳寄翡翠盤白團扇賦謝兼懷劉存永

炎風吹到廣陵書，玉案南金總不如。吳客丹青詩句好，殷勤爲寫綠天居。

二

兩年不見張平子，望遠傷離皎月中。乍展白團明似雪，涼生千里故人風。

三

三春苦憶夢中山，繪得輕儵碧一灣。那識東華塵十丈，桃花流水出人間。

四

內府槃匜翡翠多，書來助我舞婆娑。臣君更憶劉公幹，一櫂西湖竟若何。

題李文饒見客圖

精思起草自千秋，當日籌邊更築樓。吐握風流圖畫裏，孤寒灑淚望厓州。

二

朱厓精爽至今存，決策逡巡九廟尊。三客對床論底事，頓令東閣陋公孫。

夜坐

星河漠漠晚涼來，小坐虛堂聽遠雷。把卷未終急雨過，一瓶秋水玉簪開。

題越辰六借書圖

把卷披襟日影移，長安廡下暫棲遲。借書還酒休相訝，玄晏先生未是癡。

二

兩兩奚奴曳蹇驢，芙蓉開處孝廉居。鄴侯架上牙籤滿，總入牂牁行祕書。

題冒巢民二姬冊子 蘋花戲魚

南田花渚能臻妙，又見清溪魚藻圖。閨秀似嫌脂粉涴，偏於林下寫菰蒲。南田，惲生也。

二 秋花草蟲

寒花綺石破蒼烟，雨葉風枝最可憐。蟲語西堂生客思，一庭秋色暮雲天。

三 老少年

淺碧深紅媚藥闌，愛他獨耐曉霜寒。莫言桃李娱年少，此種偏宜老去看。

四 蠟梅

冰雪閒門凍玉樓，香花獨傍小山幽。歲寒賴有孤英在，肯使佳人怨白頭。

跋〔一〕

梁允植

家司農叔父領尚書事二十餘年，自謀猷經國而外，别無他所嗜好，惟蓄古書數萬卷，牙籤緗帙，朝夕咿唔。興至揮毫，對客千言立就。纔一落紙，客卽爭相傳寫。故所刻《悠然齋詩》、《蕉林詩鈔》、《使粤集》率由門生故吏摭拾散軼於行墨間者，非叔父意也。小子允植趨侍庭幃有年，常欲彙梓全藁以行，叔父固不輕許。窺其意，若有退然不自足者。嗟乎！詩以溫柔敦厚爲主，近時坫壇爭雄，如歷下、瑯琊、公安、竟陵之輩，互相牴牾，無論氣體有所高下，卽於作詩之旨，猶未明也。而叔父導以舂雍和雅，絕不自樹赤幟，豈非深有得於詩之爲教，而黄鐘大吕，顧不屑與瓦釜爭鳴耶？叔父卽自晦匿，然世之嘗寸臠而望全鼎者，引領日至。植故堅請前後諸作，與徐子電發互爲參訂，刊之計如干卷，先以問世。後有篇詠，嗣爲續集可也。

時康熙戊午春日，姪男允植謹識。

【校記】

〔一〕此跋底本無，據國家圖書館二三九四四號藏本《蕉林詩集》補。